典藏風華，品悅智讀

典藏閣

智慧，

不是死的默念，而是生的沉思。

——巴魯赫·斯賓諾莎（Baruch de Spinoza）

典藏風華，品悅智識

典藏閣

智慧，

不是死的默念，而是生的沉思。

——巴魯赫・斯賓諾莎（Baruch de Spinoza）

唐詩的緣起與緣滅

初唐時期的詩人首推沈佺期、宋之問，他們總結五言和七言近體詩的形式規範，完成了古典詩歌格律化的過程。而「初唐四傑」——王勃、楊炯、盧照鄰、駱賓王等人，則開始改變此時期徒有形式的華麗詩風，提倡恢復並發揚文學中的英雄性格，矯正詩歌中軟弱柔靡的傾向。而將唐詩改革運動推向高潮的是陳子昂，他標舉著漢魏風骨，激發出與時代相應和的慷慨激昂之聲，開啟盛唐百花齊放的詩歌年代。

唐玄宗開元、天寶年間，直至「安史之亂」爆發之前，是唐朝社會高度繁盛並極富藝術氣氛的時代。唐詩在經過一百多年的醞釀與準備後，也至此達到高峰，盛唐雖為時很短，但成就卻是最為輝煌。此時期不但出現了偉大的詩人李白，還湧現如王昌齡、王維、孟浩然、王之渙、高適、岑參等大批才華洋溢的絕代詩人。

唐玄宗天寶十四年，安史之亂爆發，使得唐王朝迅速地由盛轉衰，唐詩也隨之發生重大轉變，轉而處處反映當代時事和政治。中唐詩人對於語言表現形式的關注，也比盛唐詩人更為深入，從杜甫的「語不驚人死不休」，再到賈島的「兩句三年得，一吟雙淚流」，便可得知此時期的詩人們，為了語言表現所付出的巨大努力。但詩歌中那般豪邁自信、自由飛揚的精神，也在此時逐漸減退，詩人們的思想轉而深沉內斂。

晚唐時期，大唐盛世已然衰敗，士大夫們黨爭不休，經濟也日漸凋敝，詩人將這番對於社會的失望和沮喪，投射在詩作之中，詩歌籠罩著一股哀婉之風。他們時常故作曠達，但這種曠達卻與無奈相混，創造出或優美深婉、或清曠明麗，但總離不開幾分頹唐的詩境。

孟浩然 → 王維

留別王維

寂寂竟何待，朝朝空自歸。
欲尋芳草去，惜與故人違。
當路誰相假，知音世所稀。
只應守寂寞，還掩故園扉。

李白 → 王昌齡

聞王昌齡左遷龍標遙有此寄

楊花落盡子規啼，
聞道龍標過五溪。
我寄愁心與明月，
隨風直到夜郎西。

李白 → 孟浩然

黃鶴樓送孟浩然之廣陵

故人西辭黃鶴樓，
煙花三月下揚州。
孤帆遠影碧山盡，
惟見長江天際流。

贈孟浩然

吾愛孟夫子，風流天下聞。
紅顏棄軒冕，白首臥松雲。
醉月頻中聖，迷花不事君。
高山安可仰，徒此揖清芬。

李白 → 杜甫

沙丘城下寄杜甫

我來竟何事，高臥沙丘城。
城邊有古樹，日夕連秋聲。
魯酒不可醉，齊歌空復情。
思君若汶水，浩蕩寄南征。

魯郡東石門送杜二甫

醉別復幾日，登臨遍池台。
何時石門路，重有金樽開。
秋波落泗水，海色明徂徠。
飛蓬各自遠，且盡手中杯。

↗ 爺

杜審言

好友

宋之問

同事

沈佺期

合稱「沈宋」

杜甫 → 李白

春日憶李白

白也詩無敵，飄然思不群。
清新庾開府，俊逸鮑參軍。
渭北春天樹，江東日暮雲。
何時一樽酒，重與細論文。

夢李白

〈其一〉

死別已吞聲，生別常惻惻。
江南瘴癘地，逐客無消息。
故人入我夢，明我長相憶。
恐非平生魂，路遠不可測。
魂來楓林青，魂返關塞黑。
君今在羅網，何以有羽翼。
落月滿屋梁，猶疑照顏色。
水深波浪闊，無使蛟龍得。

〈其二〉

浮雲終日行，遊子久不至。
三夜頻夢君，情親見君意。
告歸常侷促，苦道來不易。
江湖多風波，舟楫恐失墜。
出門搔白首，若負平生志。
冠蓋滿京華，斯人獨憔悴。
孰云網恢恢，將老身反累。
千秋萬歲名，寂寞身後事。

天末懷李白

涼風起天末，君子意如何。
鴻雁幾時到，江湖秋水多。
文章憎命達，魑魅喜人過。
應共冤魂語，投詩贈汨羅。

杜甫 → 高適

聞高常侍亡

歸朝不相見，蜀使忽傳亡。
虛歷金華省，何殊地下郎。
致君丹檻折，哭友白雲長。
獨步詩名在，只令故舊傷。

宋之問 → 杜審言

送杜審言

臥病人事絕，嗟君萬里行。
河橋不相送，江樹遠含情。
別路追孫楚，維舟弔屈平。
可惜龍泉劍，流落在豐城。

初唐×盛唐 詩人 交友圈

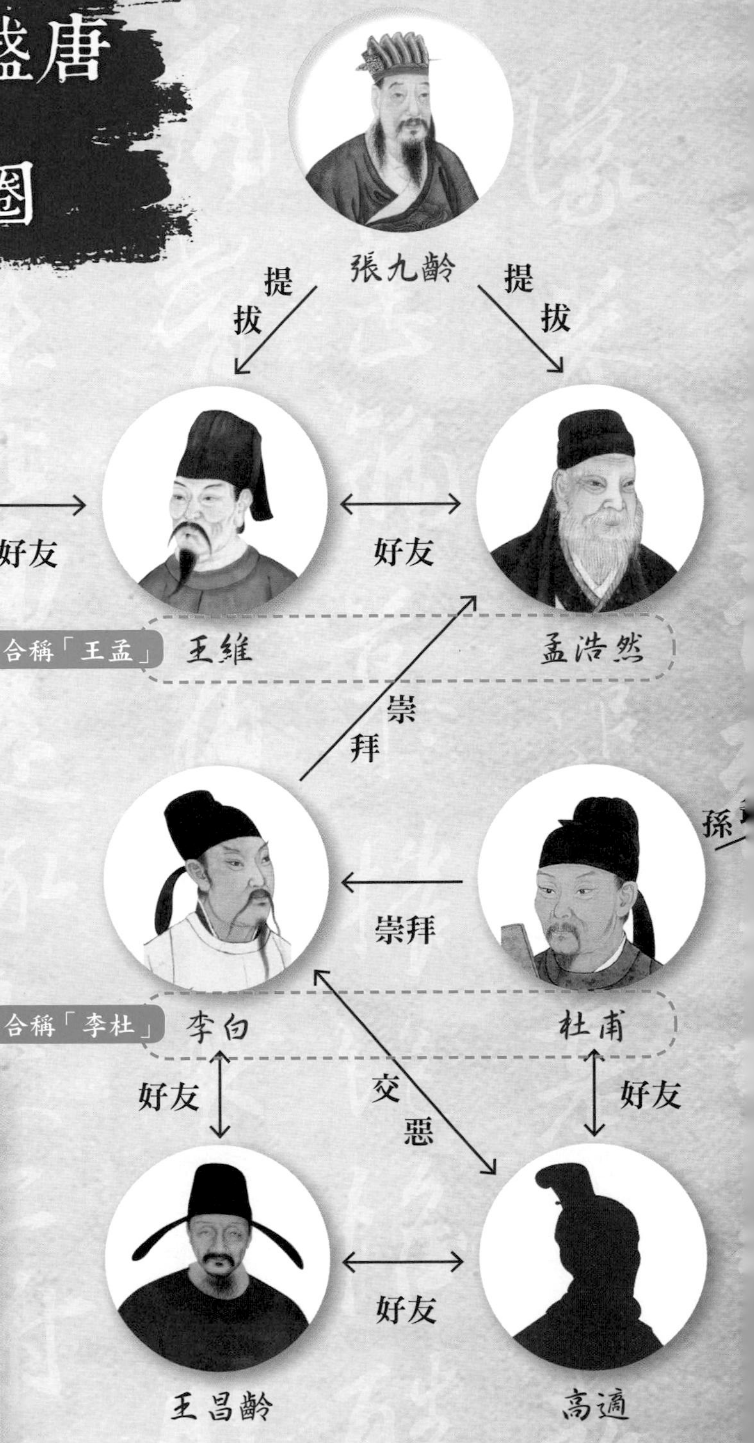

明代張宏華子岡圖。取材自王維〈山中與裴迪秀才書〉中的景色，描繪輞川別業二十景之一華子岡的夜景。

王維 → 裴迪

輞川閒居贈裴秀才迪

寒山轉蒼翠，秋水日潺湲。
倚杖柴門外，臨風聽暮蟬。
渡頭餘落日，墟里上孤煙。
復值接輿醉，狂歌五柳前。

王維 → 孟浩然

哭孟浩然

故人不可見，漢水日東流。
借問襄陽老，江山空蔡州。

柳宗元 → 劉禹錫

衡陽與夢得分路贈別
十年憔悴到秦京，誰料翻為嶺外行。
伏波故道風煙在，翁仲遺墟草樹平。
直以慵疏招物議，休將文字占時名。
今朝不用臨河別，垂淚千行便濯纓。

重別夢得
二十年來萬事同，今朝岐路忽西東。
皇恩若許歸田去，晚歲當為鄰舍翁。

三贈劉員外
信書成自誤，經事漸知非。
今日臨岐別，何年待汝歸。

劉禹錫 → 柳宗元

重答柳柳州
弱冠同懷長者憂，臨岐回想盡悠悠。
耦耕若便遺身老，黃髮相看萬事休。

答柳子厚
年方伯玉早，恨比四愁多。
會待休車騎，相隨出尉羅。

白居易 → 劉禹錫

贈夢得
前日君家飲，昨日王家宴。
今日過我廬，三日三會面。
當歌聊自放，對酒交相勸。
為我盡一杯，與君發三願。
一願世清平，二願身強健。
三願臨老頭，數與君相見。

贈夢得
年顏老少與君同，眼未全昏耳未聾。
放醉臥為春日伴，趁歡行入少年叢。
尋花借馬煩川守，弄水偷船惱令公。
聞道洛城人盡怪，呼為劉白二狂翁。

劉禹錫 → 白居易

醉答樂天
洛城洛城何日歸，故人故人今轉稀。
莫嗟雪裡暫時別，終擬雲間相逐飛。

酬樂天揚州初逢席上見贈
巴山楚水淒涼地，二十三年棄置身。
懷舊空吟聞笛賦，到鄉翻似爛柯人。
沉舟側畔千帆過，病樹前頭萬木春。
今日聽君歌一曲，暫憑杯酒長精神。

元稹 → 白居易

得樂天書
遠信入門先有淚，妻驚女哭問何如。
尋常不省曾如此，應是江州司馬書。

聞樂天授江州司馬
殘燈無焰影幢幢，此夕聞君謫九江。
垂死病中驚坐起，暗風吹雨入寒窗。

酬樂天頻夢微之
山水萬重書斷絕，念君憐我夢相聞。
我今因病魂顛倒，唯夢閒人不夢君。

酬樂天
放鶴在深水，置魚在高枝。升沉或異勢，同謂非所宜。
君為邑中吏，皎皎鸞鳳姿。顧我何為者，翻侍白玉墀。
昔作芸香侶，三載不暫離。逮茲忽相失，旦夕夢魂思。
崔嵬驪山頂，宮樹遙參差。只得兩相望，不得長相隨。
多君歲寒意，裁作秋興詩。上言風塵苦，下言時節移。
官家事拘束，安得攜手期。願為雲與雨，會合天之垂。

白居易 → 元稹

同李十一醉憶元九
花時同醉破春愁，醉折花枝當酒籌。
忽憶故人天際去，計程今日到涼州。

藍橋驛見元九詩
藍橋春雪君歸日，秦嶺秋風我去時。
每到驛亭先下馬，循牆繞柱覓君詩。

舟中讀元九詩
把君詩卷燈前讀，詩盡燈殘天未明。
眼痛滅燈猶暗坐，逆風吹浪打船聲。

夢微之
晨起臨風一惆悵，通川湓水斷相聞。
不知憶我因何事，昨夜三更夢見君。

中唐×晚唐
詩人
交友圈

李商隱 → 杜牧

杜司勛
高樓風雨感斯文，短翼差池不及群。
刻意傷春復傷別，人間唯有杜司勛。

贈司勛杜十三員外
杜牧司勛字牧之，清秋一首杜秋詩。
前身應是梁江總，名總還曾字總持。
心鐵已從干莫利，鬢絲休歎雪霜垂。
漢江遠弔西江水，羊祜韋丹盡有碑。

韓愈 ←政敵/好友→ 柳宗元 ←好友→ 劉禹錫

韓柳合稱「韓柳」，提倡古文運動

柳宗元 支持「永貞革新」

劉禹錫 ←好友→ 白居易

韓愈 崇拜／賞識 李賀

元稹 ←好友→ 白居易

元白合稱「元白」，提倡新樂府運動

元稹 輕視

輕視

白居易 讚賞 李商隱

李賀 ←讚賞— 杜牧 ←嚮往— 李商隱

杜牧／李商隱 合稱「小李杜」

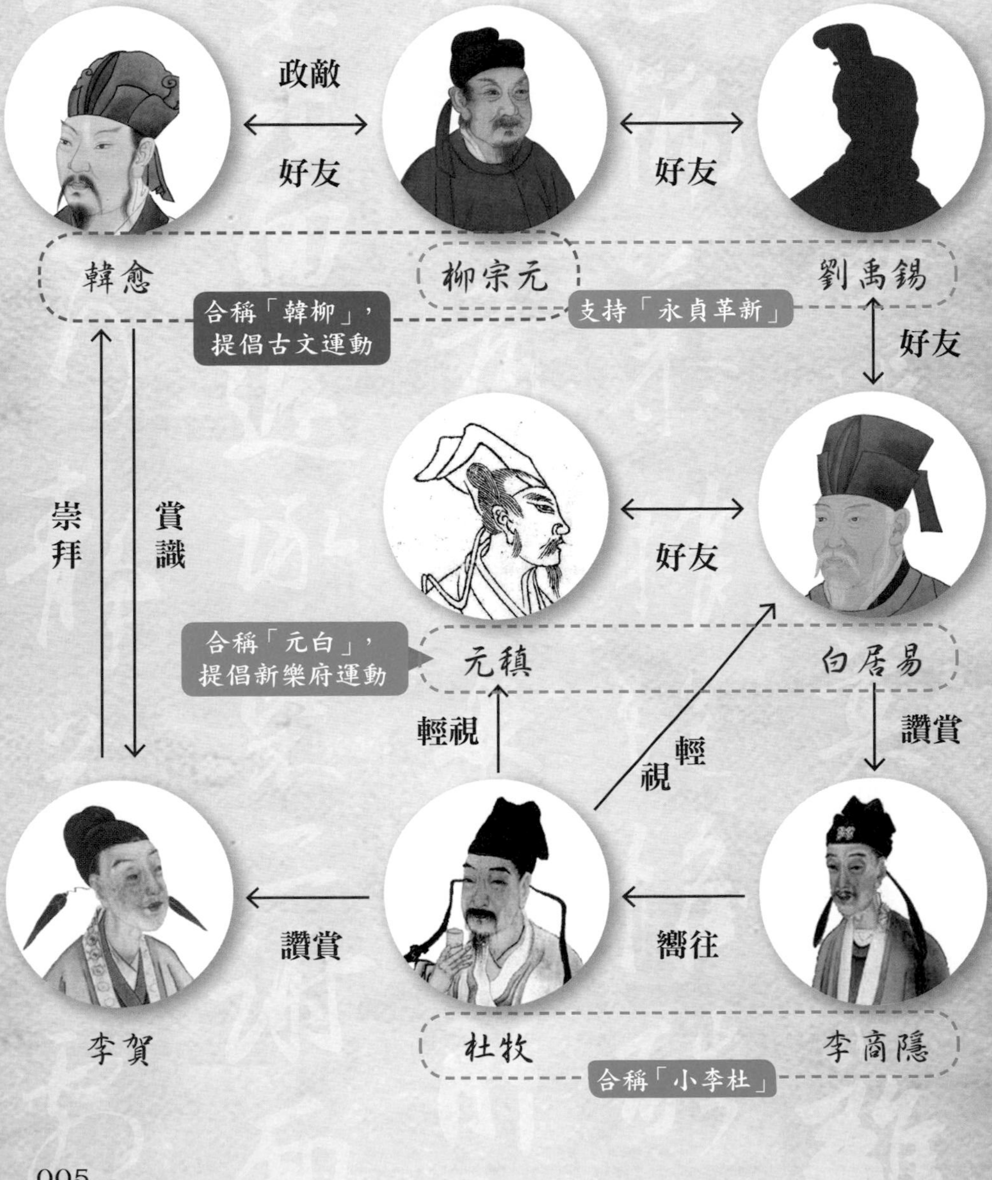

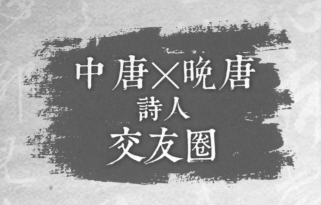

唐詩的格律

早發白帝城

朝辭白帝彩雲間ㄐㄧㄢ，
千里江陵一日還ㄏㄨㄢˊ。
兩岸猿聲啼不住ㄓㄨˋ，
輕舟已過萬重山ㄕㄢ。

此首詩為平起首句入韻式，押平聲韻。

絕句平仄

◎平起式：首句第二字為平聲。（以下格式皆為首句入韻）

五言絕句

平平仄仄平，仄仄仄平平。
仄仄平平仄，平平仄仄平。

七言絕句

平平仄仄仄平平，
仄仄平平仄仄平。
仄仄平平平仄仄，
平平仄仄仄平平。

絕句句式

◎五言絕句每首四句，每句五字，全詩共二十字。

◎七言絕句每首四句，每句七字，全詩共二十八字。

絕句、律詩押韻

◎偶句必須押韻；奇句不可押韻。第一句可押韻，也可不押韻。

◎必須一韻到底，中間不可換韻。

◎必須用平聲韻，也有極少數詩歌押仄聲韻。

◎韻腳的字不可重複。

聞官軍收河南河北

劍外忽傳收薊北，初聞涕淚滿衣裳（˙ㄕㄤ）。
卻看妻子愁何在，漫卷詩書喜欲狂（ㄎㄨㄤˊ）。
白日放歌須縱酒，青春作伴好還鄉（ㄒㄧㄤ）。
即從巴峽穿巫峽，便下襄陽向洛陽（ㄧㄤˊ）。

此首詩為仄起首句入韻式，押平聲韻。

律詩平仄

◎仄起式：首句第二字為仄聲。（以下格式皆為首句入韻）

五言律詩

仄仄平平仄，平平仄仄平。
平平平仄仄，仄仄仄平平。
仄仄平平仄，平平仄仄平。
平平平仄仄，仄仄仄平平。

七言律詩

仄仄平平仄仄平，
平平仄仄仄平平。
平平仄仄平平仄，
仄仄平平仄仄平。
仄仄平平平仄仄，
平平仄仄仄平平。
平平仄仄平平仄，
仄仄平平仄仄平。

律詩句式

◎五言律詩每首八句，每句五字，全詩共四十字。

◎七言律詩每首八句，每句七字，全詩共五十六字。

律詩對仗

◎第三、四句（即頷聯）必須對仗；第五、六句（即頸聯）必須對仗。第一、二句（即首聯）和第七、八句（即尾聯）可以對仗，也可以不對仗。

唐詩的派別

自唐玄宗開元元年起，至唐代宗永泰二年，是唐朝的鼎盛時期。詩人們為了反映豐富多彩的現實生活，持續推動詩歌藝術的發展，開創了眾多流派。此時名家輩出，佳作如林，形成古典詩歌發展史中，極為繁榮的時代。

其中，以高適、岑參為主，並有王昌齡、王之渙、李頎等人共同形成的邊塞詩派，是為此時期的一個重要流派。他們的邊塞之作，表現馳騁沙場、建立功勳的英雄壯志，抒發慷慨從戎的思想。同時也反映出征夫思婦的幽怨、戰士的艱苦，與將軍和士卒之間的矛盾。

同時，還有以孟浩然、王維、韋應物、劉常卿等為代表的田園山水詩派。他們上承陶淵明、謝靈運的藝術傳統，描寫山川自然和田園閒適的生活。在他們的筆下，有壯闊的湖山、恬靜的村落、清新秀麗的園林，使晉代以來形成的山水詩越發豐富。

盛唐是唐詩發展的高峰，而偉大的浪漫飄逸派詩人李白，和社會寫實派詩人杜甫，則是這座高峰的頂點。浪漫飄逸派的李白有宏偉的抱負，但身在政治日漸腐化的時期，卻遲遲無法實現自身的理想。他在洞悉當時的腐敗現實後，於詩歌中表現出強烈的叛逆精神，和追求光明的熱情。李白的詩風壯浪縱恣，熱情奔放，豪壯飄逸，豐富多彩，使梁陳宮掖之風消失無蹤。

安史之亂的爆發是唐代由盛而衰的轉折點。此時，社會寫實派的杜甫率先揭露階級的對立，全面且深刻地反映當時的現實，更被後人稱為「詩史」。他集傳統之大成，而獨開生面，使詩歌歷史化、散文化，開闢了詩歌的新天地。

傳統文化園圃中，最璀璨耀眼的一朵花

中國傳統文化博大精深，其中唐詩是傳統文化園圃中最璀璨的一朵花。早在兩千多年前，中華民族就已經開始用詩歌記錄他們的生活，表達思想與感情。到了唐代前期，因社會安定，經濟富裕，再加上唐朝君主大力支持詩文創作，以詩文取仕，遂使唐代詩家薈萃。而後，在歷經安史之亂的劇烈動蕩，百姓生活流離困苦，有識之士也用詩歌加以抒發心中的苦悶，使得詩歌發展如日中天。因此，唐代向來被視為中國詩歌水平最高的黃金階段。

其中，可分為初唐、盛唐、中唐、晚唐四個創作階段。初唐詩似春花之高貴，盛唐詩如夏花之璀璨，中唐詩若秋花之孤絕，晚唐詩又像冬花之冷豔，各展風姿，妝點著古典詩歌的園地。此外，詩人們還發展出結構工整的近體詩，如絕句、律詩，所包含的題材十分多樣化，既有抒發個人情感，也有反映現實社會的作品。

文學巨擘朱自清曾說：「欣賞文藝，欣賞中國文學名著，都不能忽略讀詩。讀詩家專集不如讀詩歌選本，讀選本雖只能『嘗鼎一臠』，卻能將各家各派鳥瞰一番；這在中學生是最適宜的，也最需要的。」歷朝歷代對於唐詩的選本非常多，但其中最為膾炙人口、廣為流傳的，便是由清代乾隆年間，別號為「蘅塘退士」的孫洙，所編撰的《唐詩三百首》。

乾隆二十八年的春天，孫洙因不滿於當時所流傳的《千家詩》選詩不精，遂決定與妻子徐蘭英編選唐詩。他們依據清代沈德潛的《唐詩別裁》，以及王士禎的《古詩選》、《唐賢三昧集》、《唐人萬首絕句選》為主，再雜以其他唐詩選本，「專就唐詩中膾炙人口之作，擇其尤要者」，模仿《詩經》，編成《唐詩三百首》。其根據體例的不同而分門別類，即五言古詩、七言古詩、五言律詩、七言律詩、五言絕句、七言絕句、樂府。全書上自學者、下至婦孺都能接受，是雅俗共賞的選本，也是昔日家傳戶誦、啟蒙詩教的第一選擇。

本書便以清代蘅塘退士的《唐詩三百首》為基礎，其中包含了學測、指考等大考的必中名篇，和各冊教科書選文，還有文壇巨擘朱自清曾在〈唐詩三百首指導大概〉一文中所提到的必讀詩篇，全書共三百一十一首絕美唐詩，七十七位飄逸詩人。每一篇詩作先從原文、註釋和翻譯等基礎單元著手，幫助讀者全盤瞭解詩篇的內容，再輔以詩意解析，詳細剖析詩篇中的各種弦外之音，更加接近唐代詩人的內心世界。並且，提供考生豐富的考古題，與編者自編的試題演練，讓讀者可以馬上驗收學習成果。最後，旁徵博引了與該詩人、詩作有關的歷史背景、人物簡介、延伸閱讀等相關知識，讓讀者不僅僅是讀完這些詩篇，更加深加廣了自己的國學資料庫，事半功倍。

唐詩，可謂是傳統文學經典中，最璀璨耀眼的一章。就讓我們一起從唐代詩歌的愛戀、憂傷、喜悅、瀟灑、豁達中，品味唐朝詩人獨特的生命美學。

编者 謹識

朱自清——〈唐詩三百首指導大概〉節選

有些人生病的時候或煩惱的時候，拿過一本詩來翻讀，偶爾也朗吟幾首，便會覺得心上平靜些，輕鬆些。這是一種消遣，但跟玩骨牌和紙牌等等不同，那些大概只是碰碰運氣。跟讀筆記一類書也不同，那些書可以給人新的知識和趣味，但不直接調平情感。讀小說在這些時候大概只注意在故事上，直接調平情感的效用也不如詩。詩是抒情的，直接訴諸情感，又是節奏的，同時直接訴諸感覺，又是最經濟的，語短而意長。具備這些條件，讀了心上容易平靜輕鬆，也是自然。古人說：「詩可以陶冶性情。」這句話不錯。

但是詩絕不只是一種消遣，正如筆記一類書和小說等不是一樣的。詩調平情感，也就是節制情感。詩裡的喜怒哀樂跟現實生活裡的喜怒哀樂不同，這是經過「再團再煉再調和」的。詩人正在喜怒哀樂的時候，絕想不到作詩。必得等到他的情感平靜了，他才會吟味那平靜了的情感，再想到作詩，於是乎運思造句，作成他的詩，這才可以供欣賞。要不然，大笑狂號只叫人心緊，有什麼可欣賞的呢？讀詩所欣賞的便是詩裡所表現的那些平靜了的情感。假如是好詩，說的即使怎樣可氣可哀，我們還是不厭百回讀的。在現實生活裡便不然，可氣可哀的事我們大概不願重提。這似乎是有私、無私或有我、無我的分別，詩裡無我，現實生活裡有我。別的文學類型也都有這種情形，不過詩裡更容易見出。讀詩的人直接吟味那無我的情感，欣賞它的發而中節，自已也得到平靜，而且也會漸漸知道節制自已的情感。一方面因為詩裡的情感是無我的，欣賞起來得設身處地，替人著想。這也可以影響到性情上去。節制自已和替人著想這兩種影響都可以說是人在模仿詩。詩可以陶冶性情，便是這個意思，所謂溫柔敦厚的詩教，也只該是這個意思。

欣賞文藝，欣賞中國文學名著，都不能忽略讀詩。讀詩家專集不如讀詩歌選本，讀選本雖只能「嘗鼎一臠」，卻能將各家各派鳥瞰一番；這在中學生是最適宜的，也最需要的。有特殊選本，有一般的選本；按著特殊的作派選的是前者，按著一般的品味選的是後者。中學生不用說該讀後者，《唐詩三百首》正是一般的選本。這部詩選很著名，流行最廣，從前是家弦戶誦的書，現在也還是相當普遍的書。但這部選本並不成為古典；它跟《古文觀止》一樣，只是當年的童蒙書，等於現在的小學用書。不過在現在的教育制度下，這部書給高中學生讀才合適。無論它從前的地位如何，現在它卻是高中學生最合適的一部詩歌選本。唐代是詩的時代，許多大詩家都在這時代出現，各種詩體也都在這時代發展。這部書選在清代中葉，入選的差不多都是經過一千多年淘汰的名作，差不多都是歷代公認的好詩。雖然以明白易解為主，並限定詩篇的數目，規模不免狹窄些，卻因此成為道地的一般選本，高中學生讀這部書，靠著註釋的幫忙，可以吟味欣賞，收到陶冶性情的益處。

本書是清乾隆間一位別號「蘅塘退士」的人編選的。卷頭有〈題辭〉，末尾記著「時乾隆癸未年春日，蘅塘退士題」。乾隆癸未是西元一七六三年，到現在快一百八十年了。有一種刻本「題」字下押了一方印章，是「孫洙」兩字，也許是選者的姓名。孫洙的事跡，因為眼前書少，還不能印證。這件事只好暫時存疑。〈題辭〉說明編選的旨趣，很簡短，抄在這裡：

「世俗兒童就學，即授《千家詩》，取其易於成誦，故流傳不廢。但其詩隨手掇拾，工拙莫辨。且五七言律絕二體，而唐宋人又雜出其間，殊乖體制。因專就唐詩中膾炙人口之作擇其尤要者，每體得數十首，共三百餘首，錄成一編，為家塾課本。俾童而習之，白首亦莫能廢。較《千家詩》不遠勝耶？諺云：『熟讀《唐詩三百首》，不會吟（應為「作」）詩也會吟。』請以是編驗之。」

這裡可見本書是斷代的選本，所選的只是「唐詩中膾炙人口之作」，就是唐詩中的名作。而又只是「擇其尤要者」，所以只有三百首，實數是三百一十一首。所謂「尤要者」大概著眼在陶冶性情上。至於以明白易解的為主，是「家塾課本」的當然，無須特別提及。本書是分體編的，所以說「每體得數十首」。引諺語一方面說明為什麼只選三百餘首。但編者顯然模仿「三百首」，《詩經》三百零五篇，連那有目無詩的篇算上，共三百一十一篇；本書三百一十一首，絕不是偶然巧合。編者是怕人笑他僭妄，所以不將這番意思說出。引諺語另一方面叫人熟讀，學會吟詩。我們現在也勸高中學生熟讀，熟讀才真是吟味，才能欣賞到精微處。但現在無須再學作舊體詩了。

依年代索引

初唐

盛唐

中唐

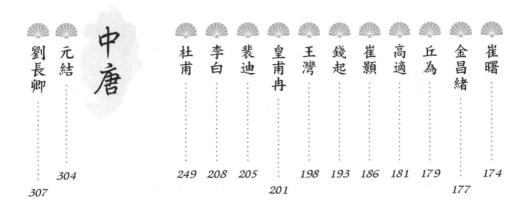

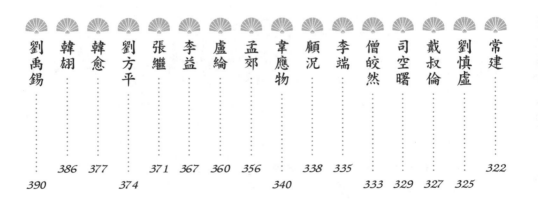

晚唐

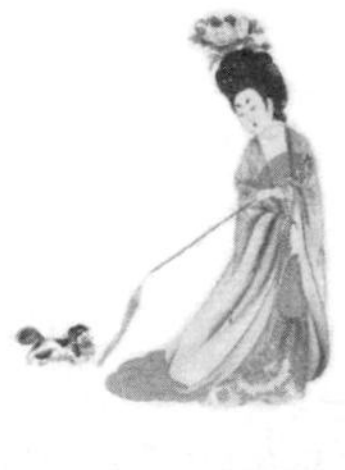

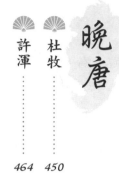

五言古詩

七言古詩

五言律詩

七言律詩

五言絕句

七言絕句

樂府

初唐

送杜少府之任蜀州❶

王勃

城闕輔三秦❷，風煙望五津❸。與君離別意❹，同是宦遊人❺。
海內存知己❻，天涯若比鄰❼。無為在歧路❽，兒女共沾巾❾。

說文解字

❶少府：官名。之：到，往。❷城闕：即城樓，指唐代京師長安城。輔：護衛。三秦：指長安城附近的關中之地。秦朝末年，項羽破秦，把關中分為三區，分別封給三個秦國的降將，故稱之。❸五津：指岷江的五個渡口，分別是白華津、萬里津、江首津、涉頭津、江南津。此處泛指蜀川。❹君：對人的尊稱，此處指「你」。❺宦遊：外出任官。❻海內：四海之內，即全國各地。古人認為疆土四周環海，所以稱天下為「四海之內」。❼天涯：天邊，此處比喻極遠的地方。比鄰：並鄰，近鄰。❽無為：無須，不必。歧路：岔路。古人送行時，常在大路分岔處告別。❾沾巾：淚水沾濕衣服和腰帶，意為揮淚告別。

詩意解析

古代的三秦之地，如今依舊護衛著長安城，風煙滾滾，幾乎看不見蜀州岷江的五津。與你握手告別時，彼此心心相印，你我都是遠離故鄉，外出任官的人。知己啊！四海之內只要有了你，就算我們遠隔在天涯海角，也猶如在身旁。所以，我們無需在告別的岔路上傷心地哭泣，像那些多情的少年男女，為了彼此淚滿衣裳。

此詩是送別詩的名作，全詩意在慰勉於離別之時不要悲傷。起句嚴整對仗，三、四句以散調相承，以實轉虛，文情跌宕。第三聯「海內存知己，天涯若比鄰」，奇峰突起，高度概括了「友情深厚，江山難阻」的情景，千古傳誦。尾聯點出「送」的主題。全詩一洗往昔送別詩中的悲苦纏綿，詩人的胸襟開朗，語句豪放清新，體現了友人間真摯深厚的友情。

詩人小傳

王勃，字子安，絳州龍門人。與楊炯、盧照鄰、駱賓王合稱為「初唐四傑」。王勃出身世家，是隋煬帝時經學大儒王通的孫子，詩人王績的侄孫。王勃幼時聰慧，從小就能寫詩作賦，眾人稱讚他為神童。唐代上元二年，王勃渡舟前去交趾省親，次年秋天返回廣州時，渡海溺水而死，年僅二十七歲。許多從事漁業、航海者為悼念王勃，尊稱他為水仙王，供奉於船上、港口、河邊。

高手過招

1.（　）海內存知己，□□□□□。（王勃〈送杜少府之任蜀州〉）上述缺空的詩句是：

A. 此事古難全　B. 天涯共此時　C. 天涯若比鄰　D. 千里共嬋娟

2.（　）下列選項中，詩句、作品、朝代搭配有誤的是：

A.「孤帆一片日邊來」，〈望天門山〉，李白，唐代。

B.「海內存知己」，〈送杜少府之任蜀州〉，王勃，唐代。

C.「但願人長久，千里共嬋娟」，〈水調歌頭．明月幾時有〉，歐陽脩，北宋。

D.「枯籐老樹昏鴉」〈天淨沙秋思〉，馬致遠，元代。

3.（　）**請重組王勃〈送杜少府之任蜀州〉中的詩句：城闕輔三秦，風煙望五津。甲、海內存知己　乙、同是宦遊人　丙、與君離別意　丁、天涯若比鄰　無為在歧路，兒女共沾巾。**

A.甲乙丙丁　B.丙乙甲丁　C.甲丁丙乙　D.丙丁甲乙

【解答】 1.C　2.C　3.B

旁徵博引

初唐四傑

初唐四傑為唐代初年的文學家王勃、楊炯、盧照鄰、駱賓王的合稱。隋末唐初年間，王績首先以澹遠的詩筆，自拔於頹靡綺麗的詩壇。他的詩不帶一點脂粉味，擅長以樸素自然的語言表現自己的生活和感情，情意真摯。繼王績而起的有「初唐四傑」，代表了當時文學革新的前進方向。他們力求擺脫齊梁詩風，突破宮體詩的狹小範圍，擴大詩歌的題材，諸如離別、懷鄉、邊塞、市井生活、山川景物都成為他們歌詠的內容。在詩歌形式方面，他們也積極進行探索，盧照鄰和駱賓王都擅長寫作七言歌行，而後，七言歌行在劉希夷和張若虛的手中達到高峰。至於五律和五絕，也趨向嚴密精工，王勃便是其中成就較高的一位。後來的沈佺期和宋之問，再將之加以發展，最終完成律詩的體制。

在獄詠蟬

駱賓王

西陸蟬聲唱❶，南冠客思深❷。不堪玄鬢影❸，來對〈白頭吟〉❹。
露重飛難進，風多響易沉。無人信高潔，誰為表予心❺？

說文解字

❶西陸：秋天。❷南冠：楚冠，此處指囚徒。❸不堪：也作「那堪」。玄鬢：蟬的黑色翅膀，此處比喻詩人自己正當盛年。❹〈白頭吟〉：樂府曲名。❺予心：我的心。

詩意解析

秋蟬鳴叫的多麼淒切啊！我正如當年戴著南冠，被囚於他鄉的鍾儀，身陷囹圄，怎麼能忍受秋蟬對我這白髮之人，撕心裂肺的哀鳴呢？秋露深重，寒蟬振翅高翔，鳴聲被肅殺的秋風吞沒。不正如我有口難辯、有冤難伸嗎？沒有人相信蟬的高潔，也沒有人相信我的清白，該向誰表白我的這一片忠心啊！

此詩一開始即點出秋蟬高唱，觸耳驚心。接下來，便引出詩人在獄中深深懷想家園。三、四兩句，一句說蟬，一句說自己，用「不堪」和「來對」，把物我聯繫在一起。詩人幾次諷諫武則天，以至下獄，大好青春在經歷政治上的種種折磨後，已然消逝，頭上增添星星白髮。在獄中看到高唱的秋蟬還是兩鬢烏玄，兩兩對照，不禁自傷，同時更回想到自己的少年時代，何嘗不如秋蟬的高唱呢？而今卻一事無成，甚至入獄。詩人就在這十個字中，將淒惻的感情委婉曲折地表達出來。〈白頭吟〉則是樂府曲名，相傳漢代司馬相如對卓文君用情不專後，卓文君作〈白頭吟〉以自傷。其詩云：「淒淒重淒淒，嫁娶不須啼，願得一心人，白頭不相離。」此處，詩人巧妙地運用這一典故，進一步比喻執政者辜負了詩人對國家的一片忠誠之心。「白頭吟」三字於此，有雙關的作用，比原意更深入一層。

此詩的尾聯，詩人憤情沖天，噴發出蘊蓄許久的真情，「無人信高潔，誰為表予心」，脫去前三聯罩裏詩句的「蟬身」，使人看到詩人潔純無瑕的報國誠心。正是這裂帛一問，才使〈在獄詠蟬〉成為唐詩的卓犖名篇，超然於初唐諸多宮體豔詩之上。

詩人小傳

駱賓王，字觀光，義烏人，與楊炯、盧照鄰、駱賓王合稱「初唐四傑」。西元六八四年，徐敬業起兵討伐武則天時，駱賓王起草了著名的〈為徐敬業討武曌檄〉，痛斥武則天的種種行為。武則天讀到檄文中「一抔之土未乾，六尺之孤安在」時，大吃一驚，向左右大臣詢問：「這是誰寫的？」有人回答說是駱賓王所作，武則天不高興地說：「這是宰相的過失，駱賓王有如此的才華，怎麼會讓他流失在外，懷才不遇呢？」徐敬業敗後，駱賓王不知所終，一說身殉，一說隱居。

高手過招

1.（　）「數大便是美」是徐志摩的名言，此種意涵在古典詩詞中也為人所熟知。請選出符合此種書寫特徵的選項：

A. 西陸蟬聲唱，南冠客思深。（唐代駱賓王〈在獄詠蟬〉）

B. 人閒桂花落，夜靜春山空。月出驚山鳥，時鳴春澗中。（唐代王維〈鳥鳴澗〉）

C. 亂石崩雲，驚濤裂岸，捲起千堆雪。江山如畫，一時多少豪傑。（宋代蘇軾〈念奴嬌．赤壁懷古〉）

D. 七八個星天外，兩三點雨山前。舊時茅店社林邊，路轉溪橋忽見。（宋代辛棄疾〈西江月．夜行黃沙道中〉）

【解答】 1. C

旁徵博引

《樂府詩集》

《樂府詩集》是一部上古至唐朝五代樂章、歌謠的總集，為宋代郭茂倩編纂。全書集錄先秦歌謠、漢朝至唐朝五代的樂府詩，全書共一百卷，五千多首詩歌。所收詩歌，多是優秀的民歌或文人用樂府舊題所作的詩歌。對於每一曲調前，都有必要的解題，以闡明該曲調的來龍去脈，「征引浩博，援據精審」。

和晉陵陸丞早春游望❶

杜審言

獨有宦遊人❷，偏驚物候新❸。雲霞出海曙，梅柳渡江春。
淑氣催黃鳥❹，晴光轉綠蘋❺。忽聞歌古調❻，歸思欲霑巾❼。

說文解字

❶和：用詩應答。❷宦遊人：離家任官的人。❸物候：自然界的氣象和季節變化。❹淑氣：和暖的天氣。❺綠蘋：浮萍。❻古調：指陸丞所寫的詩，即題目中的〈早春遊望〉。❼巾：也作「襟」。

詩意解析

只有遠離故里外出任官之人，才會特別敏感於異鄉的季節轉化和更新。海上的雲霞燦爛，旭日即將東昇，江南早已梅紅柳綠，江北卻才正要迎來春天。暖和的春氣令黃鶯也忍不住歌唱，晴朗的陽光隨著綠萍轉動，反射不同的光彩。忽然聽到你歌吟古樸的曲調，勾起我的歸思情懷，令人悲傷落淚。

這是一首和詩，詩人藉由同樣的題目，抒發自己宦遊江南的感慨和歸思。詩的一開頭便感慨，只有離別家鄉、奔走仕途的遊子才會對異鄉的氣候感到新奇，因而大驚小怪。也就是說，如果是在家鄉或當地人，則見而不怪。在這「獨有」和「偏驚」的強調語氣中，生動地表現出詩人宦遊江南的矛盾心情。

中間二聯從表面上來看，寫得是江南新春至仲春的物候變化，表現出江南春光明媚、鳥語花香的水鄉景

色。實際上，詩人是將異鄉江南的新奇與故鄉的氣候比較，在江南仲春的新鮮風光裡，有著詩人懷念中原暮春的故土情意，句句驚新而處處懷鄉。此聯既寫眼中所見的江南物候，也寓含著心中懷念中原故鄉之情，與首聯的矛盾心情正相一貫，同時也自然地轉折至末聯。

尾聯的「古調」是尊重陸丞原唱的用語。詩人用「忽聞」以示意外語氣，巧妙地表現出陸丞的詩在無意中觸動詩人心中的思鄉之痛，因而感傷流淚。反過來說，也是因為詩人本就思鄉情切，所以一經觸發便傷心流淚。結尾既點明歸思，又點出和詩之意，結構謹縝嚴密。

詩人小傳

杜審言，字必簡，襄州襄陽縣人，是杜甫的祖父。年少時，與李嶠、崔融、蘇味道合稱「文章四友」。杜審言的詩多為寫景、唱和及應制之作，以渾厚見長，杜甫曾說：「吾祖詩冠古。」杜審言工於五律，對近體詩之形成與發展頗有貢獻，被後人稱為五言律詩的奠基人。

高手過招

1.（　）「梅」以其凌霜傲雪、獨占先春的品性，被視為人格風骨的象徵。下列詩句中的「梅」，具有此種用意的選項是：

A. 獨有宦遊人，偏驚物候新。雲霞出海曙，梅柳渡江春。

B. 折梅逢驛使，寄與隴頭人。江南無所有，聊贈一枝春。

C. 君自故鄉來，應知故鄉事。來日綺窗前，寒梅著花未。

D. 聞道梅花坼曉風，雪堆遍滿四山中。何方可化身千億，一樹梅花一放翁。

2.（　）斟酌下引律詩的詩境，選出最適宜填入□內的語詞選項。**獨有宦遊人，偏□物候新。雲霞出海曙，梅柳渡江□。淑氣催黃鳥，□□轉綠蘋。忽聞歌古調，□□欲霑巾。**

A. 驚／春／晴光／歸思　B. 逢／明／晴光／離愁

C. 驚／明／南風／歸思　D. 逢／春／南風／離愁

【解答】 1. D　2. A

旁徵博引

和詩

和，指唱和，和答，就是附和的意思。在傳統詩歌中，和詩是由兩首以上的詩組成，第一首是原唱，接下去的是附和。在平仄的運用以及節奏的安排上，不同的體裁有不同的要求。講究步韻、依韻、用韻。步韻，又稱為「次韻」，即用其原韻原字，且先後次序都須相同。依韻，又稱為「同韻」，和詩與被和詩同屬一韻，但不必用其原字。從韻，即用原詩韻的字，但不必順其次序。

雜詩

沈佺期

聞道黃龍戍❶，頻年不解兵❷。可憐閨裡月，長在漢家營。
少婦今春意，良人昨夜情❸。誰能將旗鼓，一為取龍城❹。

說文解字

❶聞道：聽說。黃龍戍：即黃龍，此處指邊地。❷解兵：放下兵器。❸良人：妻子對丈夫的稱呼。❹龍城：今蒙古境內，此處借指敵方要地。

詩意解析

聽說黃龍城裡，戰爭不斷，連續多年都不見雙方撤兵。可憐閨中婦女，只能寂寞地獨自看月，心早已隨著丈夫飛到漢營了。今天晚上，婦女的相思情意，就如同昨夜丈夫的想家之情一般濃厚。不知誰能高舉戰旗、擂鼓進軍，一鼓作氣取得龍城呢？讓我們能相擁相惜，不再忍受這相思之苦。

詩人以「雜詩」為題寫詩時，便是類似無題詩，內容多是慨嘆人生或離別相思。沈佺期的〈雜詩〉寫得是閨中怨情，流露出明顯的反戰情緒。首聯語言平易，似娓娓道來，給人鮮明突出的印象。黃龍戍戰火連年，可以想見征人久戍之苦，強烈的怨戰之情溢於字裡行間。頷聯借月抒懷，在丈夫眼裡，這個昔日和妻子在閨中共同賞玩的明月，不斷地照耀在營地裡，好似懷著無限深情；而在閨中思婦眼裡，這輪明月似乎不如往昔美好，

因為那象徵著昔日夫妻美好生活的圓月，早已離開深閨，連同思婦的心一起隨著良人遠去漢家營了。明明是寫情，卻處處說月；字字寫月，卻又筆筆見人。見月懷人是古典詩歌常用的表現手法，但此處只寫月而不寫人，意象反而更為豐富生動。

頸聯緊承上聯，進一步抒寫離人相思。「今春意」和「昨夜情」不僅表現出良人對妻子的一往情深，還透露思念之切。尾聯抒寫征夫和思婦的願望，詩以問句的形式，倍增感慨深沉的意味，也呼應首聯，回答「頻年不解兵」的問題，表明是將領無能、指揮不得力以致連年征戰。此詩構思新穎精巧，特別是中間四句，在「情」和「意」兩字上著力，翻出新意。詩中所抒之情與所傳之意彼此關聯，由情生意，由意足情，極為自然。

獨不見❶

沈佺期

盧家少婦鬱金堂❷，海燕雙棲玳瑁梁❸。九月寒砧催木葉❹，十年征戍憶遼陽❺。

白狼河北音書斷❻，丹鳳城南秋夜長❼。誰謂含愁獨不見，更教明月照流黃❽。

說文解字

❶獨不見：古樂府舊題。❷盧家少婦：泛指少婦。鬱金堂：以鬱金香料塗抹的堂屋。❸海燕：也作「越燕」，燕的一種。因產於南方濱海地區（古百越之地），故稱之。玳瑁：海生龜類，甲殼呈黃褐色相間花紋，古人用以作為裝飾

品。❹寒砧：搗衣聲。砧，搗衣用的墊石。古代婦女縫製衣服前，要先將衣料搗過，為趕製寒衣，婦女常於秋夜搗衣，故古詩以搗衣聲寄思婦之情。木葉：樹葉。❺遼陽：遼河以北，泛指遼東地區。❻白狼河：今遼寧的大淩河。❼丹鳳城：此處指長安。相傳秦穆公的女兒弄玉吹簫，引來鳳凰，故稱咸陽為丹鳳城，後便以鳳城稱京城。唐代長安宮廷在城北，住宅在城南。❽流黃：黃紫色相間的絲織品，此處指帷帳或衣裳。

詩意解析

我住在用鬱金香塗飾在華貴樓堂上，海燕棲息在用玳瑁裝飾的屋樑。深秋中，樹葉落盡，搗衣聲不斷，我正思念著在遼陽征戍十年的丈夫。隔著渺茫的白浪河，你音訊全無，京城中的我只覺得日夜漫長。誰能明白我的孤獨和悲愁啊！明月灑落在紗帳上，使我愁上更愁。

此詩的主角是一位長安少婦，她所「思而不得見」的是征戍遼陽，以致十年不歸的丈夫。詩人以委婉纏綿的筆調，描述她在寒砧處處、落葉蕭蕭的秋夜，身居華屋之中，心馳萬里之外，輾轉反側，久不能寐的孤獨愁苦情狀。此詩對後來的唐代律詩，尤其是邊塞詩，影響很大，歷來評價甚高。

此詩將人物心情與環境氣氛密切結合，多方面、多角度地抒寫了少婦「思而不得見」的愁腸。詩雖取材於閨中生活，語言也未脫齊、梁以來的浮豔習氣，卻顯得境界廣遠，氣勢飛動。

詩人小傳

沈佺期，字雲卿，相州內黃人。唐代上元二年進士，曾因受賄而入獄，出獄後復職，遷給事中。唐中宗

時，因勾結張昌宗兄弟，被流放到驩州。唐代神龍三年，召拜起居郎兼修文館直學士，常侍宮中，後歷中書舍人、太子少詹事。沈佺期工於五言律詩，與宋之問同為當時著名的宮廷詩人，文學史上並稱「沈宋」。他們所作多為歌舞昇平的應制詩，風格綺靡，不脫梁、陳宮體詩風，但沈、宋總結六朝以來近體詩創作的經驗，對律詩的成熟與定型貢獻頗大，是唐代五言律詩的奠基人。

高手過招

1.（　）**「雞聲茅店月，人跡板橋霜」一句，無一動詞卻景象生動，下列詩句何者也呈現如此特色？**

A. 煙籠寒水月籠沙，夜泊秦淮近酒家。
B. 桃李春風一杯酒，江湖夜雨十年燈。
C. 盧家少婦鬱金堂，海燕雙棲玳瑁梁。
D. 留連戲蝶時時舞，自在嬌鶯恰恰啼。

2.（　）**下列詩句所流露的愁思，何者與其他三者不同？**

A. 盧家少婦鬱金堂，海燕雙棲玳瑁梁。九月寒砧催木葉，十年征戍憶遼陽。
B. 去年離別雁初歸，今夜裁縫螢已飛。征客去來音信斷，不知何處寄寒衣。
C. 君當做磐石，妾當做蒲葦。蒲葦紉如絲，磐石無轉移。
D. 寒沙逐風起，春花犯雪開。夜長無與晤，衣單誰為裁。

【解答】1. B　2. C

題大庾嶺北驛❶

宋之問

陽月南飛雁❷，傳聞至此回。我行殊未已❸，何日復歸來？

江靜潮初落，林昏瘴不開❹。明朝望鄉處❺，應見隴頭梅❻。

說文解字

❶大庾嶺：在江西和廣東交界處，為五嶺之一。北驛：大庾嶺北面的驛站。❷陽月：陰曆十月。❸殊：還。❹瘴：指南方濕熱氣候下，山林間對人有害的毒氣。❺望鄉處：遠望故鄉的地方，此處指站在大庾嶺處。❻隴頭梅：大庾嶺地處南方，其地氣候暖和，故十月即可見梅。紅白梅夾道，故有梅嶺之稱。

詩意解析

陰曆十月時，大雁開始南飛，據說牠們飛到大庾嶺後，便會全部折返。我遠涉嶺南，不知何日何時才能遇赦歸來呢？潮水退去，江面靜靜地泛著漣漪，昏暗的深山裡，瘴氣濃重地無法散去。來日，我登上高山，向北遙望故鄉，或許能看到大庾嶺上初放的紅梅吧！

古人認為大庾嶺是南北的分界線，因此有十月北雁南歸至此，便不再過嶺的傳說。宋之問被貶謫，途經大庾嶺北驛時，懷鄉的憂傷湧上心頭，悲切之音脫口而出。由雁及人，詩人使用比興手法，兩兩相形，人不如雁的感慨深蘊其中，將詩人的內心情感表現得含蓄委婉又深切感人。

五、六兩句，詩人又點綴了眼前景色。昏暗的景色，恰似詩人內心的迷離惆悵。此兩句寫景承接上二句抒情，以景襯情，渲染淒涼孤寂的氣氛，烘托悲苦的心情，使抒情又再向前推進一層，更加深刻細膩。

最後兩句，詩人又從寫景轉為抒情。南朝梁詩人陸凱〈贈范曄〉：「折梅逢驛使，寄與隴頭人。江南何所有，聊贈一枝春。」詩人暗用此典故，雖然家不可歸，但他希望能寄一枝梅，安慰家鄉的親人。情致淒婉，綿長不斷，詩人懷鄉之情到達最高點，卻收得含吐不露。詩人最後沒有接續上文寫實景，而是拓開一筆，寫了想像，虛擬一段情景來闔合全詩。如此一來，不但深化主題，且情韻醇厚，含悠然不盡之意，令人神馳遐想。

詩人小傳

宋之問，字延清，一名少連，一說虢州弘農人。弱冠時即有文名，是劉希夷的舅舅。唐代上元二年，舅甥兩人雙雙進士及第。宋之問想要抄襲劉希夷的詩句，劉希夷一開始答應，不久之後卻又反悔，宋之問一氣之下，便用土袋將劉希夷活埋。在京城時期，他與沈佺期並稱為「沈宋」，和陳子昂、楊炯、駱賓王、杜審言等人交往。宋之問為近體詩定型的代表詩人，所作多是粉飾太平、頌揚功德之應制詩，靡麗精巧，尤善五言律詩，對初唐律體之定型頗有貢獻，尤其貶謫之後，詩句逐漸簡單遼闊，開盛唐氣象。

高手過招

1.（　）陽月南飛雁，傳聞至此回。我行殊未已，何日復歸來？江靜潮初落，林昏瘴不開。明朝望鄉

處，應見隴頭梅。（宋之問〈題大庾嶺北驛〉）此詩敘寫的情懷，與下列選項何者意義最相近？

A. 人生不相見，動如參與商。

B. 長江悲已滯，萬里念將歸。

C. 曾經滄海難為水，除卻巫山不是雲。

D. 勸君更進一杯酒，西出陽關無故人。

【解答】1. B

旁徵博引

貶謫聖地——大庾嶺

大庾嶺，古名塞上、台嶺，又名東嶠、梅嶺，為五嶺之一。相傳漢武帝時，有一位庾姓將軍在此築城，因此得名大庾嶺。唐代的張九齡在此開鑿通往中原的通道時，在道旁種植了大量的梅樹，所以又名梅嶺。宋代蘇東坡〈贈嶺上老人〉：「問翁大庾嶺頭住，曾見南遷幾個回。」深刻表露大庾嶺是古代政治的一個著名歷史節點。唐宋時期，瘴癘的嶺南是貶謫官員的流放地，據典籍記載，包括張九齡、宋之問、牛僧儒、李德裕、劉長卿、韓愈、寇準、蘇東坡、蘇轍、黃庭堅等歷史名人，他們都從大庾嶺上走過，在大庾嶺上鐫刻下一百三十多塊的詩碑，編織成一部獨特的古代官場謫遷史。

登幽州台歌❶

前不見古人❷，後不見來者❸。
念天地之悠悠❹，獨愴然而涕下❺。

陳子昂

說文解字

❶幽州台：即黃金台，又稱薊北樓，是戰國燕昭王為招納天下賢士而建。幽州，古代十二州之一。❷前：過去。古人：古代禮賢下士的聖君。❸後：將來。來者：後世重視人才的賢君。❹念：想到。悠悠：形容時間的久遠和空間的廣大。❺愴然：悲傷，淒惻。涕：眼淚。

詩意解析

如同燕昭王那般禮賢下士的明君，我是見不到了，而今後即將出現的賢君，我也無法得見了。眼前唯有空曠的宇宙，天地是如此遼闊，時間又是如此悠長，人生又是如此短暫、渺小。明君難逢，壯志未酬，我不由感到淒愴而淚下。

本詩深刻地表現出詩人懷才不遇、寂寞無奈的情緒。語言蒼勁奔放，富有感染力，成為歷來傳誦的名篇。

全詩沒有對幽州台做一字描寫，只是登台的感慨，但卻成為千古名篇。風格明朗剛健，是具有「漢魏風骨」的唐詩先驅之作，對掃除齊、梁浮豔纖弱的形式主義詩風，具有拓疆開路之功。全詩語言奔放，富有感染力，

雖只有短短四句，但卻在讀者面前展現出一幅境界雄渾、浩瀚空曠的藝術畫面。詩的前三句，粗筆勾勒，以浩茫寬廣的宇宙天地和滄桑易變的古今人事，作為深邃壯美的背景加以襯托。第四句飽蘸情感，凌空一筆，使詩人慷慨悲壯的自我形象站到了畫面的主位上，頓時神韻飛動，光彩照人。前兩句俯仰古今，寫出時間的綿長；第三句登樓眺望，寫出空間的遼闊無限；第四句寫詩人孤單悲苦的心緒。前後相互映照，格外動人。

詩人小傳

陳子昂，字伯玉，梓州遂寧市射洪縣人，有「唐詩詩祖」之稱。出生於富貴家庭，早年喜游獵，不好學，慷慨任俠，「年十八未知書」。後在學校看到學子刻苦勤學，遂至金華山鄉校，發憤讀書。學業有成後便前往長安，但不得名家賞識。有一日，遇到一個賣胡琴者，一把胡琴索價百萬，陳子昂買了這把胡琴後，邀眾人至家中賞玩，當眾摔琴，並對大家說自己只是一介書生，不懂琴藝，但會寫文章，於是名動京師。陳子昂批評南朝齊至梁期間，詩體「采麗競繁，而興寄都絕」，其代表作為〈感遇〉三十八首，旨在抨擊時弊，抒寫情懷。

高手過招

（*為多選題）

*1.（　）前不見古人，後不見來者。念天地之悠悠，獨愴然而涕下。（陳子昂〈登幽州台歌〉）下列詩句，同樣表現「念天地之悠悠」宇宙情懷的是：

A. 年年歲歲花相似，歲歲年年人不同。

B. 今人不見古時月，今月曾經照古人。
C. 遲遲鐘鼓初長夜，耿耿星河欲曙天。
D. 無邊落木蕭蕭下，不盡長江滾滾來。
E. 嫦娥應悔偷靈藥，碧海青天夜夜心。

2.（　）**前不見古人，後不見來者。念天地之悠悠，獨愴然而涕下。（陳子昂〈登幽州台歌〉）此詩是屬於何種體式？**
A. 五言絕句　B. 五言古詩　C. 七言絕句　D. 七言古詩

【解答】 1. ABD　2. D

旁徵博引

建幽州台的燕昭王

燕昭襄王，姬姓，名職，戰國時期的燕國君主，簡稱昭王或襄王。在位期間，燕將秦開大破東胡，上將軍樂毅聯合五國攻齊，占領齊國七十多城，導致齊國疆土只剩下莒、即墨兩城，造就燕國盛世。

昭王登位之初，決心要令燕國強大，便四處尋找治國的良才。為了禮待老臣郭隗而築宮，還敬他為師，有鑑於此，各國群賢紛紛聚集燕國，史載「樂毅自魏往、鄒衍自齊往、劇辛自趙往，士爭趨燕」。

唐代詩人陳子昂〈燕昭王〉：「南登碣石館，遙望黃金台，丘陵盡喬木，昭王安在哉！」即是形容燕昭王以重金聘用蘇秦。《戰國策》裡也曾記載他千金市馬，讓燕國成為「人才高地」。燕昭王三十年，燕國聯合五國攻齊，上將軍樂毅攻破齊國，占領齊國七十多城，成就了燕國最輝煌的時期。

感遇

張九齡

其一

蘭葉春葳蕤❶，桂華秋皎潔❷。欣欣此生意❸，自爾為佳節❹。
誰知林棲者❺，聞風坐相悅❻。草木有本心❼，何求美人折。

其二

江南有丹橘，經冬猶綠林。豈伊地氣暖❽，自有歲寒心❾。
可以薦嘉客❿，奈何阻重深。運命惟所遇，循環不可尋。徒言樹桃李⓫，此木豈無陰。

說文解字

❶葳蕤：草木枝葉茂盛的樣子。❷皎潔：此處形容桂花蕊晶瑩明亮。❸欣欣：草木繁茂有生機的樣子。生意：生氣蓬勃。❹自：各自。爾：如此。❺林棲者：棲身於山林間的人，指隱士。❻聞風：指仰慕蘭桂芳潔的風尚。坐：因而。❼本心：草木的根與莖幹，指天性。❽伊：語助詞。❾歲寒心：意即耐寒的特性。❿薦：進奉。⓫樹：此處作動詞使用，種植。

詩意解析

其一

春天裡的幽蘭枝葉茂盛，秋天裡的桂花皎潔清新。世間的草木生氣蓬勃，呈現出最美好的時節。在山林中隱逸的高人，也會因聞到芬芳而滿懷喜悅。草木散發香氣本就源自於天性，春蘭秋桂榮而不媚，何須乞求欣賞者前來攀折呢？

其二

江南丹橘枝葉繁茂，經歷冬天後，依舊常青。這豈只是因為南國氣候和暖，而是因它具有松柏的品性。賢人必受稱讚推薦，無奈山水阻隔，路途遙遠，只能空有賢德，無法受到重用。命運無常，因果循環的奧祕難尋。世人只種植有果有林的桃李，但是，四季不凋、綠樹成蔭的丹橘，哪一點不如桃李呢？

唐代開元後期，唐玄宗沉溺聲色，奸佞專權，朝政日趨黑暗。為了規勸唐玄宗勵精圖治，張九齡曾撰《千秋金鏡錄》一部，論述前代治亂興亡的歷史教訓，並將它作為對皇帝生日的壽禮，進獻給唐玄宗。唐玄宗心中不悅，再加上李林甫的讒言誹謗，最後，張九齡被貶為荊州長史。遭貶後，他作〈感遇〉十二首，運用比興手法，表現其堅貞清高的品德，抒發自己遭受排擠的憂思。

望月懷遠❶

張九齡

海上生明月，天涯共此時。情人怨遙夜❷，竟夕起相思❸。
滅燭憐光滿❹，披衣覺露滋❺。不堪盈手贈❻，還寢夢佳期。

說文解字

❶懷遠：懷念遠方的親人。❷情人：多情的人，此處指詩人自己。另一說指親人。遙夜：長夜。❸竟夕：終宵，即一整夜。❹憐：愛。❺滋：濕潤。❻盈手：雙手捧滿之意。盈，滿。

詩意解析

茫茫的海上升起一輪明月，你我都在天涯共同仰望同樣的月光。有情人怨恨月夜漫長，因為自己將會整夜思念親人，而無法入睡。我熄滅蠟燭，披衣起身徘徊，感到夜露寒涼。我無法把今夜美好的月色獻給你，只願能夠與你在夢境中相見。

此詩是在月夜時，懷念遠人。詩人因離鄉背井，望月而產生思念親人之情。起句意境雄渾闊大，完全寫景，點明題中的「望月」。第二句由景入情，轉入「懷遠」，將詩題的情景全部收攝，卻又毫不費力，是張九齡作古詩時，渾成自然的風格。三、四兩句以怨字為中心，以「情人」與「相思」呼應，以「遙夜」與「竟夕」呼應，一氣呵成，自然流暢，具有古詩氣韻。

五、六兩句細膩地寫出深夜對月不眠的實情實景。夜已深，氣溫下降，露水沾濕了身上的衣裳。此處的「滋」字不僅是客觀上的濕潤，還有滋生不已的意思。「露滋」兩字寫盡「遙夜」、「竟夕」的精神。相思不眠之際，沒有什麼可以相贈的，只有滿手的月光。最後兩句，詩人暗用晉代陸機〈擬明月何皎皎〉的「照之有餘輝，攬之不盈手」兩句詩意，翻古為新，寄託不盡情思。全詩至此戛然而止，只覺餘韻裊裊，令人回味不已。

詩人小傳

張九齡，字子壽，一名博物，諡號文獻，人稱「張曲江」，韶州曲江人。張九齡從小聰敏善文，十三歲時，廣州刺史王方慶見到他的文章後，大為嘆賞。張九齡為相時，正直賢明，不避利害，敢於諫言，曾彈劾安祿山有野心，提醒玄宗注意。有詩〈感遇〉十二首，和陳子昂的〈感遇〉三十八首相提並論，其中「草木有本心，何求美人折」一聯，更是他高潔情操的寫照。另外，張九齡的五言律詩情緻深婉，如〈望月懷遠〉其中「海上生明月，天涯共此時」一句，更是唱絕千古。

盛唐

回鄉偶書❶

賀知章

少小離家老大回❷，鄉音無改鬢毛衰❸。
兒童相見不相識，笑問客從何處來。

說文解字

❶偶書：隨興所寫的詩作。偶，說明寫作得很偶然，是隨時有所見、有所感而寫的。❷老大：年紀大。賀知章回鄉時已年逾八十。❸鄉音：家鄉的口音。鬢毛：額角邊靠近耳朵的頭髮。衰：斑白。

詩意解析

我在年少時離開家鄉，直到遲暮之年才返鄉。我的鄉音雖然沒有改變，但鬢角的毛髮卻已經斑白。村裡的兒童們看見我，卻沒有任何人認識我。他們笑著詢問我：「客人是從哪裡來的啊？」

此為久客異鄉、緬懷故里的感懷詩。首句用「少小離家」與「老大回」的句中自對，概括寫出數十年久客他鄉的事實，暗寓自傷「老大」之情。次句以「鬢毛衰」頂承上句，具體寫出自己的「老大」之態，並以不變的「鄉音」映襯早已變化的「鬢毛」，為喚起下兩句做好鋪墊。

三、四句從充滿感慨的一幅自畫像，轉為富於戲劇性的兒童笑問場面。「笑問客從何處來」，對於兒童來說，只是淡淡的一問，言盡而意止，但對詩人而言，卻成了沉重的一擊，引出他無窮的感慨。

詩人小傳

賀知章，字季真，號石窗，晚年號四明狂客，越州永興人。少時以文詞知名，性格爽直，豁達而健談，好飲酒。賀知章與詩人李白是好友，賀知章在讀了李白的作品後，感嘆地說：「子，謫仙人也。」從此後人便稱李白為詩仙。賀知章也擅長書法，工於草書和隸書，他與書法家張旭為姻親，時人以「賀張」稱之。

高手過招

1.（　）「相迎不道遠」的「相」並不是互相的意思，而是詞頭兼有稱代作用，可稱代第一、二、三人稱。例如，「相迎」就是「迎你」的意思。下列各文句中的「相」字，請判斷何者為稱代作用的詞頭？甲、來歸「相」怨怒，但坐觀羅敷。（〈陌上桑〉）乙、兒童「相」見不相識，笑問客從何處來。（唐代賀知章〈回鄉偶書〉）丙、上有加餐食，下有長「相」憶。（〈飲馬長城窟行〉）丁、巫、醫、樂師、百工之人，不恥「相」師。（唐代韓愈〈師說〉）戊、移船「相」近邀相見，添酒迴燈重開宴。（唐代白居易〈琵琶行〉）

A. 乙丁　B. 甲戊　C. 甲乙丙　D. 乙丙戊

【解答】1. D

桃花溪❶

張旭

隱隱飛橋隔野煙❷，石磯西畔問漁船❸。
桃花盡日隨流水❹，洞在清溪何處邊❺？

說文解字

❶桃花溪：水流名。❷飛橋：高橋。❸石磯：水中積石或水邊突出的岩石。漁船：源自晉代陶淵明〈桃花源記〉中的典故。❹盡日：整日。❺洞：指晉代陶淵明〈桃花源記〉中，武陵漁人找到的洞口。

詩意解析

一座高橋，在雲煙繚繞中出現，我在岩石的西畔詢問著漁船上的漁人。這裡的桃花整日隨著溪水流淌，傳說中的桃花源洞口在清溪的何處呢？

此詩透過描寫桃花溪幽美的景色，和詩人對漁人的詢問，抒寫嚮往世外桃源、追求美好生活的心情。桃花溪兩岸多桃林，暮春時節，落英繽紛。相傳晉代陶淵明的〈桃花源記〉便是以此處為背景。張旭描寫的桃花溪，雖不一定指同一個地方，但卻暗用其意境。

全詩由遠到近，正面寫來，再用詢問，運實入虛，構思布局新穎巧妙。詩人的筆觸輕快灑脫，對景物不做繁瑣描寫，對〈桃花源記〉的意境也運用得空靈自然，從而創造出一個饒有畫意、充滿情趣的幽深境界。

詩人小傳

張旭，字伯高，吳郡吳縣人。唐代開元年間，官至常熟尉，後又為金吾長史，世稱「張長史」，在朝中與顏真卿、杜甫相識。他以豪飲知名，杜甫的詩作〈飲中八仙歌〉便曾描寫張旭，與其他人被合稱為「飲中八仙」。張旭以書法中最為奔放自由的草書聞名，據《新唐書》記載，張旭喜歡在酒醉後書寫作品，稱之為「狂草」。他的書法多以奇形怪狀、粗細對比誇張的線條相連，在《舊唐書》中被讚譽為「變化無窮，若有神助」。在張旭之前，書法界一直奉王羲之、王獻之為典範，但張旭的書法打破了這個常規，為書法帶來旋風式的改革。

旁徵博引

唐代三絕——張旭草書

唐代三絕，即「李白詩歌」、「裴旻劍舞」、「張旭草書」，是唐文宗向全國詔書御封的。

張旭，字伯高，一字季明。張旭的書法，始化於張芝、二王（王羲之、王獻之）一路，以草書成就最高。他以繼承「二王」傳統為自豪，字字有法。他的楷書端正謹嚴，規矩至極，宋代黃庭堅譽為「唐人正書無能出其右者」。若說他的楷書是繼承多於創造，那麼他的草書則是書法史上的創新發展。唐代韓愈說：「旭善草書，不治他技故旭之書，變動如鬼神，不可端倪。」唐代顏真卿亦曾兩度辭官，就是為了向他請教筆法。

經鄒魯祭孔子而歎之❶

唐玄宗

夫子何為者？栖栖一代中❷。地猶鄹氏邑❸，宅即魯王宮。
歎鳳嗟身否❹，傷麟怨道窮❺。今看兩楹奠❻，當與夢時同。

說文解字

❶經鄒魯祭孔子：唐代開元十三年，唐玄宗到泰山祭天，途經孔子故居，派出使者祭孔子墓。❷栖栖：忙碌不安的樣子，形容孔子四方奔走，無處安身。❸鄹：春秋時魯地，孔子父叔梁紇為鄹邑大夫，孔子出生於此，後遷曲阜。❹身否：身不逢時。否，不通暢，不幸。❺麟：祥瑞之獸，象徵太平盛世。❻兩楹奠：比喻祭祀的莊嚴隆重。兩楹，指殿堂的中間。楹，堂前直柱。

詩意解析

孔子一生奔波，周遊列國，究竟為了什麼呢？孔子誕生於鄒氏邑，後來遷居曲阜，魯王原想毀掉這座故宅，以擴建宮府。孔子曾嘆息：「鳳凰生不逢時。」見到麒麟時，也曾傷心地說：「已經窮途末路了啊！」如今，我瞻仰立在兩楹間，為他人所祭拜的孔子雕像，他終於得以實現自己當年希望受人敬重的願望。

此詩意在感嘆孔子的際遇，全詩以疑問入筆，表現出詩人於孔子像前謙恭行禮，心中感慨萬千，口內喃喃自語的情狀。詩人著筆於「嘆」、「嗟」、「傷」、「怨」，寫出自己對孔子雖「嘆」實「讚」之情，立意集於以「嘆」

代「讚」，既表達出對孔子一生鬱鬱不得志的嘆息之情，又讚揚孔子「明知其不可為而為之」的超凡脫俗。

此詩用典極多。首聯即出自《論語．憲問》：「微生畝謂孔子曰：『丘何為是栖栖者與？無乃為佞乎？』孔子曰：『非敢為佞也，疾固也。』」此句本是孔子的憤懣之言，孔子自稱忙忙碌碌，並非逞口舌之長，只是痛恨世人頑固不化，才著書立說，教化世人。詩人化用此典故，抒發自己的無限感慨，像孔子這樣的聖人，雖終其一生於諸侯之間，勞碌不停，但最終也未能實現自己的理想，這是非常悲哀的一件事。

頷聯承接上句，依舊引用典故，讚嘆孔子的舊居，漢代孔安國〈尚書序〉記載：「魯恭王壞孔子舊宅，以廣其居，升堂聞金石絲竹之聲，乃不壞宅。」寫帝王諸侯想要擴建宮殿，也不敢妄動孔子的故居。表明孔子的功績即便貴為王侯也望塵莫及，旨在高度評價孔子的尊崇地位。

頸聯是孔子的自傷之詞，孔子自嘆命運不濟、生不逢時、政治理想難以實現。《論語．子罕》中記載：「鳳鳥不至，河不出圖，吾已矣夫！」傳說鳳凰現身，河洛圖出，是象徵聖王出世的瑞兆，然而孔子生逢春秋亂世，刀兵四起，諸侯們只關心自己的領土、霸權、兵力，沒有願意行仁義的聖王，因此孔子自嘆儒學之道沒有用武之地，而致力於推行德政的人也如那隻被愚人獵捕的麒麟一般，遲早會被這個時代所絞殺。

尾聯既是孔子「昨日」的夢想，也是「今日」的現實，當然也可以理解為詩人一直都有拜祭孔子靈位的夢想，終得實現。「兩楹奠」出自《禮記．檀弓上》，原表示祭奠禮儀的隆重與莊嚴，用於此，意為後世對孔子的萬分敬重。

詩人小傳

唐玄宗李隆基，唐朝第九代皇帝，也是唐朝在位最久的皇帝，唐睿宗第三子。廟號玄宗，諡號至道大聖大明孝皇帝。宋代為避聖祖趙玄朗諱，清代為避諱康熙玄燁諱，皆稱其為唐明皇，另有尊號「開元聖文神武皇帝」。性格英明果斷，多才多藝，知曉音律，擅長書法，儀表雄偉俊麗。

高手過招

1.（　）**下列哪組詩文的敘述與思念無關？**

A.由來征戰地，不見有人還。戍客望邊色，思歸多苦顏。（唐代李白〈關山月〉）是一首詠邊塞的樂府詩，寫守邊的戰士因思歸而苦顏。

B.今夜鄜州月，閨中只獨看。遙憐小兒女，未解憶長安。（唐代杜甫〈月夜〉）是一首思念妻小的詩。

C.西陸蟬聲唱，南冠客思侵。（唐代駱賓王〈在獄詠蟬〉）從文字中點出，這是一首詠物的詩，藉著秋天蟬鳴，引起囚牢中的人更多鄉愁。

D.嘆鳳嗟身否，傷麟怨道窮。（唐玄宗〈經鄒魯祭孔子而嘆之〉）這首是開元十三年唐玄宗經過曲阜孔子舊宅而作，全詩對孔子表達無限同情。

【解答】1. D

涼州詞

王翰

葡萄美酒夜光杯❶，欲飲琵琶馬上催。
醉臥沙場君莫笑，古來征戰幾人回？

說文解字

❶葡萄美酒：葡萄釀造的酒。夜光杯：西域胡人曾獻給周穆王白玉杯，夜間有光。此處泛指華貴的酒杯。

詩意解析

夜光杯盛著葡萄美酒，出征的將士們正欲暢飲，馬上琵琶卻已聲聲催促著他們踏上征途。請不要取笑我醉醺醺地躺臥在沙場上，從古至今，又有幾個威風凜凜的出征將士可以活著回來呢？

此詩是按涼州地方樂調所歌唱的，全詩地方色彩極濃，從標題來看，涼州屬西北邊地；從內容來看，葡萄酒是當時的西域特產，而夜光杯也是自西域所進，琵琶更是西域所產，胡笳亦是西北所流行的樂器，這些詩中所描述的物品，無一不與西北邊塞風情相關。此詩正是一首優美的西域邊塞詩。

詩人小傳

王翰，字子羽，晉陽人。唐睿宗景雲元年進士，開元九年，張說入朝為相，召王翰為秘書正字，一時意氣風發，「發言立意，自比王侯。頤指儕類，人多嫉之」。最後被貶為道州司馬，死於前往道州的途中。

高手過招

1.（　）下列詩句的解說，何者敘述正確？

A.「醉臥沙場君莫笑，古來征戰幾人回」是一首凱旋詩。

B.「江流石不轉，遺恨失吞吳」其中「江流石不轉」是稱揚曹操的功業。

C.「月落烏啼霜滿天，江楓漁火對愁眠」描繪出冬天風情的淒冷悲涼景象。

D.「欲窮千里目，更上一層樓」積極道出了「要看得遠，就要站得高」的人生感悟。

2.（　）試分析以下作品，何者不屬於「邊塞詩」？

A.此地別燕丹，壯士髮衝冠。昔時人已歿，今日水猶寒。

B.黃河遠上白雲間，一片孤城萬仞山。羌笛何須怨楊柳，春風不度玉門關。

C.秦時明月漢時關，萬里長徵人未還。但使龍城飛將在，不教胡馬度陰山。

D.葡萄美酒夜光杯，欲飲琵琶馬上催。醉臥沙場君莫笑，古來征戰幾人回。

【解答】1.D　2.A

登鸛鵲樓❶

王之渙

白日依山盡❷，黃河入海流。
欲窮千里目❸，更上一層樓。

說文解字

❶鸛鵲樓：舊址在山西永濟，樓高三層，前對中條山，下臨黃河。傳說常有鸛雀在此停留，故稱之。❷白日：太陽。依：依傍。盡：消失。❸欲：想要得到某樣東西，或達到某種目的的願望。窮：盡，使達到極點。千里目：眼界寬闊。

詩意解析

夕陽依傍著西山緩緩沉沒，滔滔黃河往東海奔流。如果想看盡千里的風光，那就必須登上更高的城樓。

詩的前兩句寫的是登樓望見的景色，寫得景象壯闊，氣勢雄渾。詩人運用極其樸素、淺顯的語言，把進入廣大視野的萬里河山，概括收入短短十個字中。使得讀者在讀到這十個字時，也如臨其地，如見其景，感到胸襟為之一開。首、次兩句把上下、遠近、東西的景物，全都容納進詩筆之下，使畫面顯得寬廣遼遠。事實上，詩人身在鸛鵲樓上，是不可能望見黃河入海的，句中寫得是詩人目送黃河遠去天邊，所產生的意中景，將當前景與意中景融合為一的寫法，更增加了畫面的廣度和深度。

詩筆到此，看似已經寫盡了眼前的景色，但不料詩人在接下來以「欲窮千里目，更上一層樓」兩句，即景生意，把詩篇推引入更高的境界，向讀者展示更廣大的視野。詩句從表面看來，只是平鋪直敘地寫出這一登樓的過程，但其實含意深遠，其中包含了詩人向上進取的精神、高瞻遠矚的胸襟，也道出要站得高才能夠看得遠的哲理。

出塞

王之渙

黃河遠上白雲間，一片孤城萬仞山❶。
羌笛何須怨〈楊柳〉❷，春風不度玉門關❸。

說文解字

❶仞：古代長度單位，一仞約等於八尺。❷羌笛：直吹管樂器，出自羌族。〈楊柳〉：指樂府〈折楊柳〉，曲調哀愁。
❸玉門關：漢代關名，今甘肅敦煌。

詩意解析

黃河綿延流向天邊的白雲之端，一座孤城屹立在萬仞高山上，那正是戍邊將士們居住的地方。奏出〈折楊柳〉的羌笛，為什麼要聲聲哀怨呢？春風本來就無法溫暖荒冷的邊關，就如同戍邊的將士得不到朝廷恩澤一樣。

此詩又題作〈涼州曲〉。涼州，今甘肅武威，是唐玄宗開元年間，西涼府都督所在地。詩的前兩句，使人立即聯想到歷史和未來，感到永恆和無窮。「黃河」和「白雲」色彩對照明麗，此時的詩人全神貫注，感受到的是空曠，但沒有寂寞的美景。目光稍移，詩人看到的是天地間其他的景物，城是孤的，山是險的，高達萬仞，此處用山的高顯出城的小，互相對比。

後兩句寫邊地的荒涼與寒冷，和征人的怨情，情調由豪壯轉為憂傷。但這種憂傷不是一般悲抑低沉的哀嘆，而是暗含諷刺之意。詩人的真意並不在於誇張塞外的荒涼與寒冷，訴說邊塞沒有春風，是為了藉自然現象暗喻安居於繁華帝都的最高統治者，從不關心戍守邊疆的將士們，對於遠出玉門關保衛邊境的士兵，從不給予些許溫暖。

詩人小傳

王之渙，字季凌，并州人。早年由并州遷居至絳州，曾任冀州衡水主簿，衡水縣令李滌將女兒許配給他。因被人誣謗，乃拂衣去官，後復出，擔任文安縣尉，在任內去世。王之渙「慷慨有大略，倜儻有異才」，精於文章，並善於寫詩，多引為歌詞，常與王昌齡、高適等詩人互相唱和，名動一時。他尤善五言詩，以描寫邊塞風光為勝。詩作今僅存六首，以〈登鸛雀樓〉、〈出塞〉為代表作。

高手過招

1.（　）老師舉辦百元中學堂搶答題，請問以下針對「唐詩」的提問，誰回答得最正確且完整？

A.小花：「欲窮千里目，更上一層樓」所蘊含的道理，意同「行萬里路，讀萬卷書」。

B.小江：「唯見長江天際流」用滔滔江水描寫不盡的鄉愁。

C.小明：平仄是從首句第二字判斷仄起式或平起式。

D.小華：唐代王之渙〈登鸛雀樓〉、唐代李白〈黃鶴樓送孟浩然之廣陵〉、唐代張繼〈楓橋夜泊〉三首唐詩，皆有點到「愁」。

2.（　）長安城中，有一間遠近馳名號稱「一字千金」的藝品專賣店。店裡的牆上掛了一把扇子，上面題有唐代王之渙的〈登鸛雀樓〉。請問若要購買這把扇子，至少要花費多少錢？（註：千金＝一千兩黃金）

A.黃金二千兩　B.黃金二萬兩　C.黃金二千八百兩　D.黃金二萬八千兩

3.（　）王之渙是唐代詩人，他善於描寫

A.離愁閨情　B.山水田園　C.華麗的皇宮　D.邊塞景物

4.（　）黃河遠上白雲間，一片孤城萬仞山。羌笛何須怨楊柳，春風不度玉門關。（王之渙〈出塞〉）下列敘述寫作手法，何者有誤？

A.「黃河」句是自下而上、由遠而近的特殊感受。

B.「一片」「孤城」語「萬仞」是蕭索與壯觀景象的鮮明對比。

C. 前二句寫景，後二句寫情。

D. 第三、四句採一問一答方式，比喻朝廷不關心戍卒的艱苦生活。

【解答】1. C　2. B　3. D　4. A

旁徵博引

鸛雀樓

鸛雀樓是著名的古代樓閣之一，與黃鶴樓、岳陽樓、滕王閣被並稱為「四大歷史文化名樓」。（另一說為黃鶴樓、岳陽樓、滕王閣、蓬萊閣。）

鸛雀樓的原址位於山西蒲州，在魏晉南北朝時期，北周和北齊在此處形成軍事對峙形勢，北周的將軍宇文護為了防禦，便在蒲州西門外建築了一座高樓，作為軍事瞭望台，因為經常有鸛鳥在上面棲息築巢，所以又被稱為「鸛雀樓」。此地可以俯瞰黃河，因此吸引了許多歷代著名文人登樓弔古抒懷。宋代沈括《夢溪筆談》記載：「河中府鸛雀樓唐人留詩者甚多，唯李益、王文奐、暢諸三篇能狀其景。」

秋登蘭山寄張五

孟浩然

北山白雲裡，隱者自怡悅❶。相望試登高，心隨雁飛滅。
愁因薄暮起，興是清秋發❷。時見歸村人，沙行渡頭歇。
天邊樹若薺❸，江畔洲如月❹。何當載酒來❺，共醉重陽節❻。

說文解字

❶隱者：詩人的自稱。❷興：秋興。發：激發。❸薺：薺菜。形容遙望時，天邊微小的樹木。❹洲：水中沙洲。❺何當：何時能夠。❻重陽節：農曆九月九日為重陽節，古代這一天有登高飲酒的風俗。

詩意解析

望著北山上的白雲，起起伏伏，我自得其樂，悠遊自在。我登上高山，心情隨著鴻雁遠去而高飛。每到黃昏時分，往往會引起愁思，而每到清秋季節，則總會興致盎然。在山上看著回村的人們，有的走過沙灘，有的坐在渡口歇息。遙望天邊的樹，細小的像是薺菜一般，俯視江畔的沙洲，就如同一彎明月。什麼時候你能帶著酒過來呢？我們一起在重陽佳節開懷暢飲吧！

這是一首臨秋登高遠望，懷念舊友的詩作。開頭四句點出「自悅」，然後登山望張五；五、六兩句點明秋天節氣；七、八兩句寫登山望見山下之人；九、十兩句寫遠望所見；最後兩句寫自己的希望。張五，名子容，隱

居於襄陽峴山南邊的白鶴山。詩人的園廬就在峴山附近，因此登峴山，望對面白鶴山的張五，並寫詩寄意。全詩情隨景生，以景烘情，情景交融，渾為一體，為孟詩代表作之一。

夏日南亭懷辛大

孟浩然

山光忽西落❶，池月漸東上❷。散發乘夕涼，開軒臥閒敞❸。
荷風送香氣，竹露滴清響。欲取鳴琴彈，恨無知音賞❹。感此懷故人❺，中宵勞夢想❻。

說文解字

❶山光：依傍山的日影。❷池月：池邊的月色。東上：從東邊升起❸開軒：開窗。臥閒敞：躺在幽靜寬敞的地方。
❹恨：遺憾。❺感此：有感於此。❻中宵：整夜。勞：苦於。夢想：想念。

詩意解析

依傍山邊的日影不知不覺西落了，池塘上的月亮從東面慢慢升起。我披散著頭髮乘涼，打開窗戶躺臥在寬敞的地方。一陣陣的晚風送來荷花的香氣，露水從竹葉上滴下，發出清脆的聲響。我正想拿琴來彈奏，但又想到沒有知音會欣賞我的琴聲。如此良宵不免懷念我的老朋友，只好整夜在夢中想念他。

全詩的內容可分為兩部分，既寫夏夜水亭納涼的清爽閒適，同時又表達對友人的懷念。首二句表面上看起來是在寫景，細味卻不止是簡單的景物，同時也寫出了詩人的主觀感受。「忽」、「漸」兩字運用巧妙，不但傳達出夕陽西下與素月東昇給人的實際感受，而且，夏日可畏而「忽」落，明月可愛而「漸」起，也表現出心理的感覺。「池」字則表明「南亭」的傍水，亦非虛設。進而，詩人從嗅覺和聽覺兩方面著手，荷花的香氣清淡細微，所以「風送」時聞；竹露滴在池面其聲清脆，所以「清響」。滴水可聞，細香可嗅，使人感到此外更無聲息。寫荷以「氣」，寫竹以「響」，而不及視覺形象，恰是夏夜給人的真切感受。

「竹露滴清響」，悅耳清心，使詩人聯想到音樂，「欲取鳴琴彈」了。但「欲取」而未取，舒適不願動彈，但想想也自有一番樂趣。不料，接下來詩人卻由「鳴琴」之想牽惹起一層淡淡的悵惘，如同平靜的井水掀起一陣微瀾。相傳楚人鍾子期通曉音律，而他的好友伯牙鼓琴，志在高山時，鍾子期便說：「峨峨兮若泰山。」志在流水時，鍾子期便說：「洋洋兮若流水。」鍾子期死後，伯牙也因為痛失知音而不再鼓琴。此處，由清幽絕俗而想到彈琴，由彈琴再聯想到「知音」，最後生出「恨無知音賞」的缺憾，也就自然而然地由水亭納涼過渡到懷人了。最後，以「懷故人」的情緒睡著後，進入夢鄉。全詩以有情的夢境結束，極有餘味。

宿業師山房期丁大不至❶

孟浩然

夕陽度西嶺❷，群壑倏已暝❸。松月生夜涼，風泉滿清聽❹。

樵人歸欲盡❺，煙鳥棲初定❻。之子期宿來❼，孤琴候蘿徑。

說文解字

❶業師：法名為「業」的僧人。山房：僧人的居所。❷度：過，落。❸壑：山谷。倏：一下子。❹滿清聽：滿耳都是清脆的聲響。❺樵人：砍柴的人。❻煙：炊煙和霧靄。❼之：此。子：對男子的美稱。

詩意解析

夕陽越過西邊的山嶺緩緩西下，千山萬壑忽然昏暗靜寂。松林間的明月使得夜晚更加清涼，風聲和泉聲共鳴，在寂靜之中格外清晰。山中的砍柴人都回家了，炊煙中可以看到鳥兒正要歸巢，準備安歇。你和我約定好今晚要來寺住宿，我獨自撫琴站在山路中等候著你如約前來。

此詩寫詩人在山中等候友人到來，而友人不至的情景。前六句展現山寺一帶，黃昏時的美麗景色。詩人先後描繪夕陽西下、群壑昏暝、松際月出、風吹清泉、樵人歸盡、煙鳥棲定等生動的意象，渲染環境氣氛。隨著景緻的流動，時間也在暗中轉換，環境越來越清幽。詩人善於表現自然景物在時間中的運動變化，山區尋常的景物，一經詩人的妙筆點染後，便構成一幅清麗幽美的圖畫。

到了第七句才點出「之子期宿來」，然後在第八句「孤琴候蘿徑」，點出「候」字，以「孤」修飾琴，更添孤清之感。孤琴的形象，兼有期待知音之意。而用「蘿」字修飾「徑」，也似有意似無意地反襯出詩人內心的孤獨。藤蘿總是互相攀援、枝蔓交錯地群生，在這句詩中，整幅山居秋夜、幽寂清冷的景物背景上，詩人生動地勾勒出自我形象，使人如見到這位風神俊朗的人，抱著琴，孤零零地佇立在灑滿月色的蘿徑上，望眼欲穿地期盼友人的到來。

夜歸鹿門山歌❶

孟浩然

山寺鐘鳴晝已昏，漁梁渡頭爭渡喧❷。人隨沙岸向江村，余亦乘舟歸鹿門。
鹿門月照開煙樹，忽到龐公棲隱處❸。巖扉松徑長寂寥❹，惟有幽人自來去❺。

說文解字

❶鹿門：山名。漢末著名隱士龐德公因拒絕徵辟，攜家隱居鹿門山，從此鹿門山便成為隱逸聖地。❷漁梁：洲名。喧：吵鬧。❸龐公：龐德公，東漢襄陽人，隱居鹿門山。荊州刺史劉表請他任官，但他不願意，便攜妻登鹿門山採藥，從此隱居在深山中。❹巖扉：石門。❺幽人：隱居者，詩人的自稱。

詩意解析

天色昏暗，山寺裡的鐘聲響起，漁梁渡口的人們爭相過河返家，喧鬧不已。行人沿著沙岸向江村走去，我乘著小舟返回鹿門。鹿門山的月亮照亮了朦朧的樹影，不知不覺間，我來到龐公隱居的地方。此處的石門和松間小路都靜悄悄的，只有我這個隱者獨自來去，悠閒自如。

詩人的家在襄陽城南郊外，位於峴山附近。題中的鹿門山則在漢江東岸，沔水南畔，與峴山隔江相望，若乘船前往，很快就可以到達。詩人本來一直隱居在峴山南園的家中，四十歲赴長安考進士卻不中，遊歷吳、越一帶幾年後便返鄉，決心追步先賢龐德公的腳步，特意在鹿門山開闢一處住所。

望洞庭湖贈張丞相❶

孟浩然

八月湖水平，涵虛混太清❷。氣蒸雲夢澤❸，波撼岳陽城❹。
欲濟無舟楫❺，端居恥聖明❻。坐觀垂釣者，徒有羨魚情❼。

說文解字

❶張丞相：張九齡，唐玄宗時任宰相，後貶為荊州長史。❷涵虛：包含著天空，比喻天倒映在水中。涵，包容。虛，虛空，空間。清：指天空。❸雲夢澤：古代的雲澤和夢澤是指湖北南部、北部一帶的低窪地區。❹岳陽城：位於洞庭湖東岸。❺濟：渡。楫：船槳。❻端居：安居。聖明：太平盛世，古代認為皇帝聖明，社會就會安定。❼徒：只能。

詩意解析

八月漲潮時，水面幾乎要與岸齊平了，天空倒映在其中，水天連成一片。雲夢大澤水氣蒸騰，霧茫茫一片，水面波濤洶湧，似乎連岳陽城都被撼動了。想要渡水，卻苦於沒有船與槳，在如此聖明的年代，卻還閒賦在家，無所作為，真是羞愧。看著別人臨河垂釣，只能羨慕那些被伯樂釣上岸的魚。

張丞相即張九齡，也是著名的詩人，官至中書令，為人正直。詩人想進入政界實現自己的理想，希望有人能給予引薦。他在入京應試前，寫了這首詩給張九齡，就含有這層意思。本詩的前四句寫洞庭湖壯麗的景象和磅礴的氣勢，後四句藉此抒發自己的政治熱情和希望。

干謁詩是時代和歷史相互作用的產物，一方面，士子們以之鋪墊進身的台階，因而言詞頗多限制，做起來往往竭盡才思；另一方面，由於閱讀對象或為高官顯貴、或為社會賢達，干謁詩大多表現出含蓄的美學特徵。作為干謁詩，最重要的就是要寫得得體，稱頌對方要有分寸，不失身份。措辭不卑不亢，不露寒乞相，才可以被稱為優秀的干謁詩。此詩委婉含蓄，不落俗套，藝術上自有特色。

與諸子登峴山❶

孟浩然

人事有代謝❷，往來成古今。江山留勝蹟，我輩復登臨。
水落魚梁淺，天寒夢澤深。羊公碑字在❸，讀罷淚沾襟。

說文解字

❶諸子：指詩人的數位好友。❷代謝：交替變化。❸羊公碑：後人為紀念西晉名將羊祜所建。羊祜鎮守襄陽時，常與友人到峴山飲酒賦詩。

詩意解析

人間的事情不斷更替變化，來來往往的時間造就古代和今日。我們今日再度登攀、親臨江山各處的名勝古蹟。時已秋末，河水變少，而使得魚梁洲露出江面，天寒之際，雲夢澤看起來迷濛幽深。如今，羊公碑依然巍峨矗立，讀完碑文後，我難過不已，淚流滿面。

這是一首以弔古傷今為主題的詩。弔古，便是憑弔峴首山的羊公碑。據《晉書．羊祜傳》記載，羊祜曾經鎮守荊襄，且有政績，死後，襄陽百姓便於峴山為他建碑立廟。詩人登上峴首山，見到羊公碑後，自然想起羊祜。由弔古而傷今，感嘆自己的身世。

「人事有代謝，往來成古今」，是一個平凡的真理。首聯兩句憑空落筆，似不著題，卻是引出詩人的浩瀚心事，飽含著深深的滄桑之感。頷聯兩句緊承首聯。「江山留勝蹟」承「古」字，「我輩復登臨」承「今」字，詩人的傷感情緒便是來自今日的登臨。頸聯兩句寫登山所見。「淺」指水，由於「水落」，魚梁洲便露出於水面，故稱「淺」；「深」指夢澤，遼闊的雲夢澤，一望無際，令人感到深遠，故稱「深」。詩人提煉出當時當地所特有的景物，既能表現出時序為嚴冬之際，又烘托了詩人內心的傷感。尾聯兩句將「峴山」扣實。「羊公碑尚在」，「尚」字十分有力，它包含許多複雜的內容。羊祜鎮守襄陽時，是在晉初，而詩人寫這首詩是在盛唐，中間相隔四百餘年，朝代的更替和人事的變遷都非常劇烈。然而，羊公碑卻「尚」屹立在峴首山上，令人敬仰。與此同時，也包含了詩人傷感的情緒。四百多年前的羊祜，為國效力，名垂千古，與山俱傳。再想到自己仍為布衣，死後難免湮沒無聞，和「尚在」的羊公碑兩相對比，令人傷感，於是「讀罷淚沾襟」。

宴梅道士山房

林臥愁春盡，搴帷見物華。忽逢青鳥使❶，邀入赤松家❷。
丹竈初開火❸，仙桃正發花。童顏若可駐，何惜醉流霞❹。

孟浩然

說文解字

❶青鳥：神話中的鳥名，為西王母的使者。此處指梅道士。❷赤松：赤松子，傳說中的仙人。此處指梅道士。❸丹竈：道家煉丹的爐竈。❹流霞：仙酒名，也指醉酒的面孔。

詩意解析

我高臥林下，心裡正愁著春光將盡，掀開簾幕觀賞外面的春景。忽然，來了一位傳遞信件的使者，原來是赤松子邀請我去宴飲。煉丹的金爐竈剛剛生起火，院子裡的仙桃也正好開花。如果流霞酒真的能夠使人青春永駐，那又何惜一醉呢？

此詩描述詩人前往梅道士山房做客的情景，描寫道士房中的景物，從而使讀者瞭解道士生活的特色，同時抒發詩人對恬淡閒適生活的熱愛之情。

詩人以隱士身份，宴於梅道士山房，借用「丹竈」、「仙桃」、「駐顏」、「流霞」等仙道術語，並且運用「青鳥」、「赤松子」等典故，描述道士山房的景物，賦予遊仙韻味，流露向道之意。此詩與詩人的山水田園詩風迴

異，以詼諧浪漫的筆調，巧妙地應用仙家典故和道家術語，表現詩人灑脫的氣度和對梅道士的親密友好。

歲暮歸南山❶

孟浩然

北闕休上書❷，南山歸敝廬❸。不才明主棄❹，多病故人疏❺。

白髮催年老，青陽逼歲除❻。永懷愁不寐，松月夜窗虛❼。

說文解字

❶歲暮：年終。南山：唐人詩歌中，常以南山代指隱居地。此處指孟浩然家鄉的峴山。❷北闕：皇宮北面的門樓，漢代尚書奏事和群臣謁見都在北闕，後用作朝廷的別稱。休上書：停止進奏章。❸敝廬：謙稱自己的家園。❹不才：不成材，沒有才能，詩人的自謙之詞。明主：聖明的國君。❺故人：老朋友。疏：疏遠。❻青陽：春天。逼：催迫。歲除：年終。❼虛：空寂。

詩意解析

我不會再給朝廷上奏章了，就讓我回到南山破舊的茅屋隱居吧！我本無才，也難怪明主會嫌棄，我年邁多病，連朋友都離我遠去。歲月無情，白髮頻生，讓人日漸衰老，新一年的春日到來，就像在逼迫舊年離開。我滿懷憂愁，輾轉無法入睡，月亮穿過松林，窗外一片空虛，令我備感寂寞。

落第後的詩人有一肚子的牢騷，卻又不好發作，因此以自怨自艾的形式抒發仕途失意的幽思。全詩表面上是一連串的自責自怪，其實是層出不盡的怨天尤人，說得是自己一無可取，怨得是不為世用之情。

過故人莊❶

孟浩然

故人具雞黍❷，邀我至田家❸。綠樹村邊合❹，青山郭外斜❺。
開軒面場圃❻，把酒話桑麻❼。待到重陽日❽，還來就菊花❾。

說文解字

❶過：造訪。故人莊：好友的田莊。❷具：準備。雞黍：燒雞和米飯。❸邀：邀請。至：到。❹合：環繞。❺郭：古代城外修築的外牆。斜：傾斜。❻開：開啟。軒：指有窗戶的長廊或小屋。場：打穀場。圃：菜園。❼把酒：拿起酒杯。話：閒聊，談論。桑麻：此處泛指莊稼。❽重陽日：陰曆九月九日的重陽節。❾還：回到原處，恢復原狀。就菊花：一邊欣賞菊花一邊飲酒。就，靠近。菊花，既指菊花，也指菊花酒，暗喻孟浩然的隱逸之情。

詩意解析

好友準備了雞和黃米飯，邀請我到他的農舍做客。翠綠的樹木環繞著村落，城牆外的青山連綿不絕。打開窗戶面對著穀場和菜園，我們舉杯歡飲，暢談今年莊稼生長的情況。等到重陽節那天，我還要再來和你一起喝菊花酒，一起觀賞美麗的菊花。

此詩是詩人隱居鹿門山時，到朋友家做客的表現。描寫農家恬靜閒適的生活情景，也寫出與好友的情誼。透過寫田園生活的風光，寫出詩人對這種生活的嚮往。詩人以親切省淨的語言，如話家常的形式，寫出從往訪到告別的過程。

一個普通的農莊，一次燒雞、黍飯的普通款待，被表現得富有詩意。描寫得是眼前景，使用得是口頭語，描述得層次也是任其自然，筆筆都顯得輕鬆，連律詩的形式也變得自由靈活。詩中給讀者的感覺是平易近人的風格，與詩人描寫的樸實農家田園和諧一致，表現形式和內容高度契合，恬淡親切卻又不平淺枯燥。

秦中感秋寄遠上人❶

孟浩然

一丘嘗欲臥❷，三徑苦無資❸。北土非吾願，東林懷我師❹。

黃金燃桂盡❺，壯志逐年衰。日夕涼風至，聞蟬但益悲❻。

說文解字

❶遠上人：一位僧人。遠，法號。上人，對僧人的敬稱。❷一丘：即一丘一壑，指隱居山林之間。❸三徑：比喻歸隱後所居住的田園。❹東林：廬山東林寺，此處借指遠上人所在的寺院。❺黃金燃桂盡：此處比喻處境窘困。燃桂，燃燒珍貴如桂枝的柴火。❻聞蟬：聽蟬鳴易引起悲秋之感。

詩意解析

本想長久地歸隱山林，但又苦於貧窮而舉步維艱。我的心願本就不是滯留長安、躋身仕途，我很羨慕遠上人閒雲野鶴般的生活。旅途中使用的錢財就像燒柴一樣快速耗盡，心中的壯志也隨著年歲逐漸衰減。黃昏裡吹來蕭瑟的涼風，聽著晚蟬的聲響，不禁更加憂愁了。

此詩為詩人在長安落第後的詩作，全詩充滿失意、悲哀與追求歸隱的情緒。

第一聯從正面寫「欲」。詩人的「欲」是隱逸，但詩中不用隱逸而用「一丘」、「三徑」的典故。「一丘」的典故出自《晉書．謝鯤傳》，晉明帝問謝鯤：「人們都將你與庾亮相比，你認為呢？」謝鯤回答：「以禮整治朝廷，為百官作榜樣，我不如庾亮；一丘一壑，隱居田園，我認為我更為優秀。」丘指山丘，壑指山溝，一丘一壑便引申為寄情山水，後來又比喻為隱居山林。「三徑」的典故出自晉代趙岐《三輔決錄》，漢代的蔣詡歸隱後，在田舍前開闢了三條小路，只有自己的好友來訪。「三逕」從院子裡的小路，引申為歸隱者的家園。

「北土非吾願」從反面寫「不欲」，表明不願做官的思想。「北土」指秦中，亦即京城長安，是士子追求功名之地，此處用以代指任官。因而，詩人身在長安，卻不由懷念廬山東林寺的高僧。「東林懷我師」是虛寫，「懷」字表明對「我師」的尊敬與愛戴，暗示追求隱逸的思想，並緊扣詩題中的「寄遠上人」。

接下來，詩人進而抒寫自己滯留帝京的景況和遭遇。「黃金燃桂盡」表現旅況的窮困。「壯志逐年衰」表現心灰意冷。第七句寫「涼風」，第八句寫「蟬鳴」，這些景物都表現出秋天的景象。涼風瑟瑟，蟬鳴嘶嘶，很容易使人產生哀傷的情緒。再加上詩人身居北土，旅況艱難，官場失意，因此感到「益悲」。

宿桐廬江寄廣陵舊遊❶

孟浩然

山暝聽猿愁❷，滄江急夜流❸。風鳴兩岸葉，月照一孤舟。
建德非吾土，維揚憶舊遊❹。還將兩行淚，遙寄海西頭❺。

說文解字

❶桐廬江：桐江，今浙江桐廬。廣陵：今江蘇揚州。舊遊：故交。❷暝：黃昏。❸滄江：桐廬江。滄，也作「蒼」，因江色蒼青，故稱之。❹維揚：廣陵。❺遙寄：遠寄。海西頭：廣陵。

詩意解析

黃昏時分，聽著山間的猿聲，使人備感愁悶。桐江夜以繼日地向東匆匆奔流，大風吹動兩岸的枝葉，沙沙作響，月光映照著江畔中的一葉孤舟。建德風光雖好，但卻不是我的故鄉，我仍然懷念在揚州的老友。只願桐江的江水，可以將我兩行熱淚中的思念，寄回揚州。

此詩意境清寂，情緒上則充滿孤獨感。詩題點明是在乘舟停宿桐廬江的時候，懷念揚州（即廣陵）的友人所作。詩人之所以在宿桐廬江時會有這樣的感受，是因為「建德非吾土，維揚憶舊遊」。按照詩人的訴說，一方面是因為此地不是自己的故鄉，有獨客異鄉的惆悵；另一方面是懷念揚州的老朋友。此種思鄉懷友的情緒，在眼前特定的環境下，顯得更加強烈，令詩人不由得潸然淚下。他幻想能夠憑著滄江夜流，將他的兩行熱淚帶向大海，遙寄在揚州的舊友。

留別王維

孟浩然

寂寂竟何待❶，朝朝空自歸❷。欲尋芳草去❸，惜與故人違❹。

當路誰相假❺，知音世所稀。只應守寂寞，還掩故園扉❻。

說文解字

❶寂寂：落寞。❷空自：獨自。❸芳草：香草，比喻有美德的人。❹違：分離。❺當路：當權者。假：提攜。❻扉：門扇。

詩意解析

這樣寂寞，無人賞識，還等待什麼呢？每天都是懷著失望而歸。如今，我想尋找一處幽靜的山林隱居，但又因要和老朋友分離，而感到惋惜。我的知音實在非常少啊！又有誰肯引薦我呢？就守著寂寞渡過餘生吧！關閉柴門，與世隔絕。

此詩是詩人返回襄陽，在臨行前留給王維的。詩人抒發沒有人引薦自己，缺少知音而失意的哀怨情懷。全詩表達直率，語言淺顯，在怨懟之中，又帶有辛酸意味，感情真摯動人，耐人尋味。

第一聯寫落第後的景象，門前冷落，車馬稀疏。「寂寂」兩字既是寫實，又是寫虛，既表現門庭的景象，又表現詩人的心情。第二聯寫惜別之情。「欲尋芳草去」表明他又考慮歸隱了，「惜與故人違」表明他和王維友情的深厚。「欲」、「惜」兩字充分顯示詩人思想上的矛盾與鬥爭，也深刻地反映出詩人的惜別之情。

「當路誰相假，知音世所稀」兩句說明歸去的原因，語氣沉痛，充滿怨懟之情、辛酸之淚。「誰」字反詰得頗為有力，表明詩人切身體會世態炎涼、人情如水的滋味，「稀」字也準確地表達知音難遇的社會現實。此聯是全詩的重點，就是因為這兩句，才使得全詩充滿強烈的怨懟、憤懣。從結構上來說，由落第而思歸，由思歸而惜別，從而在感情上產生矛盾，一切順理成章。

「只應守寂寞，還掩故園扉」表明歸隱的堅決。「只應」兩字耐人尋味，它表明詩人認為歸隱是唯一應該走的道路。也就是說，赴都應舉是人生道路上的錯誤，所以毅然決然地「還掩故園扉」。

早寒有懷

孟浩然

木落雁南度，北風江上寒。我家襄水曲❶，遙隔楚雲端。
鄉淚客中盡，孤帆天際看❷。迷津欲有問❸，平海夕漫漫❹。

說文解字

❶襄水：漢水流經襄陽境內的一段。曲：河灣，江水曲折轉彎處。❷天際：天邊。❸迷津：迷失方向。津，渡口。
❹平海：寬廣平靜的江水。漫漫：江水盛大的樣子。

詩意解析

樹葉飄零，大雁飛向南方，北風蕭瑟，使得江上分外寒冷。我的家鄉在彎曲的襄水邊，但我卻只能遙望著襄陽天邊的雲霧，可望而不可及。眼淚早在旅途中就已流盡了，遠方的家人們也一定正望著遠在天邊歸鄉的船隻。人生的方向究竟在何處呢？我只看到江水在黃昏中，漫漫無邊，恰似我心中的孤寂和惘然。

「木落雁南度，北風江上寒」兩句寫景。詩人捕捉當時典型的事物，點明季節。木葉漸脫，北雁南飛，是最具代表性的秋季景象。但單說秋天，還不足以表現出「寒」，詩人又再以「北風」呼嘯渲染，使人覺得異常寒冷，點出題目中的「早寒」。「我家襄水曲，遙隔楚雲端」，詩人面對眼前景物，思鄉之情油然而生。「遙隔」兩字不僅表明遙遠，更表明兩地隔絕，無法歸去，透露思鄉之情。

如果說第二聯只是含蓄地透露一些思鄉之情，那第三聯中的「鄉淚客中盡」，就不僅點明鄉思，而是把感情一泄無餘了。「迷津欲有問」使用《論語．微子》中，孔子使子路問津的典故。長沮、桀溺是隱者，而孔子則是積極想從政的人。長沮、桀溺不說「津」的所在，反而嘲諷孔子奔走四方，以求見用，引出孔子的一番慨嘆，凸顯雙方隱居與從政的立場衝突。而詩人本為襄陽隱士，如今卻奔走於各地，將隱居與從政的矛盾集於一身，而這種矛盾卻又無法解決，故以「平海夕漫漫」作結，烘托出詩人迷茫的心境。

宿建德江❶

孟浩然

移舟泊煙渚❷，日暮客酬新❸。
野曠天低樹❹，江清月近人❺。

說文解字

❶建德江：新安江流經建德的一段江水。❷移舟：漂浮的小船。泊：停船靠岸。煙渚：瀰漫霧氣的沙洲。❸客：指詩人自己。❹曠：空闊遠大。❺近：親近。

詩意解析

船停泊在暮煙籠罩的小洲邊，茫茫暮色讓遊子的心中又增添了幾分鄉愁。曠野無垠，遠方的天空彷彿比樹木還低沉，江水清澈，寬廣的宇宙中，只有一輪明月與我親近。

此詩不以行人出發為背景，也不以船行途中為背景，而是以舟泊暮宿為背景。雖然露出「愁」字，但又立即將筆觸轉到景物描寫上，可見詩人在選材和表現上的特色。詩的起句「移舟泊煙渚」，一方面點題，另一方面也為下文的寫景抒情做準備。詩的第二句點出「客愁新」，三、四句就好似詩人懷著愁心，在廣袤而寧靜的宇宙之中，經過一番探索後，終於發現還有一輪孤月是和他親近的。寂寞的愁心尋得了慰藉，詩也戛然而止。

此詩先寫羈旅夜泊，再敘日暮添愁，然後寫到宇宙廣袤寧靜，明月伴人更親。一隱一現，虛實相間，兩相映襯，互為補充。詩中雖只有一個「愁」字，卻把詩人內心的憂愁寫得淋漓盡致。

春曉

孟浩然

春眠不覺曉❶，處處聞啼鳥❷。
夜來風雨聲，花落知多少？

說文解字

❶曉：天剛亮的時候。❷啼鳥：鳥的啼叫聲。

詩意解析

春日裡貪睡，醒來時早已破曉，攪亂我酣眠的是窗外那些鳴叫的小鳥。昨天夜裡，風雨聲不斷，院裡嬌美的春花不知被吹落了多少呢？

此詩為詩人隱居鹿門山時所作，意境優美。詩人抓住春天早晨，剛醒來的一瞬間，展開一系列的描寫和聯想，生動地表達出詩人對春天的熱愛和憐惜之情。此詩沒有直接敘寫眼前春景，而是透過「春曉」時，詩人一覺醒來瞬間的聽覺感受和聯想，捕捉春天的氣息，表達自己對春天的喜愛。

詩的前兩句惜墨如金，僅以一句「處處聞啼鳥」表現充滿活力的春曉景象，但讀者可從這短短五字中知道，就是這些鳥兒的歡鳴將懶睡中的詩人喚醒，可以想見，此時屋外已是一片明媚的春光，從而體會詩人對春天的讚美。這可愛的春曉景象，使詩人自然地轉入三、四句的聯想，連繫詩的前兩句，夜裡的風雨並不是疾風暴雨，應是輕風細雨，它將詩人送入香甜的夢鄉，把清晨清洗得更加明麗，並不可恨。但風雨畢竟會搖落春花，帶走春光，因此一句「花落知多少」，又隱含著詩人對春光流逝的淡淡哀怨以及無限遐想。

詩人小傳

孟浩然，名浩，字浩然，號鹿門處士，襄州襄陽人，因此又稱「孟襄陽」。孟浩然年輕時曾遊歷四方，故後人也稱他為「孟鹿門」。王維曾經向唐玄宗推薦孟浩然，但孟浩然的一句「不才明主棄」，讓玄宗大為不滿，因此使他失去在朝廷任官的機會。開元二十八年，王昌齡遭貶官途經襄陽，訪孟浩然，相見甚歡，在席間吃了魚蝦，導致孟浩然疾病復發，死於冶城南園，時年五十二歲。

高手過招

1.（　）**山光忽西落，池月漸東上。散髮乘夕涼，開軒臥閒敞。荷風送香氣，竹露滴清響。欲取鳴琴彈，恨無知音賞。感此懷故人，終宵勞夢想。（唐代孟浩然〈夏日南亭懷辛大〉）關於這首詩中的時間，下列敘述正確的選項是：**

A.「山光忽西落，池月漸東上」是黃昏時分。

B.「散髮乘夕涼，開軒臥閒敞」是破曉時分。

C.「荷風送香氣，竹露滴清響」是深秋時節。

D.「感此懷故人，終宵勞夢想」與時間無關。

2.（　）**唐代詩人孟浩然〈臨洞庭湖上張丞相〉中「坐觀垂釣者，徒有羨魚情」的「坐」，意思與下列何者相同？**

A. 停車「坐」愛楓林晚，霜葉紅於二月花。

B. 行道水窮處，「坐」看雲起時。

C.來歸相怨怒，但「坐」觀羅敷。　D.感此傷妾心，「坐」愁紅顏老。

3.（　）八月湖水平，涵虛混太清。氣蒸雲夢澤，波撼岳陽城。欲濟無舟楫，端居恥聖明。坐觀垂釣者，徒有羨魚情。（唐代孟浩然〈望洞庭湖贈張丞相〉），以下關於此詩的敘述何者錯誤？

A.詩人寫此詩主要目的為尋求引薦錄用的機會。

B.「涵虛混太清」中「太清」意指湖水。

C.「垂釣者」實指等待機會的賢才。

D.從「端居恥聖明」可看出詩人有心求官。

4.（　）北闕休上書，南山歸敝廬。不才明主棄，多病故人疏。白髮催年老，青陽逼歲除。永懷愁不寐，松月夜窗虛。（唐代孟浩然〈歲暮歸南山〉）下列敘述何者正確？甲、這是一首歲暮的感懷詩，表明自己澹泊名利，無意仕進。乙、「北闕休上書」意謂在京城求官不得，所以不再向宮廷上書了。丙、「不才明主棄，多病故人疏」並未使用「因為」和「所以」，但前後兩句仍各表達出一種因果關係。丁、「青陽」指春天。

A.甲乙丙　B.甲丙丁　C.乙丙丁　D.甲乙丙丁

5.（　）下列詩句，何者與孟浩然〈宿桐廬江寄廣陵舊遊〉中的「風鳴兩岸葉，月照一孤舟」一聯，句法結構完全相同？

A.山中一夜雨，樹杪百重泉。　B.浮雲一別後，流水十年間。

C.功蓋三分國，名成八陣圖。　D.長江一帆遠，落日五湖春。

【解答】1. A　2. B　3. B　4. C　5. C

送別

王維

下馬飲君酒❶，問君何所之❷？君言不得意，歸臥南山陲❸。
但去莫復問❹，白雲無盡時。

說文解字

❶飲君酒：勸君飲酒。飲，使……喝。❷何所之：去哪裡。之，往。❸歸臥：隱居。南山：終南山，即秦嶺，今陝西西安。陲：邊緣。❹但：只。

詩意解析

請你下馬喝一杯酒吧！請問你要去何方呢？你說因為生活不如意，打算回鄉隱居在終南山旁。去吧！我何須再多問你呢？看那白雲正無邊無際地飄蕩，你也一定會如同白雲那邊，悠遊自得吧！

這首詩寫送友人歸隱。全詩六句，僅第一句敘事，五個字就寫出自己騎馬並轡送了友人一段路程，然後下馬設酒，餞別友人。首句便點足題旨，接下來的五句，便是與友人的問答對話。第二句設問，問友人前往何處，自然地引出下面的答話，並過渡到歸隱，表露出對友人的關切。三、四句是友人的回答，看似語句平淡無奇，細細讀來，卻是詞淺情深，含著悠然不盡的意味。五、六句是詩人在得知友人「不得意」後，對友人的勸慰。這裡明說山中白雲無盡，而塵世的功名利祿有盡，這兩句的意蘊非常複雜豐富，既有詩人對友人的同情、

安慰，也有自己對現實的憤懣；有對人世榮華富貴的否定，也有對隱居山林的嚮往。似乎是曠達超脫，但又帶著點無可奈何的情緒。從全篇詩來看，詩人以問答的方式，既使送者和行人雙方的思想感情得以交流，又能省略不少交代性的文字，還使得詩意空靈跳脫，語調親切。

送綦毋潛落第還鄉❶

王維

聖代無隱者❷，英靈盡來歸❸。遂令東山客❹，不得顧采薇❺。
既至金門遠❻，孰云吾道非。江淮度寒食❼，京洛縫春衣❽。
置酒長安道，同心與我違❾。行當浮桂棹❿，未幾拂荊扉⓫。
遠樹帶行客，孤城當落暉。吾謀適不用，勿謂知音稀。

說文解字

❶綦毋潛：綦毋為複姓，潛為名，字季通，荊南人，王維的好友。❷聖代：政治開明、社會安定的時代。❸英靈：有德行、有才幹的人。❹東山客：東晉謝安曾隱居會稽東山，此處借指綦毋潛。❺采薇：商末周初，伯夷、叔齊兄弟隱於首陽山，採薇而食，後世遂以採薇代指隱居生活。采，通「採」。❻金門：金馬門，漢代宮門名，漢代賢士等待皇帝召見的地方。❼寒食：古人以冬至後一百零五天為寒食節，必須斷火三日。❽京洛：指京都洛陽。❾同心：志同道合的朋友。違：分離。❿行當：將要。桂棹：桂木做的船槳。⓫未幾：不久。

詩意解析

政治清明的時代絕無隱者存在，有才幹者會紛紛挺身而出，就連如同謝安一般的山林隱者，也不再效法伯夷、叔齊隱居山林。你這次落榜，無法到達金馬門受皇帝召見，那是命運不濟，怎麼能說是這個選擇不對呢？去年寒食節，你經過江淮，滯留在京洛。如今，我們在長安城外設酒餞別，知己又要與我分開了。你駕駛著小船南下歸去，再過不久就可以回家，扣開自家的柴門。遠方的樹木遮蓋了你的身影，夕陽餘輝將孤城映襯得豔麗多彩。你暫時不被錄用只是偶然之事，不要認為是因為知音寥寥，而徒自感慨啊！

這是一首送別詩，詩人對參加科舉考試落第的友人綦毋潛予以慰勉、鼓勵。開頭四句提到當今正是太平盛世，人們不再隱居，紛紛出山應考，走向仕途。「聖代」一詞充滿對唐朝廷由衷的信賴和希望。「盡來歸」是出仕不久、意氣風發的詩人，對天下舉子投身科考的鼓勵，規勸綦毋潛不要歸隱，而要振作精神，樹立信心。五、六句是對綦毋潛的安慰。七至十句是勸綦毋潛暫時回家，「度寒食」、「縫春衣」是從時令上提醒對方，含有關切之情；「江淮」、「京洛」是從路線的選擇上提出建議，含有送別之意；「置酒」相送、「同心」相勉，足見詩人對綦毋潛的深情厚意與殷殷期望。十一至十四句設想對方回鄉的快捷與沿途風光，意在安慰對方，不要背著落第的悲傷包袱。最後兩句規勸對方，此次落第只是因為自己的才華恰巧未被主考官賞識，不要因此怪罪於開明的「聖代」，也不要怨天尤人，切莫認為朝中賞識英才的人稀少，這一懇切安慰之辭很能溫暖人心，激勵綦毋潛繼續仕進。

青溪❶

王維

言入黃花川❷，每逐青溪水❸。隨山將萬轉❹，趣途無百里❺。
聲喧亂石中❻，色靜深松裡❼。漾漾泛菱荇❽，澄澄映葭葦❾。
我心素以閒❿，清川澹如此⓫。請留磐石上⓬，垂釣將已矣⓭。

說文解字

❶青溪：今陝西勉縣。❷言：發語詞，無義。❸逐：順，循。❹將：將近。萬轉：形容山路千迴百轉。❺趣途：指走過的路途。趣，也作「趨」。❻聲：溪水聲。❼色：山色。❽漾漾：水波動蕩。泛：飄浮。菱荇：泛指水草。❾澄澄：清澈透明。映：倒映。葭葦：泛指蘆葦。❿心素：指高潔的心懷。素，潔白。閒：悠閒淡泊。⓫澹：恬靜安然。⓬請：願，希望。磐石：又大又平的石頭，也作「盤石」。⓭將已矣：將以此終其身。

詩意解析

每次我進入黃花川漫遊時，常常依循著青溪的河水。流水隨著山勢千迴百轉，路途無百里卻曲折蜿蜒。亂石叢中的水聲喧嘩不斷，松林深處的山色靜謐清秀。溪中的水草隨波蕩漾，清澈的溪水倒映著蘆葦。我向來悠閒淡泊，就如同這安詳幽深的青溪。就讓我留在這塊盤石上吧！一生垂釣，直到終老。

詩人筆下的青溪，從不斷的流動變化中，表現出鮮明的個性和盎然生意，讀後令人油然而生愛悅之情。其實，青溪並沒有什麼奇景，但為什麼在詩人的眼中、筆下，它會具有如此魅力呢？清代王國維《人間詞話》曾說：「一切景語皆情語也。」詩人也正是從青溪素淡的天然景緻中，發現與他恬淡心境、閒逸情趣高度一致的境界。「我心素已閒，清川澹如此」，詩人正是有意藉青溪為自己寫照，以清川的淡泊來印證自己的素願，心境、物境在此處已融合為一了。最後，詩人暗用東漢嚴子陵垂釣富春江的典故，也想以隱居青溪來作為自己的歸宿。這固然說明了詩人對青溪的喜愛，更反映出他在仕途失意後，自甘淡泊的心情。

渭川田家❶

王維

斜陽照墟落❷，窮巷牛羊歸❸。野老念牧童❹，倚杖候荊扉❺。

雉雊麥苗秀❻，蠶眠桑葉稀❼。田夫荷鋤至❽，相見語依依。即此羨閒逸❾，悵然吟〈式微〉❿。

說文解字

❶田家：農家。❷墟落：村莊。❸窮巷：深巷。❹野老：村野老人。❺倚杖：靠著枴杖。荊扉：柴門。❻雉雊：野雞鳴叫。❼蠶眠：蠶蛻皮時，不食不動，就如同睡眠狀態。❽荷：肩負。❾即此：指上述所說的情景。❿〈式微〉：《詩經》的篇名，其中「式微，式微，胡不歸」，表達歸隱之意。

詩意解析

村莊處處披滿夕陽餘暉，牛羊沿著深巷紛紛返家。一位老人惦記著放牧的孫兒，柱著枴杖等候在自家的柴門前。雉雞鳴叫，麥子即將抽穗，成眠的蠶兒將桑葉吃得一葉不剩。農夫們荷鋤回到了村莊，相見時，互相歡聲笑語。這樣安逸的場景，如何讓我不羨慕呢？我不禁悵然地吟起〈式微〉，想起自己左右為難的處境，渴望歸隱山林，卻又不能如意，令人不甚感傷。

詩人在此詩中，描繪出一幅恬然自樂的田家暮歸圖，雖都是平凡事物，卻表現出詩人高超的寫景技巧。全詩以樸素的白描手法，寫出人與物皆有所歸的景象，映襯出詩人的心情，抒發詩人渴望有所歸且羨慕悠閒田園生活的心情，並暗藏詩人在官場的孤苦鬱悶。詩人精通音樂、繪畫、書法，藝術修養深厚，宋代蘇東坡評論他「詩中有畫，畫中有詩」，本詩就可以說是一幅山水田園畫。

西施詠❶

王維

艷色天下重，西施寧久微？朝為越溪女，暮作吳宮妃。
賤日豈殊眾，貴來方悟稀。邀人傅香粉，不自著羅衣。
君寵益驕態，君憐無是非。當時浣紗伴，莫得同車歸。持謝鄰家子❷，效顰安可希❸。

說文解字

❶西施：西施，本名施夷光，古代四大美人之一。❷持謝：奉告。❸效顰：指不善模仿，弄巧成拙。安可希：怎麼能希望別人的賞識呢？

詩意解析

天下人向來看重姿色，國色天香的西施又怎麼可能長久微寒呢？早晨，她還是越溪畔的浣紗女，傍晚，她就已成為吳國的王妃了。她在貧賤時，就和一般的浣紗女無異，尊貴時，便覺得自己美麗無比。梳妝打扮時，都有婢女服侍，穿衣起居時，都無須親自動手。君王的寵愛使她嬌媚動人，昔日和她一同浣紗的夥伴，已不可能再和她同車而歸。我奉勸鄰家的東施，不必效顰，那只會弄巧成拙而已。

此詩是藉由詠西施，而抒發感憤不平的諷刺詩，語意深微。詩人透過西施的故事講述詩人對人生的體會，即「賤日豈殊眾，貴來方悟稀」的現象。這一現象有兩種情況，一是一般人難於辨別好壞，一旦美好事物被發現後，大家才吃驚地感嘆豔羨；二是某些人與事物本就平常無奇，但被評為上品或提拔為高官貴婦後，大家馬上刮目相看，敬佩不已。

春秋時越國的美女西施，被越王句踐選送給吳王夫差，成為吳宮邀幸擅寵、嬌憐命貴的豔妃，左右吳王，支配吳國。當然，西施這樣做是有她的政治目的，但詩人此處並不是取材她的政治圖謀，而是取用西施入宮後，豔色凌人、恃寵擅權作為此詩的主調。

洛陽女兒行

王維

洛陽女兒對門居，才可容顏十五餘❶。良人玉勒乘驄馬，侍女金盤膾鯉魚。
畫閣朱樓盡相望，紅桃綠柳垂簷向。羅幃送上七香車，寶扇迎歸九華帳❷。
狂夫富貴在青春❸，意氣驕奢劇季倫❹。自憐碧玉親教舞，不惜珊瑚持與人。
春窗曙滅九微火，九微片片飛花瑣❺。戲罷曾無理曲時❻，妝成只是薰香坐。
城中相識盡繁華，日夜經過趙李家❼。誰憐越女顏如玉❽，貧賤江頭自浣紗。

說文解字

❶才可：恰好。❷九華帳：色彩鮮豔的帳子。❸狂夫：狂放驕縱的丈夫。❹季倫：晉代石崇，字季倫，富可敵國。❺花瑣：指雕花的連環形窗格。❻曾無：從無。理：溫習。❼趙李家：漢成帝的皇后趙飛燕、婕妤李平兩家，此處泛指貴戚之家。❽越女：春秋時期的越國美女西施。

詩意解析

洛陽城裡有個少女和我對門而居，她的容顏十分俏麗，年紀十五有餘。迎親時，她的夫婿騎著玉勒青驄馬，侍女端來的金盤盛著膾好的鯉魚。畫閣、朱樓相對相望，桃紅柳綠垂向屋簷，隨風擺動飄揚。她穿戴打扮後，被送上絲綢香木車子，寶扇遮日，還有鮮豔的九華帳。她的丈夫年紀輕輕就有權有勢，富貴輕狂，財富甚至超越富豪石季倫。他憐愛嬌妻，親自教她練習歌舞，把稀世罕有的珊瑚送給她，也絲毫不覺得可惜。他們徹夜尋歡作樂，直到天亮才滅掉九微燈火，燈花片片飄落在雕花環形窗格上。她每日嬉戲，從無溫習曲子的時間，日日梳妝後，便坐在香爐邊薰香衣裳。她在洛陽城中認識的人，盡是富貴豪族，日夜往來的都是趙、李般的大戶人家。又有誰去憐愛那花容月貌的越女呢？她因出身貧寒，只好在溪頭浣紗。

在封建社會中，小家女子一旦嫁給豪門闊少，便由貧賤之身一躍而為身價百倍的貴婦人，恃寵享樂，嬌貴異常；但不遇之女，即使美顏如玉，亦不免終生淪於貧賤境地。此詩所寫便是為此而發，但其所蘊含的意義，卻超越了詩中所寫的事實本身，從而使此詩的詩意具有很大的外延性，或謂傷君子不遇，或謂譏刺依附權貴的封建官僚，或謂慨嘆人生貴賤的偶然性，都可以論及。

老將行

王維

少年十五二十時，步行奪得胡馬騎。射殺中山白額虎，肯數鄴下黃鬚兒❶！

一身轉戰三千里，一劍曾當百萬師。漢兵奮迅如霹靂，虜騎崩騰畏蒺藜❷。

衛青不敗由天幸❸，李廣無功緣數奇❹。自從棄置便衰朽，世事蹉跎成白首。

昔時飛箭無全目，今日垂楊生左肘。路旁時賣故侯瓜❺，門前學種先生柳❻。

蒼茫古木連窮巷，寥落寒山對虛牖。誓令疏勒出飛泉，不似潁川空使酒❼。

賀蘭山下陣如雲，羽檄交馳日夕聞。節使三河募年少，詔書五道出將軍。

試拂鐵衣如雪色，聊持寶劍動星文❽。願得燕弓射大將，恥令越甲鳴吾君❾。
莫嫌舊日雲中守，猶堪一戰取功勳。

說文解字

❶肯數：豈可只認為。❷蒺藜：此處指鐵蒺藜，戰爭時所用的障礙物。❸衛青：漢代名將，漢武帝皇后衛子夫之弟，以征伐匈奴官至大將軍。❹緣：因為。數：命運。奇：單數。❺故侯瓜：指故侯召平所賣的瓜。故侯，秦代召平，封東陵侯，秦亡後，隱居青門外種瓜為生。❻先生柳：晉代陶淵明棄官歸隱後，因門前有五株楊柳，遂自號「五柳先生」。❼潁川：代指灌夫，漢潁陰人，為人剛直，失勢後牢騷不平，後被誅。使酒：仗著醉酒逞強。❽聊持：且持。星文：指劍上所嵌的七星文。❾鳴：此處指驚動之意。

詩意解析

想當年十五、二十歲青春之時，老將徒步就能奪得胡人的戰馬，可以射殺山中凶狠的白額虎。論英雄時，豈可只論鄴下的黃鬚兒呢？身經百戰，馳騁疆場三千里，老將曾以一劍抵擋百萬雄師。漢軍聲勢如驚雷霹靂，虜騎互相踐踏逃跑，就是怕遇到老將設下的蒺藜。衛青不敗是因為天神相助，李廣無功卻是因為命運不濟。自從老將被摒棄不用後，便日漸蒼老衰朽，世事隨時光流逝，轉眼白首。當年如后羿飛箭射雀一般的本領，如今久不操弓，左肘已生瘍瘤。只能如故侯一般，流落為民，路旁賣瓜；學習陶令，在門前種上綠楊垂柳。古樹蒼茫一片，延伸到深巷內，冷寂的窗牖空對寥落的寒山。但他發誓如耿恭一般，與士兵共患難，不做潁川灌夫，只會酗酒，發泄怨氣。賀蘭山下的戰士們列陣如雲，告急的軍書頻頻回傳京師。持節使臣已前去三河招募兵丁，詔書令大將軍兵分五路。老將重新擦拭鐵甲，使之光潔如雪，把持寶劍，閃動著劍上的七星紋。願得燕地的良弓以射殺敵將，絕不讓敵人甲兵驚動國君。莫嫌老將已老，他尚且能一戰，為國建立功勳。

全詩共分為三段，開頭十句為第一段，寫老將青、壯年時代的智勇功績和不平遭遇。中間十句為第二段，寫老將被遺棄後的清苦生活。最末十句為第三段，寫邊烽未熄，老將依舊懷著請纓殺敵的愛國衷腸。這首詩十句一段，章法整飭，大量使事用典，從不同的角度和方面刻畫出「老將」的鮮明形象，增加了作品的容涵量，完滿地表達作品的主題。詩中對偶工巧自然，如同靈氣周運全身，使詩人所表達的內容，猶如璞玉磨琢成器，達到理正而文奇，意新而詞高的藝術境界。

桃源行

王維

漁舟逐水愛山春❶，兩岸桃花夾古津。坐看紅樹不知遠❷，行盡青溪不見人❸。
山口潛行始隈隩❹，山開曠望旋平陸❺。遙看一處攢雲樹❻，近入千家散花竹❼。
樵客初傳漢姓名❽，居人未改秦衣服。居人共住武陵源❾，還從物外起田園❿。
月明松下房櫳靜⓫，日出雲中雞犬喧⓬。驚聞俗客爭來集⓭，競引還家問都邑⓮。
平明閭巷掃花開⓯，薄暮漁樵乘水入⓰。初因避地去人間⓱，及至成仙遂不還。
峽裡誰知有人事，世中遙望空雲山。不疑靈境難聞見⓲，塵心未盡思鄉縣⓳。

出洞無論隔山水，辭家終擬長遊衍⑳。自謂經過舊不迷㉑，安知峰壑今來變㉒。
當時只記入山深，青溪幾曲到雲林㉓。春來遍是桃花水，不辨仙源何處尋？

說文解字

❶逐水：順著溪水。❷坐：因為。❸見人：遇到路人。❹隈：山水彎曲的地方。❺曠望：指視野開闊。旋：不久。❻攢雲樹：雲樹相連。攢，聚集。❼散花竹：指到處都有花和竹林。❽樵客：打柴人，此處指漁人。❾武陵源：晉代陶淵明〈桃花源記〉中的桃花源。❿物外：世外。⓫房櫳：房屋的窗戶。⓬喧：叫聲嘈雜。⓭俗客：誤入桃花源的漁人。⓮引：領。都邑：桃源人原來的家鄉。⓯平明：天剛亮。閭巷：街巷。開：開門。⓰薄暮：傍晚。⓱避地：遷居此地以避禍患。去：離開。⓲靈境：仙境。⓳塵心：普通人的情感。鄉縣：家鄉。⓴遊衍：留連不去。㉑自謂：自以為。不迷：不再迷路。㉒峰壑：山峰峽谷。㉓雲林：雲中山林。

詩意解析

漁舟順溪而下，追尋著美妙的春景，夾岸桃花映紅了古渡口的兩岸。看著花樹繽紛，忘卻路程遙遠，行到青溪盡處，隱約看見了人煙。走入幽深曲折的山口，再往前，便是一片豁然開朗的平川。遠遠望去，叢叢綠樹有如雲霞聚集，進入村落，看到戶戶門前的翠竹鮮花掩映。來訪的漁人告訴居民漢以後的朝代，村民們穿戴的都還是秦代的衣裝。他們世代聚居在武陵源，在此處共建世外田園。明月朗照，松下房櫳寂靜，旭日升起，村中雞犬聲響起。村人驚訝地迎接外客，爭相邀請，詢問外面世界的消息。清晨的街巷，家家打掃花徑，傍晚的溪邊，漁樵乘船回村。他們當初是因避亂世而出逃，尋到這桃源仙境便不再歸還，從此隱居峽谷，不再理會世間變化。世人求訪異境，只能空望雲山。漁人知曉這是難得的仙境，但只因凡心未盡，所以牽掛家鄉。出洞後，他不顧隔山隔水，決心終有一日要辭家來此仙源。他自認為去過的地方就不會再迷路，但故地重遊，眼前的峰巒已全然改變。當時曾記得山徑幽深，沿青溪幾回彎曲就會抵達桃林。又逢春天，此處依然遍地桃花流水，但仙源已杳杳難尋了。

此為詩人十九歲時所寫的一首七言樂府詩，題材取自陶淵明的敘事散文〈桃花源記〉。將散文的內容改用詩歌表現，絕不僅僅是一個改變語言形式的問題，而是必須進行藝術再創造。詩人這首〈桃源行〉，正是因為它成功地進行藝術上的再創造，因而具有獨立的藝術價值，使此詩得以與散文〈桃花源記〉並世流傳。

將這首〈桃源行〉與陶淵明的〈桃花源記〉比較，可以說二者都很出色，各有特點。散文長於敘事，講究文理文氣，故事有頭有尾，時間、地點、人物、事件都交代得具體清楚。而這些，在詩中都沒有具體寫到，但也使人可以從詩的意境中去想像。詩中所展現的是一個個畫面，形成詩的意境，調動讀者的想像力，去想像和玩味畫面以外的東西，並從中獲得美的感受，這就是詩之所以為詩的原因。

輞川閒居贈裴秀才迪❶

王維

寒山轉蒼翠❷，秋水日潺湲❸。倚杖柴門外，臨風聽暮蟬❹。
渡頭餘落日❺，墟里上孤煙❻。復值接輿醉❼，狂歌五柳前❽。

說文解字

❶輞川：水名。山麓有宋之問的別墅，後歸王維，王維在此處居住三十多年，直至晚年。裴迪：詩人，王維的好友。❷轉：轉為，變為。蒼翠：青綠色。❸潺湲：水流聲。此處指水流緩慢的樣子。❹聽暮蟬：聆聽秋後蟬兒的鳴叫。暮蟬，秋後的蟬，此處是指蟬的叫聲。❺渡頭：渡口。❻墟里：村落。孤煙：直升的炊煙。❼值：遇到。接輿：春秋楚國的隱士，裝狂遁世。此處代指裴迪。❽五柳：五柳先生陶淵明，此處自比詩人。

詩意解析

秋天的山略顯寒意，但也更加鬱鬱蔥蔥，山中小河也緩緩地流淌著。我拄杖倚在柴屋前，跟隨風的方向，聆聽日暮時分蟬的鳴叫。夕陽的餘暉灑在渡口上，一縷炊煙從村裡的煙囪中冒出。此時，又遇到如接輿隱士一般的裴迪，他喝醉了，在如陶淵明般隱居的我面前狂歌。

此詩所極力表現的是輞川的秋景。一聯和三聯寫山水原野的深秋晚景，詩人選擇富有季節和時間特徵的景物，如蒼翠的寒山、緩緩的秋水、渡口的夕陽、墟里的炊煙，有聲有色，動靜結合，勾勒出一幅和諧幽靜且富有生機的田園山水畫。詩的二聯和四聯寫詩人與裴迪的閒居之樂，倚杖柴門，臨風聽蟬，將詩人安逸的神態，超然物外的情致，寫得栩栩如生；醉酒狂歌，則把裴迪的狂士風度表現得淋漓盡致。

山居秋暝❶

王維

空山新雨後❷，天氣晚來秋。明月松間照，清泉石上流。

竹喧歸浣女❸，蓮動下漁舟。隨意春芳歇❹，王孫自可留❺。

說文解字

❶暝：日落，天色將晚。❷空山：空曠，空寂的山野。新：剛剛。❸竹喧：竹林中的喧譁聲。喧，喧譁，此處指竹葉發出的沙沙聲響。浣女：洗衣服的女子。浣，洗滌衣物。❹隨意：任憑。春芳：春天的花草。歇：消散，消失。❺王孫：原指貴族子弟，後也泛指隱居的人。留：居。

詩意解析

空曠的群山被一場新雨沐浴，夜晚降臨時，使人感到已是初秋時節。皎皎明月從松隙間灑下清光，清清泉水在山石上淙淙流淌。竹林喧響，知是洗衣姑娘歸來，蓮葉輕搖，想必是上游蕩下的輕舟。春日的芳菲就任隨它消逝吧！在這美麗的秋色中，我自可流連暢遊。

此詩為山水名篇，於詩情畫意中寄託著詩人高潔的情懷和對理想境界的追求。詩的中間兩聯同是寫景，但各有側重。頷聯側重寫物，以物芳而明志潔；頸聯側重寫人，以人和而望政通。同時，二者又互為補充，泉水、青松、翠竹、青蓮，都可以說是詩人高尚情操的寫照，都是詩人理想境界的環境烘托。既然詩人如此高

潔，而他在那貌似「空山」之中，又找到了一個稱心的世外桃源，所以就情不自禁地說出：「隨意春芳歇，王孫自可留。」詩人認為「山中」比「朝中」好，潔淨純樸，可以遠離官場而潔身自好，所以就決然歸隱了。

歸嵩山作❶

王維

清川帶長薄❷，車馬去閒閒❸。流水如有意，暮禽相與還❹。
荒城臨古渡❺，落日滿秋山。迢遞嵩高下❻，歸來且閉關❼。

說文解字

❶嵩山：五嶽之一，稱「中嶽」。❷清川：清澈的流水。帶：圍繞，映帶。薄：草木叢生之地。❸去：行走。閒閒：從容自得的樣子。❹暮禽：傍晚的鳥兒。相與：相互作伴。❺荒城：嵩山附近如登封等縣，屢有興廢，荒城當為廢縣。臨：當著。古渡：指古代的渡口遺址。❻迢遞：遙遠的樣子。遞，形容遙遠。嵩高：嵩山也作「嵩高山」。❼且：將要。閉關：佛家閉門靜修，此處指閉戶不與人來往之意。

詩意解析

清澈的川水環繞著一片草木，我駕著馬車徐徐而去，從容悠閒。流水好似對我充滿情意，傍晚的鳥兒也隨我一同返還。荒涼的城池緊鄰著古老的渡口，落日的餘暉灑滿金色秋山。在遙遠又高峻的嵩山山腳下，我閉門謝客，不再過問世俗。

此詩寫詩人辭官歸隱途中，所見的景色和心情。首聯描寫歸隱出發時的情景，緊扣題目中的「歸」字。此處所寫的景色和車馬動態，都反映出詩人歸山出發時，一種安詳閒適的心境。中間四句進一步描摹歸隱路途中的景色。第三句「流水如有意」承「清川」，第四句「暮禽相與還」承「長薄」，這兩句又由「車馬去閒閒」直接發展而來。此處移情及物，將「流水」和「暮禽」擬人化，彷彿它們也富有人的感情。這兩句表面上是寫「水」和「鳥」有情，其實還是寫詩人自己有情。一是體現詩人歸山，悠然自得的心情。二是寓有詩人的寄託，「流水」句比喻一去不返，表示自己歸隱的堅決態度；「暮禽」句包含「鳥倦飛而知還」之意，流露出自己退隱的原因，是對現實政治的失望和厭倦。

「荒城臨古渡，落日滿秋山」，此句運用的還是寓情於景的手法。兩句十個字，寫了四種景物，荒城、古渡、落日、秋山，構成一幅具有季節、時間、地點特徵而又色彩鮮明的圖畫。「迢遞嵩高下，歸來且閉關」，前句交待歸隱的地點，點出題目中的「嵩山」兩字，「歸來」寫明歸山過程的終結，點出題目中的「歸」字。「閉關」，不僅指關門的動作，而且含有閉門謝客的意思。後句寫歸隱後的心情，表示要與世隔絕，不再過問人事，最終點明辭官歸隱的宗旨，感情平和。

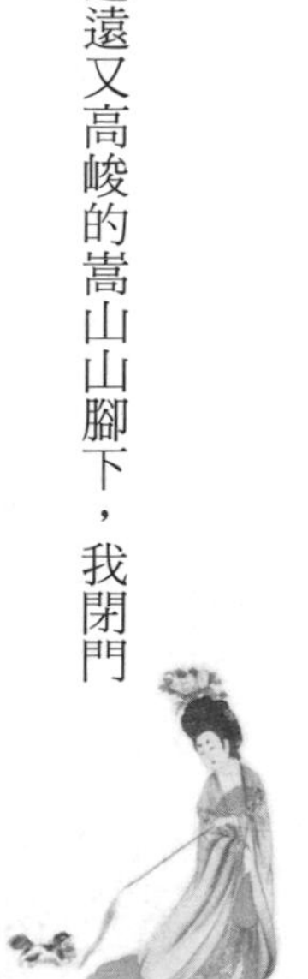

終南山❶

王維

太乙近天都❷，連山接海隅❸。
白雲回望合，青靄入看無❹。
分野中峰變❺，陰晴眾壑殊❻。
欲投人處宿❼，隔水問樵夫。

說文解字

❶終南山：古人又稱秦嶺山脈為終南山，是渭水和漢水的分水嶺。❷太乙：終南山主峰。天都：天帝的居所，此處指帝都長安。❸海隅：海邊。終南山並不臨海，此為誇張之詞。❹青靄：山中的嵐氣。靄，雲氣。❺分野：古天文學名詞。❻壑：山谷。❼人處：有人煙之處。

詩意解析

巍巍的太乙山臨近長安城，山連著山，蜿蜒直達海岸。白雲繚繞，合成一片雲海，青靄迷茫，進入山中後，就看不見身影。中央的主峰將終南山的東西分隔，各山間的山谷迥異，陰晴多變。我想在山中找戶人家投宿，隔著水詢問樵夫。

全詩旨在詠嘆終南山的宏偉壯大。首聯寫遠景，以藝術的誇張，極言山之高遠。頷聯寫近景，身在山中之所見，鋪敘雲氣變幻，移步變形。頸聯進一步寫山之南北遼闊和千巖萬壑的千形萬態。末聯寫為了入山窮勝，想投宿山中人家。全詩寫景、寫人、寫物，動如脫兔，靜若淑女，宛若一幅山水畫。

酬張少府❶

王維

晚年惟好靜❷，萬事不關心。自顧無長策❸，空知返舊林❹。
松風吹解帶❺，山月照彈琴。君問窮通理❻，漁歌入浦深❼。

說文解字

❶酬：回贈。❷惟：只。好：愛好。❸自顧：看自己。長策：好的計策。❹空知：徒然知道。舊林：舊日曾經隱居的園林。❺解帶：詩人寬解衣帶時的閒散心情。❻通：任官。❼漁歌：隱士的歌。浦深：河岸的深處。

詩意解析

人到晚年，特別喜好安靜，對人間萬事都漠不關心。我自思已沒有高策可以報效國家了，只求歸隱家鄉的山林。我寬解衣帶，對著松風乘涼，山月高照，正適合弄弦彈琴。張少府你若要詢問我官運亨通的道理，就去聆聽水濱深處傳來的漁歌吧！

「晚年惟好靜，萬事不關心」，乍看之下，顯得詩人的生活態度消極之至，但這只是表面現象。仔細推敲，「惟好靜」的「惟」字大有文章，詩人此時正任京官，但對朝政已經完全失望，開始過著半官半隱的生活，這兩句詩正是他此時內心的真實寫照。「自顧無長策」就是他思想上矛盾、苦悶的反映，他表面上說自己無能，其實卻隱含著牢騷。儘管在李林甫當政時，詩人並未受到迫害，實際上還升官，但他內心的矛盾和苦悶卻越來越

深。「空知返舊林」，意謂理想落空，歸隱何益？然而卻又不得不如此，在詩人恬淡好靜的外表下，內心深處的痛苦和感慨，還是依稀可辨。

詩人接下來又肯定、讚賞這種「松風吹解帶，山月照彈琴」的隱逸生活和閒適情趣。讀者可以體會到，其實這是他在苦悶之中，追求精神解脫的一種表現，既含有消極因素，又含有與官場生活相對照，厭惡與否定官場生活的意味。在前面四句抒寫胸臆後，再抓住隱逸生活的兩個典型細節加以描繪，展現出一幅鮮明生動的形象畫面，將松風、山月都寫得似通人意，情與景相生，意和境相諧，主、客觀融為一體。最後，「君問窮通理，漁歌入浦深」，回到詩題，採用一問一答的形式，呼應「酬」字，同時，又妙在以不答作答。詩的末句淡淡地勾出一幅畫面，含蓄而富有韻味，耐人咀嚼，發人深思。

過香積寺❶

王維

不知香積寺，數里入雲峰❷。古木無人徑，深山何處鐘❸。
泉聲咽危石❹，日色冷青松。薄暮空潭曲❺，安禪制毒龍❻。

說文解字

❶過：過訪。香積寺：唐代著名寺院，建於西元六八一年，故址已廢。❷入雲峰：登上入雲的高峰。❸鐘：寺廟的

鐘鳴聲。❹咽：嗚咽。危：高的，陡的。❺薄暮：黃昏。曲：水邊。❻安禪：指身心安然地進入清寂寧靜的境界。毒龍：佛教用語，比喻邪念妄想。

詩意解析

我不知道香積寺在什麼地方，為了尋找它，攀登好幾里，甚至誤入雲擁的群峰中。山中古木參天，沒有可以行走的路徑，遠方的深山裡，傳來古寺鳴鐘。山中的泉水撞擊著岩石，響聲幽咽，松林裡的日光，散發幽冷寒氣。黃昏時，我來到空潭的隱蔽之地，安然地修禪，身心安然，一切邪念皆空。

詩題〈過香積寺〉的「過」，意謂訪問、探望。既是去訪香積寺，卻又從「不知」說起，「不知」而又要去訪，表現出詩人的灑脫不羈。因為「不知」，詩人便步入茫茫山林中尋找，不到數里便進入白雲繚繞的山峰之下。詩人晚年的詩筆常帶有一種恬淡寧靜的氣氛。此詩便是以他沉湎於佛學的恬靜心境，描繪出山林古寺的幽邃環境，從而營造出清高幽僻的意境。此詩的前六句純乎寫景，但無一處不透露詩人的心情，可以說是把「晚年惟好靜」的情趣融化到所描寫的景物中去。最後的「安禪制毒龍」，便是詩人心跡的自然流露。

送梓州李使君❶

王維

萬壑樹參天❷，千山響杜鵑❸。山中一夜雨，樹杪百重泉❹。

漢女輸橦布❺，巴人訟芋田❻。文翁翻教授❼，不敢依先賢❽。

說文解字

❶李使君：李叔明，先任東川節度使、遂州刺史，後移鎮梓州。❷壑：山谷。❸杜鵑：鳥名，又名「杜宇」、「子規」。❹樹杪：樹梢。❺漢女：漢水的婦女。橦布：橦木花織成的布，為梓州特產。❻巴：古國名，故都在今四川重慶。芋田：蜀中產芋，為當時主糧之一。❼文翁：郡太守，政尚寬宏，見蜀地僻陋，於是建造學宮，培育人才，使巴蜀日漸開化。翻：改變。❽先賢：已經去世的賢能者，此處指漢景帝時的蜀郡守。

詩意解析

萬壑古樹高聳地直入雲天，千山深處，杜鵑正在啼唱著。山中的春雨一夜未停，昨夜的雨水如同泉水一般，在樹梢上流淌。蜀地僻陋貧窮漢女辛勞地織布，用以向官府繳納稅金，巴人為了爭田而互相訴訟。李使君你此番前去梓州為官，那裡素來貧困落後，但願你可以發揚文翁的政績，奮發有為，不負先賢。

開頭兩句互文見義，極有氣勢。萬壑千山，到處是參天的大樹，到處是杜鵑的啼聲。既有視覺形象，又有聽覺感受，讀來使人恍如置身其間，大有耳目應接不暇之感。緊接著，生動地表現出遠處景物互相重疊的錯覺，詩人以畫家的眼睛觀察景物，運用繪法入詩，將三維空間的景物疊合於平面畫幅的二維空間。由此，便表現出山中景物的層次、縱深、高遠，使畫面富於立體感，把人帶入一個雄奇壯闊而又幽深秀麗的境界。

詩的後半首轉寫蜀中民情和使君政事。梓州是少數民族的聚居之地，婦女必須按時向官府繳納用橦木花織成的布匹，而蜀地產芋，人們也常常為了芋田發生訴訟。「漢女」、「巴人」、「橦布」、「芋田」，處處緊扣蜀地特點，而徵收賦稅、處理訟案，又都是李使君就任梓州刺史後所掌管的職事，非常貼切。最後兩句則運用有關治蜀的典故，詩人寓勸勉於用典之中，寄厚望於送別之時，委婉而得體。

漢江臨眺❶

王維

楚塞三湘接❷，荊門九派通❸。江流天地外，山色有無中。郡邑浮前浦❹，波瀾動遠空。襄陽好風日❺，留醉與山翁❻。

說文解字

❶漢江：即漢水，到漢口時流入長江。❷楚塞：此處指漢水流域，此地古為楚國轄區。❸荊門：山名，荊門山，戰國時為楚之西塞。九派：九條支流，長江至潯陽分為九支。❹郡邑：指漢水兩岸的城鎮。浦：水邊。❺好風日：風景、天氣優美。❻山翁：山簡，晉代竹林七賢之一，好酒，每飲必醉。此處借指襄陽地方官。

詩意解析

漢江流經楚塞又折入三湘，西起荊門山，再往東與九江相通。遠望江水，就好像流到天地之外一般，近看山色，縹緲得若有似無。岸邊的都城彷彿在水面上浮動，水天相接，水波蕩漾著雲空。襄陽的風光令人陶醉，我真想與山翁在此地酣飲，長醉不還。

首句「楚塞三湘接，荊門九派通」，一筆勾勒出漢江雄渾壯闊的景色，作為畫幅的背景。詩人泛舟江上，縱目遠望，只見古楚之地和從湖南奔湧而來的「三湘」之水相連接，洶湧的漢江入荊江，與長江九派匯聚合流。詩雖未點明漢江，但足已使人想像到漢江橫臥楚塞而接「三湘」、通「九派」的浩渺水勢。次句「江流天地外，

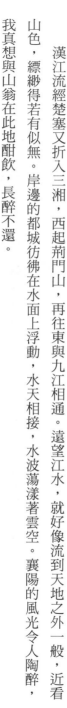

山色有無中」，以山光水色作為畫幅的遠景。詩人著墨極淡，卻給人偉麗新奇之感，其效果遠勝於重彩濃抹的油畫或色調濃麗的水彩。而「天地外」、「有無中」，又為詩歌增添迷茫、玄遠、無可窮盡的意境，所謂「含不盡之意見於言外」。首聯寫眾水交流，密不間發，次聯開闊空白，畫面上疏密相間，錯綜有致。

接著，詩人的筆墨從「天地外」收攏，寫出眼前波瀾壯闊之景，「郡邑浮前浦，波瀾動遠空」。詩人故意用這樣動與靜的錯覺，進一步渲染了磅礴的水勢。「浮」、「動」兩個動詞用得極妙，使詩人筆下之景活靈活現，詩句也隨之飄逸，同時，詩人泛舟江上的怡然自得也從中被表現出來。最後「襄陽好風日，留醉與山翁」，山翁，即山簡，晉人。他曾鎮守襄陽，當地習氏的園林，風景秀麗，山簡常到習家池上大醉而歸。詩人要與山簡共謀一醉，流露出對襄陽風物的熱愛之情。此情也融合在前述的景色之中，充滿積極樂觀的情緒。

終南別業

王維

中歲頗好道❶，晚家南山陲❷。興來每獨往，勝事空自知❸。
行到水窮處，坐看雲起時。偶然值林叟❹，談笑無還期❺。

說文解字

❶中歲：中年。道：此處指佛理。❷家：安家。南山陲：指輞川別墅的所在地，終南山的旁邊。南山，終南山。

陲，邊緣，邊境。❸勝事：美好的事。❹值：遇見。叟：老翁。❺無還期：沒有返家的準確時間。

詩意解析

我自中年以後，便對佛道十分有興趣，直到晚年才終於實現心願，安家在終南山旁。興致一來，便常常獨自前去遊玩，遇到快意的事，便自己沉浸其中。或走到水的盡頭尋訪源流，或坐看山間雲霧的千變萬化。偶然在林間遇見鄉村父老，與他談笑聊天時，常常不知不覺忘卻返家的時間。

開篇兩句，由「中歲好道」、「晚家南山」點明詩人隱居奉佛的人生歸宿和思想皈依。山林的生活自在無比，興致來臨之際，每每獨往山中，信步閒走，那樣快意自在的感受只有詩人自己能心領神會。「每」表明「興來獨往」非常頻繁，不是偶然為之。「獨」，並非沒有同調之人，實際上，詩人隱居之際也不乏同調之人與其往來唱和，如張諲、裴迪等，此處當指詩人興致一來，便等不及邀人同往，一個灑脫的隱者形象便展現到讀者面前。「勝事空自知」亦然，「空」字也許帶有幾分無奈與孤獨，但詩人卻是陶醉於這種山林情趣。

「行到水窮處，坐看雲起時」即言「勝事」。雲，有形無跡，飄忽不定，變化無窮，綿綿不絕，因此給人無心、自在、閒散的印象，而在佛家眼裡，雲又象徵著無常心。所以，「坐看雲起時」，還蘊藏著「應無所住而生其心」的禪機。如果人能夠擺脫執著，像雲一般無心，就可以了卻煩惱，得到自在。此時，詩人在一坐、一看之際便已頓悟。再看眼前的流水、白雲，已無所分別，達到物我一體的境界。結句寫詩人在山間偶然遇到「林叟」，於是無拘無束地與其盡情談笑，以致忘了時間，詩人淡逸的天性和超然物外的風采躍然紙上，與前述獨賞山水時的灑脫自在渾然一體，使得全詩形成完整的意境。

和賈舍人早朝大明宮之作

王維

絳幘雞人報曉籌❶，尚衣方進翠雲裘❷。九天閶闔開宮殿，萬國衣冠拜冕旒❸。
日色才臨仙掌動❹，香煙欲傍袞龍浮❺。朝罷須裁五色詔❻，佩聲歸到鳳池頭。

說文解字

❶絳幘：用紅布包頭，似雞冠狀。雞人：古代宮中於天將亮時，會有頭戴紅巾的衛士於朱雀門外高聲喊叫，好似雞鳴，以警百官。曉籌：即更籌，夜間計時的竹籤。❷尚衣：官名，掌管皇帝的衣物。翠雲裘：飾有綠色雲紋的皮衣。❸衣冠：文武百官。冕旒：古代帝王、諸侯、卿大夫的禮冠。旒，冠前後懸垂的玉串，天子之冕為十二旒。此處代指皇帝。❹仙掌：障扇，宮中的一種儀仗，用以蔽日障風。❺袞龍：皇帝的龍袍。浮：袍上錦繡光澤的閃動。❻五色詔：用五色紙所寫的詔書。

詩意解析

衛士頭戴紅巾，象徵雄雞報曉，掌管御服的官員正將翠雲裘捧進宮殿中。重重深宮禁苑，一殿殿地敞開大門，文武百官拜謁皇帝，聽候旨令。晨曦照臨著蔽日的障扇，香爐的輕煙繚繞著皇帝的龍袍。朝拜後，賈舍人還要到皇帝所在的鳳池，用五色紙為皇上起草詔書，身上戴的玉珮沿路作響，猶如水落深潭之聲。

此首詩是詩人為賈至〈早朝大明宮〉所寫的和作，利用細節描寫和場景渲染，寫出大明宮早朝時莊嚴華貴的氣氛，別具藝術特色。全詩描寫早朝前、中、後三個階段，寫出大明宮早朝的氣氛和皇帝的威儀，同時，也暗示賈至的受寵和得意。這首和詩不和其韻，只和其意，雍容偉麗，造語堂皇，格調十分和諧。

奉和聖制從蓬萊向興慶閣道中留春雨中春望之作應制

王維

渭水自縈秦塞曲❶，黃山舊繞漢宮斜❷。鑾輿迥出千門柳❸，閣道回看上苑花❹。

雲裡帝城雙鳳闕❺，雨中春樹萬人家。為乘陽氣行時令❻，不是宸遊玩物華❼。

說文解字

❶渭水：即渭河，黃河最大的支流。塞：此處古代本為秦地。❷黃山：黃麓山。漢宮：也指唐宮。❸鑾輿：皇帝的乘輿。迥出：遠出。千門：指宮內的重重門戶。❹上苑：皇家的園林。❺雙鳳闕：漢代建章宮有鳳闕，此處泛指皇宮中的樓觀。闕，宮門前的望樓。❻陽氣：春氣。❼宸遊：皇帝出遊。宸，借指皇帝居處，後又引申為帝王的代稱。物華：美好的景物。

詩意解析

渭水圍繞著秦關，曲折向東流，黃麓山長年環抱著漢宮。在夾道楊柳中，皇輦逐漸離開宮門，從閣道回看，園林裡的百花盛放。帝城中有一座高聳入雲的雙鳳閣樓，在春雨的潤澤中，千家樹木美不勝收。皇帝此次出遊，是依循時令而出巡，不是為了玩賞春光而駕車逛遊。

此詩為唐玄宗由閣道出遊時，在雨中春望賦詩的一首和作。應制，指應皇帝之命而作。古代應制詩大多為歌功頌德之詞，本詩也不例外，但此詩的藝術性強，詩人善於抓住眼前的實際景物進行渲染，例如用春天作為背景，讓帝城自然地染上一層春色；用雨中雲霧繚繞表現氤氳祥瑞的氣氛，顯得真切自然。在詩歌中再現帝城長安景物時，構圖上不僅開闊美好，又足以傳達處於興盛時期的帝都長安風貌。

積雨輞川莊作❶

王維

積雨空林煙火遲❷，蒸藜炊黍餉東菑❸。漠漠水田飛白鷺❹，陰陰夏木囀黃鸝❺。

山中習靜觀朝槿❻，松下清齋折露葵❼。野老與人爭席罷❽，海鷗何事更相疑？

說文解字

❶積雨：久雨。輞川莊：即王維在輞川的宅第，是他的隱居之地。❷空林：疏林。煙火遲：因久雨而造成林野潤溼，故煙火緩升。❸藜：草本植物，嫩葉可食。黍：穀物名，古代為主食。餉：送飯食到田地裡。菑：已經開墾一年的田地，泛指農田。❹漠漠：形容廣闊無際。❺陰陰：幽暗的樣子。夏木：高大的樹木。夏，大。囀：小鳥婉轉的鳴叫。黃鸝：黃鶯。❻槿：植物名。其花朝開夕謝，古人常以此物，悟人生無常之理。❼清齋：此處指素食。露葵：經霜的葵菜。葵，古代重要的蔬菜。❽野老：指詩人自己。

詩意解析

連日雨後，村落裡炊煙冉冉升起，煮好的飯菜要送給正在田裡耕作的人。廣闊的水田上，一行白鷺掠空飛過，田野邊繁茂的樹林中，傳來黃鸝的啼聲。我在山中修身養性，觀賞朝槿晨開晚謝，在松下吃著素食，折下經霜的葵菜。我如今只是一個從追名逐利的官場中退出的人，為什麼鷗鳥尚且不與我親近，還要猜疑我呢？

首聯寫田家生活，是詩人在山上靜觀的所見所聞。詩人視野所及，先寫空林煙火，「遲」字不僅將陰雨天的炊煙描寫得真切傳神，更透露出詩人閒散安逸的心境，再寫農家早炊、餉田以至田頭野餐，展現一系列人物的活動畫面，井然有序又富有生活氣息，使人想見農婦田夫怡然自樂的心情。頷聯寫自然景色，同樣是詩人靜觀的所見所聞。詩人選擇了形態和習性迥然不同的黃鸝、白鷺，連繫著牠們各自的背景加以描繪。雪白的白鷺，金黃的黃鸝，在視覺上自有色彩濃淡的差異；白鷺飛行，黃鸝鳴囀，一則取動態，一則取聲音。

下面兩聯抒寫詩人隱居山林的禪寂生活之樂。詩人獨處空山之中，幽棲松林之下，參木槿而悟人生短暫，採露葵以供清齋素食。這種生活對一般世人來說，未免太過孤寂寡淡，但對早已厭倦塵世喧囂的詩人而言，卻

可以從中領略出極大的興味。最後一聯使用兩個充滿老莊色彩的典故。其一為《莊子》，紀載楊朱前去向老子學道，路上的旅舍主人都歡迎他，客人也都讓座給他。學成歸來後，旅客們卻不再讓座給他，而是與他「爭席」，說明楊朱已得自然之道，與人們沒有隔閡。其二為《列子》，記載海上有人與鷗鳥親近，互不猜疑。有一天，父親要他將海鷗捉回家，但當他又回到海濱時，海鷗卻飛得遠遠的，不再理會他，說明此人心術不正，破壞了他和海鷗的親密關係。詩人一正用，一反用，兩相結合，抒寫詩人澹泊自然的心境，而這種心境，正是上聯所寫「清齋」、「習靜」的結果。

酬郭給事❶

王維

洞門高閣靄餘輝❷，桃李陰陰柳絮飛❸。禁裡疏鐘官舍晚❹，省中啼鳥吏人稀。
晨搖玉佩趨金殿❺，夕奉天書拜瑣闈❻。強欲從君無那老❼，將因臥病解朝衣❽。

說文解字

❶給事：給事中的省稱，唐代隸屬於門下省。❷洞門：指重重相對的宮門。靄：暮靄，傍晚時分的雲氣。❸桃李：指門生。❹禁裡：皇宮。❺玉佩：玉製佩飾，古代貴族才可以佩帶。趨：快步疾行，以示恭敬。❻拜瑣闈：下朝。❼無那：無奈。❽解朝衣：脫去朝服，指辭官。

詩意解析

太陽的餘暉照耀著東門高閣，桃李盛開，柳絮飛揚。宮中的鐘聲顯示已到傍晚，門下省中只聽得見鳥兒的鳴叫，沒有什麼往來的官吏。你在早晨時戴著玉飾恭敬地上朝，傍晚捧著皇帝的詔書下朝。雖然我勉強想追隨你，但無奈年老多病，只得辭官退休。

此首酬和詩是詩人晚年酬贈給事中郭某的。「給事」，即給事中，常在皇帝周圍，執掌宣達詔令，駁正政令違失，地位顯赫。全詩既頌揚郭給事，同時也表達出詩人渴望辭官隱居的思想。寫法上別具機杼，突出自然景象，狀物以達意，使頌揚之情完全寓於對景物的描繪中，從而達到避俗從雅的藝術效果。

鹿柴❶

王維

空山不見人，但聞人語響❷。
返景入深林❸，復照青苔上❹。

說文解字

❶柴：用樹木圍成的柵欄。❷但：只。❸返景：太陽將落時，透過雲彩反射的陽光。❹復：又。

詩意解析

空寂的山中沒有任何人影，只聽到遠處隱約的一陣人語。夕陽的一抹餘暉照進深林，映照在林中的青苔上。

首句「空山不見人」，先正面描寫空山的杳無人跡。此處的「空山」，表現出山的空寂清冷，「不見人」更將「空山」的意蘊具體化。如果只讀此句，讀者可能會覺得它平凡無奇，但在「空山不見人」之後緊接「但聞人語響」，卻境界頓出。「人語響」似乎是破「寂」的，實際上則是以局部、暫時的「響」反襯出全局、長久的空寂。空谷傳音，愈見空谷之空；空山人語，愈見空山之寂。人語響過，空山復歸於萬籟俱寂的境界，由於剛才那一陣人語響，這時的空寂感也更加突出。

三、四句由上述描寫空山中傳語，進而描寫深林返照，由聲而色。深林本就幽暗，林間樹下的青苔，更突出深林的不見陽光。讀者猛然一看，可能會覺得這一抹斜暉為幽暗的深林帶來一線光亮，給林間青苔帶來一絲暖意。但細加體味後，就會發覺，一味的幽暗反倒使人不覺其幽暗，但當一抹餘暉射入幽暗的深林，斑駁的樹影照映在樹下的青苔時，那一小片光影和無邊的幽暗所構成的強烈對比，反而使深林的幽暗更顯突出。

竹里館❶

王維

獨坐幽篁裡❷，彈琴復長嘯❸。
深林人不知，明月來相照。

說文解字

❶竹里館：輞川別墅勝景之一，房屋周圍有竹林，故稱之。❷幽篁：幽深的竹林。❸嘯：發出長而清脆的聲音。

詩意解析

我獨自坐在幽深的竹林裡，一邊彈琴一邊高歌長嘯。深林中，沒有人與我相伴，只有天上的明月灑落山林，陪伴著我。

全詩描寫景物時，只用六個字，組成三個詞，「幽篁」、「深林」、「明月」。寫人物活動，也只用六個字，組成三個詞，「獨坐」、「彈琴」、「長嘯」。表面看來，四句詩的用字造語都平平無奇，但四句詩合起來，卻妙諦自成。它不以字句取勝，而從整體見美。這一月夜幽林之景是如此空明澄淨，在其間彈琴長嘯之人是如此安閒自得，塵慮皆空，外景與內情抿合無間、融為一體。而在語言上則從自然中見至味、從平淡中見高韻。

送別

王維

山中相送罷，日暮掩柴扉❶。
春草明年綠，王孫歸不歸❷？

說文解字

❶掩：關閉。柴扉：柴門。❷王孫：貴族的子孫，此處指送別的友人。

詩意解析

在深山中送走好友，夕陽落下時，我將柴門半掩。到了明年，春草又會再度翠綠，朋友啊！那時你能不能回來看看我呢？

此首送別詩，不寫離亭餞別的情景，反而選取與一般送別全然不同的著墨之點。詩在一開頭便告訴讀者相送已罷，將送行時的話別場面、惜別情懷，用一個看似毫無感情色彩的「罷」字，一筆帶過。從相送到送罷，略過其中一段時間。次句從白晝送走行人，馬上寫到「日暮掩柴扉」，又跳越一段更長的時間。在這離愁別恨無法排遣的時刻，要寫的東西必定千頭萬緒，但詩人卻只寫了「掩柴扉」的舉動。這是山居的人每天到日暮時都要做的平凡日常，看似與白晝送別並無關連，然而，詩人卻把本不關連的兩件事連在一起，使天天重複的動作顯示出與往日不同的意味，從而寓別情於行間，見離愁於字裡。

三、四兩句是從《楚辭》中「王孫遊兮不歸，春草生兮萋萋」，變化而來。《楚辭》是因遊子久去而嘆其不歸，這兩句詩則在與行人分手的當天，便唯恐其久去不歸。「歸不歸」，作為一句問話，應當在相別之際，向行人提出，此處卻讓它在行人已去、日暮掩扉之時，才浮上心頭，成為一個並沒有問出口的懸念。如此一來，所寫得便不是一句送別時照例要講的話，而是「相送罷」後，內心深情的流露，說明詩人直到日暮還為離思所籠罩，雖然才剛剛分手，但就已盼其早日歸來，又害怕其久不歸來。

相思❶

王維

紅豆生南國❷，春來發幾枝？
願君多採擷❸，此物最相思。

說文解字

❶相思：也作〈相思子〉、〈江上贈李龜年〉。❷紅豆：又名相思子。❸採擷：採摘。

詩意解析

鮮紅渾圓的紅豆，生長在陽光明媚的南方，在這春暖花開的季節，不知又會生長出多少新的枝條呢？希望我思念的你可以多採摘一些，看到小小的紅豆，便想起遠方的我。

首句以「紅豆生南國」起興，暗寓後文的相思之情。次句「春來發幾枝」，輕聲一問，寄語設問的口吻顯得分外親切。詢問紅豆春來發幾枝也是意味深長的，是選擇富於情味的事物來寄託情思。此處的紅豆是赤誠友愛的一種象徵，這樣寫來，便覺語近情遙，令人神遠。第三句，緊接著寄意對方「多采擷」紅豆，仍是言在此，而意在彼。以採擷植物來寄託懷思的情緒，是古典詩歌中的常見手法。「願君多采擷」，像是在表達「看見紅豆，就想起我的一切吧」，暗示遠方的友人珍重友誼，語言懇摯動人。此處只用相思囑人，而自己的相思則見於言

外，婉曲動人，語意高妙。末句的「相思」與首句「紅豆」呼應，既是切「相思子」之名，又包含相思之情，有雙關的妙用，亦補充解釋「願君多采擷」的理由。

雜詩

王維

君自故鄉來，應知故鄉事。
來日綺窗前❶，寒梅著花未❷？

說文解字

❶來日：離開的時候。綺窗：雕畫有花紋的窗戶。❷著花未：有沒有開花呢？著花，開花。未，用於句末，相當於「否」，表示疑問。

詩意解析

您剛從我們的家鄉而來，一定最了解我們家鄉的事情吧！請問您離開的那一天，我家雕花窗前的那一株梅花開了嗎？

此詩通篇運用設問法，以第一人稱敘寫遊子向故鄉來人的詢問之辭。遊子離家日久，不免思家懷內，遇到故鄉來人，便迫不及待地向他打聽家中的事情。他想要知道的事情一定很多，但卻只問起窗前的那株寒梅開花了沒，想來似乎不可思議。細細品味後，卻是發覺這一問，問得「淡絕妙絕」。窗前的「綺」字，便暗示窗中之人必是遊子魂牽夢縈的佳人愛妻，而這株亭亭玉立於綺窗前的「寒梅」，更耐人尋味，它或許是愛妻親手栽植的，或許傾聽過夫妻兩人間的山盟海誓，是兩人愛情的見證或象徵。因此，遊子對它必定有著深刻的印象和特別的感情。他不直接說思念故鄉、親人，卻對寒梅是否開花，這一微小卻又牽動他心中情懷的事物表示關切，將對故鄉和妻子的思念、對往事的回憶眷戀，表現得格外含蓄，又濃烈深厚。

九月九日憶山東兄弟❶

王維

獨在異鄉為異客❷，每逢佳節倍思親。

遙知兄弟登高處❸，遍插茱萸少一人❹。

說文解字

❶九月九日：農曆九月九日為重陽節。憶：想念。山東：指華山以東，王維的家鄉就在這一帶。❷異鄉：他鄉。❸登高：重陽節有登高的習俗。❹茱萸：香草。重陽節有插戴茱萸的習俗，據說可以避邪。

詩意解析

我獨自一人在異鄉，每到佳節就會加倍思念親人。今日又逢重陽節，我知道在遙遠的家鄉，兄弟們此時一定在登高望遠，他們都插戴著茱萸，因為少了我而感到遺憾傷心。

此詩是因重陽節思念家鄉的親人而作，王維家居蒲州，在華山之東，所以題稱「憶山東兄弟」。寫這首詩時，他正在長安謀取功名。首句用一個「獨」字，兩個「異」字，表達對親人的思念。對自身孤孑處境的感受，都凝聚在「獨」字中。「異鄉為異客」的兩個「異」字，強調在他鄉作客的孤寂感，讓讀者感到詩人就像漂浮在異地生活中的一葉浮萍。而詩人作客他鄉的思鄉懷親之情，在平日當然也是存在的，不過不一定時時顯露，但一但遇到某種觸媒，像是「佳節」時分，便容易爆發，甚至一發而不可抑止，這就是「每逢佳節倍思親」。

重陽節有登高的風俗，登高時必須佩帶茱萸囊，據說可以消災解厄。三、四兩句，詩人遙想「遍插茱萸少一人」，就好似遺憾的不是自己未能和故鄉兄弟共度佳節，反倒是兄弟們的佳節因此未能完整地團聚；自己獨在異鄉為異客的處境並不值得訴說，反倒是兄弟們的缺憾更須體貼。曲折有致，出乎常情。

渭城曲❶

王維

渭城朝雨浥輕塵❷，客舍青青柳色新❸。

勸君更進一杯酒，西出陽關無故人❹。

說文解字

❶渭城曲：也作〈送元二使安西〉、〈陽關曲〉、〈陽關三疊〉。❷渭城：即秦代咸陽古城。浥：潤濕。❸客舍：旅館。柳色：柳樹，象徵離別。❹陽關：為古代赴西北邊疆的要道。

詩意解析

渭城早晨的一場春雨，沾濕了地上的塵土，客舍周圍青青的柳樹因此顯得格外清新。老朋友啊！再喝一杯餞別酒吧！因為出了陽關後，便再也看不到故友了。

此詩前兩句寫送別的時間、地點、環境氣氛，為送別創造出一個愁鬱的氛圍。眼前的一切都是極平常的景色，讀來卻風光如畫，抒情氣氛濃郁。「浥」字在此處用得恰到好處，彷彿天從人願，特意為遠行的人安排一條輕塵不揚的道路。客舍和楊柳都是離別的象徵，選取這兩件事物，是詩人有意呼應送別。它們總是和羈愁別恨連結在一起，因而呈現出黯然銷魂的情調，但此刻卻因一場朝雨的灑洗，而別具明朗清新的風貌。

其間捨去許多送別的細節，只剪取宴席即將結束時，主人的勸酒辭，「勸君更進一杯酒，西出陽關無故人」。位於河西走廊盡西頭的陽關，和它北面的玉門關相對，從漢代以來便一直是內地向西域的通道。朋友「西出陽關」將會經歷萬里長途的跋涉，備嘗獨行窮荒的艱辛寂寞。因此臨行之際的「勸君更盡一杯酒」，就像浸透了詩人深摯情誼的一杯感情瓊漿，不僅有依依惜別的情誼，且還包含著對遠行者處境、心情的深情體貼，更有前路珍重的殷勤祝願。

秋夜曲

王維

桂魄初生秋露微❶，輕羅已薄未更衣❷。
銀箏夜久殷勤弄❸，心怯空房不忍歸。

說文解字

❶桂魄：月亮，相傳月中有桂樹，而月初生時的微光稱為魄，故稱初生之月為桂魄。❷輕羅：輕盈的絲織品，宜做夏裝，此處代指夏裝。❸箏：撥弦樂器。殷勤弄：頻頻彈撥。

詩意解析

一輪秋月甫升起，秋天剛剛到來，身上穿著絲綢已太過單薄，但卻懶得更衣。已經深夜了，卻還在撥弄銀箏，害怕空房寂寞，而不願回房獨眠。

此詩前兩句寫景，秋夜微涼，景物淒清，詩人描寫出清冷的景象，以此為背景，再寫主角的衣著，以襯托其孤寂。末兩句寫情，主角寂寞難寢，殷勤弄箏，似是迷戀樂曲，實際上以樂曲寄情。末句畫龍點睛，透過正面抒情，將思婦的心理活動刻劃得生動深刻，頓覺無限幽怨之情躍然於紙上。

詩人小傳

王維，字摩詰，號摩詰居士。王維受母親影響，精通佛學，其字「摩詰」，是取自佛教的《維摩詰經》。外號「詩佛」，與孟浩然合稱「王孟」。唐代開元九年進士，官大樂丞，隨即因為署中伶人舞黃獅子犯禁，受到牽連而被謫為濟州司倉參軍。二十二年秋赴東都洛陽，獻詩給張九齡，然後隱居嵩山。唐代天寶三年購得宋之問故居藍田輞川別業，五年轉庫部員外郎。九年春，離朝屏居輞川。十五年，安祿山攻占長安，王維被安祿山脅迫擔任他的官員，但是他不願意。當安祿山兵敗後，王維本以六等定罪，其弟王縉請削己職以贖兄罪，後來以〈凝碧詩〉得到赦免，並任太子中允，加集賢殿學士，後轉給事中、尚書右丞，故世稱「王右丞」。晚年居輞川，過著亦官亦隱的悠遊生活。

高手過招

1.（　）不知香積寺，數里入雲峰。古木無人徑，深山何處鐘。泉聲咽危石，日色冷青松。薄暮空潭曲，安禪制毒龍。（王維〈過香積寺〉）關於本詩之寫作特色，下列選項之敘述，何者不適當？

A.懸疑側寫　B.虛實映照　C.借景寓情　D.時空交錯

2.（　）「鳶飛戾天者，望峰息心。經綸世務者，窺谷忘返。」由這一段詩人透露出追求逍遙自在的態度，與下列何者的心境相似？

A.黃鶴一去不復返，白雲千載空悠悠。（唐代崔顥〈黃鶴樓〉）

B.舊時王謝堂前燕，飛入尋常百姓家。（唐代劉禹錫〈烏衣巷〉）
C.隨意春芳歇，王孫自可留。（唐代王維〈山居秋暝〉）
D.妝罷低聲問夫婿，畫眉深淺入時無。（唐代朱慶餘〈近試上張水部〉）

3.（　）**王維是盛唐時著名的山水田園詩人，宋代蘇東坡曾說：「味摩詰之詩，詩中有畫；觀摩詰之畫，畫中有詩。」請你判斷下列哪一首詩是王維的作品？**
A.山中習靜觀朝槿，松下清齋折露葵。野老與人爭席罷，海鷗何事更相疑。
B.抽刀斷水水更流，舉杯消愁愁更愁。人生在世不稱意，明朝散髮弄扁舟。
C.渭城朝雨浥輕塵，客舍青青柳色新。勸君更盡一杯酒，西出陽關無故人。
D.朝辭白帝彩雲間，千里江陵一日還。兩岸猿聲啼不住，輕舟已過萬重山。

4.（　）**寒山轉蒼翠，秋水日潺湲。倚仗柴門外，臨風聽暮蟬。渡頭餘落日，墟里上孤煙。復值接輿醉，狂歌五柳前。（唐代王維〈輞川閒居贈裴秀才迪〉）請問上述這首詩中的「接輿」、「五柳」分別是喻指：**
A.李白、陶淵明　B.王維、裴迪　C.裴迪、王維　D.王維、孟浩然

5.（　）**王維是唐代著名的山水詩人，在他四百多首的山水詩作品中，可約略推知其生命情調、人生概況。詩，也構成了認識王維的一條路徑。而由〈終南山〉一詩，我們無法觀察出他：**
A.長於描繪山水的技巧　B.喜好歌頌隱居生活
C.「詩中有畫，畫中有詩」的詩情畫意　D.寄心佛理的禪趣境界

【解答】1.D　2.C　3.A　4.C　5.D

旁徵博引

重陽節

南朝梁吳均《續齊諧記》記載，東漢時，汝南縣有一個名為桓景的人，他所住的地方突然發生大瘟疫，桓景的父母也因此病死。後來，他便到東南山拜師學藝，仙人費長房給了桓景一把降妖青龍劍。桓景早起晚睡，披星戴月，勤學苦練。有一日，費長房說：「九月九日瘟魔又要來了，你回到家鄉為民除害吧！」並給他一包茱萸葉和一瓶菊花酒，讓他家鄉的父老登高避禍。九月九日那天，他便回到家鄉，帶著妻子兒女、鄉親父老登上附近的一座高山，將茱萸葉分給大家隨身攜帶，瘟魔就不敢近身，再令每人喝一口菊花酒，以避免染上瘟疫。最後，桓景和瘟魔搏鬥，並且殺死瘟魔。後來，汝河兩岸的百姓，便將九月九日登高避禍、桓景劍刺瘟魔的故事流傳至今。唐代《初學記》和宋代《太平御覽》等多種重要類書都轉述了吳均《續齊諧記》裡的這個故事，並認為九月九日登高、喝菊花酒、婦女在手臂上繫茱萸囊避邪去災的習俗，都是由此而來。

古意❶

李頎

男兒事長征❷，少小幽燕客❸。賭勝馬蹄下❹，由來輕七尺❺。殺人莫敢前，鬚如蝟毛磔。

黃雲隴底白雲飛❻，未得報恩不能歸。遼東小婦年十五❼，慣彈琵琶解歌舞❽。

今為羌笛出塞聲❾，使我三軍淚如雨。

說文解字

❶古意：擬古詩，託古喻今之作。❷事長征：從軍遠征。❸幽燕：古代幽燕地區的遊俠之風盛行。❹賭勝：較量勝負。馬蹄下：比喻馳騁疆場。❺七尺：七尺之軀，相當於一般成人的高度。❻黃雲：指戰場上升騰飛揚的塵土。隴：泛指山地。❼小婦：少婦。❽解歌舞：擅長歌舞。解，懂得，通曉。❾羌笛：羌族人所吹的笛子。

詩意解析

男子漢應當遠征從軍，從小就在幽燕地區縱橫馳騁。經常與他人在馬上比試勝負，從來都將生死置之於度外。奮勇搏殺時，敵人不敢上前應戰，臉上的鬍子就像刺蝟的毛一樣叢生。山丘上黃沙彌漫，將士們騎著白雲般的戰馬在原野飛奔，還沒有報答國家的恩情，怎麼能返家呢？遼東少婦年方十五，她精通琵琶，並且能歌善舞。今日，她用羌笛吹奏一支哀婉的出塞樂曲，令全軍將士感動得淚下如雨。

開頭六句將一個在邊疆從軍的男兒描寫得維妙維肖，栩栩如生。第一句「男兒」兩字，便給讀者一個大丈夫的印象。第二句「少小幽燕客」，交代從事長征的男兒是自古多慷慨悲歌之士的幽燕一帶人，為下面描寫他的剛勇獷悍鋪墊。接下來的「鬚如蝟毛磔」五字，顯出他勇猛剛烈的氣概和殺敵時鬚蝟怒張的神氣。接下去，詩人又用「黃雲隴底白雲飛」一句替詩的主角佈置背景。這一句中的黃雲、白雲似乎單純是在寫景，實則兩兩對照，寓情於景。開首六句寫這男兒的剛硬作風，但遠征邊塞的男子，難道不會有思鄉之念嗎？回首一望故鄉。故鄉何在？只見到一片白雲，於是不能不引起思鄉之感。再用「未得報恩不得歸」七個字，一筆拉轉，說明男兒雖未免偶爾思鄉，但因為還沒有報答國恩，所以堅決不回去。這兩個「得」字都發自男兒內心，連用在一句之中，更顯出他斬釘截鐵的決心，同時又有意無意地與上句連用兩個「雲」字，相互映帶。

再寫下去，出乎意外地出現一個年僅十五的「遼東小婦」。隨著「遼東小婦」的出場，又給人們帶來了動人的「羌笛出塞聲」。笛聲勾起征人思鄉的無限情思，不由「使我三軍淚如雨」。詩人不從正面寫這個男兒的落淚，而寫三軍將士落淚，在這樣眾人皆受感動的情況下，這一男兒自不在例外。這種烘雲托月的手法，含蓄而精煉，功力極深。

送陳章甫

李頎

四月南風大麥黃，棗花未落桐葉長。青山朝別暮還見，嘶馬出門思舊鄉❶。
陳侯立身何坦蕩❷，虬鬚虎眉仍大顙❸。腹中貯書一萬卷❹，不肯低頭在草莽。
東門沽酒飲我曹❺，心輕萬事皆鴻毛❻。醉臥不知白日暮，有時空望孤雲高。

長河浪頭連天黑，津口停舟渡不得❼。鄭國游人未及家❽，洛陽行子空歎息❾。聞道故林相識多❿，罷官昨日今如何。

說文解字

❶嘶：馬鳴。❷陳侯：對陳章甫的尊稱。❸虯鬚：捲曲的鬍子。虯，捲曲。大顙：寬闊的前額。顙，前額。❹貯：保存。❺沽酒：買酒。飲：使……喝。曹：輩，儕。❻鴻毛：大雁的羽毛，比喻極輕之物。❼津口：渡口。❽鄭國遊人：李頎的自稱，李頎寄居的穎陽是春秋時鄭國故地，故自稱之。❾洛陽行子：陳章甫，他經常在洛陽、嵩山一帶活動，故稱之。❿故林：比喻故鄉。

詩意解析

四月的南風讓大麥一片金黃，棗花未落，梧桐已經開始冒出新芽。早晨告別青山，傍晚時分，青山依舊隱約可見，我騎著馬出門，開始思念起家鄉。陳侯處世襟懷坦蕩，虯鬚虎眉，前額寬厚，儀表堂堂。你胸藏詩書萬卷，學問深廣，怎麼能埋沒在草莽之間呢？你在城東門買酒，與我們一同暢飲，你心境寬和，萬事對於你來說，都如鴻毛一般。你喝醉酒時，便酣睡得不知天已黃昏，有時也獨自眺望著天上孤雲。今日，黃河波濤洶湧，行船在渡口停駐。我這鄭國的遊人無法返家，你這洛陽的行子也只能兀自嘆息。聽說你在家鄉有很多舊友，你這番罷官回去，他們將如何看待你呢？

陳章甫是個很有才學的人，長期隱居在嵩山。他曾及第，但因沒有登記戶籍，吏部不予錄用。後經他上書力爭，吏部無法辯駁，便特為請示執政，破例錄用。此事受到天下士子的讚美，使他名揚天下。然其仕途並不通達，因此無心官場之事，仍然經常住在寺院或郊外，活動於洛陽一帶。這首詩大約作於陳章甫罷官後登程返鄉之際，李頎送他到渡口，以詩贈別。詩中稱陳章甫為「洛陽行子」，自稱「鄭國遊人」，可見雙方同為天涯淪落人。詩人透過對外貌、動作、心理的描寫，表現出陳章甫光明磊落的胸懷和慷慨豪爽、曠達不羈的性格，抒發詩人對陳章甫罷官被貶的同情和對友人的深摯情誼。

琴歌❶

李頎

主人有酒歡今夕，請奏鳴琴廣陵客❷。月照城頭烏半飛❸，霜淒萬樹風入衣❹。

銅爐華燭燭增輝❺，初彈〈淥水〉後〈楚妃〉❻。一聲已動物皆靜，四座無言星欲稀。

清淮奉使千餘里❼，敢告雲山從此始❽。

說文解字

❶琴歌：聽琴有感而歌。歌，詩體名。❷廣陵客：琴師。廣陵，古琴曲有一首〈廣陵散〉，魏晉嵇康在臨刑前，奏之。❸烏：烏鴉。半飛：分飛。❹霜淒萬木：夜霜使得樹林帶有淒涼之意。❺銅爐：銅製的薰香爐。❻〈淥水〉、〈楚妃〉：古琴曲。❼清淮：淮水。李頎即將赴任新鄉尉，因新鄉臨近淮水，故稱之。奉使：奉行使命。❽敢告：敬告。雲山：代指歸隱。

詩意解析

主人安排宴席，邀請眾人歡度今宵，琴師開始彈奏琴曲。明月已高照，烏鴉紛紛飛起，寒露使得樹林淒冷，秋風寒沁人衣。銅爐生起薰香，華燭增添宴會的歡欣。琴師彈了〈淥水〉後，又彈了一曲〈楚妃〉。當琴聲一響，四周立刻歸於寂靜，大家屏息凝神地專注聆聽，直到夜半星稀。我離鄉千里來到淮北之地，此時，琴聲牽動我的鄉愁，真想就此辭官歸去啊！

全詩首兩句交代聽琴的場合、時間、緣起以及演奏者。因酒興而鳴琴，可見其心情暢達自適。「歡」字渲染賓主之間推杯換盞、其樂融融的熱鬧氣氛。「鳴琴」兩字點題，提挈全篇。三、四句轉折一筆，不寫演奏，而寫夜景，描繪一幅淒神寒骨、悄愴幽邃的深秋月色圖。與前兩句所傳達的歡快融洽之情相比，此兩句低沉壓抑，以哀景反襯樂情，即便秋氣凜然，但有酒、有琴、有知己便足夠了。同時，也為下文寫彈琴做了鋪墊。

五、六句寫初彈情景，「銅爐華燭燭增輝」這一句是陪襯，扣合首句「歡今夕」三字，表明酒宴已入高潮。「初彈〈淥水〉後〈楚妃〉」這一筆是直寫，交代演奏者所彈奏的樂曲名稱，暗含其意。七、八句從聽者的反應，寫演奏者的高超技巧。「皆靜」兩字形象地寫出人們聆聽琴歌專注著迷的神態。愈是言其靜，就愈突出琴音樂勾魂奪魄的心靈穿透力，也就愈烘托出「廣陵客」出神入化的演奏技巧。「欲稀」兩字巧妙地點明演奏時間的持續，也呼應首句的「歡」字，並為下文的直抒胸臆埋下伏筆。

末兩句寫自己的感觸。利用反問句表達詩人的內心獨白，也是他聽了琴歌之後所得的人生體悟。性格疏放超脫的他，耐不住官場名韁利索的羈絆、爾虞我詐的算計，還不如相約三五知己，過著飲酒鳴琴、閒雲野鶴般的生活來得逍遙自在。

聽董大彈胡笳聲兼寄語弄房給事❶

李頎

蔡女昔造胡笳聲❷，一彈一十有八拍。胡人落淚沾邊草，漢使斷腸對歸客。
古戍蒼蒼烽火寒❸，大荒沉沉飛雪白❹。先拂商弦後角羽，四郊秋葉驚摵摵❺。
董夫子，通神明，深山竊聽來妖精。言遲更速皆應手❻，將往復旋如有情。
空山百鳥散還合，萬里浮雲陰且晴。嘶酸雛雁失群夜❼，斷絕胡兒戀母聲❽。
川為靜其波，鳥亦罷其鳴。烏孫部落家鄉遠❾，邏娑沙塵哀怨生❿。
幽音變調忽飄灑，長風吹林雨墮瓦。迸泉颯颯飛木末⓫，野鹿呦呦走堂下⓬。
長安城連東掖垣⓭，鳳凰池對青瑣門⓮。高才脫略名與利⓯，日夕望君抱琴至。

說文解字

❶弄：樂曲。房給事：姓房，名琯，任給事中之職。❷蔡女：蔡琰，又名蔡文姬。相傳蔡琰在匈奴時，感胡笳之音，作琴曲〈胡笳十八拍〉。❸蒼蒼：衰老、殘破的樣子。烽火：借代指烽火台。❹荒：邊陲，邊疆。沉沉：低沉、陰沉的樣子。❺摵摵：落葉的聲響。❻言：語助詞。更：與，和。❼酸：悲痛，悲傷。❽斷絕：不連貫，時斷時續。❾烏孫：漢代西域國名。❿邏娑：唐代吐蕃的首府。唐文成公主、金城公主皆遠嫁吐蕃。⓫迸泉：噴湧出的泉水。颯颯：飛舞的樣子。木末：樹梢。⓬呦呦：鹿鳴聲。⓭東掖：門下省。門下省為左掖，在東邊。⓮鳳凰池：中

書省。青瑣門：漢時的宮門，此處指唐代宮門。⑮高才：房琯。脫略：輕慢，不在意。

詩意解析

當年蔡琰曾作胡笳琴曲，此曲總共有十八節。胡人聽了之後，淚水都沾濕了邊草；漢使聽了之後，傷心得肝腸欲絕。邊城蒼茫，烽火連天，草原陰沉，白雪飄落。董大先彈奏輕快的樂曲，後奏低沉的音調，四周秋葉都因此曲受到驚嚇，瑟瑟凋零。董先生琴技高妙，甚至連深林鬼神也都來偷聽他的樂曲。他慢揉快撥，十分得心應手，往復迴旋，彷彿聲中寓情。樂音如山中百鳥，離散又再度聚集；曲調似萬里浮雲，暗沉又再度光明。像失群的雛雁，夜裡嘶叫；像胡兒戀母，發出痛絕的哭聲。江河聽了樂曲後，都平息波瀾，百鳥聞聲後，也停止了啼鳴。琴曲中彷彿包含著烏孫公主遠懷故鄉、文成公主抱怨吐蕃的情感。忽然，幽咽琴聲又轉為輕鬆瀟灑，像大風吹過樹林，如大雨落瓦。有如湧出的泉水，飛舞一片，有如野鹿呦呦，在堂前不斷鳴叫。長安城比鄰著給事中庭院，皇宮門正對著中書省的宅第。房給事才高位重，但不為名利所約束，晝夜盼望著董大可以來為他演奏一曲。

此首詩是透過董大彈奏〈胡笳弄〉這一歷史名曲，讚賞他高妙動人的演奏技藝，也以此寄房給事，房琯，為他得遇知音而高興。這首詩分別著董庭蘭、蔡琰、房琯三個方面。寫董庭蘭的技藝，要透過他演奏〈胡笳弄〉來寫。要寫〈胡笳弄〉，自然要和蔡琰連繫，既連繫她的創作，又連繫她的身世、經歷和她所處的特殊環境。全詩巧妙地把演技、琴聲、歷史背景以及歷史人物的感情結合，筆姿縱橫飄逸，忽天上，忽地下，忽歷史，忽現在。既周全細緻又自然渾成。最後對房給事含蓄的稱揚，既為董庭蘭祝賀，也多少寄託著詩人的傾慕之情。詩人此時雖去官已久，但並未忘情宦事，他是多麼希望能得遇知音而一顯身手啊！

聽安萬善吹觱篥歌

李頎

南山截竹為觱篥❶，此樂本自龜茲出❷。流傳漢地曲轉奇，涼州胡人為我吹。
傍鄰聞者多歎息❸，遠客思鄉皆淚垂❹。世人解聽不解賞❺，長飆風中自來往❻。
枯桑老柏寒颼飀❼，九雛鳴鳳亂啾啾❽。龍吟虎嘯一時發，萬籟百泉相與秋❾。
忽然更作〈漁陽摻〉❿，黃雲蕭條白日暗⓫。變調如聞楊柳春，上林繁花照眼新⓬。
歲夜高堂列明燭⓭，美酒一杯聲一曲⓮。

說文解字

❶觱篥：也作篳篥、悲篥、笳管。似嗩吶，以竹為主，上開八孔，管口插有蘆制的哨子。❷龜茲：古西域國名。❸傍：靠近，臨近。❹遠客：漂泊在外的旅人。❺解：能，會。❻飆：暴風。自：本來，自然。❼颼飀：擬聲詞，風聲。❽九雛鳴鳳：形容琴聲細雜清越。❾萬籟：自然界的天然音響。百泉：百道流泉的聲音。相與：共同，一起。❿〈漁陽摻〉：漁陽一帶的民間鼓曲名，此處借代悲壯淒涼之聲。⓫黃雲：日暮之雲。蕭條：寂寥，冷落。⓬上林：上林苑，古宮苑名。新：清新。⓭歲夜：除夕。⓮聲：聽。

詩意解析

取一節南山青竹，做成觱篥，這種樂器本是出自於龜茲。流傳到漢地時，曲調變得更加新奇，涼州胡人安

萬善，為我吹奏了一曲。座旁的聽者，個個感慨嘆息，思鄉的遊客，人人悲傷落淚。世人只顧著聽曲，卻不懂得欣賞，演奏者就如同獨行於暴風之中一樣的孤單。樂曲就像風吹著枯桑老柏一般，沙沙作響，又像九隻雛鳳鳴叫不已。好似同時爆發的龍吟虎嘯，又如秋天的泉水聲，再加上大自然的萬籟。忽然，樂曲轉為如〈漁陽摻〉一般低沉悲壯，頓時由白日轉為昏暗，烏雲翻飛。又化為蕩漾在濃濃春意中的楊柳，明快悠揚，就像看到上林苑的繁花似錦一般。現在是除夕夜，高堂上燭火大亮，喝一杯美酒，再欣賞一曲觱篥吧！

首句「南山截竹為觱篥」，先點出樂器的原材料，「此樂本自龜茲出」說明樂器的出處。兩句從來源寫起，用筆質樸無華、選用入聲韻，這也是詩人的特點，寫音樂的詩，總是以板鼓開場。接下來轉寫觱篥的流傳、吹奏者及其音樂效果，寫出樂曲美妙動聽，有很強的感染力量，人們都被深深地感動了。下文忽然提高音節，提到人們只懂得一般地聆聽，以致於安萬善所奏的觱篥，仍然不免寥落之感。行文至此，忽然停住不往下繼續說，反而轉入描摹觱篥的各種聲音。用四句詩句，正面描摹變化多端的觱篥之聲。接下來仍以生動形象的比擬來寫變調，先一變沉著，後一變熱鬧。接著，詩人忽然從聲音的陶醉之中，回到現實世界。「歲夜」兩字點出這時正是除夕，而且不是在做夢，清清楚楚是在明燭高堂，於是詩人產生了「浮生若夢，為歡幾何」的想法。「美酒一杯聲一曲」，寫出詩人對音樂的喜愛，與上文伏筆「世人解聽不解賞」一句呼應，顯出詩人與世人的不同之處，於是，安萬善就不必有「長飆風中自來往」的感慨了。

古從軍行

李頎

白日登山望烽火，黃昏飲馬傍交河。行人刁鬥風沙暗，公主琵琶幽怨多。
野營萬里無城郭，雨雪紛紛連大漠。胡雁哀鳴夜夜飛，胡兒眼淚雙雙落。
聞道玉門猶被遮，應將性命逐輕車。年年戰骨埋荒外，空見葡萄入漢家。

詩意解析

士兵們白天登上山頂，觀察報警的烽火台，黃昏時，牽著馬匹到交界的河邊飲水。昏暗的風沙傳來陣陣報更聲，就如同漢代和親公主所彈奏的琵琶一樣幽怨。曠野之上，雲霧茫茫，看不見城郭，雨雪紛紛，籠罩著這無邊無際的沙漠。哀鳴的胡雁夜夜從空中飛過，胡人士兵個個淚流滿面。聽說玉門關已經被封死，擋住了回家的路，戰士們只能追隨將軍，繼續奔波。年年戰死的無數屍骨，在荒野中被草草埋葬，換來的卻只是將西域的葡萄送入皇家。

全詩藉漢皇開邊，諷刺唐玄宗用兵。實際上是寫當代之事，只是因為害怕觸犯忌諱，所以題目加上一個「古」字。對當時帝王好大喜功，窮兵黷武，視人民生命如草芥的行徑加以諷刺，悲多於壯。記敘從軍之苦，充滿反戰思想。

送魏萬之京❶

李頎

朝聞遊子唱離歌❷，昨夜微霜初度河❸。鴻雁不堪愁裡聽，雲山況是客中過❹。

關城樹色催寒近❺，御苑砧聲向晚多❻。莫見長安行樂處，空令歲月易蹉跎❼。

說文解字

❶魏萬：又名顥。唐代上元初年進士，曾隱居王屋山，自號「王屋山人」。❷遊子：指魏萬。❸初渡河：剛剛渡過黃河。魏萬家住在王屋山，在黃河的北岸，前去長安必須渡河。❹客中：作客途中。❺關城：潼關。❻御苑：皇宮的庭苑，此處借指京城。砧聲：搗衣聲。❼蹉跎：此指虛度年華。

詩意解析

清晨時分，聽到遊子高唱離別之歌，在昨夜的微霜之中，你已經渡過了黃河。懷愁之人最怕聽到鴻雁鳴叫，寂寞的過客最怕面對冷寂的雪山。潼關的樹葉悄悄變色，好似正在催促著寒冬到訪，京城中的搗衣聲越晚越頻繁。願君莫把長安當作是享樂之處，白白地浪費你的大好年華。

這是一首送別詩，被送者為詩人的晚輩。一、二兩句想像魏萬到京城時，沿途所見且能引起羈旅鄉愁的景物，中間四句或在抒情中寫景敘事，或在寫景敘事中抒情，層次分明，最後兩句勸勉魏萬到了長安後，不要只想著行樂，應該抓住機遇，成就一番事業。表達詩人對魏萬的深情厚意，情調深沉悲涼，但卻催人向上。

詩人小傳

李頎，趙郡人，後長居穎陽。李頎出身於士族趙郡李氏，因結識富豪輕薄子弟，導致傾財破產。後立志讀書，隱居潁陽苦讀十年，於唐代開元二十三年進士及第，曾為新鄉縣尉，始終未得升遷，天寶年間辭官歸隱。李頎性格超脫，厭薄世俗，與王維、王昌齡、高適等人來往密切。

高手過招

1.（　）以下選項，何者不是李頎〈古從軍行〉述及之文義？

A. 邊疆軍旅生活的繁忙　B. 從軍生活的艱辛無奈

C. 軍中音樂的肅穆幽怨　D. 邊陲環境的淒冷酷寒

【解答】1. C

旁徵博引

和親

和親，又稱「和蕃」，指君主將自己或宗室的女兒，嫁給他國君主以示兩國友好，增進彼此關係，是具有政治目的的聯姻。在傳統漢民族思想中，一般專指中原王朝將女子嫁給其藩屬冊封國的君主或王族，以確立臣屬關係。

和親政策始於漢高祖劉邦，白登被圍七日之後，周勃解圍擊退冒頓，接受婁敬獻策，自此開啟「和親政策」，漢代有多位宗室女子以公主或翁主的身份下嫁匈奴單于。漢武帝時期，兩位宗室翁主劉細君、劉解憂便分別出嫁西域國家，就是為了聯合他國攻打匈奴。隋朝則為了發展與突厥的關係，將光化公主、安義公主、義成公主等嫁給突厥可汗。

唐朝時，和親的女子共有二十位，其中下嫁回鶻者有六位、契丹四位、奚三位、吐谷渾三位、吐蕃二位、拔汗那一位、一位和親南詔，但被唐朝拒絕。和親大部分是在打敗對方或對方臣服於唐朝之後，進行和親，其餘則是雙方勢均力敵時的結盟，互有嫁娶。唐朝敦煌王李承寀便納回紇公主為妃，而讓唐朝公主嫁回紇可汗為可敦（可汗的妻子）。

春泛若耶溪

綦毋潛

幽意無斷絕，此去隨所偶。晚風吹行舟，花路入溪口。
際夜轉西壑❶，隔山望南斗❷。潭煙飛溶溶❸，林月低向後。生事且瀰漫❹，願為持竿叟。

說文解字

❶際夜：至夜。❷南斗：星宿的名稱。❸潭煙：水氣。❹瀰漫：渺茫。

詩意解析

我的歸隱之心不曾中斷，此次泛舟就隨遇而安，任其自然。陣陣晚風吹著小舟輕輕擺蕩，一路的春花落在溪口兩旁。傍晚時分，船隻轉出西山幽谷，隔山望見南斗星明亮的閃光。水潭中的煙霧升騰，一片白茫茫，船隻往前漂行，岸邊的樹木和明月被甩在身後。人生就如這飄渺迷濛的水霧一般，令人難以把握。我只願做一個在溪旁持竿垂釣的漁翁。

這是一首寫春夜泛江的詩，大約是詩人歸隱後的作品。若耶溪相傳為西施浣紗處，水清如鏡，照映眾山倒影，窺之如畫。詩人在一個春江花月之夜，泛舟溪上，滋生出無限幽美的情趣。全詩扣緊題目中的「泛」字，在曲折迴環的扁舟行進中，描摹不同的景物，使寂靜的景物富有動感。詩人超然出世的思想感情，為若耶溪的景色抹上一層孤清、幽靜的色彩。

詩人小傳

綦毋潛，字孝通，又字季通，荊南人。因排行第三，又稱綦毋三。早年遊學長安，應舉不第，而後返鄉。唐代天寶十三年，入集賢院，遷廣文博士，終官著作郎。安史之亂爆發後，避居淮上，其後事蹟不可考。與張九齡、王維、李頎、儲光羲、韋應物時有唱和。綦毋潛的作品主要是描寫山水田園風光和佛道禪學，被認為是當時南方詩人山水田園詩中的最高水平。

旁徵博引

持竿垂釣的嚴子陵

嚴光，又名遵，字子陵，東漢著名隱士，生於西漢末年，會稽郡餘姚縣人。原姓莊，但為避東漢明帝劉莊諱，而改姓嚴。

嚴光少有高名，與東漢光武帝劉秀是為同學。劉秀即位後，嚴光變更姓名，藏身於山林之間。後齊國有人報告：「有一男子，披羊裘釣澤中。」後來，漢光武帝曾經召見嚴子陵到宮中，晚上同睡一床。嚴子陵睡覺時，把腳放在劉秀的肚子上。次日，太史說：「昨夜客星犯帝座，甚急。」劉秀笑著說：「朕故人嚴子陵共臥爾。」建武十七年，光武帝再次徵召他，但嚴光沒有前往。八十歲時，嚴光在家中逝世。光武帝知道後，甚為傷感，下詔賜錢百萬。嚴光最後葬於富春山，因此後人稱富春山為「嚴陵山」，又稱嚴光在富春江的垂釣處為「嚴陵瀨」，其垂釣蹲坐之石為「嚴子陵釣台」。

與高適薛據登慈恩寺浮圖❶

岑參

塔勢如湧出❷，孤高聳天宮。登臨出世界❸，磴道盤虛空❹。

突兀壓神州❺，崢嶸如鬼工❻。四角礙白日❼，七層摩蒼穹。

下窺指高鳥，俯聽聞驚風❽。連山若波濤，奔湊似朝東。

青槐夾馳道❾，宮觀何玲瓏❿。秋色從西來，蒼然滿關中⓫。

五陵北原上⓬，萬古青濛濛。淨理了可悟⓭，勝因夙所宗⓮。

誓將掛冠去⓯，覺道資無窮⓰。

說文解字

❶慈恩寺浮圖：今西安的大雁塔。浮圖，原是梵文佛陀的音譯，此處指佛塔。❷湧出：形容拔地而起。❸世界：宇宙。❹磴：石級。盤：曲折。❺突兀：高聳的樣子。❻崢嶸：形容山勢高峻。鬼工：非人力所能。❼礙：阻擋。❽驚風：疾風。❾馳道：可駕車的大道。❿宮觀：宮闕。⓫關中：今陝西中部地區。⓬五陵：漢代五個帝王的陵墓，即高祖長陵、惠帝安陵、景帝陽陵、武帝茂陵、昭帝平陵。⓭淨理：佛家的清淨之理。⓮勝因：佛教因果報應中，極好的善因。⓯掛冠：辭官歸隱。⓰覺道：佛教中，達到消除一切慾念和物我相忘的大覺之道。

詩意解析

寶塔宛如從平地湧出，孤高巍峨地聳入天宮。登上塔時，就像脫離塵世，沿著盤旋在空中的梯道，宛如登上天宮。高峻突出，彷彿可以鎮定神州，建築崢嶸，不敢相信這是人力所及。四角伸展，甚至可以擋住白日，就像連接著蒼穹一般。往下看，可以看到飛鳥掠過，聽到山風正在呼嘯。山脈連接著山脈，如波濤起伏，洶湧澎湃地奔流向東。筆直的馳道，兩旁有夾道的青槐，還有玲瓏的樓台宮殿。秋色從西蔓延而來，瀰漫關中地區。長安城北的漢代五陵上，一片青色草原，覆蓋萬古帝王。遙望這片景緻，我似乎逐漸領悟清淨的佛理，並且更加信奉良因善果。我立誓辭官歸隱，沉浸在佛道中，其樂無窮。

此詩開頭兩句自下而上仰望，用「湧」字增強詩的動勢，既勾勒出寶塔孤高危聳之貌，又為寶塔注入生機，將塔勢表現得極其壯觀生動。接下來四句寫登臨的所見、所感，進入塔身後，拾級而上，如同走進廣闊無垠的宇宙，沿著蜿蜒的石階，盤旋而上，直達天穹。再來四句則寫登上塔頂所見，詩人極力誇張塔體之高，此處的鳥和風，若從地面上看，本是高空之物，但從塔上看時，就成為低處之景，反襯寶塔其高無比。

下面八句以排比句式依次描寫東、南、西、北方的景色。詩人對四方之景的描繪，從威壯到偉麗，從蒼涼到空茫，景中有情，也寄託著詩人對大唐王朝由盛而衰的憂思。最後四句意寓詩人想辭官事佛的念想。此時的詩人得知，前方主將高仙芝出征大食，遭遇挫折；當朝皇帝唐玄宗，年老昏聵；朝廷之內，外戚宦官禍國殃民；朝廷之外，各方藩鎮，如安祿山、史思明等圖謀不軌，可謂「蒼然滿關中」，一片昏暗。詩人心中惆悵，認為佛家清淨之理能使人澈悟，殊妙的善因又是自己向來的信仰，因此便掛冠而去，追求無窮無盡的大覺之道。

走馬川行奉送封大夫出師西征❶

岑參

君不見走馬川行雪海邊，平沙莽莽黃入天。
輪台九月風夜吼❷，一川碎石大如斗，隨風滿地石亂走。
匈奴草黃馬正肥❸，金山西見煙塵飛❹，漢家大將西出師❺。
將軍金甲夜不脫，半夜軍行戈相撥❻，風頭如刀面如割。
馬毛帶雪汗氣蒸，五花連錢旋作冰❼，幕中草檄硯水凝❽。
虜騎聞之應膽懾，料知短兵不敢接❾，車師西門佇獻捷❿。

說文解字

❶走馬川：即車爾成河，又名左未河。封大夫：即封常清，唐代將領。❷輪台：地名，封常清的軍府駐在此處。❸匈奴：此處借代達奚部族。❹金山：指天山主峰。❺漢家大將：指封常清，當時任安西節度使兼北庭都護，岑參正在他的幕府任職。❻戈相撥：兵器互相撞擊。❼五花連錢：指馬斑駁的毛色。連錢，一種寶馬。❽草檄：起草討伐敵軍的文告。❾短兵：指刀劍一類的武器。❿車師：唐代北庭都護府治所庭州。佇：久立，此處表示等待。

詩意解析

你可曾看見遼闊的走馬川緊靠著雪海邊緣，茫茫無邊的黃沙延伸到天空。輪台的九月，整夜狂風怒號，到

處是塊塊碎石，狂風吹得斗大亂石四處滾動。匈奴趁著草黃馬肥之際，侵入金山西面，塵土飛揚，烽煙四起，大將們紛紛率兵征伐。將軍夜裡也身著鎧甲，絕不鬆懈，半夜行軍時，戈矛互相碰撞，凜冽的寒風吹在臉上彷彿刀割。馬毛上的雪花，下一秒被汗水融化，轉眼又再度結成冰，連寫檄文的硯墨也凝結成冰了。敵軍聽到大軍出征，膽顫心驚，料想匈奴定不敢與我們短兵相接，我們就在車師西門等待著報捷吧！

此詩的特點是奇而壯，風沙的猛烈、人物的豪邁，都給人雄渾壯美之感。詩人在任安西北庭節度判官時，封常清正要出兵征伐播仙，他便寫了這首詩為封常清送行。為了表現邊防將士高昂的愛國精神，詩人使用反襯手法，抓住有邊地特徵的景物，狀寫環境的艱險，極力渲染、誇張環境的惡劣，藉此突出人物不畏艱險的精神。詩中再運用譬喻、誇飾等藝術手法，寫得驚心動魄、繪聲繪色、熱情奔放、氣勢昂揚。全篇奇句豪氣，風發泉湧，由於詩人有邊疆生活的親身體驗，因而此詩能「奇而入理」、「奇而實確」，真實動人。

輪台歌奉送封大夫出師西征

岑參

輪台城頭夜吹角❶，輪台城北旄頭落❷。羽書昨夜過渠黎❸，單于已在金山西❹。
戍樓西望煙塵黑❺，漢兵屯在輪台北。上將擁旄西出征❻，平明吹笛大軍行。
四邊伐鼓雪海湧，三軍大呼陰山動❼。虜塞兵氣連雲屯❽，戰場白骨纏草根。
劍河風急雲片闊❾，沙口石凍馬蹄脫。亞相勤王甘苦辛❿，誓將報主靜邊塵。
古來青史誰不見⓫，今見功名勝古人。

說文解字

❶角：軍中的號角。❷旄頭：星宿名，二十八宿中的昴星，古人認為此星主胡人興衰。❸羽書：即羽檄，軍中的緊急文書，上插羽毛表示加急。渠黎：漢代西域國名。❹單于：匈奴君王的稱號，此處指西域遊牧民族的首領。❺戍樓：軍隊駐防的城樓。❻上將：即大將，此處指封常清。旄：旄節，古代君王賜給大臣，用以標明身分的信物。❼三軍：泛指全軍。❽虜塞：敵國的軍事要塞。兵氣：戰鬥的氣氛。❾劍河：地名，今新疆境內。❿亞相：指御史大夫封常清。在漢代，御史大夫的位置僅次於宰相，故稱亞相。⓫青史：史籍。古代以竹簡記事，色澤為青色。

詩意解析

輪台城頭的夜裡響起號角聲，輪台城北象徵胡人的旄頭星正在衰弱。緊急軍書已連夜送過渠黎，單于已入侵征伐金山以西。從哨樓向西而望，煙塵滾滾，漢軍就屯紮在輪台的北境。上將手持符節，率兵西征，笛聲在黎明時分響起，大軍準備起程。戰鼓聲四起，猶如雪海浪湧，三軍一齊吶喊，陰山也發出共鳴。敵營傳來陰沉的殺氣，直衝雲霄，戰場上滿地白骨，與荒草互相纏繞。劍河上寒風猛烈，大雪紛飛，沙口的石頭都結凍了，令馬蹄脫落。封亞相勤於王政，忍受辛苦，立誓報效國家、平定邊境。古來名垂青史的英雄屢見不鮮，如今，封將軍你的功名可以勝過青史上的古人。

全詩分為四層，一張一弛，頓挫抑揚，結構緊湊，音情配合極為優美。有正面描寫，有側面烘托，又運用象徵、想像和誇飾等手法，特別是渲染大軍聲威，造成極其宏偉壯闊的畫面，使全詩充滿浪漫主義的激情和邊塞生活的氣息，成功表現出三軍將士建功報國的英勇氣概。

白雪歌送武判官歸京❶

岑參

北風捲地白草折❷，胡天八月即飛雪❸。忽如一夜春風來，千樹萬樹梨花開❹。
散入珠簾濕羅幕❺，狐裘不暖錦衾薄❻。將軍角弓不得控❼，都護鐵衣冷猶著❽。
瀚海闌干百丈冰❾，愁雲慘澹萬里凝❿。中軍置酒飲歸客⓫，胡琴琵琶與羌笛⓬。
紛紛暮雪下轅門⓭，風掣紅旗凍不翻⓮。輪台東門送君去，去時雪滿天山路⓯。
山迴路轉不見君⓰，雪上空留馬行處。

說文解字

❶武判官：名不詳。判官，官職名。唐代的持節大使可委任幕僚協助公事，被稱為判官，是節度使、觀察使的僚屬。❷白草：西域牧草名，秋天時會變為白色。❸胡天：指塞北的天空。❹梨花：春天開放，花為白色。此處比喻雪花在樹枝上，如同梨花盛開。❺珠簾：用珍珠串成或飾有珍珠的簾子，形容簾子的華美。羅幕：用絲織品做成的帳幕，形容帳幕的華美。❻狐裘：狐皮袍子。錦衾：錦緞做的被子。❼角弓：兩端用獸角裝飾的硬弓。不得控：拉不開弓。控，拉開。❽都護：泛指鎮守邊鎮的長官。鐵衣：鎧甲。❾瀚海：沙漠。闌干：縱橫交錯的樣子。❿慘澹：昏暗無光。⓫中軍：稱主將或指揮部。古代軍隊分為中、左、右三軍，中軍為主帥的營帳。飲歸客：宴飲歸京的人，指武判官。飲，宴飲。⓬羌笛：羌族的管樂器。⓭轅門：軍營的門，此處指帥衙署的外門。⓮掣：拉，扯。⓯滿：鋪滿。⓰山迴路轉：山勢迴環，道路盤旋曲折。

詩意解析

北風席捲大地吹折白草，胡地的八月已白雪紛紛。一夜之間，宛如春風吹來，樹上的白雪就好似梨花盛放。雪花散入珠簾，打濕羅幕，穿著狐裘尚不暖和，錦被也略顯單薄。將軍的雙手凍得拉不開弓，都護的鐵甲冰冷得讓人難以忍受。沙漠上結冰百丈，萬里長空凝聚著慘澹的愁雲。主帥帳中，擺酒為歸客餞行，胡琴、琵琶、羌笛都合奏一起助興。傍晚，轅門前的大雪下個不停，紅旗都僵直得無法被風吹動。我們在輪台東門外歡送你回京，你離開時，大雪覆蓋著天山路。山路迂迴曲折，看不見你的身影，只留下一行馬蹄印跡在雪地裡。

詩人作此詩時，時值他的第二次出塞階段。此時，他受到安西節度使封常青的器重，詩人大多數的邊塞詩皆做於這一時期。在此詩中，他以詩人敏銳的觀察力和浪漫奔放的筆調，描繪西北邊塞的壯麗景色，以及邊塞軍營送別歸京使臣的熱烈場面，展現詩人和邊防將士的熱情，以及他們對戰友的真摯感情。全詩以一日雪景的變化為線索，敘寫送別歸京使臣的過程，文思開闊，結構縝密。共分三個部分。此詩以奇麗多變的雪景，縱橫矯健的筆力，開闔自如的結構，抑揚頓挫的韻律，準確、鮮明、生動地製造出奇中有麗、麗中有奇的美好意境，不僅寫得張弛有致，且剛柔相同，急緩相濟。全詩化景為情，慷慨悲壯，渾然雄勁，抒發詩人對友人的依依惜別之情，和因友人返京而產生的惆悵之情。

寄左省杜拾遺❶

岑參

聯步趨丹陛❷，分曹限紫微❸。曉隨天仗入❹，暮惹御香歸❺。
白髮悲花落，青雲羨鳥飛❻。聖朝無闕事❼，自覺諫書稀❽。

說文解字

❶左省：門下省。杜拾遺：即杜甫，他曾任左拾遺。❷聯步：同行。丹陛：皇宮裡的紅色台階，借指朝廷。❸曹：官署。限：阻隔，引申為分隔。紫微：古人以紫微星垣比喻皇帝居處，此指朝會時皇帝所居的宣政殿。❹天仗：即仙仗，皇家的儀仗。❺惹：沾染。御香：朝會時殿中設爐燃香。❻鳥飛：隱喻飛黃騰達者。❼闕事：錯失。❽自：當然。諫書：勸諫的奏章。

詩意解析

我與你上朝時，一同小跑著登入紅色台階，分左右省辦公。早晨跟隨天子的儀仗入朝，晚上身染御爐的香氣返家。我雖才四旬有餘，但已滿頭白髮，悲嘆著春花凋落，遙望青雲萬里，羨慕飛鳥能夠自由自在地飛翔。如今，這個自負聖明的朝代認為自己必定不會出錯，因此對於皇帝的諫言，也在這樣的氣氛中日見稀微。

詩題中的「杜拾遺」，即杜甫。詩人與杜甫在西元七五七年至西元七五八年初，同仕於朝，詩人任右補闕，屬中書省，居右署；杜甫任左拾遺，屬門下省，居左署，故稱「左省」。拾遺和補闕都是諫官，兩人既是同僚，又是詩友，此詩便是他們的唱和之作。詩人悲嘆自己仕途的坎坷遭遇，運用反語，表達一代文人身處卑位而又惆悵國運的複雜心態。本詩採用曲折隱晦的筆法，寓貶於褒，綿裡藏針，表面頌揚，內心卻是感慨身世遭遇和傾訴對朝政的不滿。用婉曲的反語抒發內心憂憤，使人有尋思不盡之妙。

奉和中書舍人賈至早朝大明宮

岑參

雞鳴紫陌曙光寒❶，鶯囀皇州春色闌❷。金闕曉鐘開萬戶，玉階仙仗擁千官❸。

花迎劍珮星初落，柳拂旌旗露未乾。獨有鳳凰池上客❹，陽春一曲和皆難。

說文解字

❶紫陌：京都的道路。❷皇州：此處指長安。❸仙仗：皇帝的儀仗。❹鳳凰池：指中書省。

詩意解析

雞剛報曉，京都路上的曙光還略帶著微寒；黃鶯鳴叫，長安城裡已是春意盎然。曉鐘響起，千萬扇宮門一同打開，玉階前的儀仗簇擁著上朝的官員們。星星才剛落下，佩劍的侍衛便沿著花徑走來；柳條輕拂著旌旗，

掛著清晨的露珠，晶瑩閃亮。鳳池中的舍人賈至寫詩稱讚早朝的浩大，他的詩如陽春白雪，凡人無法跟隨應和。

唐肅宗至德二年，廣平王李俶率兵二十萬人收復長安，平定安史之亂。乾元二年，大赦天下，此時唐代政權方才轉危為安，朝廷一切制度禮儀逐漸恢復，中書舍人賈至在上朝後寫了一首詩，描寫宮廷中早朝的氣象，並將這首詩給他的兩省同僚欣賞，兩省就是門下省和中書省。當時，詩人為右補闕，屬於中書省，而賈至是中書舍人，是詩人的上司，因而他便做一首詩奉和賈至。

逢入京使❶

岑參

故園東望路漫漫❷，雙袖龍鍾淚不乾❸。
馬上相逢無紙筆❹，憑君傳語報平安❺。

說文解字

❶入京使：返回京城長安的使者。❷故園：指長安，還有自己在長安的家。漫漫：形容路途遙遠。❸龍鍾：淚水沾濕衣服的樣子，此處為沾濕之意。❹憑：託，請。❺傳語：傳遞口信。

詩意解析

回首東望，家鄉的路途十分遙遠，我擦拭眼淚，雙袖都已濕透，卻依然不斷流淚。我在馬上與你偶遇，欲修家書，但卻苦無紙筆，只希望你告訴我的家人，我一切平安。

此詩是寫詩人在西行途中，偶遇前往長安的東行使者，瞬間勾起詩人無限的思鄉情緒，也表達出詩人意欲建功立業，開闊豪邁，樂觀放達的胸襟。全詩語言樸素自然，充滿了濃郁的邊塞生活氣息，既有生活情趣，又有人情味，清新明快，餘味深長，不加雕琢，感情真摯。

詩人小傳

岑參，荊州江陵人，宰相岑文本的曾孫，與高適並稱「高岑」。曾任嘉州刺史，世稱「岑嘉州」。少孤貧，刻苦學習，遍讀經史。唐代天寶八年，充任安西四鎮節度使高仙芝幕府書記時，赴安西，是為第一次出塞。天寶十三年，又任安西北庭節度使封常清的判官，是為第二次出塞。前後兩次在邊塞駐守安西四鎮，時間長達六年，直到唐代至德二年才返回中原。早期詩歌多為寫景述懷之作，以風格綺麗見長。岑參死後三十年，其子岑佐公收集遺文，請杜確編成《岑嘉州詩集》八卷。現存有詩作四百零三首，七十多首邊塞詩，另有〈感舊賦〉一篇，〈招北客文〉一篇，墓銘兩篇。

高手過招

1.（　）故園東望路漫漫，雙袖龍鍾淚不乾。（唐代岑參〈逢入京使〉）所傳達的情意是：

A.國破山河在　B.有家歸不得　C.位卑則足羞　D.天涯若比鄰

2.（　）**日暮鄉關何處是？煙波江上使人愁。（唐代崔顥〈黃鶴樓〉）下列詩句中的愁緒與崔顥的「愁」最相近的是：**

A.閨中少婦不知愁，春日凝妝上翠樓；忽見陌頭楊柳色，悔教夫婿覓封侯。（王昌齡〈閨怨〉）

B.故園東望路漫漫，雙袖龍鍾淚不乾；馬上相逢無紙筆，憑君傳語報平安。（岑參〈逢入京使〉）

C.江雨霏霏江草齊，六朝如夢鳥空啼；無情最是台城柳，依舊煙籠十里堤。（韋莊〈金陵圖〉）

D.一片花飛減卻春，風飄萬點正愁人。且看欲盡花經眼，莫厭傷多酒入脣。（杜甫〈曲江〉）

【解答】 1. B　2. B

同從弟南齋玩月憶山陰崔少府❶

王昌齡

高臥南齋時，開帷月初吐❷。清輝淡水木❸，演漾在窗戶❹。
苒苒幾盈虛❺，澄澄變今古。美人清江畔❻，是夜越吟苦。千里其如何，微風吹蘭杜。

說文解字

❶從弟：堂弟。齋：書房。少府：官名，為九卿之一。❷帷：簾幕。❸淡：水緩緩地流。❹演漾：水流晃蕩。❺苒苒：指時間的推移。幾盈虛：月亮圓缺，反覆多次。❻美人：自己思慕的人，此處指崔少府。

詩意解析

我和堂弟臥躺在書房中，掀開窗簾，欣賞著初升的月亮。月光傾瀉，倒映在水中的樹影隨波搖蕩，水光粼粼，映入室內。光陰荏苒，歲月如梭，月亮已不知圓缺幾回。崔少府遠在清江河畔，他一定正在傷感地吟唱思鄉之曲吧！但就算我們相隔千里，依舊可以共賞一個明月，我彷彿可以聞到你如蘭杜一般清香的名聲。

此詩的主題是「玩月」。玩月思友，由月憶人。詩人感慨清光依舊，但人生聚散無常。開頭點題「南齋」；二句點「明月」；三、四句觸發主題，寫玩月；五、六句由玩月而生情，寫流光如逝，世事多變；七、八句轉寫憶友；最後寫故人的文章道德，恰如蘭杜，芳香四溢，聞名遐邇。全詩筆不離月，景不離情，情景交融。

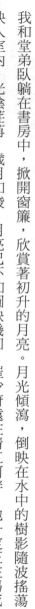

塞上曲

王昌齡

蟬鳴空桑林❶，八月蕭關道❷。出塞復入塞，處處黃蘆草。
從來幽并客❸，皆向沙場老。莫學游俠兒，矜誇紫騮好❹。

說文解字

❶空桑林：桑林因秋來落葉，而顯得空曠、稀疏。❷蕭關：古關塞名。❸幽并：幽州和并州。❹矜：自誇。紫騮：紫紅色的駿馬。

詩意解析

八月的秋天，桑葉凋零，寒蟬淒切，蕭關道上征人如織。北方侵略者常在此時舉兵入侵，塞上形勢劍拔弩張。塞內和塞外都瀰漫著陣陣寒氣，遍地都是枯黃的蘆草。那些為了保衛家國的幽并少年，在沙場上馳騁一生，直到終老。不要學習那些自鳴得意的遊俠兒，只會誇耀自己的駿馬，卻不知報國沙場、殺敵立功。

本詩前四句寫邊塞秋景，肅殺悲涼，寒蟬、桑林、蕭關、邊塞、黃草都是古代詩歌意象裡悲情的代名詞，詩歌開篇便刻意描寫肅殺的秋景，鋪墊後來反戰主題的背景和情感。詩人寫戍邊征人時，寄寓深切的同情，「從來幽并客，皆向沙場老」與王翰的「醉臥沙場君莫笑，古來征戰幾人回」，可謂英雄所見，異曲同工，感人至深。幽州和并州都是唐代邊塞之地，也是許多讀書人「功名只向馬上取」、「寧為百夫長，勝作一書生」所追逐名利的地方，然而，詩人從這些滿懷宏圖大志的人身上，看到得卻是「皆向沙場老」的無奈結局。末兩句以對比作結，對那些只會耀武揚威地遊蕩、惹是生非而擾民的遊俠，發表強烈諷刺，深刻地表達詩人對於戰爭的厭惡，和對於和平生活的嚮往。

塞下曲

王昌齡

飲馬渡秋水，水寒風似刀。平沙日未沒，黯黯見臨洮❶。
昔日長城戰，咸言意氣高❷。黃塵足今古，白骨亂蓬蒿。

說文解字

❶臨洮：今甘肅岷縣一帶，長城的起點。❷咸：都。

詩意解析

我軍渡過了大河，牽著馬飲水，水寒刺骨，秋風如劍似刀。沙場上，廣袤的夕陽尚未下落，在昏暗中依稀能看見遙遠的臨洮。當年長城的那場大戰，戍邊戰士意氣風發。自古以來，此處黃塵瀰漫，只有遍地白骨凌

亂，夾雜著茫茫野草。

臨洮，古縣名，因縣城臨洮水而得名，是長城的起點，此處經常發生戰爭。據新、舊《唐書．王晙列傳》和《吐蕃傳》等書記載，西元七一四年，吐蕃以精兵十萬宣戰臨洮，王晙與將軍薛訥等合兵拒之，先後大敗吐蕃，前後殺獲敵人數萬，獲馬、羊二十萬。詩中所說的「長城戰」，指的就是這次的戰爭。「昔日長城戰，咸言意氣高」是眾人的說法，對此，詩人不直接從正面進行辯駁或加以評論，而是以此處的景物和戰爭遺址作回答。「今古」貫通兩句，將上下都包括在內，不僅指從古到今，還包括一年四季，每月每天。此處的「白骨」，包含西元七一四年「長城戰」戰死的戰士，還有這之前所有死亡的士兵。兩句詩皆沒有一個議論的字眼，卻極其深刻地展現戰爭的殘酷。

芙蓉樓送辛漸❶

王昌齡

寒雨連江夜入吳❷，平明送客楚山孤❸。

洛陽親友如相問❹，一片冰心在玉壺❺。

說文解字

❶芙蓉樓：原名西北樓，在潤州西北。辛漸：詩人的朋友。❷寒雨：秋冬時節的冷雨。連江：滿江。吳：三國時的

吳國在長江下游一帶，因此稱此區為吳地。❸平明：天亮的時候。客：指詩人的好友辛漸。楚山：春秋時的楚國在長江中下游一帶，因此稱此區的山為楚山。孤：獨自，孤單一人。❹洛陽：位於河南西部、黃河南岸。❺冰心：比喻心的純潔。

詩意解析

透著寒意的雨灑落在大地上，迷濛的煙雨籠罩著吳地。清晨時分，我送別友人，感到自己就像楚山一樣孤獨。如果洛陽的親朋好友向你問起我，請轉告他們，我的心依然像一顆珍藏在玉壺中的冰，晶瑩純潔。

此詩首句寫景，「連」、「入」兩字寫出雨勢的平穩連綿。就連夜中悄然而來的江雨，詩人也能分明地感知，可以想見詩人因離情縈懷而一夜未眠的心情。詩人不寫如何感知秋雨來臨的細節，他只是將聽覺、視覺和想像概括成連江入吳的雨勢，以大片淡墨染出滿紙煙雨，運用浩大的氣魄烘托「平明送客楚山孤」的開闊意境。

「孤」字如同感情的引線，自然而然地牽出末兩句臨別的叮嚀之辭。詩人託辛漸給洛陽親友帶去的口信，不只是普通的報平安而已，而是傳達自己依然冰清玉潔、堅持操守的信念。

閨怨❶

王昌齡

閨中少婦不知愁，春日凝妝上翠樓❷。
忽見陌頭楊柳色❸，悔教夫婿覓封侯❹。

說文解字

❶閨怨：少婦的幽怨。閨，女子臥室，借代女子，一般指少女或少婦。❷凝妝：盛妝打扮。❸陌頭：路邊。❹悔教：後悔讓。覓封侯：為求得封侯而從軍。覓，尋求。

詩意解析

身在閨閣中的少婦，本來從不知憂愁為何物。春光明媚之時，她細心打扮，獨自登上樓台，忽然看見路邊的楊柳，正綻放著青翠的嫩綠，心裡湧上陣陣孤寂之苦，真不該叫夫君去尋求封侯的機會而從軍離去啊！如今只能一個人獨守空閨，辜負多少歲月年華。

本詩題為〈閨怨〉，起筆卻寫「閨中少婦不知愁」，緊接著第二句又寫出這位不知愁的少婦，如何在春光明媚的日子裡「凝妝」，並且登樓遠眺的情景，一個天真、嬌憨的少婦形象躍然紙上。閨中少婦真的不知愁嗎？顯然不是。第三句是全詩的關鍵，這位少婦所見，不過是尋常的楊柳，詩人何以稱之為「忽見」呢？楊柳在古代人的心目中，不僅僅是「春色」的代表物，同時也是與友人別離時相贈的禮物。因此，少婦見到春風拂動下的楊柳，便會想到平日裡的夫妻恩愛，想到與丈夫惜別時的深情，想到自己的美好年華在孤寂中一年年消逝，但眼前這大好春光卻無人與她共賞。這一瞬間的聯想使得少婦心中沉積已久的幽怨、離愁、遺憾越發強烈，變得一發而不可收拾，「悔教夫婿覓封侯」便自然流淌而出。楊柳顯然只是觸發少婦情感變化的一個媒介，如果沒有她平時感情的累積，她的希冀與無奈，她的哀怨與幽愁，楊柳也不會如此強烈地觸動她「悔」的情感。

春宮曲

王昌齡

昨夜風開露井桃❶，未央前殿月輪高❷。
平陽歌舞新承寵❸，簾外春寒賜錦袍。

說文解字

❶露井：指沒有亭子覆蓋的井。❷未央：即未央宮，漢宮殿名，漢高祖劉邦所建。也暗指唐朝宮殿。❸平陽歌舞：平陽公主家中的歌女。

詩意解析

昨夜的春風使得露井邊的桃花盛開，未央宮前的明月高高地掛在天上。平陽公主家的歌女有幸受到武帝的寵幸，室外春寒料峭，皇帝怕她著涼，特地賜給她一襲錦袍。

唐代天寶年間，唐玄宗寵納楊玉環，荒淫無度。詩人以漢喻唐，揭開漢武帝寵幸衛子夫，遺棄陳皇后的一段情事，為自己的諷刺詩罩上了一層「宮怨」的煙幕。巧妙的是，詩人雖寫宮怨，但字面上卻看不出一點怨意，只是從一個失寵者的角度，著力描述新人受寵的情狀。

長信怨

王昌齡

奉帚平明金殿開❶，暫將團扇共徘徊❷。
玉顏不及寒鴉色❸，猶帶昭陽日影來❹。

說文解字

❶奉帚：持帚灑掃，多指嬪妃失寵而被冷落。平明：天亮。金殿：宮殿。❷團扇：即圓形的扇子，班婕妤曾作〈團扇詩〉。❸玉顏：姣美如玉的容顏，此處暗指班婕妤。寒鴉：暗指心狠手辣的趙飛燕姐妹。❹昭陽：漢代宮殿名，指趙飛燕姐妹與漢成帝居住之處。

詩意解析

每日清晨，她就拿起掃帚打掃宮殿中的塵埃，百無聊賴時，便手執團扇，徘徊度日。這般美麗的容顏還不如醜陋的烏鴉，烏鴉還能飛過君王的昭陽殿，帶著君王的日影而來。

本詩藉由描寫班婕妤失寵，被貶到長信宮的故事，以漢喻唐，表現唐代失寵宮女的幽怨之情。漢成帝時，班婕妤美而善文，初時受到漢成帝寵幸，後來成帝又偏寵趙飛燕、趙合德姐妹。班婕妤為避趙氏姐妹妒害，便請求供養太后於長信宮，度過寂寞的一生。全詩構思奇特，怨意悠遠。

出塞

王昌齡

秦時明月漢時關，萬里長征人未還。
但使龍城飛將在❶，不教胡馬度陰山❷。

說文解字

❶但使：只要。龍城飛將：李廣。龍城是唐代的盧龍城，也是漢代李廣的練兵之地。❷不教：不叫，不讓。胡馬：指侵擾內地的外族騎兵。度：越過。陰山：崑崙山的北支，是古代北方的屏障。

詩意解析

依舊是那秦漢時的明月和秦漢時的關塞，歲月悠悠，征戰未斷，遠方的征人又有幾人能夠生還呢？倘若那威震敵膽的龍城飛將李廣尚在，他絕不會容許匈奴度過陰山，南下掠奪。

這是一首慨嘆邊戰不斷，國無良將的邊塞詩。詩從寫景入手，首句即展現出一幅壯闊的圖畫，一輪明月照耀著邊疆關塞。詩人只用大筆勾勒，不作細緻描繪，卻恰好顯現了邊疆的遼闊和景物的蕭條，渲染出孤寂、蒼涼的氣氛。尤為奇妙的是，詩人在「月」和「關」的前面，用「秦漢時」三字加以修飾，使這幅月臨關塞圖，成為時間中的圖畫，為萬里邊關賦予悠久的歷史感。

面對這樣的景象，詩人觸景生情，自然聯想起秦漢以來無數獻身邊疆、至死未歸的人們。「萬里長征人未

還」，又從空間角度點明邊塞的遙遠，此處的「人」既是指已經戰死的士卒，也指還在戍守無法返家的士兵。「人未還」，一是說明邊防不鞏固，二是對士卒表示同情。

「但使龍城飛將在，不教胡馬度陰山」兩句融合抒情與議論為一體，揭發戍邊戰士鞏固邊防的願望和保衛國家的壯志，氣勢豪邁，鏗鏘有力。同時，這兩句又語帶諷刺，表現出詩人對朝廷用人不當和將帥腐敗無能的不滿，使人尋味無窮。

詩人小傳

王昌齡，字少伯，山西太原人。其詩與高適、王之渙齊名，因善寫場面雄闊的邊塞詩，而有「詩家天子」（或作「詩家夫子」）、「七絕聖手」、「開天聖手」、「詩天子」的美譽，世稱「王江寧」。唐代開元十五年，王昌齡登進士第，補校書郎。唐代開元二十七年，被貶嶺南，途經襄陽時，與孟浩然相交。唐代天寶十四年，爆發安史之亂，王昌齡輾轉返回家鄉，唐代至德二年前後，為亳州刺史閭丘曉所殺，時年五十八歲。

高手過招

1.（　）秦時明月漢時關，萬里長征人未還。（唐代王昌齡〈出塞〉）前句所使用的寫作技巧為何？

A. 譬喻　B. 排比　C. 互文　D. 誇飾

2.（　）在上下文有連貫性的語句中，省略上文（或下文）出現的詞語，而使上下文依據意義的條件情

況，互相補充、互相呼應，合為一體，共同表達一個完整的意思，稱為「互文」。以下何者未使用互文呢？

A. 開我東閣門，坐我西閣床。（佚名〈木蘭詩〉）

B. 秦時明月漢時關，萬里長征人未還。（唐代王昌齡〈出塞〉）

C. 戰城南，死郭北，野死不葬烏可食。（佚名〈戰城南〉）

D. 主人下馬客在船，舉酒欲飲無管弦。（唐代白居易〈琵琶行〉）

3.（　）**唐代王昌齡的〈閨怨〉中，點題「怨」字的是哪一句？**

A. 閨中少婦不知愁　B. 春日凝妝上翠樓

C. 忽見陌頭楊柳色　D. 悔叫夫婿覓封侯

4.（　）**秋蟬兒噪罷寒蛩兒叫，淅零零細雨灑芭蕉。（元代關漢卿〈大德歌〉）以上文句所使用的感官摹寫，和下列何者相似？**

A. 美人隔如花隔雲端，上有青冥之高天，下有淥水之波瀾，天長路遠魂飛苦，夢魂不到關山難。長相思，摧心肝。（李白〈長相思〉其一）

B. 憶君迢迢隔青天，昔時橫波目，今作流淚泉。不信妾腸斷，歸來看取明鏡前。（李白〈長相思〉其二）

C. 梧桐葉，三更雨，不道離情更苦。一葉葉，一聲聲，空階滴到明。（溫庭筠〈更漏子〉）

D. 閨中少婦不知愁，春日凝妝上翠樓，忽見陌頭楊柳色，悔教夫婿覓封侯。（王昌齡〈閨怨〉）

【解答】1. C　2. A　3. D　4. C

旁徵博引

名將之女——班婕妤

班婕妤，名不詳，樓煩人，西漢女作家，漢成帝嬪妃。班氏為班況之女、班彪的姑母，班固、班超、班昭的祖姑。

漢成帝初年，班氏入後宮，初為少使，升婭娥，後受成帝的寵幸，冊封為婕妤，因而被後人稱為「班婕妤」。曾生下一個皇子及一個皇女，皆數月後夭折。她不僅貌美且有德。有一次，成帝想與她同輦出遊，她以「賢聖之君皆有名臣在側，三代末主乃有嬖女」，而不敢奉命，為此得到婆婆王政君的疼愛。晉代顧愷之所畫的《女史箴圖》就有描繪此一情景。漢代鴻嘉年間，她曾推薦自己的侍女李平，李平得成帝的寵幸後，亦被封為婕妤，與她平級。而後，隨著趙飛燕、趙昭儀姐妹入宮，班婕妤和同樣曾經受寵的許皇后都逐漸失寵。鴻嘉三年，趙飛燕誣告許皇后、班婕妤行詛咒之術，許皇后因此被廢，班婕妤也遭成帝拷問。她自辯道：「妾知道人的壽命長短是命中注定的，人的貧富也是上天注定的，非人力所能改變。為善尚且未能得福，為惡又還有什麼希望呢？若是鬼神有知，豈肯遵從臣的訴求呢？萬一神明無知，詛咒又有何益呢？所以我是不會這麼做的！」成帝認可了她的回答，心生憐憫，賜黃金百斤。後來，為了避免與趙氏姐妹爭鬥，班婕妤主動請願去長信宮服侍太后，作賦自哀。漢成帝崩後，班婕妤前去為其守陵，過世後葬在成帝陵園。

望薊門❶

祖詠

燕台一去客心驚❷，笳鼓喧喧漢將營❸。萬里寒光生積雪，三邊曙色動危旌❹。
沙場烽火連胡月，海畔雲山擁薊城。少小雖非投筆吏❺，論功還欲請長纓❻。

說文解字

❶薊門：唐代的屯駐重兵之地。❷燕台：戰國燕昭王所築的黃金台，此處代指燕地，用以泛指平盧、范陽一帶。客：詩人的自稱。❸笳：漢代流行於塞北和西域，一種類似笛子的管樂器，此處代指號角。❹三邊：此處泛指當時東北、北方、西北的邊防地帶。危旌：高揚的旗幟。❺投筆吏：漢代班超家貧，為了謀生，常為官府抄書，曾投筆嘆曰：「大丈夫當立功異域以取封侯，安能久事筆硯間。」最終封定遠侯。❻論功：指論功行封。請長纓：漢代終軍曾向漢武帝請求：「願受長纓，必羈南越王而致之闕下。」後被南越相所殺，年僅二十餘歲。纓，繩。

詩意解析

我登上燕台眺望，不禁感到十分震撼，眼前的笳鼓喧鬧之地，原來就是兵營所在。萬里積雪籠罩著冷冽的寒光，邊塞的曙光映照著飄動的旌旗。戰場烽火好似連綿至天邊的明月，南方有渤海，北方有雲山，共同護衛著薊門城。我少年時雖不像班超一般投筆從戎，但也想學習漢代的終軍，自願請纓。

燕台原為戰國時期燕昭王所築的黃金台，此處代稱燕地，泛指平盧、范陽地區。「燕台一去」也就是「一去

燕台」，四字倒裝，在起筆時即用一個壯闊的地名，增加全詩的氣勢。「驚」字道出這位客子的心中感受，也是前半首詩的旨意所在，開出下文三句。客心因何而驚呢？首先是因為大將營中，吹笳擊鼓，喧聲重疊。此句運用南朝梁曹景宗華〈光殿侍宴賦競病韻〉：「去時兒女悲，歸來笳鼓競。借問行路人，何如霍去病？」表現軍營中號令之嚴肅。但僅僅如此，還未足以體現「驚」字。三、四兩句又更進一步，只見高懸的旗幟在半空中獵獵飄揚，這般肅穆的景象，暗寫將營中莊重的氣派和嚴整的軍容。

以上四句已將「驚」字寫足，五、六兩句便筆鋒一轉。處在條件艱苦、責任重大的情況下，邊防軍隊卻依舊意氣昂揚，不僅沒有塞上苦寒的悲涼景象，還異常壯偉。一句寫攻，一句說守；一句人事，一句地形。經歷如此有力的感染後，便從驚轉入不驚，再領出下面兩句，寫「望」後之感。連用兩個典故，第一個是「投筆從戎」，第二個是「終軍請纓」，使全詩更有豪氣頓生之感。末兩句一反起句的「客心驚」，水到渠成，完滿結束。

終南望餘雪

祖詠

終南陰嶺秀❶，積雪浮雲端。
林表明霽色❷，城中增暮寒。

說文解字

❶陰嶺：背向太陽的山嶺。❷林表：林梢。霽色：雨後的陽光。

詩意解析

終南山的北面，山景秀麗，峰頂上的積雪，就好似飄浮在雲端一般。下過雪後的晴天，樹林表面一片明亮，暮色降臨，城中更添幾分冷寒。

詩人在年輕時，曾前去長安應考，文題是〈終南望餘雪〉，必須寫一首六韻十二句的五言長律。詩人看完題目後，立刻寫完四句，且認為這四句已足夠表達完整的意思。若要按照考官要求，寫成五言長律，便有畫蛇添足之感。當考官令他重寫時，詩人依然堅持自己的看法，最後也因此未獲取功名。但此詩便一直流傳至今。

詩人小傳

祖詠，洛陽人。唐代開元十二年進士，但未得官，開元十三年離京遷居汝墳別業，以漁樵自終。與王維、儲光羲、盧象、丘為交好，其中與王維交誼頗深，多酬唱之作。作品以描寫自然景物為多，宣揚隱逸生活，並講求對仗。明人輯有《祖詠集》。

高手過招

1.（　）燕台一去客心驚，簫鼓喧喧漢將營。萬里寒光生積雪，三邊曙色動危旌。沙場烽火連□□，海畔雲山擁薊城。少小雖非□□□，論功還欲請□□。（祖詠〈望薊門〉）以上空格宜填入：

A.大漠／擊賊笏／三軍　B.胡月／投筆吏／長纓

C.邊境／渡江楫／中興　D.日月／霍驃姚／衛青

2.（　）甲、終南陰嶺秀。乙、城中增暮寒。丙、林表明霽色。丁、積雪浮雲端。這是唐代詩人祖詠的作品，屬首句不押韻，平起式的五言絕句。現在請將被打散的詩句，重組成原詩：

A.甲丙乙丁　B.甲丁丙乙　C.丙丁甲乙　D.丙乙甲丁

【解答】1. B　2. B

旁徵博引

應試詩

應試詩是科舉考試所採用的詩體，也稱試帖詩。一般為五言六韻或八韻的排律，有的題目上會冠以「賦得」兩字。應試排律對於唐代文人掌握作詩技巧具有一定作用，但由於題材、格律的限制，這類作品的思想和藝術價值並不高。科舉考試所用詩歌，基本都是五言形式。唐代府試、省試皆以六韻為主，偶用四韻或八韻；宋代採用五言六韻；清代鄉、會試用五言八韻，童試用五言六韻。

九日登望仙台呈劉明府容

崔曙

漢文皇帝有高台❶，此日登臨曙色開❷。三晉雲山皆北向❸，二陵風雨自東來。
關門令尹誰能識❹，河上仙翁去不回。且欲近尋彭澤宰❺，陶然共醉菊花杯❻。

說文解字

❶高台：指望仙台。❷曙色開：朝日初出，陽光四照的樣子。❸北向：形容山勢向北偏去。❹關門令君：守函谷關的官員尹喜。相傳他忽見紫氣東來，知道即將有聖人到訪。果然，老子騎著青牛過關，尹喜留下老子。最後，老子寫成《道德經》一書。❺彭澤宰：晉代陶淵明曾為彭澤令，此處借指劉明府。❻陶然：歡樂酣暢的樣子。菊花杯：對菊舉杯飲酒。

詩意解析

漢文帝築有一座望仙台，我登臨此台時，旭日初升，曙光萬道。三晉高聳入雲的山脈向北蜿蜒，二陵的風雨從東而來。又有誰認識當年在此地守關，如今早已成仙的尹喜呢？河上仙翁在授予漢文帝《老子》後，也一去不復返。不如就近去尋找有陶淵明一般高潔明志的劉明府吧！一起在菊花叢間舉杯同飲，暢飲陶醉。

此為一首投贈詩，內容懷古，全詩切時、切地、切人。重陽為登高之時，而望仙台則是登高之地，登高之俗又與神仙傳說有關，劉明府則為此詩的投贈對象。全詩圍繞時、地、人三點展開，「一氣轉合，就題有法」。

首句直接寫望仙台，頷聯寫台前形勢，北望三晉，東扼二陵。頸聯寫望仙台為河上翁而築，以仙人關尹喜做陪，末聯以陶淵明比劉明府。全詩意在說明登高暢飲，不必遠求神仙，就近尋劉明府即可。

詩人小傳

崔曙，又名崔署。早年孤賤，曾與終南山道士邢和璞學習法術，後居宋州，在少室山勤學苦讀。唐代開元二十六年，狀元及第，試題為〈奉試明堂火珠〉，有「夜來雙月滿，曙後一星孤」的佳句。隔年即驟逝，留有一個孤女，名星星，當時的人認為「曙後一星孤」一句，為讖言。

高手過招

1.（　）甲、泠泠七弦上，靜聽□風寒。古調雖自愛，今人多不彈。（唐代劉長卿〈聽彈琴〉）乙、關門令尹誰能識，河上仙翁去不回。且欲近尋彭澤宰，陶然共醉□花杯。（唐代崔曙〈九日登望仙台呈劉明府〉）以上□中都是植物，請根據文意，選出最適合填入□的選項：

A.竹／桃　B.薰／蘭　C.松／菊　D.梅／桂

2.（　）漢文皇帝有高台，此日登臨曙色開。三晉雲山皆北向，二陵風雨自東來。關門令尹誰能識，河上仙翁去不回。且欲近尋彭澤宰，陶然共醉菊花杯。（唐代崔曙〈九日登望仙台呈劉明府〉）本文所敘述的季節背景，與下列何者最接近？

A. 故人西辭黃鶴樓，煙花三月下揚州。
B. 月落烏啼霜滿天，江楓漁火對愁眠。
C. 晝長吟罷蟬鳴樹，夜深燼落螢入幃。
D. 黃梅時節家家雨，青草池塘處處蛙。

【解答】1. C　2. B

旁徵博引

〈奉試明堂火珠〉

〈奉試明堂火珠〉是詩人崔曙參加科舉考試時，創作的一首詠物詩，是讚頌明堂火珠的詩作。全詩表現明堂上的火珠明亮耀眼的特點，雖有宮體詩味，但取景空闊，清明自然，不失名家氣度。詩中「夜來雙月滿，曙後一星孤」一聯，歷來受人讚賞。

正位開重屋，凌空出火珠。夜來雙月滿，曙後一星孤。
天淨光難滅，雲生望欲無。遙知太平代，國寶在名都。

此詩寥寥數句，就突出了明堂上火珠明亮耀眼的特點。首兩句從明堂入筆，點出火珠，接下來四句則寫出火珠的光輝。詩人以月與星作比，可謂妙絕。「夜來雙月滿」的「雙月」，一實指天上的月亮，一喻指明堂的火珠，兩者並舉就說明了火珠的皎潔光白與天下月亮無二，彷彿又一輪明月遺落人間，兩月共同散發出柔和的微光，為夜晚增添不少景趣。而「曙後一星孤」，對仗工整，描寫天亮之後，月亮落下的景象，雖然月亮消失了，但火珠的光輝不滅，就像一顆永掛天邊的星星。「天淨光難滅，雲生望欲無」兩句，繼續寫火珠之光，寫出其珠光閃閃的特點。最後，詩人以頌揚作結。因火珠是他國所獻之寶物，有此盛事正說明國家之強大及時代之太平。

春怨

金昌緒

打起黃鶯兒，莫教枝上啼❶。
啼時驚妾夢❷，不得到遼西❸。

說文解字

❶莫：不。❷妾：女子的自稱。❸遼西：古郡名，在今遼寧省遼河以西。

詩意解析

我拿起竹竿，趕走樹上的黃鶯，不讓牠在枝頭嘰嘰喳喳的鳴叫。那擾人的叫聲打斷了我的美夢，使我不能在夢中飛往遼西，與戍守邊關的丈夫相會。

此詩雖然通篇只說一事，四句只有一意，卻不是一語道破、一目瞭然，而是層次重疊，極盡曲析之妙，剝去一層，還有一層。題目是〈春怨〉，詩中人到底怨的是什麼呢？難道怨得只是黃鶯嗎？只怨鶯啼驚破了她的曉夢嗎？這些詩人都沒有一一說破，但卻又不言而喻，留待讀者想像。表面上看來，此詩只是一首抒寫兒女之情的小詩，但細究其內容，卻包含了深刻的時代意義。它不僅是一首懷念征人的詩，更反映出戰亂時代，廣大人民所承受的痛苦。

詩人小傳

金昌緒，餘杭人，今僅存詩〈春怨〉一首，廣為流傳。

高手過招

（*為多選題）

*1.（　）下列閨怨詩，何者是採取思婦的第一人稱敘述觀點？

A.聞道黃龍戍，頻年不解兵。可憐閨裡月，長在漢家營。（沈佺期〈雜詩〉）

B.打起黃鶯兒，莫教枝上啼。啼時驚妾夢，不得到遼西。（金昌緒〈春怨〉）

C.玉階生白露，夜久侵羅襪。卻下水晶簾，玲瓏望秋月。（李白〈玉階怨〉）

D.閨中少婦不知愁，春日凝妝上翠樓。忽見陌頭楊柳色，悔教夫婿覓封侯。（王昌齡〈閨怨〉）

E.燕草如碧絲，秦桑低綠枝。當君懷歸日，是妾斷腸時。春風不相識，何事入羅幃。（李白〈春思〉）

2.（　）下列詩句為唐代閨怨詩，仔細閱讀後，請在□□中依序填入正確選項：甲、打起□□兒，莫教枝上啼。（唐代金昌緒〈春怨〉）乙、含情欲說宮中事，□□前頭不敢言。（唐代朱慶餘〈宮詞〉）丙、無端嫁得□□婿，辜負香衾事早朝。（唐代李商隱〈為有〉）

A.黃鶯／鸚鵡／金龜　B.黃鶯／鳳凰／乘龍

C.春雁／鸚鵡／金龜　D.春燕／喜鵲／乘龍

【解答】1.BCE　2.A

尋西山隱者不遇

丘為

絕頂一茅茨❶，直上三十里。叩關無僮僕❷，窺室惟案几❸。
若非巾柴車❹，應是釣秋水❺。差池不相見❻，黽勉空仰止❼。
草色新雨中，松聲晚窗裡。及茲契幽絕❽，自足蕩心耳。
雖無賓主意，頗得清淨理。興盡方下山，何必待之子❾。

說文解字

❶茅茨：茅屋。❷叩關：敲門。僮僕：指書童。❸惟案几：只有桌椅茶几，表明居室簡陋。❹巾柴車：乘小車出遊。❺釣秋水：到秋水潭垂釣。❻差池：原指參差不齊，此處意為因此來彼往而錯過。❼黽勉：勉力，盡力。仰止：仰望，仰慕。❽及茲：來此。契：愜意。❾之子：這個人，此處指隱者。

詩意解析

山頂上有一座茅屋，從山下走到茅屋有三十里。我輕扣柴門，竟無童僕的答應聲，窺看室內，只看到桌案和茶几。主人不是駕著小車外出，就是到秋水碧潭中去釣魚了吧！錯失時機無法與他見面，空負我殷勤仰慕的一片心意。新雨後的草色青翠蔥綠，晚風將松濤聲送進窗戶裡。這處清幽境地，洗滌了我的身心和耳目。我雖然錯過與主人交談的機會，但卻已領悟清淨的道理。興盡下山，何必非要和這位隱者相聚呢？

此為描寫隱逸高趣的詩作，到山中專程尋訪隱者，當然是出自於對這位隱者的景仰，但竟然「不遇」，按照常理，這一定會使訪者產生失望之情。但卻出人意料之外，此詩雖寫「不遇」，卻偏偏將隱者的生活和性格表現得歷歷在目，借題「不遇」，淋漓盡致地抒發自己的幽情雅趣和曠達的胸懷，「不遇」似乎比相遇更有收穫。

詩人小傳

丘為，蘇州嘉興人。屢試不第，歸山攻讀數年，唐代天寶元年，再次參加科舉考試，一舉中第，授職太子右庶子。丘為善詩，與王維、劉長卿交好，時相唱和。八十多歲時，辭官返還，唐代貞元年間卒，享年九十六歲。丘為詩作多描寫山水田園風光和閒情逸緻，語言清新平淡，清淨樸素。

旁徵博引

王子猷雪夜訪戴

有一次夜裡，大雪紛飛，王子猷一覺醒來，打開窗戶，命令僕人上酒，四處望去，一片潔白銀亮。他起身慢步徘徊，吟誦著左思的〈招隱詩〉。忽然間想到了好友戴逵，當時戴逵遠在曹娥江上游的剡縣，王子猷便連夜乘小船前往。經過一夜後才抵達，到了戴逵的家門口卻又轉身返回。有人問他為什麼，王子猷說：「我本來就是乘著興致前往，興致已盡，自然就回家了，為何一定要見到戴逵呢？」

此篇透過寫王子猷雪夜訪戴安道，而後興盡返還，體現王子猷率真、任性張揚的個性，是一個性情瀟灑之人，也反映出魏晉士族任性放達的精神風貌。

燕歌行

高適

漢家煙塵在東北❶，漢將辭家破殘賊。男兒本自重橫行❷，天子非常賜顏色❸。
摐金伐鼓下榆關❹，旌旆逶迤碣石間❺。校尉羽書飛瀚海❻，單于獵火照狼山❼。
山川蕭條極邊土❽，胡騎憑陵雜風雨❾。戰士軍前半死生❿，美人帳下猶歌舞。
大漠窮秋塞草衰⓫，孤城落日鬥兵稀。身當恩遇恆輕敵，力盡關山未解圍。
鐵衣遠戍辛勤久，玉箸應啼別離後⓬。少婦城南欲斷腸⓭，征人薊北空回首⓮。
邊風飄颻那可度，絕域蒼茫更何有⓯。殺氣三時作陣雲⓰，寒聲一夜傳刁斗⓱。
相看白刃血紛紛，死節從來豈顧勳⓲。君不見沙場征戰苦，至今猶憶李將軍⓳。

說文解字

❶漢家：漢代，唐詩中經常借漢說唐。煙塵：代指戰爭。❷橫行：任意馳走，無所阻擋。❸非常賜顏色：超越平常的厚賜禮遇。❹摐：撞擊。金：古代行軍樂器，用以調整或停止步伐。伐：敲擊。榆關：山海關，通往東北的要隘。❺旌旆：旌，竿頭飾羽的旗。旆，末端狀如燕尾的旗。此處皆泛指各種旗幟。碣石：山名。❻校尉：次於將軍的武官。瀚海：沙漠。❼單于：匈奴首領的稱號。獵火：打獵時點燃的火光。❽極：窮盡。❾憑陵：仗勢欺凌。❿半生死：傷亡慘重。⓫衰：枯萎。⓬玉箸：白色的筷子，比喻思婦的淚水如注。⓭城南：京城長安的住宅區在城南。⓮薊北：泛指唐代東北邊地。⓯絕域：遙遠的邊陲。⓰三時：即從早到夜。三，虛數，表示歷時很久。⓱刁斗：軍中夜裡巡更報時、煮飯的兩用銅器。⓲死節：為國捐軀。節，氣節。⓳李將軍：漢代李廣。

詩意解析

東北邊境，狼煙四起，塵土飛揚，將軍離開家鄉，征伐邊賊。戰士們在戰場上所向披靡，皇帝特別給予他們更為豐厚的賞賜。鑼鼓聲響徹山海關，旌旗迎風，飄蕩在碣石山間。校尉在沙漠中飛奔，傳送緊急軍書，匈奴單于已經舉著獵火抵達狼山。山河荒蕪，邊境滿目淒涼，胡軍如同狂風驟雨一般襲來。戰士們在軍陣前生死不明，將領卻還在營帳中與美人享樂。時值深秋，沙漠裡的百草都枯黃了，在落日的孤城中，士兵們越戰越少。身受皇恩，就應該常思報國，應該竭盡全力破除邊塞匈奴的包圍。身穿著鐵甲的士兵，長年守著邊疆，家鄉的妻子正獨自哭泣著。少婦孤單地住在城南，哭得柔腸寸斷，遠征的丈夫正駐紮在薊北，回頭望向家鄉。邊境飄渺遙遠，怎麼可以輕易奔赴啊！哪裡還有比絕遠之地更加蒼茫的地方呢？日日不斷的殺氣，就像烏雲一樣籠罩陣前，夜夜報更聲中，夾雜著冷冷寒風。短兵相接，鮮血紛飛，為國捐軀的士兵們難道只是為了求取功名利祿嗎？君不見在沙場上戰鬥的慘苦，士兵們至今依舊思念著漢代有勇有謀的飛將軍李廣。

此詩前有詩人原序：「開元二十六年，客有從御史大夫張公出塞而還者，作〈燕歌行〉以示適。感征戍之事，因而和焉。」張公，幽州節度使張守珪，曾拜輔國大將軍、右羽林大將軍，兼御史大夫。全詩意在慨嘆征戰之苦，譴責將領驕傲輕敵、荒淫失職，造成戰爭失利，使戰士遭受極大的痛苦和犧牲，反映出士兵與將領之間的苦和樂，莊嚴與荒淫迥異的現實。詩雖敘寫邊戰，但重點不在民族矛盾，而在於諷刺和憤恨不恤戰士的將領，同時，亦寫出為國禦敵的辛勤。

送李少府貶峽中王少府貶長沙

高適

嗟君此別意何如，駐馬銜杯問謫居❶。巫峽啼猿數行淚❷，衡陽歸雁幾封書❸。
青楓江上秋帆遠❹，白帝城邊古木疏。聖代即今多雨露，暫時分手莫躊躇。

說文解字

❶謫居：貶官的地方。❷巫峽：地名，今重慶巫山。❸衡陽：地名，今湖南。❹青楓江：地名。秋帆：指秋風吹著小舟，送友人遠去。

詩意解析

此次離別，不知道你們的心情如何呢？我停下馬，再飲幾杯，聊聊你們即將被貶的去處吧！若李少府你聽到巫峽猿猴的悲啼，定會傷心流淚，王少府到衡陽時，一定要令歸雁為我捎來書信。秋日的青楓江上，孤帆遠遠飄去，白帝城邊，古木參天，枝葉扶疏。如今大唐盛世，你們一定會再次回朝，這次的分別只是暫時的，你們千萬不要因此喪氣。

這是一首送別詩，同時也是一首邊塞詩，詩人同時送別兩位友人，且兩人均為遭貶而遷。詩人首先抓住兩人都是遭貶，都有滿腹愁怨，且眼下又即將分別這些共同點，以深表關切的問句開始，表達對李、王兩位少府遭受貶謫的同情，以及對於分別的惋惜。中間兩聯針對李、王的現實處境，從兩人不同的貶謫之地分別著筆，進一步表達對他們的關心和安慰。詩人在兩聯中，一句寫李，一句寫王；一句寫王，一句寫李，錯綜交織，井然不亂。並且採用「互文」的手法，在一聯中的上句隱含下句，下句隱含上句。最後一聯對李、王遠貶的愁怨和惜別的憂傷，予以語重心長的勸慰，訴說對於前景的樂觀展望。

詩人小傳

高適，字達夫，滄州渤海人。詩詞語言質樸，風格雄渾，與岑參並稱「高岑」。高適出生窮困，甚至曾經以乞討為生。廣德元年，吐蕃攻占分州、武功，高適率兵出南鄙，牽制其力，但沒有成功。而後，高適被召還京，任刑部侍郎、左散騎常侍，一直封到渤海縣侯。永泰元年去世，追贈禮部尚書。

高手過招

1.（　）**古典詩歌常見「對仗」技巧，下列詩句對仗最為工整的選項是：**

A. 少婦城南欲斷腸，征人薊北空回首。（唐代高適〈燕歌行〉）

B. 洛陽游絲百丈連，黃河春冰千片穿。（北周庾信〈燕歌行〉）

C. 不見柏梁銅雀上，寧聞古時清吹音。（南朝宋鮑照〈擬行路難〉）

D. 紅泥亭子赤欄干，碧流環轉青錦湍。（唐代李白〈魯郡堯祠送竇明府薄華還西京〉）

【解答】1. A

旁徵博引

飛將軍——李廣

李廣（西元前一八四年—西元前一一九年），隴西成紀人，西漢時著名武將。李廣的先祖是秦朝名將李信，將門世家出身。漢文帝十四年，李廣從軍，最終死於漢武帝元狩四年。一生與匈奴交戰四十餘年，大小七十餘戰，憑藉一身蓋世武功，殺敵無數，匈奴人畏其英勇，稱之為「飛將軍」。

西元前一二九年，漢武帝遣李廣、公孫敖、公孫賀、衛青四人率四萬大軍分別從雁門、雲中、代郡、上谷四個方面，同時出擊入侵的匈奴。李廣戰敗，全軍覆沒，並且被俘，後來奪弓掠馬才得以逃出。最後，李廣因戰敗被廷尉提審，按軍法當斬，付贖金後被廢為庶人。幾年後，匈奴再度入侵遼西，殺死太守，並打敗鎮守漁陽的韓安國。漢武帝這才重新起用李廣，鎮守右北平。匈奴因敬畏李廣的威名，數年內都沒有騷擾遼西地區。

西元前一一九年，漢武帝發動漠北之戰，由衛青、霍去病各率五萬騎兵由定襄、代郡出擊，跨越大漠遠征匈奴本部，李廣被分配跟隨衛青出征。漢武帝經不起李廣的請求，同意他打先鋒，但隨後密信衛青，告訴他李廣犯霉運，不能給予其先鋒官的重任。而後，衛青便安排李廣與趙食其領兵支援東路，令李廣頗為不滿。由於路途遙遠，李廣在沙漠中迷路，延誤戰鬥時機，導致單于突圍逃走。直到漠北大戰結束後，李廣才和主力部隊會合。李廣因此背負延誤戰機的罪名，受到衛青責問，他不願受軍法審判，憤而自殺，得年六十餘歲。

黃鶴樓

崔顥

昔人已乘黃鶴去❶，此地空餘黃鶴樓❷。黃鶴一去不復返，白雲千載空悠悠❸。
晴川歷歷漢陽樹❹，芳草萋萋鸚鵡洲❺。日暮鄉關何處是❻，煙波江上使人愁。

說文解字

❶昔人：指傳說中的仙人子安，因他曾駕鶴過黃鶴山，遂建此樓。乘：駕。去：離開。❷空：只。❸空悠悠：幽深，廣大。❹川：平原。歷歷：清楚可數。漢陽：地名，與黃鶴樓隔江相望。❺萋萋：形容草木茂盛。鸚鵡洲：據《後漢書》記載，漢代黃祖擔任江夏太守時，曾在此大宴賓客，有人獻上鸚鵡，故稱之。❻鄉關：故鄉。

詩意解析

傳說中的仙人早已駕著仙鶴飛去，只留下一座空蕩蕩的黃鶴樓。仙鶴駝著仙人離開後，便再也沒有回來，千百年來，只有悠悠的白雲依舊。在陽光的照耀下，漢陽的樹木清晰可見，鸚鵡洲上，碧綠的芳草鬱鬱蔥蔥。天色已晚，我眺望遠方，不知何處是故鄉，只見煙波籠罩江面，心中生起濃濃的思鄉之情。

此詩為弔古懷鄉之作。詩人登臨黃鶴樓後，泛覽眼前景物，觀景而生情，詩興大作，脫口而出，一瀉千里。既自然宏麗，又饒有風骨。傳說李白登此樓時，曾看到此詩，大為折服地說：「眼前有景道不得，崔顥題詩在上頭。」全詩即從樓的命名之由著想，藉傳說落筆。仙人跨鶴，本是虛無之事，如今化虛為實，說他「一

去不復返」，就有歲月不再、古人不可見的遺憾。仙去樓空，唯獨剩下天際白雲，悠悠千載，更能表現世事茫茫之慨。詩人短短幾筆，便寫出那個時代登黃鶴樓的人們常有的感受，氣概蒼莽，感情真摯。正是由於此詩在藝術上出神入化，因此也被後人推崇為題黃鶴樓的絕唱。

行經華陰❶

崔顥

岧嶢太華俯咸京❷，天外三峰削不成❸。武帝祠前雲欲散❹，仙人掌上雨初晴❺。

河山北枕秦關險❻，驛路西連漢畤平❼。借問路旁名利客❽，無如此處學長生❾。

說文解字

❶華陰：今陝西華陰，華山的北面。❷岧嶢：山勢高峻的樣子。太華：華山。咸京：即咸陽。❸三峰：指華山的芙蓉、玉女、明星三峰。❹武帝祠：巨靈祠。漢武帝登華山頂後所建，帝王祭天地、五帝的祠廟。❺仙人掌：峰名，華山最陡峭的一峰。相傳華山為巨靈神所開，華山東峰還存有祂的手跡。❻秦關：秦代的潼關。❼驛路：交通要道。漢畤：漢代帝王祭天地、五帝的祠廟。❽名利客：追名逐利的人。❾學長生：指隱居山林，尋求長生不老。

詩意解析

在高峻的華山上俯視京都長安，鬼斧神工的三峰伸向天外。武帝祠前的烏雲即將要消散，仙人掌峰頂一片翠綠，雨過天晴。秦關北河山地勢險要，寬闊平坦的驛路透過長安，往西直達漢畤。敢問路旁那些追名逐利的人，如何比得上在此修煉長生之術的隱者呢？

詩的前六句全為寫景，寫法由總而分，由此及彼，有條不紊。「俯」字顯出崇山壓頂之勢，「岧嶢」兩字加倍寫華山的高峻，使「俯」字更具有神力。而後，詩人從總貌轉入局部描寫，以三峰作為典型，寫明「岧嶢」。「削不成」三字，在純然寫景中暗含神工勝於人力，出世高於追名逐利的旨意。頸聯浮想聯翩，寫了想像中的幻景。這是眼中所無，而意中所有的景色。在華山下，同時看到黃河與秦關是不可能的，但詩人「胸中有丘壑」，筆下便可以溢出此等雄渾的畫面。

此詩勸「學長生」，是受當時崇奉道教、供養方士之社會風氣的影響。實際上，詩人此次行經華陰，與路上行客一樣，也都是前去求名逐利。但目睹山岳的崇高形象和飄逸出塵的仙跡靈蹤，未免移性動情，感嘆自己何苦奔波於坎坷仕途。然而，詩人並沒有直說，反向旁人勸喻，顯得隱約曲折。結尾兩句是從上六句自然落出，因而顯得瀟灑自如，風流蘊藉。

長干行

崔顥

其一

君家何處住❶，妾住在橫塘❷。

停船暫借問❸，或恐是同鄉❹。

其二

家臨九江水❺，來去九江側。

同是長干人，生小不相識❻。

說文解字

❶君：古代對男子的尊稱。❷妾：古代女子自稱的謙詞。❸暫：暫且，姑且。❹或恐：也許。❺臨：靠近。❻生小：自小，從小時候起。

詩意解析

其一

請問您的家在何處呢？我家就在橫塘。可否暫時停船，讓我問你一聲，或許我們是來自同一個故鄉。

其二

我家臨近九江邊，來往都在九江附近。你和我同是長干人，可惜從小到大都不認識，真是遺憾啊！

其一，開頭僅用「妾住在橫塘」五字，就藉女主角之口，點明說話者的性別與居處。又用「停舟」兩字，表明是水上的偶然遇合，再用「君」字指出對方是男性。題前的敘事，便因此可以全部省略了。詩一開頭就單刀直入，讓女主角出口問人，現身紙上，而讀者也聞其聲如見其人，絕沒有茫無頭緒之感。在寥寥二十字中，詩人僅用口吻傳神，就把女主角的音容笑貌寫得活靈活現。

其二延續其一，在船上的男子回應這位女子。詩的語言樸素自然，有如民歌。民歌中本有男女對唱的傳統，在宋代郭茂倩《樂府詩集》中就稱為「相和歌辭」。所以第一首女聲起唱之後，便是男主角的答唱。詩人這兩首詩繼承了前代民歌的遺風，既不豔麗而柔媚，也非浪漫而熱烈，是以素樸真率見長，寫得乾淨自然。女主角的抒懷只到「或恐是同鄉」為止，男主角的表情也只以「自小不相識」為限。這樣的蘊藉無邪，是抒情詩中的上乘。

詩人小傳

崔顥，汴州人。唐代開元十一年中進士，開元二十九年，擔任扶溝縣尉，仕途一直不順，後遊歷天下。天寶十三年卒。現存詩作僅四十二首，最有名的莫過於〈黃鶴樓〉，乃千古絕唱。少年時作的詩多寫閨情，流於浮豔，後歷經邊塞洗禮，詩風變得雄渾奔放、風骨凜然。

高手過招

1.（　）**出淤泥而不染，濯清漣而不妖。（宋代周敦頤〈愛蓮說〉）上文點出蓮花不與世俗同流合污，潔身自好，不向世人獻殷勤的特質。以下詩歌何者也有相同特質？**

A.咬定青山不放鬆，立根原在破岩中。千磨萬擊還堅勁，任爾東西南北風。（鄭板橋〈竹石〉）

B.昔人已乘黃鶴去，此地空餘黃鶴樓。黃鶴一去不復返，白雲千載空悠悠。（崔顥〈黃鶴樓〉）

C.水光瀲灩晴方好，山色空濛雨亦奇。欲把西湖比西子，淡妝濃抹總相宜。（蘇軾〈飲湖上初晴後雨〉）

D.旅館無良伴，凝情自悄然。寒燈思舊事，斷雁警愁眠。（杜牧〈旅宿〉）

2.（　）**何人題詩黃鶴樓後，遂使詩仙李白見而擱筆：**

A.賈島　B.崔顥　C.范仲淹　D.孟郊

3.（　）**昔人已乘黃鶴去，此地空餘黃鶴樓。黃鶴一去不復返，白雲千載空悠悠。晴川歷歷漢陽樹，芳草萋萋鸚鵡洲。日暮鄉關何處是，煙波江上使人愁。（唐代崔顥〈黃鶴樓〉）以下有關崔顥這首〈黃鶴樓〉的敘述，何者正確？**

A.是一首題壁詩，主旨在寫登樓遠望時，心頭寂寞思鄉之感；先從神話中點出黃鶴樓，再從人去樓空說到眼前景象，再由景轉入情。

B.作法上律古參半，前四句破律，為古詩格式，後四句始合律，故整首算是古體詩。

C.頷聯似對非對，頸聯卻對仗工巧。

D.本詩喜用疊字；又「黃鶴」字凡三見，「人」、「去」、「空」各兩見，未遵從正規律詩作法。

E.詩中提及鸚鵡洲，暗用禰衡的故事，詩人在此蘊藏了想要得道成仙的心情。

【解答】1. A 2. B 3. A

旁徵博引

黃鶴樓

關於黃鶴樓的神話傳說，歷來就有許多不同的說法，以下舉出其中一種：

此說出自唐代《因果報應錄》。傳說有一位辛先生，平日以賣酒為業。有一天，來了一位身材魁梧，但衣著襤褸，看起來很貧窮的客人。他神色從容地問：「可以給我一杯酒嗎？」辛先生沒有因為對方衣著襤褸，而有所怠慢，馬上盛了一大杯酒給他。就這樣過了半年，辛先生從沒有因為這位客人付不出酒錢而面露不滿，依然每天請他喝酒。有一天，這位客人告訴辛先生：「我欠了你很多酒錢，但是我沒有辦法還你。」說完，便從籃子裡拿出橘子皮，畫了一隻黃色的鶴在牆上，接著以手打節拍，一邊唱著歌，牆上的黃鶴也一邊隨著歌聲，翩然起舞。酒店裡的其他的客人，在看到這種奇妙的事後，都爭相付錢觀賞。十年後，辛先生因此累積了很多財富。有一天，那位衣著襤褸的客人又來到酒店，辛先生上前致謝：「我願意繼續供養您。」客人笑著說：「我哪裡是為了這個而來的呢？」說完，便取出笛子吹奏數曲，沒過多久，只見一朵朵白雲自天空而下，黃鶴也隨著白雲飛到客人面前，客人跨上鶴背，乘著白雲飛上天。從此之後，辛先生為了感謝及紀念這位客人，便在那裡蓋了一棟樓，名為黃鶴樓。

送僧歸日本

錢起

上國隨緣住❶，來途若夢行❷。浮天滄海遠❸，去世法舟輕❹。
水月通禪寂❺，魚龍聽梵聲❻。惟憐一燈影❼，萬里眼中明。

說文解字

❶上國：此處指中國。❷來途：從日本來中國的路途。❸浮天：形容海面寬廣，天空倒映在水中，舟船彷彿浮於天際。❹去世：離開塵世，此處指離開中國。❺水月：佛教用語，比喻僧人品格清美。禪寂：悟道時，清寂凝定的心境。❻梵聲：誦經的聲音。❼惟憐：最愛。燈：雙關語，以舟燈喻禪燈，暗指佛法。

詩意解析

由於佛法之緣，你來訪中國，來時的路途霧靄茫茫，船隻如同在夢中航行一般。小船逐漸駛向遙遠的邊際，船隻彷彿浮於天邊，你早已超脫世俗，自然感覺舟船十分輕盈。你的心境凝定清寂，世間一切都如水月虛幻，就連海內的魚龍也都仔細聆聽你的佛法。你舟船上的舟燈光照萬里，彷彿一盞禪燈，照亮眾生的心田。

此詩起筆突兀，本是送別卻不寫送歸，偏從來路寫起。「若夢行」表現長時間乘舟航海的疲憊、恍惚狀態，以襯歸國途中的艱辛，並鋪陳中間兩聯。頷聯寫海上航行時的迷茫景象，頸聯則寫僧人在海路中依然不忘法事修行，在月下坐禪，在舟上誦經的場景。尾聯用「一燈」描述僧人的歸途只有孤燈相伴，這是實寫，但實中有虛，「一燈」又喻禪理、佛理。虛實相映成趣。本詩有兩個特點，一是所送者為僧人，詩中使用許多佛教術語，如「隨緣」、「法舟」、「禪」、「梵」、「一燈」等，切合人物身分。二是僧人來自日本，又欲歸日本，故極言海路航行之苦。中間兩聯往返兼寫，且以返途為主，如此才能與「歸日本」的詩題相合。此詩因送人過海，藉由對禪機的抒發，把惜別之情委婉地表達出來。

谷口書齋寄楊補闕❶

錢起

泉壑帶茅茨❷，雲霞生薜帷。竹憐新雨後❸，山愛夕陽時❹。

閒鷺棲常早，秋花落更遲。家僮掃蘿徑，昨與故人期。

說文解字

❶谷口：古地名。補闕：官名，職責是向皇帝進行規諫。❷泉壑：此處指山水。茅茨：茅屋。❸新雨：剛下過的雨。❹山：谷口。

詩意解析

我的茅屋就在山中高處，霞光映照著牆頭有如帷幔般的藤蔓。屋外剛下過雨，青竹因此顯得更加蒼翠，惹人憐愛，夕陽映照著山脈，更添秀色。白鷺悠閒自得的回巢安歇，已是秋日，山上的花朵卻遲遲沒有凋謝。家僮正在打掃屋前的小徑，因為我昨日與好友相約一敘，等著他今日光臨。

此詩的最大特點便是將水、雲、竹、山、鷺、花擬人化，使這些無情物極富感情。首聯起對，頷聯晴、雨分寫，頸聯寫花鳥的情態，末聯寫邀約。此詩內容是詩人邀請友人到書齋聚會，詩的大部分篇幅都是在描寫書齋及周圍的幽美風景。詩人的書齋被圍繞在谷口的泉壑之間，雲霞從書齋外牆的薜帷間升起，可知書齋幽靜。書齋附近有濃密的竹林，傍晚的山光綠紫萬狀，十分美麗。詩的前六句寫出書齋附近的清幽美景，結尾一聯則是突出表現詩人的誠意盛情。全詩寫景，靜中有動，幽而不寂，展現出詩人新奇清淡的詩風。

贈闕下裴舍人❶

錢起

二月黃鸝飛上林❷，春城紫禁曉陰陰❸。長樂鐘聲花外盡❹，龍池柳色雨中深❺。

陽和不散窮途恨❻，霄漢長懸捧日心❼。獻賦十年猶未遇❽，羞將白髮對華簪❾。

說文解字

❶闕下：宮闕之下，指帝王所居之地。闕，宮門前的望樓。舍人：中書舍人，其職責是草擬詔書。❷上林：指上林苑，此處泛指宮苑。❸紫禁：皇宮。❹長樂：長樂宮，西漢的主要宮殿之一。此處借指唐代長安宮。❺龍池：唐玄宗登位前王邸中的小湖，王邸後來改為興慶宮，唐玄宗常在此聽政，日常起居也多在此。❻陽和：二月仲春。❼霄漢：高空。捧日心：三國時的程昱，在少年時夢見自己登上泰山，以兩手捧日。兗州動亂時，全賴程昱奔走籌謀，才得以保全三個縣城。曹操聽說其捧日的故事後，便說：「卿當終為吾腹心。」❽獻賦：西漢時，司馬相如向漢武帝獻賦而被進用，後為許多文人效仿。遇：受到重用。❾華簪：華麗且有裝飾的簪子。

詩意解析

早春二月，上林苑中黃鸝紛飛，春日的紫禁城內，陽光明媚，樹蔭斑駁。長樂宮的鐘聲餘響散落在花叢之外，春雨中，龍池旁的翠柳顯得蒼翠碧綠。春日的陽光也無法驅散我落魄的愁緒，我始終懷著如同程昱一般，夢中捧日、報效君主的忠心。十多年來，我獻賦君王，卻依舊不得賞識，如今已白髮蒼蒼，更是愧對裴公啊！

此為一首投贈詩，是詩人落第期間所作，獻詩給姓裴的中書舍人。開頭四句，詩人並未切入正題，不經意地描繪一幅豔麗的宮苑春景圖。那麼，錢起贈詩給裴舍人，為什麼要牽扯上這些宮殿苑囿呢？其目的便是在「景語」中，烘托出裴舍人的特殊身份地位。由於裴舍人追隨御輦，侍從宸居，因此能看到一般官員看不到的宮苑景色。雖然沒有一個字正面提到裴舍人，但實際上，句句都在恭維裴舍人。恭維卻又不露痕跡，可見手法高妙。接下來，詩人筆鋒一轉，寫到請求援引的題旨，「霄漢」句表明自己有一顆為朝廷做事的忠心，「羞將」已坦白請求的意思，但言語含蓄，依舊保持一定的身份。

詩人小傳

錢起，字仲文，吳興人。詩風清奇，與李端、盧綸、司空曙、耿諱、吉中孚、苗發、夏侯審、韓翃、崔洞合稱「大曆十才子」。唐代天寶十年，錢起赴長安應試，途經京口，宿於江畔的旅舍。夜裡，錢起夢見自己遊於江畔，聽聞有人吟詩兩句：「曲終人不見，江上數峰青。」抵達長安應試時，有一道詩題為「湘靈鼓瑟」，錢起立即寫成一詩：「善鼓琴和瑟，常聞帝子靈。馮夷空自舞，楚客不忍聆。苦調淒金石，清音入杳冥。蒼梧來怨慕，白芷動芳馨。流水傳湘浦，悲風過洞庭。曲終人不見，江上數峰青。」主考官李暐讀到最後兩句時，吟詠甚久，稱為絕唱。後來，錢起登第，授秘書省校書郎。著有《錢仲文集》。

旁徵博引

程昱吃人

程昱是三國時期魏國的謀士，為曹操手下的得力部將，一生都對曹操父子忠心耿耿。也因為程昱多次在危急關頭立下大功，所以曹操父子對程昱也非常信任。

當時，曹操和呂布正在兗州激烈交戰，由於這一仗曹操打得非常辛苦，再加上當時的兗州發生蝗災，導致糧食顆粒無收，因此曹操的軍隊面臨缺乏糧食的大問題。而後，曹操只好向袁紹求助，但袁紹卻開出非常苛刻的條件，要求曹操將自己的家屬送給袁紹作為人質。程昱聽說此事後，極力勸阻曹操不要答應，並且保證自己會解決糧食的問題。程昱隨即利用自己在當地的人脈籌集糧食，甚至不惜使用人肉做成肉乾以充當軍糧，因此歷史上才流傳有程昱吃人一說。

次北固山下❶

王灣

客路青山下❷，行舟綠水前。潮平兩岸闊，風正一帆懸❸。

海日生殘夜❹，江春入舊年❺。鄉書何處達❻？歸雁洛陽邊❼。

說文解字

❶次：旅途中暫時停宿，此處為停泊之意。❷客路：旅途。青山：指北固山。❸風正：順風。懸：掛。❹海日：海上的旭日。殘夜：夜將盡之時。❺江春：江南的春天。❻鄉書：家信。❼歸雁：北歸的大雁。大雁每年秋天都要飛往南方，春天再飛往北方。

詩意解析

我在北固山碧綠的江水中行舟。潮水滿漲，兩岸之間的水面寬闊，順風行船，船帆高懸。夜幕尚未褪盡，旭日已在江上冉冉升起，還只是年節時分，江南卻已有春天的氣息。寄出的家書不知何時才能到達，希望北歸的大雁能為我捎信到洛陽。

首聯「客路」指詩人要前往的路，「青山」則點題「北固山」。詩人在江南，但心卻神馳故里的漂泊羈旅之情，已流露於字裡行間，與末聯的「鄉書」、「歸雁」遙相照應。次聯的「闊」表現「潮平」的結果。「風正一帆懸」，詩人不用風順而用「風正」，是因為只有風順還不足以保證「一帆懸」。只有既是順風，又是和風，帆才能

「懸」。「正」字包含順與和，由此讀者可以設想，如果在曲折的小河中行船，要不停地轉彎，上述的小景便難得出現。如果在三峽行船，即使風順而風和，也依然波翻浪湧，這樣的小景依舊難得出現。透過「風正一帆懸」這一小景，江平野開闊、大江直流、風平浪靜等大景也就表露無疑。

第三聯所要表現的就是江上行舟，即將天亮時的情景。詩人將「日」、「春」代表新生美好事物的象徵，提到主語的位置加以強調，並且用「生」、「入」兩字使之擬人化，賦予它們人的意志和情思。妙在詩人無意說理，卻在描寫景物節令之中，蘊含著自然的理趣。不僅寫景逼真，敘事確切，且能給人樂觀、積極、向上的力量。這時候，一群北歸的大雁掠過晴空，詩人便想起「雁足傳書」的故事。末聯緊承三聯，遙應首聯，使全詩籠罩著一層淡淡的鄉思愁緒。

詩人小傳

王灣，號為德，洛陽人。唐代開元初年，任滎陽主簿，在此之前，王灣與學士綦毋潛交好，往來吳楚之間。開元五年，時任秘書監的馬懷素上書唐玄宗，請求修輯勘校內庫的散亂書籍，廣採天下異本，歷經五年，直到開元九年，編成《群書四部錄》，而王灣也是參與秘書監校理群籍工作的二十六人之一。所作〈次北固山下〉中的「海日生殘夜，江春入舊年」句，為當時名相張說稱賞，並親題於政事堂，作為文人作詩的典範。

高手過招

1.（　）小直要寫一篇關於古體詩的報告，但他蒐集的作品中有一首不屬於古體詩。根據你對詩的了解，應該是下列何者？

A.客路青山外，行舟綠水前，潮平兩岸闊，風正一帆懸。海日生殘夜，江春入舊年，鄉書何處達？歸雁洛陽邊。

B.蟬鳴桑樹間，八月蕭關道，出塞復入塞，處處黃蘆草，從來幽并客，皆向沙場老？莫作遊俠兒，矜誇紫騮好。

C.庭中有奇樹，綠葉發華滋。攀條折其榮，將以遺所思。馨香盈懷袖，路遠莫致之。此物何足貢？但感別經時。

D.慈母手中線，遊子身上衣，臨行密密縫，意恐遲遲歸，誰言寸草心，報得三春暉。

2.（　）下列何詩為抒發懷才不遇的心境？甲、蘭葉春葳蕤，桂華秋皎潔。欣欣生此意，自爾為佳節。誰知林棲者，聞風坐相悅。草木有本心，何求美人折。乙、江涵秋影雁初飛，與客攜壺上翠微。塵世難逢開口笑，菊花須插滿頭歸。但將酩酊酬佳節，不用登臨恨落暉。古往今來只如此，牛山何必獨沾衣。丙、海鳥知天風，竄身魯門東。臨觴不能飲，矯翼思凌空。鍾鼓不為樂，煙霜誰與同。歸飛未忍去，流淚謝鴛鴻。丁、客路青山下，行舟綠水前。潮平兩岸闊，風正一帆懸。海日生殘夜，江春入舊年。鄉書何處達，歸雁洛陽邊。

A.以上皆是　B.乙丙丁　C.甲乙丁　D.甲乙丙

【解答】1. A　2. D

春思

皇甫冉

鶯啼燕語報新年，馬邑龍堆路幾千❶。家住層城臨漢苑❷，心隨明月到胡天。

機中錦字論長恨❸，樓上花枝笑獨眠。為問元戎竇車騎❹，何時返旆勒燕然❺？

說文解字

❶馬邑：秦時所築城名，漢代曾與匈奴爭奪此城。龍堆：白龍堆的簡稱，指沙漠。❷層城：因京城分內外兩層，故稱之。苑：此處指行宮。❸論：表露，傾吐。❹元戎：主將。❺返旆：班師。勒：刻。燕然：燕然山。

詩意解析

鶯歌燕語預告著新年即將來臨，馬邑龍堆遠在幾千里外的塞外。我家雖住京城，比鄰皇室宮苑，但心早已隨著明月飛到邊陲，找尋我的丈夫。我在織錦回文中訴說著思念和長恨，連樓上的花枝都彷彿在取笑我依然獨眠。請問車騎將軍竇憲，何時才可以得勝，班師回朝呢？

首聯「鶯啼燕語」是和平寧靜的象徵，新年佳節，這是親人團聚的時辰，但另一方面，在遙遠邊關從征的親人，卻不能享受這份寧靜，無法得到溫情。上句「鶯啼燕語」四字，寫得色彩濃麗，生意盎然。使下句的「馬邑龍堆」，更顯得沉鬱悲壯。「家住層城鄰漢苑」，詩中的女主角雖目睹京畿的繁華與和平，卻「心隨明月到胡天」，心早已飛到丈夫的身邊。

「機中錦字論長恨，樓上花枝笑獨眠」，上句「論」字和下句「笑」字，都是擬人化的寫法。錦字回文詩的內容無非離情別恨，錦字詩有多長，恨便有多長，錦字詩無窮，恨也無窮。「樓上花枝」本無情，然而在詩人眼中，那花團錦簇的樣子，就像是在嘲笑獨眠之人。結尾筆鋒一轉，提出一個意義深遠的問題，「為問元戎竇車騎，何時返旆勒燕然」，流露出詩人的反戰思想，並且借漢詠唐，諷刺朝廷窮兵黷武的政策。

詩人小傳

皇甫冉，字茂政，潤州丹陽人。晉代高士皇甫謐之後，世居甘肅涇州。十歲能屬文，張九齡很看重他，喚他為小友。唐代天寶十五年，進士第一，授無錫尉。唐代大歷五年，回丹陽省親時，卒於家中。

高手過招

1.（　）**下列詩句藉「月」來抒發「思鄉」之情的選項是：**

A. 鶯啼燕語報新年，馬邑龍堆路幾千。家住層城鄰漢苑，心隨明月到胡天。（皇甫冉〈春思〉）

B. 可憐樓上月徘徊，應照離人妝鏡台。玉戶簾中捲不去，搗衣砧上拂還來。（張若虛〈春江花月夜〉）

C. 白狼河北音書斷，丹鳳城南秋夜長。誰為含愁獨不見，更教明月照流黃。（沈佺期〈獨不見〉）

D. 夢回荒館月籠秋，何處砧聲喚客愁。深夜無風蓮葉響，水寒更有未眠鷗。（林景熙〈夢回〉）

【解答】1. D

旁徵博引

錦字回文詩

蘇蕙，字若蘭。前秦苻堅時的女詩人，創作回文詩〈璇璣圖〉。蘇蕙為陝西扶風美陽鎮人，出身詩書世家，十六歲時嫁於秦州刺史竇滔。蘇蕙作回文詩的故事有多種版本，主要分為一百一十二字和八百四十一字兩種。

在第一種版本中，竇滔獲罪於苻堅，被遷至沙州服役。竇滔被發配後，蘇蕙便把對丈夫的思念之情寫成一首一百一十二字的回文詩：

去日深山當量妻夫歸早咐真思又
公雀同初叫寡思回婦囑不身情貴
陽婆結夫配早織垂時恩上何米語
侶髮年夫與錦歸去雙少深柴夫誰
好伴奴邁回要淒可寒淚中久料我
豈赦尋文身孤本衣憐家上至別月
早知朝能受靠野歸想天今枕日離
子天冷淡尚鶴誰更不久地同鴦鴛

這段回文詩的讀法是從第一行的「夫」字開始，向右斜念，再按網狀順序念到第一行中間的「妻」

字，便成為一首十六行的七言詩：

夫婦恩深久別離，鴛鴦枕上淚雙垂。思量當初結髮好，豈知冷淡受孤淒。
去時囑咐真情語，誰料至今久不歸。本要與夫同日去，公婆年邁身靠誰？
更想家中柴米貴，又思身上少寒衣。野鶴尚能尋伴侶，陽雀深山叫早歸。
可憐天地同日月，我夫何不早歸回？織錦回文朝天子，早赦奴夫配寡妻。

在第二種版本中，竇滔移情於寵姬趙陽台，蘇蕙知道後便責打趙陽台。趙陽台因此懷恨在心，在竇滔面前進讒言，使得竇滔對蘇蕙日漸疏遠。蘇蕙二十一歲時，竇滔鎮守襄陽，任安南大將軍。竇滔攜趙陽台赴任。蘇蕙在秦州苦等兩年，悲憤不已，意欲感悟其夫，便用五彩絲線在錦帕上織成回文織錦圖，送至襄陽。竇滔讀後，悔恨交加，馬上把蘇蕙接到襄陽。兩人恩愛如初，白頭偕老。

後來，武則天為蘇蕙創作的回文詩取名為〈璇璣圖〉，並親自為其作序，評價它「才情之妙，超古邁今」。清代李汝珍在《鏡花緣》中也提到〈璇璣圖〉，並附上部分解讀，使得此版本更加廣為流傳。

送崔九

裴迪

歸山深淺去，須盡丘壑美。
莫學武陵人❶，暫遊桃源裡。

說文解字

❶武陵人：晉代陶淵明〈桃花源記〉中的武陵漁人。

詩意解析

你若要歸隱山林，就應該盡情領略山水之美。千萬別學習陶淵明筆下的武陵人，偶然間闖入了桃花源，卻又匆匆還家，返家之後，要再去尋找那桃花源，便再也找不到了。

崔九曾與王維、裴迪同隱於終南山中，從詩人做此首送給崔九，便可以看出可能是因為崔九不願意再繼續隱居了，所以才有了詩人的這一番勸勉。詩人生活的時代大約是唐玄宗和唐肅宗時期，此詩約作於唐玄宗後期。當時，由於唐玄宗任用奸相李林甫，寵幸楊貴妃，政治環境黑暗險惡，下層知識分子無法入仕，像裴迪、崔九這樣的寒士，可能一輩子都沒有出路。所以他們才選擇隱居山林，過著與世隔絕的生活。

詩人小傳

裴迪，關中人，與王維、杜甫關係密切。早年就與「詩佛」王維過從甚密，晚年隱居輞川、終南山後，兩人來往更為頻繁，因此其詩多是與王維的唱和應酬之作。他也受到王維的影響，所作詩多為五絕，描寫的也常是幽寂的景色，大抵和王維的山水詩相近。

高手過招

1.（　）歸山深淺去，□□□□□。莫學武陵人，暫遊桃源裡。（唐代裴迪〈送崔九〉）請填入□中正確的句子。

A. 看盡林相美　B. 嘗盡甘露美　C. 聽盡鳴蟬樂　D. 須盡丘壑美

2.（　）詩人用典有直用其事者，也有反其意而用之者。在〈送崔九〉中，裴迪就武陵漁夫暫遊桃源一事而翻疊之，不但使舊意翻新，而且筆調也更靈活跳脫。下列選項何者用法不相同？

A. 折戟沉沙鐵未銷，自將磨洗認前朝。東風不與周郎便，銅雀春深鎖二喬。

B. 家國興亡自有時，吳人何苦怨西施。西施若解傾吳國，越國亡來又是誰。

C. 宣室求賢訪逐臣，賈生才調更無倫。可憐夜半虛前席，不問蒼生問鬼神。

D. 一去心知更不歸，可憐著盡漢宮衣。寄聲欲問邊塞事，只有年年鴻雁飛。

E. 大將籌邊尚未還，湖湘子弟滿天山。新栽楊柳三千里，引得春風度玉關。

【解答】1. D　2. D

旁徵博引

桃花源

桃花源，出自晉代陶淵明的〈桃花源詩〉。詩序〈桃花源記〉是記述一個世俗的漁人，偶然進入與世外隔絕之地的奇遇記。全文描繪一個沒有戰亂，沒有壓迫，自給自足，人人自得其樂的社會，是當時黑暗現實社會的鮮明對照，也是陶淵明與世人所嚮往的一種理想社會，它體現出當時人們的追求與渴望，也反映出眾人對現實的不滿與反抗。

下終南山過斛斯山人宿置酒❶

李白

暮從碧山下❷，山月隨人歸。卻顧所來徑❸，蒼蒼橫翠微❹。
相攜及田家❺，童稚開荊扉。綠竹入幽徑，青蘿拂行衣❻。
歡言得所憩，美酒聊共揮❼。長歌吟〈松風〉，曲盡河星稀。
我醉君復樂，陶然共忘機❽。

說文解字

❶終南山：秦嶺，唐時士子多隱居於此山。過：拜訪。斛斯山人：複姓斛斯的一位隱士。❷碧山：此處指終南山。下：下山。❸卻顧：回頭望。所來徑：下山的小路。❹翠微：翠綠的山坡，此處指終南山。❺及：到。田家：田野人家，此處指斛斯山人的家。❻青蘿：攀纏於樹枝上，下垂的藤蔓。行衣：行人的衣服。❼揮：舉杯。❽陶然：歡樂的樣子。機：世俗的心機。

詩意解析

傍晚從終南山上走下來，山中的明月好像隨著行人而歸一般。回望來時所走的山間小路，山林蒼蒼茫茫，一片翠綠。我前去拜訪斛斯山人的家，他家中的孩童急忙打開柴門迎接我。走進竹林，穿過幽靜的小路，青蘿枝葉拂著行人的衣裳。在歡言笑談中，我與友人頻頻舉杯，暢飲美酒。我們放聲高歌，唱著〈風入松〉的曲

調，一曲完畢，夜已深了。我酣醉暢飲，主人感到非常高興，如此歡樂閒適，讓我們幾乎忘卻世俗的狡詐心機。

詩人在月夜，到長安南面的終南山拜訪一位姓斛斯的隱士。首句「暮」字挑起第二句的「山月」，和第四句的「蒼蒼」；「下」字挑起第二句的「隨人歸」，和第三句的「卻顧」；「碧」字又引出第四句的「翠微」。平平常常的五個字，卻無一字虛設。第三句「卻顧所來徑」，寫出詩人對終南山的餘情。第四句又是正面描寫，「翠微」指青翠掩映的山林幽深處，「蒼蒼」兩字則加倍渲染，描繪出暮色蒼蒼中的山林美景。

接下來，詩人漫步山徑，遇到斛斯山人，於是「相攜及田家」。進門後，「綠竹入幽徑，青蘿拂行衣」，寫出田家庭園的恬靜，流露詩人對此的稱羨之情。「歡言得所憩，美酒聊共揮」，「得所憩」不僅是讚美山人的庭園居室，也為遇見知己而感到高興。最後，句中的青松與青天，仍處處呼應上文的一片蒼翠。再從美酒共揮，轉到「我醉君復樂，陶然共忘機」，寫出酒後的風味，陶然把人世的機巧之心一掃而空，顯得淡泊而恬遠。

月下獨酌❶

李白

花間一壺酒，獨酌無相親❷。舉杯邀明月，對影成三人。

月既不解飲❸，影徒隨我身❹。暫伴月將影❺，行樂須及春❻。

我歌月徘徊，我舞影零亂。醒時同交歡❼，醉後各分散。永結無情游，相期邈雲漢❽。

說文解字

❶獨酌：一個人飲酒。酌，飲酒。❷無相親：沒有親近的人。❸既：且。不解飲：不會喝酒。❹徒：徒然，白白地。❺將：和。❻及春：趁著春光明媚之時。❼交歡：一起同樂。❽期：約定。邈：遠。雲漢：銀河，泛指天空。

詩意解析

我準備一壺美酒擺在花叢之間，自斟自酌，孤獨一人。我舉起酒杯邀請明媚的月亮，再低頭面對自己的影子，這樣就有三人一同共飲了。但月亮不會喝酒，而影子也只能伴隨在我身後而已。暫且就讓月亮和影子陪伴著我吧！我應趁著美好的春光，及時行樂。月亮聽著我歌唱，在空中徘徊不前；影子陪著我跳舞，在地上舞動零亂。清醒時，我們共同尋歡作樂；酒醉後，終究要各自離散。我願意和你們這些無情物結為有情交，但願我們永遠相伴，相約在高遠的銀河岸邊再度重逢。

在此詩中，詩人運用豐富的想像，表現由獨而不獨，由不獨而獨，再由獨而不獨的複雜情感。表面看起來，詩人真能自得其樂，事實上，心中卻有無限的淒涼。

春思

李白

燕草如碧絲❶，秦桑低綠枝❷。當君懷歸日❸，是妾斷腸時❹。

春風不相識，何事入羅幃❺？

說文解字

❶燕草：指燕地的草。燕，征夫所在之地。❷秦桑：秦地的桑樹。秦，思婦所居之處。❸懷歸：想家。❹妾：古代婦女的自稱。❺羅幃：絲織的簾帳。

詩意解析

燕塞的春草，還鮮嫩的如同碧綠的細絲，秦地的桑葉，卻早已茂密得壓彎了樹枝。當你在邊境想著回家的日子，也正是我在思念你的時候。多情的春風啊！我與你素不相識，你為什麼要闖入羅幃，攪亂我的情思呢？

此為描寫思婦心緒的詩。開頭兩句以相隔遙遠的燕、秦春天景物起興，寫獨處秦地的思婦觸景生情，終日思念遠在燕地衛戍的夫君，盼望他早日歸來。三、四句由開頭兩句演進而來，繼續寫燕草方碧，夫君必定思歸懷己，此時秦桑已低，妾已斷腸，進一層表達思婦之情。五、六兩句，以春風掀動羅幃時，思婦的心緒，表現她對愛情堅貞不二的高尚情操。全詩以景寄情，委婉動人。

關山月

李白

明月出天山❶，蒼茫雲海間。長風幾萬里，吹度玉門關❷。
漢下白登道❸，胡窺青海灣❹。由來征戰地，不見有人還。
戍客望邊色❺，思歸多苦顏。高樓當此夜❻，歎息未應閒。

說文解字

❶天山：今祁連山。❷玉門關：古代通向西域的交通要道。❸白登：白登山，匈奴曾圍困劉邦於此。❹胡：此處指吐蕃。窺：有所企圖。❺戍客：駐守邊疆的戰士。❻高樓：古詩中多以高樓指閨閣，此處代指戍邊兵士的妻子。

詩意解析

巍巍天山，蒼茫雲海，一輪明月傾瀉銀光一片。浩蕩的長風掠過幾萬里關山，來到戍邊將士駐守的邊關。當年，漢高祖出兵白登山征戰匈奴，如今，吐蕃又覬覦青海的大片河山。這些歷代征戰之地，很少看到有人可以慶幸生還。戍邊兵士仰望邊城，思歸家鄉，滿面愁容。當此皓月之夜，望月懷夫的妻子也同樣頻頻哀嘆。

這首詩除了描繪邊塞的風光、戍卒的遭遇，更深一層轉入戍卒與思婦兩地相思的痛苦。開頭為何說「明月出天山」呢？這是從征人的角度敘寫的，征人戍守在天山之西，回首東望，所看到的就是明月從天山升起的景象。接下去的「長風幾萬里，吹度玉門關」，這兩句仍是以征戍者的角度而言。上述四句，便以長風、明月、天

山、玉門關為特徵，構成一幅萬里邊塞圖。表面上似乎只是敘寫自然景象，但只要設身處地體會這是征人東望所見，征人懷念故土的情緒便不言而喻。

接下來依舊是在前四句廣闊的邊塞自然圖景上，更迭出征戰的景象。漢高祖劉邦領兵征伐匈奴時，曾被匈奴圍困在白登山七天。而青海灣一帶，則是唐軍與吐蕃連年征戰之地。描寫的對象由邊塞過渡到戰爭，由戰爭過渡到征戍者。而後的「望邊色」三個字似乎只是漫不經心地寫出，但卻把上述那幅萬里邊塞圖和征戰的景象，與「戍客」緊緊連繫。所見的景象如此，所思亦是廣闊而渺遠，戰士們想像中妻子的情思和嘆息，在廣闊背景的襯托下，也顯得更加深沉。

子夜秋歌

李白

長安一片月，萬戶擣衣聲❶。秋風吹不盡，總是玉關情❷。

何日平胡虜，良人罷遠征❸。

說文解字

❶擣衣：將髒衣放在石板上捶擊、清洗。❷玉關：玉門關，此處代指良人戍邊之地。❸良人：古代婦女對丈夫的稱呼。罷：結束。

詩意解析

秋夜淒清，明月照耀著長安城，千家萬戶都傳來陣陣的擣衣之聲，連秋風都無法吹盡思婦們對玉門關外征人的綿綿思念。何時才能掃平胡虜呢？期盼夫君從此不要再遠征了。

詩人的〈子夜四時歌〉共有四首，每首六句，分詠春、夏、秋、冬四季。此處選錄〈秋歌〉，寫征夫之妻在秋夜中，懷思遠征邊陲的良人，希望戰爭早日結束，能讓丈夫免於離家遠征。雖未直寫愛情，卻字字滲透著真摯情意，雖沒有高談時局，卻又不離時局。

長干行

李白

妾髮初覆額，折花門前劇。郎騎竹馬來，繞床弄青梅❶。同居長干里，兩小無嫌猜。十四為君婦，羞顏未嘗開。低頭向暗壁，千喚不一回。十五始展眉，願同塵與灰。常存抱柱信，豈上望夫台。十六君遠行，瞿塘灩澦堆。五月不可觸，猿聲天上哀。門前遲行跡，一一生綠苔。苔深不能掃，落葉秋風早。八月蝴蝶黃，雙飛西園草。感此傷妾心，坐愁紅顏老。早晚下三巴❷，預將書報家。相迎不道遠，直至長風沙。

說文解字

❶床：井欄，後院水井的圍欄。❷早晚：何時。三巴：地名。即巴郡、巴東、巴西。

詩意解析

小時候，當我的頭髮才剛長過額頭時，就開始和你一起在門前玩折花的遊戲。你騎著竹馬，我們一起繞著井欄，玩著互擲青梅的遊戲。我們同在長干里居住，兩人從小就不曾互相吵架。十四歲時，我嫁給你，在婚禮上害羞得沒有抬頭。我低頭對著牆壁的暗處，你一再呼喚我也不敢回頭。十五歲時，我才稍稍初曉人事，心中願意永遠和你在一起。那時，我抱著至死不渝的信念，怎麼會想到如今竟然會走上令人腸斷的望夫台呢？十六歲時，你離家遠行，要到瞿塘峽的灩澦堆。現在正是五月，危險的灩澦堆早已沒入水中，一旦觸礁，必定船毀人亡。夫君，我真是擔心你啊！兩岸的猿啼，淒切悲涼，令人揪心。門前還留有你離家時的足跡，我不願掃除上面的青苔，樹葉飄落，已經秋天了。八月，黃色的蝴碟紛飛，雙雙飛到西園的草地上，看到雙宿雙飛的情景令我感到憂傷，面露愁容，甚至逐漸衰老。夫君，無論你什麼時候沿著三巴返家，一定要先捎封家書，我會不顧路途遙遠地前去迎接你，在長風沙等待著你。

此詩的主角是一位居住在長干里的少婦，她用自述的口氣，敘述她的愛情生活，傾吐對於遠方丈夫的殷切思念，塑造出一個具有深摯情感的少婦形象。全詩透過生動具體的生活側面，描繪少婦的各個生活階段，在讀者面前展開一幅幅鮮明生動的畫面。

此詩風格纏綿婉轉，具有柔和深沉的美。商婦的愛情具有熱烈奔放的特點，同時又堅貞、持久、專一、深沉。她的丈夫是外出經商，並非奔赴疆場、吉凶難卜，所以她雖也為丈夫的安危擔心，但並不是摧塌心肺的悲慟。她的相思之情正如春蠶吐絲，綿綿不絕。這些內在的因素都決定了詩作風格的深沉柔婉。

廬山謠寄盧侍御虛舟❶

李白

我本楚狂人❷，鳳歌笑孔丘。手持綠玉杖❸，朝別黃鶴樓。五嶽尋仙不辭遠❹，一生好入名山遊。廬山秀出南斗旁❺，屏風九疊雲錦張。影落明湖青黛光❻，金闕前開二峰長❼，銀河倒掛三石梁❽。香爐瀑布遙相望，迴崖沓嶂凌蒼蒼❾。翠影紅霞映朝日，鳥飛不到吳天長。登高壯觀天地間，大江茫茫去不還❿。黃雲萬里動風色⓫，白波九道流雪山⓬。好為廬山謠，興因廬山發。閒窺石鏡清我心，謝公行處蒼苔沒⓭。早服還丹無世情⓮。琴心三疊道初成⓯。遙見仙人彩雲裡，手把芙蓉朝玉京。先期汗漫九垓上⓰，願接盧敖遊太清。

說文解字

❶謠：不合樂的一種詩體。盧侍御虛舟：盧虛舟，字幼真，范陽人。唐肅宗時曾任殿中侍御史，曾與李白同遊廬山。❷楚狂人：春秋時楚人陸通，字接輿，因不滿楚昭王，佯狂不仕。❸綠玉杖：鑲有綠玉的杖，傳為仙人所用。❹五嶽：此處泛指中國名山。❺南斗：星宿名。此處指秀麗的廬山之高。❻青黛：青黑色。❼金闕：黃金的門樓。

闕，皇宮門外的左右望樓。此處借指盧山的石門。❽銀河：指瀑布。❾凌：高出。蒼蒼：青色的天空。❿大江：長江。⓫黃雲：昏暗的雲色。⓬雪山：白色的浪花。⓭謝公：謝靈運。⓮服：服食。⓯琴心三疊：道家修煉用語，一種心神寧靜的境界。⓰先期：預先約好。汗漫：仙人名。

詩意解析

我本是像那位接輿楚狂人一般，高唱著鳳歌，嘲笑孔子。我手裡拿著仙人鑲綠玉的手杖，在早晨時，辭別黃鶴樓，為了尋仙，不畏路途遙遠，攀登五嶽，就這樣踏上隱居一途。秀美的廬山在南斗旁挺立，九疊雲屏像錦繡雲霞，湖光山影相互映照。金闕巖前的雙峰矗立，直入雲端，三疊泉如銀河一般，倒掛三石梁上。香爐峰瀑布與它遙遙相望，山峰聳入雲霄，莽莽蒼蒼。翠雲紅霞與朝陽相互輝映，鳥兒也飛不過那廣闊的吳天。登高遠望天地間的壯觀景象，大江悠悠東流，一去不復還。天上萬里的黃雲變動著風色，江流波濤如同浪花一般，奔淌不斷。我喜歡為雄偉的廬山而歌唱，詩興因廬山的風光而滋長。閒暇之餘，對著石鏡，使心神清淨，當年謝靈運的足跡，早已被青苔掩藏。我希望可以服用仙丹，洗去塵世情，早日達到心神寧靜的境界。遠遠就看見仙人正在彩雲當中，手裡捧著芙蓉花。我已與汗漫仙人相約九天，我來迎接你，希望和你一起遨遊太清。

此詩為寫景名篇，詩人大手筆描繪廬山雄奇壯麗的風光，同時也表現出詩人的豪邁氣概，抒發詩人寄情山水、縱情遨遊、狂放不羈的情懷，表達詩人想在名山勝景中得到寄託，在神仙境界中逍遙的願望，流露詩人因政治失意而避世求仙的憤世之情。

全詩思想內容複雜，既有對儒家孔子的嘲弄，也有對道家的崇信；一面希望擺脫世情，追求神仙生活，一面又留戀現實，熱愛人間風物。詩的感情豪邁開朗，有著震撼山嶽的氣概。想像力豐富，境界開闊，給人雄奇的美感享受。

夢游天姥吟留別

李白

海客談瀛洲❶，煙濤微茫信難求❷。越人語天姥，雲霓明滅或可睹。天姥連天向天橫❸，勢拔五嶽掩赤城。天台四萬八千丈❹，對此欲倒東南傾。我欲因之夢吳越，一夜飛度鏡湖月。湖月照我影，送我至剡溪。謝公宿處今尚在❺，淥水蕩漾清猿啼。腳著謝公屐❻，身登青雲梯❼。半壁見海日，空中聞天雞❽。千巖萬壑路不定，迷花倚石忽已暝。熊咆龍吟殷巖泉，慄深林兮驚層巔。雲青青兮欲雨，水澹澹兮生煙。列缺霹靂，丘巒崩摧。洞天石扇，訇然中開。青冥浩蕩不見底❾，日月照耀金銀台❿。霓為衣兮風為馬，雲之君兮紛紛而來下。虎鼓瑟兮鸞回車⓫，仙之人兮列如麻。忽魂悸以魄動，怳驚起而長嗟。惟覺時之枕席，失向來之煙霞。世間行樂亦如此，古來萬事東流水。別君去兮何時還？且放白鹿青崖間，須行即騎訪名山。安能摧眉折腰事權貴⓬，使我不得開心顏！

說文解字

❶海客：浪跡海上之人。瀛洲：傳說中的東海仙山。❷微茫：景象模糊不清。信：實在。難求：難以尋訪。❸天橫：遮住天空。橫，遮斷。❹四萬八千丈：誇飾說法，並非實數。❺謝公：指謝靈運。謝靈運喜歡遊山，他遊天姥山時曾在剡溪居住。❻屐：謝靈運遊山時穿的一種特製木鞋❼青雲梯：指直上雲霄的山路。❽天雞：傳說東南有一座桃都山，山上有棵大樹，樹枝綿延三千里，樹上棲有天雞，每當太陽初升照到這棵樹上時，天雞就會鳴叫，而全天下的雞也都會跟著牠鳴叫。❾青冥：青天。❿金銀台：神仙所居之處。⓫鸞：傳說中鳳凰一類的鳥。回：迴旋，運轉。⓬摧眉折腰：低頭彎腰，即卑躬屈膝。摧眉，低眉。

詩意解析

海外來的商客和我談起瀛洲，因為大海煙波渺茫，所以要看到瀛洲非常困難。吳越一帶的人談起天姥山，則認為只有在雲霧忽明忽暗時，才能看見。天姥山彷彿連接著天，甚至遮斷天空。山勢高峻，超越五嶽，甚至遮住赤城山。天台山雖非常高聳，但對著天姥山，卻矮小的好像要朝著東南傾斜一樣。我隨著越人說的話，神遊到吳越，飛渡明月映照下的鏡湖。鏡湖上的月光照著我的影子，一直伴隨我到剡溪。謝靈運曾居住過的地方尚在，那裡有清澈的湖水，猿猴清啼。我腳上穿著謝靈運當年特製的木鞋，攀登直上雲霄的山路。到半山腰時，就看見從海上升起的太陽，空中也傳來天雞報曉的啼聲。山巒重疊，道路彎曲，我欣賞著路途上的繁花，倚著石頭，不知不覺天色已晚。山中的泉水發出如同熊在怒吼、龍在長鳴的聲響，使森林戰慄、山峰驚顫。黑沉沉的雲層，像是快要下雨了，水波動蕩，升起煙霧。電光閃閃，雷聲轟鳴，山峰好像要崩塌似的。仙府的石門突然從中打開，洞中蔚藍的天空廣闊無際，看不到盡頭，日月輝映，照耀著金銀做的宮闕。眾仙穿著用彩虹做的衣裳，以長風作馬。老虎彈奏琴瑟，鸞鳥駕著車馬，密密麻麻的仙人們成群結隊而來。忽然之間，我猛然驚醒，不禁長聲嘆息。醒來後發現身邊只有枕蓆，剛才夢中所見的煙霧雲霞全都消失無蹤。人世間的歡樂也就像夢中的幻境一樣，萬事就像東流的水一般一去不復返。我即將遠去，不知何時才能回來。暫且把白鹿放牧在青崖間，要遠行時便騎上牠，遊歷名山。我豈能卑躬屈膝，就為了去侍奉權貴呢？那樣會使我無法舒心暢意。

此詩是記夢詩，也是遊仙詩。詩以記夢為由，抒寫對光明、自由的渴求，和對黑暗現實的不滿，表現了蔑視權貴、不卑不屈的叛逆精神。詩人運用豐富奇特的想像和大膽誇張的手法，組成一幅亦虛亦實、亦幻亦真的夢遊圖，構思精密，意境雄偉，內容豐富曲折，形象輝煌華麗，感慨深沉激烈，富有浪漫主義色彩。於虛無飄渺的描述中，寄寓著生活現實，雖離奇但不做作。全詩在形式上雜言相間，兼用騷體，不受律束，筆隨興至，解放體制，堪稱絕世名作。

金陵酒肆留別❶

李白

風吹柳花滿店香，吳姬壓酒喚客嘗❷。金陵子弟來相送❸，欲行不行各盡觴❹。
請君試問東流水，別意與之誰短長。

說文解字

❶酒肆：酒店。留別：臨別時，留詩給送行者。❷吳姬：吳地的青年女子，此處指酒店中的侍女。壓酒：壓糟取酒，古代新酒釀熟後，到要喝的時候，才壓糟取用。❸子弟：指李白的朋友。❹欲行：要離開的人，此處指詩人自己。不行：送行的人，指金陵子弟。

詩意解析

風吹動柳絮，店裡酒香瀰漫，侍女壓糟取酒，請客人品嚐。金陵的朋友們都來為我餞行，送與被送的人都頻頻舉杯，喝盡杯中的酒。請你們問問這滔滔東流水，和我們的離情別意相比，究竟誰短誰長呢？

首句只用「風吹柳花滿店香」七字，便將風光的明媚，柳絮的精神，以及酒客沉醉東風的情調，生動自然地浮現在紙面之上。「香」字將店內和店外連成一片，一則表明任何草木都有它微妙的香味，二則代表春天的氣息，不但活畫出詩歌意境，也為下文的酒香埋下伏筆。第一、二句便寫出了濃濃的江南味道，雖然未明寫店外，但店外楊柳含煙的芳菲世界，已依稀可見。

「來相送」三字一折，將上述的熱鬧場面潑了一盆冷水，點出熱鬧繁華就是冷寂寥落的前奏。但是，如此傷心的訣別總不能跨開大步就走，於是又轉為「欲行不行各盡觴」，「欲行」固然欲醉，而「不行」也「各盡觴」，情意深長。詩人要如何才能表達自己的無限惜別之情呢？他順手一指，以水為喻，「請君試問東流水，別意與之誰短長」。情感是抽象的，即使再深再濃也看不見、摸不到；而江水是具體的，給人綿綿不絕的印象。但詩人不僅只用簡單的比喻，更進一步設問比較，迷迷茫茫，似收而未收，言有盡而意無窮，給人想像的空間。

宣州謝朓樓餞別校書叔雲❶

李白

棄我去者，昨日之日不可留。亂我心者，今日之日多煩憂。
長風萬里送秋雁❷，對此可以酣高樓。蓬萊文章建安骨❸，中間小謝又清發❹。
俱懷逸興壯思飛❺，欲上青天覽日月❻。抽刀斷水水更流，舉杯銷愁愁更愁。
人生在世不稱意❼，明朝散髮弄扁舟❽。

說文解字

❶謝朓樓：又名北樓、謝公樓。謝朓任宣城太守時所建，並改名為疊嶂樓。餞別：以酒食送行。校書：官名，掌管朝廷的圖書整理工作。叔雲：李白的叔叔，李雲。❷長風：遠風，大風。❸蓬萊：此處指東漢時藏書的東觀。❹小

謝：謝朓，後人將他和謝靈運並舉，稱為大、小謝。此處詩人用以自喻。發：詩文俊逸。❺逸興：飄逸豪放的興致。壯思：雄心壯志，豪壯的意思。❻覽：通「攬」，摘取。❼稱意：稱心如意。❽明朝：明天。散髮：不束冠，意謂不願意任官，此處形容狂放不羈。古人平時束髮戴冠，散髮表示閒適自在。扁舟：小舟，小船。

詩意解析

棄我而去的昨日，已無法挽留，令我心煩意亂的今朝，使我感到更加煩憂。萬里長風吹送著南歸的鴻雁，面對此景，正是可以登上高樓、開懷暢飲的時候。校書郎，你的文章就像建安文學一樣剛健清新，而我的詩風就像謝朓一樣清新秀麗。我們都滿懷著豪情逸興，心中飛躍的神思彷彿騰空而上青天，摘取那皎潔的明月。然而，壯志未酬，內心的愁悶恰似抽刀斬斷流水一般，水只會流得更加湍急。我舉起酒杯痛飲，反而愁上加愁。人生在世總是無法稱心如意啊！不如，明天就披散著頭髮，乘著小舟自在地漂泊吧！

這是一首餞別抒懷詩。在詩中，詩人感懷萬端，既滿懷豪情逸興，又時時掩抑不住鬱悶與不平，感情跌宕，一波三折，表達自己遺世獨立的豪邁情懷。詩人的思想抱負與黑暗現實的矛盾，在當時的歷史條件下是無法解決的，因此，他總是陷於「不稱意」的苦悶中，而且只能找到「散髮弄扁舟」這樣一條擺脫苦悶的出路。但詩人的可貴之處在於，儘管他精神上承受著苦悶的重壓，卻也並沒有放棄對理想的追求，詩中仍充滿著豪邁慷慨的情懷。「長風」兩句、「俱懷」兩句，就像是在悲愴的樂曲中奏出高昂樂觀的音調，在黑暗的雲層中露出燦爛明麗的霞光。「抽刀」兩句，也在抒寫強烈苦悶的同時，表現出倔強的性格。因此，整首詩絕不是陰鬱絕望的，而是在憂憤苦悶中，依然豪邁雄放。

蜀道難

李白

噫吁嚱❶，危乎高哉！蜀道之難難於上青天。蠶叢及魚鳧❷，開國何茫然❸。爾來四萬八千歲❹，不與秦塞通人煙❺。西當太白有鳥道❻，可以橫絕峨嵋巔❼。地崩山摧壯士死❽，然後天梯石棧方鉤連❾。上有六龍回日之高標❿，下有衝波逆折之迴川⓫。黃鶴之飛尚不得⓬，猿猱欲度愁攀援⓭。青泥何盤盤⓮，百步九折縈巖巒⓯。捫參歷井仰脅息⓰，以手撫膺坐長歎⓱。問君西遊何時還⓲？畏途巉巖不可攀。但見悲鳥號古木，雄飛從雌繞林間⓳。又聞子規啼夜月⓴，愁空山。蜀道之難難於上青天，使人聽此凋朱顏㉑。連峰去天不盈尺，枯松倒掛倚絕壁。飛湍瀑流爭喧豗㉒，砯崖轉石萬壑雷㉓。其險也如此，嗟爾遠道之人胡為乎來哉㉔！劍閣崢嶸而崔嵬，一夫當關㉕，萬夫莫開。所守或匪親㉖，化為狼與豺。朝避猛虎，夕避長蛇；磨牙吮血，殺人如麻。錦城雖云樂，不如早還家。蜀道之難難於上青天，側身西望長咨嗟㉗！

說文解字

❶噫吁嚱：蜀地方言，表示驚訝的聲音。❷蠶叢、魚鳧：傳說古蜀國的兩位國王。❸何：多麼。茫然：渺茫遙遠的樣子。❹四萬八千歲：極言時間漫長。❺秦塞：秦的關塞，指秦地。❻當：對著，向著。❼橫絕：橫越。❽摧：倒塌。❾天梯：非常陡峭的山路。❿高標：指蜀山中可作為一方之標識的最高峰。⓫衝波：水流衝擊騰起的波浪，此處指激流。迴川：有漩渦的河流。⓬黃鶴：善飛的大鳥。得：能。⓭猿猱：蜀山中最善攀援的猴類。⓮盤盤：曲折迴旋的樣子。⓯縈：盤繞。⓰捫參歷井：參、井，二星宿名。捫，用手摸。歷，經過。⓱膺：胸。坐：徒，空。⓲

君：入蜀的友人。⑲從：跟隨。⑳子規：杜鵑鳥，鳴聲悲哀，鳴叫聲猶如「不如歸去」。㉑凋，使……凋謝，此處指臉色由紅潤變成鐵青。㉒飛湍：飛奔而下的急流。喧豗：喧鬧聲，此處指急流和瀑布發出的巨大響聲。㉓砯崖：水撞石之聲。砯，水衝擊石壁發出的響聲，此處作動詞使用。㉔嗟：感嘆聲。㉕一夫：一人。當關：守關。㉖所守：指把守關口的人。㉗咨嗟：嘆息。

詩意解析

唉呀！多麼高峻偉岸啊！蜀道太難以攀越了，簡直就如同上青天一般困難。傳說中，蠶叢和魚鳧建立蜀國，開國的年代久遠，無法詳談。自從那時至今，秦、蜀之間一直被秦嶺所阻擋，無法往返。西邊太白山只有飛鳥能通過的小道，從小路可以橫渡峨嵋山的頂端。山崩地裂後，蜀國五壯士被壓死在山下，兩地之間才有天梯棧道可以互通。上有足以擋住太陽神的山巔，下有激浪排空、迂迴曲折的大川。善於高飛的黃鶴都無法飛越這裡，即使猢猻想要翻越此山，也愁於沒有地方攀援。青泥嶺繞著山巒盤旋，多麼曲折啊！百步之內就要縈繞巖巒，連續歷經九個轉彎。山勢高聳，彷彿伸手就可以觸摸參、井星，令人驚恐不已，只能嘆氣。好友，請問你何時會回來呢？可怕的巖山棧道實在難以登攀啊！只見雄雌相隨的悲鳥在古樹上哀鳴啼叫，飛翔在森林之間。在月夜中，在這荒蕩的空山中，聽到杜鵑悲慘的啼聲，令人愁思綿綿。蜀道太難以攀登了，簡直就如同上青天一般困難，如何讓人不臉色大變呢？山峰座座相連，離天甚至不到一尺，枯松老枝倒掛，倚貼在絕壁之間。漩渦飛轉，瀑布飛瀉，爭相喧鬧，水石相擊發出如同萬壑鳴雷一般的聲響。那裡惡劣艱險，你這位遠方而來的客人，為什麼要來到這險要的地方呢？劍閣崇峻巍峨，高入雲端，只要一人把守，千軍萬馬便難以攻占。駐守的官員若不是自己信任的人，難免會占領此處為非作亂。清晨時，你要提心吊膽地躲避猛虎，傍晚時，你要警覺地防範兇猛的長蛇。豺狼虎豹正在磨牙吮血，毒蛇猛獸也殺人如麻。錦官城雖然是一個享樂的地方，但

蜀道卻是如此險惡，不如回家吧！蜀道太難以攀越了，簡直就如同上青天一般困難，令人不免感慨長嘆。

此詩襲用樂府舊題，意在送友人入蜀，大約是天寶初年，詩人第一次到長安時所寫的。詩人以浪漫主義的手法，展開豐富的想像，再現了蜀道崢嶸、突兀、強悍、崎嶇等奇麗驚險和不可凌越的磅礴氣勢。全詩採用律體與散文間雜，文句參差，筆意縱橫，豪放灑脫。全詩感情強烈，一唱三嘆，迴環反覆，讀來令人心潮激蕩。

長相思

李白

其一

長相思，在長安。絡緯秋啼金井闌❶，微霜淒淒簟色寒❷。
孤燈不明思欲絕，卷帷望月空長歎❸，美人如花隔雲端。
上有青冥之長天❹，下有淥水之波瀾❺。天長路遠魂飛苦，夢魂不到關山難。
長相思，摧心肝❻。

其二

日色欲盡花含煙，月明欲素愁不眠。趙瑟初停鳳凰柱❼，蜀琴欲奏鴛鴦弦。
此曲有意無人傳，願隨春風寄燕然。
憶君迢迢隔青天，昔時橫波目，今作流淚泉。不信妾腸斷，歸來看取明鏡前。

說文解字

❶絡緯：昆蟲名，俗稱紡織娘。❷簟：涼蓆。❸帷：窗簾。❹青冥：青雲。❺淥水：清水。❻摧：傷。❼趙瑟：相傳古代趙國的人善彈瑟。瑟，一種弦樂器。鳳凰柱：雕飾有鳳凰形狀的瑟柱。

詩意解析

其一

在那遙遠的長安有我思念已久的人，秋天的紡織娘常在井闌間鳴叫。薄霜淒淒，涼透竹蓆，夜裡的思念令人無法入睡，只有孤燈陪伴著我。捲起窗簾望著明月長嘆，如花似玉的美人在雲的另一端。上是無邊無垠的藍天，下是浩浩湯湯的波瀾。我們之間相隔非常遙遠，關山重重，連在夢裡相見也非常艱難。悠悠相思綿延不絕，令我肝腸寸斷。

其二

夕陽西下暮色朦朧，繁花都被籠罩在輕煙中，月色之下，我因為思念而無法入睡。我剛剛放下雕飾著鳳凰的瑟，還想著再彈蜀琴，卻又怕觸動鴛鴦弦，惹來無限相思。可惜這飽含情意的曲調無人傳遞，只願它能夠隨著春風送到遙遠的燕然山。思念的你就在那遙遠的天邊，我終日以淚洗面，當年活潑靈動的雙眼，如今卻成為淚水的源泉。你若不信我想念你到肝腸欲斷，請回來看看明鏡前我憔悴的容顏吧！

〈長相思〉其一寫詩中人「在長安」的相思苦情，詩中描繪的是一個孤淒幽獨者的形象。他的居處並非不華

貴，從「金井闌」便可以窺見，但內心卻感到寂寞空虛。詩人透過層層渲染的手法，表現人物的感情。

〈長相思〉其二，首句便將季節、時間、環境、情緒表露無疑。緊接著是一副工整的對仗，「趙瑟初停鳳凰柱，蜀琴欲奏鴛鴦弦」。古代趙國的婦女善鼓瑟，故稱「趙瑟」，蜀中有桐木適宜作琴，相傳司馬相如曾奏蜀琴，與卓文君調情。鳳凰、鴛鴦都是成雙成對的動物，正是男女之情的見證。這兩句是暗喻主角正在思念他的愛人。「此曲有意無人傳，願隨春風寄燕然」，表示她的丈夫已前去從軍。心事已寄予春風，但春風真的能給愛人帶去自己的一片相思嗎？主角為此發出一聲沉重的嘆息，「憶君迢迢隔青天」。末句「不信妾腸斷，歸來看取明鏡前」，使這個女子的形象更加鮮明豐滿。

行路難

李白

金樽清酒斗十千❶，玉盤珍羞直萬錢❷。停杯投箸不能食❸，拔劍四顧心茫然。
欲渡黃河冰塞川，將登太行雪暗天。閒來垂釣碧溪上，忽復乘舟夢日邊❹。
行路難！行路難！多歧路❺，今安在❻？長風破浪會有時❼，直掛雲帆濟滄海❽。

說文解字

❶金樽：古代盛酒的器具，以金為飾。斗十千：一斗值十千錢（即萬錢），形容酒美價高。❷玉盤：精美的食具。珍

羞：珍貴的菜餚。羞，通「饈」，美味的食物。直：通「值」，價值。❸箸：筷子。❹忽復：忽然又。❺岐：岔路。❻安：哪裡。❼長風破浪：比喻實現政治理想。會：當。❽雲帆：高高的船帆。濟：渡。

詩意解析

金酒杯盛著昂貴的美酒，玉盤上裝滿價值萬錢的佳餚。因心中愁悶，我停下酒杯，扔下筷子，拔出寶劍，環顧四方，心中對前途一片茫然。想渡黃河，冰雪卻凍封了河川；想登太行山，風雪卻堆滿山路。當年呂尚不遇之前，曾在碧溪垂釣；伊尹受聘商湯前，曾在夢裡乘舟路過太陽。人生的得志和失意，原來也是如此無常啊！追求理想之路如此艱難，人生的岔路何其多，而我的道路又在何方呢？願總有一天，我能乘長風破巨浪，高高掛起雲帆，在滄海中勇往直前。

此詩在七言歌行中雖只能算是短篇，但它跳蕩縱橫，具有長篇的氣勢格局。其重要的原因就在於，全篇百步九折地揭示詩人感情的激蕩起伏、複雜變化。透過層層迭迭的感情起伏變化，既充分顯示黑暗污濁的政治現實，對詩人宏大理想抱負的阻遏，也反映詩人內心的強烈苦悶、憤鬱和不平，同時又突出表現詩人的倔強、自信和他對理想的執著追求，表達詩人力圖從苦悶中掙脫出來的強大精神力量。

將進酒❶

李白

君不見黃河之水天上來❷，奔流到海不復回。君不見高堂明鏡悲白髮，朝如青絲暮成雪❸。

人生得意須盡歡❹，莫使金樽空對月。天生我材必有用，千金散盡還復來。

烹羊宰牛且為樂，會須一飲三百杯❺。岑夫子，丹丘生❻。將進酒，杯莫停。

與君歌一曲❼，請君為我傾耳聽。鐘鼓饌玉不足貴❽，但願長醉不復醒。

古來聖賢皆寂寞，惟有飲者留其名。陳王昔時宴平樂❾，斗酒十千恣讙謔❿。

主人何為言少錢，徑須沽取對君酌⓫。五花馬，千金裘，呼兒將出換美酒⓬，與爾同銷萬古愁⓭。

説文解字

❶將：願，請。❷君不見：樂府體詩中提唱的常用語。天上來：黃河發源於青海，因那裡地勢極高，故稱之。❸朝：早晨。青絲：黑髮。❹得意：適意高興的時候。❺會須：應當。❻岑夫子：指岑勳。丹丘生：元丹丘，兩人均為李白的好友。❼君：指岑勳、元丹丘兩人。❽鐘鼓：富貴人家宴會中，奏樂使用的樂器。饌玉：美好的食物，形容食物如玉一樣精美。饌，食物。❾陳王：陳思王曹植。平樂：平樂觀，宮殿名。在洛陽西門外，為漢代富豪顯貴的娛樂場所。❿謔：玩笑。⓫徑須：乾脆，只管，儘管。沽：通「酤」，買或賣，此處指買。⓬將出：拿去。⓭爾：你們，指岑勳、元丹丘兩人。銷：通「消」。

詩意解析

你沒看見黃河之水從天上奔騰而來，波濤翻滾直奔東海，就一去不回嗎？你沒看見年邁的父母對著明鏡，感嘆自己的蒼蒼白髮，回憶年輕時的滿頭青絲嗎？人生得意時，就應當縱情歡樂，不要空對著明月，卻不盡興酣飲。每個人出生都有自己的價值，縱使散盡黃金千兩也不算什麼，因為那只是身外之物。烹羊宰牛一起作樂吧！就算痛飲三百杯也不嫌多啊！岑夫子啊！丹丘生啊！趕快喝酒吧！讓我來為你們高歌一曲，請你們傾耳細聽。每天吃山珍海味的豪華生活有何珍貴呢？我只希望長醉享樂，永不清醒。自古以來的聖賢無不寂寞，只有會喝酒享樂的人才能留傳美名。當年陳王曹植曾在平樂觀設宴，豪飲萬千斗酒，賓主盡情歡樂。你怎麼在這個時候，提到錢不夠這種煞風景的話呢？只管買酒來讓我們一起痛飲吧！那些名貴的良馬、昂貴的狐裘、你的小兒都拿去換美酒吧！讓我們一起縱情享樂，同消那些無窮無盡的萬古長愁。

此詩非常形象地表現出詩人桀驁不馴的性格，一方面對自己充滿自信，孤高自傲；一方面在政治前途出現波折後，又流露出縱情享樂之情。詩人演繹了莊子的樂生哲學，表達對富貴、聖賢的藐視。但在豪飲行樂中，也深含著懷才不遇之情。全詩氣勢豪邁，感情奔放，語言流暢，具有很強的感染力。

贈孟浩然

李白

吾愛孟夫子❶，風流天下聞。紅顏棄軒冕，白首臥松雲❷。

醉月頻中聖❸，迷花不事君❹。高山安可仰❺，徒此揖清芬。

說文解字

❶孟夫子：孟浩然。夫子，尊稱。❷白首：白頭，指老年。❸中聖：即指醉酒。❹迷花：迷戀花草，此處指陶醉於自然美景。❺高山：指孟浩然的品格高尚，令人敬仰。

詩意解析

我敬重孟先生的莊重瀟灑，他為人高尚，風流倜儻，聞名天下。他少年時，鄙視功名，不屑官冕；老年時，歸隱山林，摒棄塵雜。他常在明月夜，縱情酣飲，他從不侍奉君王，只縱情於花草。他的品格有如巍峨的高山，令人不可望其項背，只能揖拜他高潔的道德。

首聯即點題，開門見山地抒發對孟浩然的欽敬愛慕之情。「愛」字是貫串全詩的抒情線索，「風流」指的是孟浩然瀟灑清遠的風度人品，和超然不凡的文學才華。這一聯提綱挈領，總攝全詩。中間兩聯好似一幅高人隱逸圖，勾勒出一個高臥林泉、風流自賞的詩人形象。如果說頷聯是從縱的方面寫孟浩然的生平；那麼頸聯則是在橫的方面寫他的隱居生活。尾聯又回到抒情，感情進一步昇華。孟浩然不慕榮利、自甘淡泊的品格已充分描寫，在此基礎上，詩人再將抒情加深加濃，推向高潮，有如水到渠成。「高山安可仰」一句，使得敬慕之情具體化，但這座山太過巍峨，而有「安可仰」之嘆，只能在此向他純潔芳馨的品格拜揖。

渡荊門送別❶

李白

渡遠荊門外❷，來從楚國遊。山隨平野盡，江入大荒流❸。月下飛天鏡❹，雲生結海樓❺。仍憐故鄉水❻，萬里送行舟❼。

說文解字

❶荊門：山名，地勢險要，自古即有「楚蜀咽喉」之稱。❷遠：遠自。❸江：長江。❹下：移下，下來。❺海樓：海市蜃樓，此處用以形容江上雲霞的美麗景象。❻仍：依然。憐：憐愛。❼萬里：比喻行程之遠。

詩意解析

在荊門之外的西蜀沿江東下，我來到古代的楚國之地遊歷。山嶺漸漸被荒野的景色替代，長江轉而流進廣闊無際的原野。月影倒映在江中，像是天外飛來一面明鏡，雲彩變幻無窮，彷彿海市蜃樓的場景。這來自故鄉的江水，不遠萬里來為我送行，送我東行。

此詩是詩人出蜀時所作，詩人此次出蜀，由水路乘船遠行，經巴渝，出三峽，直向荊門山之外駛去，目的是到楚國故地遊覽。「渡遠荊門外，來從楚國遊」，指的就是這一次的壯遊。「山隨平野盡」，形象地描繪船出三峽、渡過荊門山後，長江兩岸的特有景色。「隨」字化靜為動，將群山與平野隨著船隻移動而逐漸變換推移的景象，真切地表現出來。「江入大荒流」，寫出江水奔騰直瀉的氣勢。「入」字寫出氣勢的博大，充分表達詩人的萬

丈豪情，心中充滿的喜悅和昂揚的激情。寫完山勢與流水，詩人又以移步換景的手法，從不同角度描繪長江的近景與遠景。「仍憐故鄉水，萬里送行舟」，詩人不說自己思念故鄉，而說故鄉之水戀戀不捨地一路送我遠行，從江水寫來，反而越發顯出自己思鄉深情。全詩以濃重的懷念惜別之情結尾，言有盡而情無窮。

送友人

李白

青山橫北郭❶，白水繞東城❷。此地一為別❸，孤蓬萬里征❹。

浮雲遊子意❺，落日故人情。揮手自茲去❻，蕭蕭班馬鳴❼。

說文解字

❶郭：在城外修築的一種外牆。❷白水：明淨的水，指護城河。❸一：助詞，加強語氣。為別：分別。❹蓬：植物，蓬草枯後根斷，常隨風飛旋。此處比喻即將孤身遠行的朋友。征：遠征，遠行。❺浮雲：飄動的雲，此處比喻友人的行蹤，從此任意東西。遊子：離家遠遊的人。❻茲：現在。❼蕭蕭：馬的嘶叫聲。班馬：離群的馬，此處指載人離開的馬。

詩意解析

青山橫亙在城郭的北側，護城河環繞在城郭的東方。我們即將在此處離別，你就像飛蓬一樣，即將踏上萬里路程。飄浮不定的白雲，就像你一般遊蕩各地；夕陽似乎不忍沉沒，就像我對你的依依不捨之情。我們揮手告別，各奔前程，你騎的那匹馬似乎也不忍離去，蕭蕭的嘶叫，更增添了我們的離愁別緒。

首聯交代告別的地點。此處的「青山」對「白水」，「北郭」對「東城」，首聯即寫成工麗的對偶句，別開生面。而且「青」、「白」相間，色彩明麗，「橫」字勾勒青山的靜姿，「繞」字描繪白水的動態，用詞準確傳神。雖未見「送別」兩字，但細細品味，筆端卻飽含著濃厚的依依惜別之情。中間兩聯切題，寫出離別的深情。頷聯表達對朋友深切的不捨之情，頸聯中的「浮雲」對「落日」，「遊子意」對「故人情」。同時，詩人又巧妙地用「浮雲」、「落日」作比，表明心意。尾聯兩句，「揮手」表達分離時的動作，詩人的內心感受並沒有直說，只寫出「蕭蕭班馬鳴」的動人場景。詩人和友人在馬上揮手告別，頻頻致意。而馬匹彷彿也懂得主人心情，也不願脫離同伴，臨別時禁不住蕭蕭長鳴，似有無限深情。

聽蜀僧濬彈琴❶

李白

蜀僧抱綠綺❷，西下峨嵋峰❸。為我一揮手❹，如聽萬壑松❺。

客心洗流水❻，餘響入霜鐘❼。不覺碧山暮，秋雲暗幾重。

說文解字

❶蜀僧濬：名濬，蜀地僧人。❷綠綺：琴名。❸峨嵋：山名。❹一：助詞，用以加強語氣。揮手：此處指彈琴。❺萬壑松：此處以萬壑松聲，比喻琴聲。壑，山谷。❻客：詩人的自稱。❼餘響：指琴的餘音。霜鐘：指鐘聲。

詩意解析

來自西面峨嵋峰的蜀僧濬，抱著一張綠綺琴。他為我彈奏了一首琴曲，我彷彿聽到萬壑間的松濤風聲，心靈就如同被流水洗滌一般，搭配著鐘聲，餘音繚繞。我聚精會神地傾聽，不知不覺間，青山已染上暮色，雲彩也逐漸暗淡。

此首詩寫得是聽琴，聽蜀地一位名叫濬的和尚彈琴。開頭兩句說明這位琴師是從四川峨嵋山來的。詩人是在四川長大，因此，對於這位來自故鄉的琴師，當然也備感親切。「綠綺」本是琴名，漢代司馬相如有一張琴，名叫綠綺，此處用以泛指名貴的琴。一、二句短短十個字，便把這位音樂家寫得很有氣派，表達詩人對他的傾慕與敬佩。

接下來兩聯正面描寫蜀僧彈琴。「揮手」是指彈琴的動作，魏晉嵇康〈琴賦〉中提到：「伯牙揮手，鍾期聽聲。」「揮手」兩字的典故就是出自此處。「客心洗流水」，從表面上來看，是說聽了蜀僧的琴聲，自己的心就如同被流水洗滌過一般地暢快愉悅。但其中還有更深的含義，《列子．湯問》：「伯牙善鼓琴，鍾子期善聽。伯牙鼓琴，志在登高山，鍾子期曰：『善哉，峨峨兮若泰山！』志在流水，鍾子期曰：『善哉，洋洋兮若江河！』」這就是「高山流水」的典故，詩人藉此表現蜀僧和自己透過音樂媒介，所建立的知己之感。短短五個字，含蓄自然，雖然用典但卻毫不艱澀。接下來的「餘響入霜鐘」也是使用典故，《山海經．中山經》記載：「豐山……

有九鐘焉，是知霜鳴。」郭璞注：「霜降則鐘鳴，故言知也。」「霜鍾」兩字點明時令，與下聯「秋雲暗幾重」呼應。最後，當清脆、流暢的琴聲漸遠漸弱，和薄暮的鐘聲相互共鳴，詩人這才發覺天色已晚，「不覺碧山暮，秋雲暗幾重」。

夜泊牛渚懷古

李白

牛渚西江夜❶，青天無片雲。登舟望秋月，空憶謝將軍。
余亦能高詠，斯人不可聞❷。明朝掛帆去❸，楓葉落紛紛。

說文解字

❶牛渚：山名。❷斯人：指謝尚。❸掛帆：揚帆。

詩意解析

秋夜裡，我把小舟停泊在西江的牛渚山旁，蔚藍的天空中沒有一絲雲朵。我登上小船，仰望著明朗的秋月，懷想起當年行軍途經此處的東晉謝尚將軍。如今，我也能夠吟出如袁宏一般的詠史詩，只可惜沒有如同謝

尚一般賞識我的將軍傾聽。明早，我將掛起船帆，離開牛渚山，唯有滿天楓葉紛紛飄落，為我嘆息。

首句開門見山，點題「牛渚夜泊」。次句寫牛渚夜景，大處落墨，展現一片碧海青天、萬里無雲的境界。三、四句由牛渚「望月」，過渡到「懷古」。魏晉時期，謝尚曾在牛渚乘月泛江，恰巧遇見袁宏正在月下朗吟，最後因賞識其才華，引薦袁宏任官。這一富於詩意的故事，和詩人眼前所在之地（牛渚西江）、所接之景（青天朗月）恰巧吻合。這固然是使詩人由「望月」而「懷古」的主要原因，但更重要的還是由於空闊渺遠的境界，本身就很容易觸發對於古今的聯想。「望」、「憶」兩字之間，雖有很大跳躍，讀來卻感到非常自然合理。

接下來，詩人又別有會心地從歷史陳跡中，發現詩人自己所嚮往追慕的美好君臣關係。像是謝尚和袁宏之間貴賤的懸隔，並不會妨礙彼此心靈的相通；謝尚對文學的愛好和對才能的尊重，可以打破彼此身份地位的壁障。而這些正是詩人在現實中求而不得的。詩人的思緒，由眼前的牛渚秋夜景色聯想到往古，又由往古回到現實，情不自禁地發出「余亦能高詠，斯人不可聞」的感慨。末聯宕開寫景，想像明天早晨，掛帆離去的情景，在秋色秋聲，進一步烘托因不遇知音而引起的寂寞淒清。

靜夜思

李白

床前明月光，疑是地上霜❶。

舉頭望明月❷，低頭思故鄉。

說文解字

❶疑：好像。❷舉頭：抬頭。

詩意解析

明亮的月光，落在床前的窗戶上，撒進屋內，就好像地上泛起一層霜一般。我抬頭看著窗外的一輪明月，不由得低頭沉思，想起遠方的故鄉。

此詩寫得是，在寂靜的月夜裡，思念著家鄉的感受。詩的前兩句，寫詩人在作客他鄉的特定環境中，一剎那所產生的錯覺。「疑是地上霜」中的「疑」字，生動地表達出詩人睡夢初醒、迷離恍惚間，將照射在床前的清冷月光誤作鋪在地面的濃霜。「霜」字用得巧妙，既形容出月光的皎潔，又表達此時季節的寒冷，更烘托出詩人漂泊他鄉的孤寂淒涼之情。詩的後兩句則是透過動作神態的刻畫，深化思鄉之情。「望」字呼應前句的「疑」字，表明詩人已從迷朦轉為清醒，他翹首凝望月亮，不禁想起此刻他的故鄉也正處在這輪明月的照耀下。於是，自然而然地引出「低頭思故鄉」的結句。

怨情

李白

美人捲珠簾，深坐顰蛾眉❶。
但見淚痕濕，不知心恨誰。

說文解字

❶深坐：久久呆坐。顰蛾眉：皺眉。

詩意解析

一位美人捲起珠簾，臨窗而坐，她已在那裡很久了，因為傷心不已，而緊緊皺眉。只見她兩腮上滿是淚痕，不知道是在恨人還是恨己啊！

此詩首句便以一個不普通的詞作為開端，古代的「美人」並不是現代所熟知的意思，如戰國屈原〈離騷〉裡的「香草美人」，指的是賢臣明君；《詩經》中的美人，指的是容德俱美的年輕女子。此處的「美人捲珠簾」，則是指品性容貌姣好的閨中女子。詩的前三句用賦，末尾用問句歸結「怨情」。首先「捲珠簾」，然後「深坐」，再「顰蛾眉」，最後「淚痕濕」，行動可見，情態逼人。這首詩寫得是一個意境，一個孤獨女子的思念之情，詩人捕捉其中幾個特點，由這幾個特點勾出一幅簡單的畫面，同時又留下無限的遐想。全詩哀婉淒涼，纏綿悱惻。

玉階怨

李白

玉階生白露，夜久侵羅襪❶。
卻下水晶簾❷，玲瓏望秋月。

說文解字

❶羅襪：絲織的襪子。❷卻下：放下。

詩意解析

玉石砌的台階上，泛起層層露水，她在深夜時分，久久立於台階上，久到露水都浸濕了她的羅襪。她回房後，放下水晶簾，遲遲無法入眠，只能隔著簾子遙望窗外的秋月。

此首宮怨詩，雖曲名標有「怨」，但全詩不見「怨」字。從開頭便可以發現此時夜色之濃，女子佇立之久、怨情之深。夜涼露重，羅襪知寒，不說人，但已見人的幽怨如訴。接下來的「卻下」兩字，似斷實連，經此一轉，字少情多，直入幽微。主角因為夜深、怨深，無可奈何地回到室內。但在入室之後，卻又懼怕隔窗的明月照耀此室的一片幽獨，因而拉下簾幕。簾幕放下後，卻更難消受這淒苦無眠之夜，在更加無可奈何之中，又去隔簾望月。主角的憂思不斷徘徊，如此複雜的情思，詩人只用「卻下」兩字便表露無遺。「玲瓏」兩字，看似為不經意的筆調，實際上極見功力，此處以月的玲瓏襯托人的幽怨，從反處著筆。詩中不見人物姿容與心理狀

態，只以人物行動來表達含義，引導讀者步入詩情的最幽微之處，使詩情無限遼遠，無限幽深。

黃鶴樓送孟浩然之廣陵❶

李白

故人西辭黃鶴樓❷，煙花三月下揚州❸。
孤帆遠影碧山盡❹，惟見長江天際流❺。

說文解字

❶之：往、到達。廣陵：即揚州。❷故人：老朋友，此處指孟浩然。辭：辭別。❸煙花：形容柳絮如煙、鮮花似錦的春天景象。下：順流向下。❹盡：盡頭，消失。❺天際：天邊，天邊的盡頭。

詩意解析

老友孟浩然向我頻頻揮手，就此告別黃鶴樓，他在這柳絮如煙、繁花似錦的陽春三月，順流而下，前往揚州。他的船帆漸漸遠去，消失在碧山的盡頭，我只能看著長江浩浩蕩蕩地向天邊奔流，恰似我的惜別之情。

詩人與孟浩然的交往，是在詩人剛出四川不久，正當是年輕快意的時候。比詩人大十多歲的孟浩然，此時已經詩名滿天下，他給詩人的印象便是陶醉在山水之間，自由而愉快。而此次離別正是在開元盛世，太平又繁榮，季節是煙花三月、春意最濃的時候，從黃鶴樓順著長江而下，這一路皆繁花似錦。可以想見，這次離別的沒有憂傷和不愉快，完全是在濃郁的暢想曲和抒情詩的氣氛裡進行。詩人認為孟浩然的這趟旅行將會十分愉快，因為詩人自己嚮往著揚州，又嚮往著孟浩然，所以一邊送別，一邊也就跟著飛翔，胸中有無窮的詩意隨著江水蕩漾。

早發白帝城

李白

朝辭白帝彩雲間❶，千里江陵一日還❷。
兩岸猿聲啼不住❸，輕舟已過萬重山❹。

說文解字

❶朝：早晨。辭：告別。❷還：歸，返回。❸猿：猿猴。啼：鳴叫。住：停止，止息。❹萬重山：層層疊疊的山，形容有許多山脈之意。

詩意解析

清晨時分，我就要踏上歸程，辭別高聳入雲的白帝城。千里之遙的江陵，彷彿一天之間就已經到達。兩岸猿猴的啼聲不斷，迴蕩不絕。當啼聲還在耳邊時，輕快的小船已駛過連綿不絕的萬重山巒。

全詩的重點在「流」字，體現詩人遇赦後，從此海闊天空的輕鬆與喜悅之情。若只看這首詩氣勢的豪爽、筆姿的駿利，還不能完備地理解全詩。此詩洋溢的是，在詩人經過艱難歲月後，所迸發的激情。所以，在雄峻和迅疾中，又有豪情和歡悅，快船快意，給讀者留下了廣闊的想像餘地。

清平調

李白

其一

雲想衣裳花想容，春風拂檻露華濃❶。
若非群玉山頭見❷，會向瑤台月下逢。

其二

一枝紅艷露凝香，雲雨巫山枉斷腸❸。
借問漢宮誰得似，可憐飛燕倚新妝❹。

其三

名花傾國兩相歡❺，常得君王帶笑看。
解釋春風無限恨❻，沉香亭北倚欄杆❼。

說文解字

❶檻：欄杆。❷群玉：山名，傳說中西王母所住之地。❸雲雨巫山：傳說，三峽巫山的神女曾與楚王歡會，並接受楚王的寵愛。❹飛燕：趙飛燕。倚新妝：形容女子艷服華妝的姣好姿態。❺名花：此處指牡丹花。傾國：比喻美色驚人，此處指楊貴妃。❻解釋：了解，體會。春風：此處指唐玄宗。❼沉香：亭名，沉香木所築。

詩意解析

其一

雲之燦爛就好似貴妃衣裳之華豔，花之艷麗就好似貴妃的容貌華美。春風吹進欄杆，美麗的牡丹花在晶瑩的露水中，顯得更加美艷動人，正如仙人般的貴妃。如此姿色，只能在西王母所居的群玉山頭見到，或是在瑤池的月光下相逢，人間罕有。

其二

貴妃就像一枝沐浴過雨露的紅牡丹一般，散發幽香，有了她，又何須再思慕天上的神女呢？請問，漢宮三千佳麗中，又有誰能和她相媲美呢？就算是絕色美人趙飛燕，也必須倚靠新妝才能和她相提並論。

其三

名花伴隨美人，令人心歡，君王面帶著笑容，目不轉睛。名花和美人能夠消解君王的無限悵恨，在沉香亭北，貴妃依偎在君王懷中，兩人輕靠著欄杆，纏綿繾綣，愛意甚濃。

在這三首詩中，詩人將木芍藥（牡丹）和楊貴妃交互並寫，花即是人，人即是花，把人面花光融合一片，同蒙唐玄宗的恩澤。第一首從空間寫，把讀者引入蟾宮閬苑；第二首從時間寫，把讀者引入楚王的陽台、漢成帝的宮廷；第三首回歸當下的現實，點明唐宮中的沉香亭北。詩筆不僅揮灑自如，而且相互鉤帶。其一中的春風，和其三中的春風，前後遙相呼應。

登金陵鳳凰台

李白

鳳凰台上鳳凰遊，鳳去台空江自流。吳宮花草埋幽徑，晉代衣冠成古丘❶。

三山半落青天外❷，二水中分白鷺洲❸。總為浮雲能蔽日，長安不見使人愁。

說文解字

❶衣冠：指東晉文學家郭璞的衣冠冢。❷三山：山名。❸白鷺洲：古代長江中的沙洲。

詩意解析

鳳凰台上曾經有鳳凰在此遊憩，而今鳳凰都已經飛走了，留下這座空台，只有長江水徑自東流不息。當年華麗的吳王宮殿及其中的千花百草，如今都已埋沒在荒涼幽僻的小徑中，晉代的達官顯貴們，就算曾經有過輝煌的功業，如今也長眠於古墳中，化為一抔黃土。我站在鳳凰台上，看著遠處的三山聳立在青天之外，江中的白鷺洲把秦淮河隔成兩派支流。天上的浮雲隨風飄蕩，遮蔽太陽的光輝，就像朝中那些奸佞小人，迷惑聖聽，障蔽賢良，令我感到非常憂愁。

開頭兩句，詩人以鳳凰台的傳說起筆，表達對時空變幻的感慨。雖然在十四個字中連用三個「鳳」字，但卻絲毫不使人嫌其重複。鳳凰鳥的出現，多半表示稱頌的意義。然而，詩人在此處點出鳳凰卻恰恰相反，他所抒發的是繁華易逝、盛世難在，唯有山水長存的無限感慨。盛世已過，只剩下浩瀚的長江之水與巍峨的鳳凰之山依舊生生不息。

接下來，詩人並沒有讓自己的思想沉浸在對歷史的憑弔中，而是把深邃的目光投向大自然的情懷。大自然的恢闊，賦予詩人強健的氣勢、寬廣的胸懷，也把詩人從歷史的遐想中拉回現實，重新感受大自然的永恆無限。詩人極目遠眺，試圖從六朝的帝都放眼唐代的權力中心，亦即首都長安。然而卻失敗了，原因是「總為浮雲能蔽日」，於是「長安不見使人愁」。「長安不見」中，內含遠望的「登」字義，既與題目遙相呼應，更把無限的情思塗抹到水天一色的大江、巍峨崢嶸的青山與澄澈無際的天空當中。

詩人小傳

李白，字太白，號青蓮居士，自言祖籍在隴西成紀，魏晉西涼武昭王李暠的後代，與李唐皇室同宗。有「詩仙」、「詩俠」、「酒仙」、「謫仙人」等稱呼，與杜甫合稱「李杜」，並被賀知章驚呼為「天上謫仙」。作品想像力豐富，浪漫奔放，意境獨特，才華洋溢。清代趙翼稱：「李、杜詩篇萬口傳。」杜甫也曾經評價李白：「筆落驚風雨，詩成泣鬼神。」、「白也詩無敵，飄然思不群。」有《李太白集》傳世。

高手過招

1.（　）**暮從碧山下，山月隨人歸。卻顧所來徑，蒼蒼橫翠微。相攜及田家，童稚開荊扉。綠竹入幽徑，青蘿拂行衣。歡言得所憩，美酒聊共揮。長歌吟〈松風〉，曲盡河星稀。我醉君復樂，陶然共忘機。（李白〈下終南山過斛斯山人宿置酒〉）下列何者最接近李白寫作此詩的情景？**

A. 新豐美酒斗十千，咸陽遊俠多少年。相逢意氣為君飲，繫馬高樓垂柳邊。

B. 朝回日日典春衣，每日江頭盡醉歸。酒債尋常行處有，人生七十古來稀。

C. 歡言欲忘別，風信忽相驚。柳浦歸人思，蘭陵春草生。擷芳心未及，視枕戀常盈。此去非長路，還如千里情。

D. 故人具雞黍，邀我至田家。綠樹村邊合，青山郭外斜。開筵面場圃，把酒話桑麻。待到重陽日，還來就菊花。

2.（　）**花間一壺酒，獨酌無相親。舉杯邀明月，對影成三人。（唐代李白〈月下獨酌〉）此詩擬月為**

人，下列修辭法與之相同的是哪一選項？

A. 我道歉一番，聳聳肩作鷺鷥笑。
B. 光增長了年歲，卻減削了記憶。
C. 粉紅的海棠，含著幸福的微笑。
D. 十九歲是一個美妙的音符，迸奏出的是生命最美妙的聲音。

【解答】1. D　2. C

旁徵博引

楚狂人接輿

接輿平時耕種養活自己，他還剪去頭髮，裝瘋賣傻而不肯任官。他喜歡發表各種大而無當的言論，聲稱在遙遠的姑射山上居住著神仙，這些神仙不需要吃五穀，他們能夠吸風飲露、騰雲駕霧，保障百姓每年都有好收成。有一日，孔子在前往楚國的路上時，接輿故意唱著歌，經過孔子的車前。邊走邊唱：「鳳啊！鳳啊！憑著你的德行，為什麼也如此衰微呢？過去的事已不能挽回，但未來的事還來得及啊！算了，算了，從事政治是很危險的啊！」孔子聽了，便下車想和接輿交談，但接輿卻急忙躲開。接輿這是在諷刺孔子的積極從政。楚昭王也聽說接輿很有才能，便派遣使者帶著百鎰黃金、車馬二駟去聘請他為官，但被接輿拒絕。接輿和妻子兩人最後隱居在峨嵋山，以蘆柑、韭菜為食，養性山林，直至死去。

望嶽

杜甫

岱宗夫如何❶？齊魯青未了❷。造化鍾神秀❸，陰陽割昏曉❹。
蕩胸生層雲，決眥入歸鳥❺。會當凌絕頂❻，一覽眾山小。

說文解字

❶岱宗：泰山又名岱山，古代以泰山為五嶽之首，故又稱「岱宗」。❷齊、魯：古代齊、魯兩國以泰山為界，齊國在泰山北，魯國在泰山南。❸造化：天地，大自然。鍾：聚集。神秀：形容山色奇麗。❹陰陽：此處指山北、山南。割：劃分。❺決眥：形容極目遠視的樣子。❻會當：一定要。凌：登上。

詩意解析

泰山啊！你究竟有多宏偉壯麗呢？你既挺拔蒼翠，又聳立在齊、魯兩地之間。大自然獨鍾於你，將瑰麗和神奇全給予你，你高峻的山峰，使山的南北區別，有如晨光和暮色那般不同。我在山上，望著層層雲氣升騰，胸懷為之蕩滌，看著歸鳥入山，我目不暇給。有朝一日，我一定要登上你的頂峰，一覽周圍矮小的群山。

此詩是詩人青年時代的作品，充滿浪漫與激情。全詩沒有一個「望」字，卻緊緊圍繞詩題「望嶽」的「望」字著筆，由遠望到近望，再到凝望，最後俯望。詩人描寫泰山雄偉磅礡的氣象，抒發自己勇於攀登、傲視一切的雄心壯志，全詩洋溢著蓬勃向上的朝氣。

贈衛八處士❶

杜甫

人生不相見，動如參與商❷。今夕復何夕，共此燈燭光。
少壯能幾時，鬢髮各已蒼❸。訪舊半為鬼，驚呼熱中腸。
焉知二十載，重上君子堂。昔別君未婚，兒女忽成行❹。
怡然敬父執，問我來何方。問答未及已，驅兒羅酒漿❺。
夜雨翦春韭，新炊間黃粱❻。主稱會面難❼，一舉累十觴❽。
十觴亦不醉，感子故意長。明日隔山嶽，世事兩茫茫。

說文解字

❶八：處士的排行為第八。處士：指隱居不仕的人。❷參與商：兩個星宿名。一出一沒，永不相見。❸蒼，灰白色。❹成行：兒女眾多。❺羅：羅列酒菜。❻新炊：剛煮好的新鮮米飯。❼主：主人，即衛八。❽累：接連。

詩意解析

你我難得相見，就好比此起彼落的參星與商星一般。今晚是什麼日子啊！我們竟然還能一同挑燈，共敘衷情。青春年華短暫，不知不覺，你我都已鬢髮蒼蒼。聽說從前的故友們大半都去世了，令人感到激動悲愴，難

過不已。沒想到你我闊別二十年後，還能有機會再次登門拜訪。當年你還沒有成親，如今你的兒女都已成群。他們和順恭敬地招待我，熱情地詢問我來自何方？還沒有說完時，你便叫他們去幫忙張羅家常酒筵。酒筵上有趁著雨夜割來的春韭，還有剛煮好的黃粱米飯。你說難得有機會見面，便接連地喝了十多杯。十杯酒下肚，我卻沒有絲毫醉意，真是謝謝你對故友的情深意長。明天之後，你我就再度被山嶽阻隔，未來的人情世事皆渺茫，就聽天由命吧！

此詩寫久別的老友，重逢話舊，在家常情境中講述家常話語，表現出亂離時代，百姓所共有的「滄海桑田」和「別易會難」之感。末兩句呼應開頭「人生不相見，動如參與商」，暗示著明日之別，悲於昔日之別：昔日之別，今幸復會；明日之別，後會何年？

佳人

杜甫

絕代有佳人❶，幽居在空谷。自云良家女，零落依草木❷。關中昔喪亂❸，兄弟遭殺戮。官高何足論，不得收骨肉❹。世情惡衰歇，萬事隨轉燭❺。夫婿輕薄兒❻，新人美如玉❼。合昏尚知時❽，鴛鴦不獨宿❾。但見新人笑，那聞舊人哭❿。在山泉水清，出山泉水濁。侍婢賣珠回，牽蘿補茅屋。摘花不插髮，采柏動盈掬⓫。天寒翠袖薄，日暮倚修竹⓬。

說文解字

❶佳人：貌美的女子。❷依草木：住在山林中。❸喪亂：死亡和禍亂，此處指遭逢安史之亂。❹骨肉：此處指遭難的兄弟。❺轉燭：燭火隨風轉動，比喻世事變化無常。❻夫婿：丈夫。❼新人：指丈夫新娶的妻子。❽合昏：夜合花，葉子朝開夜合。❾鴛鴦：水鳥，雌雄成對，日夜形影不離。❿舊人：佳人的自稱。⓫動：往往。⓬修竹：高高的竹子，比喻佳人高尚的節操。

詩意解析

有位舉世無雙的美人，隱居在空曠的山谷中。她說：「我本是高門府第的女子，如今卻淪落到隱居山林之間。在過去關中一帶，我的家中遭遇戰亂，兄弟全都被亂軍殺戮。官居高位又有什麼用處呢？就連自己兄弟的屍骨都無法收埋。眾人都躲避衰敗的人家，萬事都如同隨風而轉的燭火一般變化無常。我的丈夫也是個輕薄子弟，拋棄我之後，又娶了美麗如玉的新人。合歡花尚且知道朝開夜合，鴛鴦鳥也成雙成對，從不獨宿。而丈夫卻只看見新人歡笑，哪裡聽得到舊人正在哭泣呢？」泉水在山裡是清澈的，離開山林之後便渾濁了。美人讓侍女典當珠寶以維持生計，甚至貧窮到只能用青蘿修補茅屋。她再也不摘花妝點在頭上了，只喜歡採折清高的柏枝。天氣寒冷時，她卻只穿著翠衫，在黃昏時分，獨自倚著青竹。

此詩作於安史之亂發生後的第五年。在此之前，詩人被迫辭掉華州司功參軍的職務，為生計所迫，帶著妻子老小，翻山越嶺來到邊遠的秦州。詩人對朝廷竭忠盡力、丹心耿耿，最後卻落得棄官漂泊的窘境，但他依舊不忘國家的命運。這樣的不平際遇，如此的高風亮節，和詩中主角很是相像。因此，此詩既反映客觀存在的社會問題，又體現詩人的主觀寄託。全詩共分三段，每段八句。第一段寫佳人家庭的不幸遭遇；第二段寫佳人傾

訴被丈夫拋棄的感慨；第三段讚美佳人雖遭不幸，尚能潔身自持的高尚情操。

夢李白

杜甫

其一

死別已吞聲，生別常惻惻。江南瘴癘地，逐客無消息。

故人入我夢，明我長相憶❶。恐非平生魂，路遠不可測。

魂來楓林青❷，魂返關塞黑❸。君今在羅網，何以有羽翼？

落月滿屋梁，猶疑照顏色。水深波浪闊，無使蛟龍得。

其二

浮雲終日行，遊子久不至。三夜頻夢君，情親見君意。

告歸常侷促，苦道來不易。江湖多風波，舟楫恐失墜❹。

出門搔白首，若負平生志。冠蓋滿京華，斯人獨憔悴❺。

孰云網恢恢，將老身反累。千秋萬歲名，寂寞身後事。

說文解字

❶明：表明。❷楓林青：指李白的所在之處。❸關塞黑：指杜甫所居的秦隴地帶。❹楫：船槳，也用以借代指船。❺斯人：此處指李白。

詩意解析

其一

死別往往令人泣不成聲，但生離卻令人更加悲傷。江南山澤是瘴癘之處，被貶謫到那裡的你，如今無消無息。老朋友啊！你忽然來到我的夢中，是因為你知道我常常思念著你吧！但是，如今你身陷囹圄，身不由己，怎麼有羽翼飛到這北國之地，與我相聚呢？你的魂魄來時，經過西南青楓林，返回時，經由關山的黑地。夢中的你該不會是鬼魂吧？你如今究竟是生是死啊！明月落下的清輝灑滿了屋內，我在迷離中彷彿看見到你憔悴的容顏。水深浪闊，你魂魄返回的途中，一定要多加小心啊！不要失足落入蛟龍的嘴裡。

其二

看著悠悠雲朵飄來蕩去，就想起遠方的遊子為何久久不至呢？一連幾夜，我頻頻夢見你，情親意切，可見你對我的濃厚情誼。每次在夢中，你都匆匆辭去，還總說相會可真不容易。你說江湖風波險惡，擔心船隻失事會葬身水裡。出門時，你總是搔著白首，彷彿自己辜負平生的壯志。官僚們充斥京都長安，唯有你無法顯達，形容憔悴。誰說天網恢恢，疏而不漏呢？你年事已高，卻反被牽連受罪。千秋萬代一定會有你的名聲，但那終究只是寂寞身亡後的安慰而已。

唐代天寶三年，詩人和李白初會於洛陽，便成為深交。乾元元年，李白因參加永王李璘的幕府，而遭受牽連，被流放夜郎，二年春天至巫山遇赦。但因詩人遠在北方，只知李白被流放，不知已被赦還，非常憂愁憤慨，久而成夢，因夢而得〈夢李白〉詩兩首。

韋諷錄事宅觀曹將軍畫馬圖❶

杜甫

國初已來畫鞍馬，神妙獨數江都王。將軍得名三十載，人間又見真乘黃。
曾貌先帝照夜白❷，龍池十日飛霹靂。內府殷紅瑪瑙盤，婕妤傳詔才人索。
盤賜將軍拜舞歸，輕紈細綺相追飛。貴戚權門得筆跡，始覺屏障生光輝。
昔日太宗拳毛騧，近時郭家獅子花。今之新圖有二馬，復令識者久歎嗟。
此皆騎戰一敵萬，縞素漠漠開風沙。其餘七匹亦殊絕，迥若寒空動煙雪。
霜蹄蹴踏長楸間，馬官廝養森成列。可憐九馬爭神駿，顧視清高氣深穩。
借問苦心愛者誰，後有韋諷前支遁❸。憶昔巡幸新豐宮，翠華拂天來向東。
騰驤磊落三萬匹，皆與此圖筋骨同。自從獻寶朝河宗，無復射蛟江水中。
君不見金粟堆前松柏裡❹，龍媒去盡鳥呼風。

說文解字

❶曹霸：唐代名畫家，以畫人物及馬著稱，頗得唐高宗寵幸，官至左武衛將軍，故又稱他為「曹將軍」。❷照夜白：馬名。❸支遁：東晉名僧，喜愛養馬。此處比喻韋諷極愛曹霸的畫馬。❹金粟堆：唐玄宗的陵墓。

詩意解析

開國以來，善畫馬的畫家中，畫技最精妙傳神的就是江都王。曹將軍因畫馬而出名，已有三十年，眾人終於又可以得見神馬「乘黃」了。他曾描繪唐玄宗的「照夜白」馬，甚至感動了龍池裡的龍，連日挾帶風雷飛舞。婕妤傳下御旨，命才人捧著皇宮內庫珍藏的殷紅瑪瑙盤，前來索取此畫。將軍接受賜盤，並叩拜皇恩，將軍被賜予輕紈細綺等名貴物品。貴戚們如果可以得到曹將軍的畫作，便認為蓬蓽生輝。當年唐太宗著名的寶馬「拳毛騧」、近代郭子儀家中的好駒「獅子花」，在這幅新畫中，就有這兩匹馬，識得此兩匹馬的人，都紛紛誇讚。兩匹都是戰騎，都是以一勝萬的好馬，展開畫絹時，就有如見到奔馬正在揚起風沙。其餘七匹也都特殊而奇絕，遠遠看去，有如寒空中飄動著煙雪。有的駿馬踏在白霜的長楸大道上，有的則受到專職馬倌和役卒的專業照顧。畫中的九匹馬，神姿爭俊競雄，昂首闊視時，顯得高雅穩重。請問古往今來，有誰是真心喜愛神姿駿馬的呢？後世有韋諷，而前代則有支遁。想當年，唐玄宗巡幸新豐宮時，車駕上的羽旗拂天，浩浩蕩蕩。精良的好馬共有三萬匹，匹匹都和此圖畫中的馬一般，神姿俊秀。但是，就像河宗獻寶後，周穆王便歸天了；唐玄宗死後，便不能再去江中射蛟。你可看見唐玄宗陵前的松柏林裡，良馬盡去，只剩下林間的鳥兒在鳴叫。

此詩是唐代廣德二年，詩人在閬州錄事參軍韋諷宅邸，觀看韋諷收藏的曹霸《九馬圖》後，所作的題畫詩。詩人先從曹霸畫「照夜白」馬說起，詳細敘述曹霸受到唐玄宗恩寵和藝名大振的往事，為描寫《九馬圖》

鋪敘，並伏下末段詩意。「昔日太宗拳毛騧」以下十四句，具體繪寫《九馬圖》。詩人多層次、多角度地描寫曹霸所畫的九匹馬，錯綜寫來，鮮活生動。前六句先寫其中兩馬，一為唐太宗的拳毛騧，是太宗平定劉黑闥時所乘的戰騎；一為郭家獅子花，即九花虯，是唐代宗賜給郭子儀的御馬。「其餘七匹亦殊絕」以下四句，分別從七馬的形貌、奔馳等方面，再現七馬「殊絕」的神態。最後又對《九馬圖》作出總評價，「可憐九馬爭神駿，顧視清高氣深穩」。最後一段共八句，前四句寫唐玄宗巡幸驪山的盛況，後四句寫唐玄宗入葬泰陵後的蕭竦景況，表現其「衰」。最後兩句，「君不見金粟堆前松柏裡，龍媒去盡鳥呼風」，描寫唐玄宗陵前的蕭條。

丹青引贈曹霸將軍❶

杜甫

將軍魏武之子孫❷，於今為庶為清門❸。英雄割據雖已矣，文彩風流今尚存。學書初學衛夫人❹，但恨無過王右軍❺。丹青不知老將至，富貴於我如浮雲。開元之中常引見❻，承恩數上南薰殿❼。凌煙功臣少顏色❽，將軍下筆開生面。良相頭上進賢冠，猛將腰間大羽箭。褒公鄂公毛髮動❾，英姿颯爽猶酣戰。先帝御馬玉花驄❿，畫工如山貌不同。是日牽來赤墀下⓫，迥立閶闔生長風⓬。詔謂將軍拂絹素，意匠慘澹經營中⓭。斯須九重真龍出⓮，一洗萬古凡馬空。玉花卻在御榻上，榻上庭前屹相向。至尊含笑催賜金，圉人太僕皆惆悵⓯。弟子韓幹早入室⓰，亦能畫馬窮殊相。幹惟畫肉不畫骨，忍使驊騮氣凋喪。將軍畫善蓋有神，偶逢佳士亦寫真。即今漂泊干戈際⓱，屢貌尋常行路人。途窮反遭俗眼白，世上未有如公貧。但看古來盛名下，終日坎壈纏其身⓲。

說文解字

❶丹青：借代指繪畫。❷魏武：指魏武帝曹操。❸庶：庶人，平民。清門：寒門，清貧之家。❹衛夫人：晉代有名的女書法家。❺王右軍：晉代書法家王羲之。❻引見：皇帝召見臣屬。❼承恩：獲得皇帝的恩寵。南薰殿：唐代宮殿名。❽凌煙：凌煙閣。唐太宗為了褒獎文武開國功臣，於貞觀十七年命閻立本等人在凌煙閣畫二十四功臣圖。❾褒公：段志玄，封褒國公。鄂公：尉遲敬德，封鄂國公。兩人皆是唐代開國名將，同為功臣圖中的人物。❿先帝：指唐玄宗。五花驄：唐玄宗的駿馬名。驄，青白色的馬。⓫赤墀：宮殿前的台階。⓬閶闔：宮門。⓭慘澹：用心良苦。⓮九重：代指皇宮。⓯圉人：管理御馬的官吏。太僕：管理皇帝車馬的官吏。⓰韓幹：唐代名畫家，善畫人物和鞍馬。⓱干戈：戰爭，此處指安史之亂。⓲坎壈：貧困潦倒。

詩意解析

曹將軍是魏武帝曹操的後代子孫，如今卻淪為平民百姓，成為寒門。英雄割據的三國時代已一去不復返，但當時曹家文章的風采卻風韻猶存。當年曹將軍你拜衛夫人為師，學習書法，只差沒有超越大書法家王羲之而已。你畢生專攻繪畫，不知老之將至，榮華富貴對你而言，如同空中浮雲。開元年間，你常常被唐玄宗召見，多次登上南薰殿。凌煙閣裡的功臣畫像因年久而褪色，你揮筆重畫，重新使他們活靈活現。你使良相們的頭頂都戴上了進賢冠，猛將們的腰間皆佩帶著大羽箭。褒公、鄂公的毛髮似乎正栩栩如生地抖動，英姿颯爽，有如當年征戰一般。開元年間，先帝的馬名為玉花驄，許多畫家都已為牠畫出不同的風貌。作畫當天，玉花驄被牽到殿中的紅階下，昂首屹立在宮門旁，更加增添牠的威風。皇帝命令你展開絲絹作畫，你匠心獨運，專注認真地繪畫。片刻間，九天龍馬在絹上浮現，那些萬代凡馬瞬間平庸不堪。畫作裡的馬維妙維肖地倒在皇帝榻上，

甚至無法區別和階前的真馬有什麼不一樣。皇上含笑催促著左右賞賜黃金給你，太僕和馬倌們個個震驚不已。將軍的門生韓幹的畫技也非常不凡，他也能畫馬且有許多不同的形象。但韓幹終究只有畫出外表，而畫不出內在精神，常使好馬的生氣凋敝喪失。將軍的畫美在畫中有神韻，你總是偶逢真正的名士，才肯為他動筆寫真。但，如今你漂泊在戰亂之中，為了生存，每天所畫的只是普通的行路人。你到了晚年，反而遭受世俗的白眼，人世間還未有人像你這般貧窮。算了吧！看看歷史上那些有盛名的人，最終都被坎坷窮愁糾纏一生啊！

詩人先說曹霸是魏武帝曹操之後，如今削籍，淪為尋常百姓。然後宕開一筆，頌揚曹霸的祖先，曹操稱雄中原的功業雖成往史，但其詩歌的藝術造詣高超，辭采美妙，至今猶存。開頭四句，抑揚起伏，跌宕多姿，大氣包舉，統攝全篇。接著寫曹霸在書畫上的師承淵源、進取精神、刻苦態度、高尚情操。「學書初學衛夫人，但恨無過王右軍」兩句只是陪筆，故意一放；「丹青不知老將至，富貴於我如浮雲」兩句點題，才是旨意所在，寫得主次分明，抑揚頓挫，錯落有致。

「開元之中常引見」以下八句，轉入主題，讚揚曹霸在人物畫上的輝煌成就。詩人一層層寫來，在此處，畫人仍是襯筆，畫馬才是重點所在。「先帝御馬玉花驄」以下八句，詩人細膩地描寫主角畫玉花驄的過程。「玉花卻在御榻上」以下八句，詩人進而形容畫馬的藝術魅力。隨後又用他的弟子，同樣也以畫馬有名的韓幹作為反襯。最後八句，詩人以蒼涼的筆調描寫曹霸如今淪落民間的落魄境況。他從不輕易為人畫像，但在戰亂的動蕩年代，一代畫馬宗師竟不得不靠賣畫為生。而畫家的辛酸境遇和詩人自己的坎坷遭遇，又何其相似啊！詩的結句寬解曹霸，同時也聊以自慰，飽含對世態炎涼的憤慨。

寄韓諫議❶

杜甫

今我不樂思岳陽❷，身欲奮飛病在床❸。美人娟娟隔秋水❹，濯足洞庭望八荒❺。鴻飛冥冥日月白❻，青楓葉赤天雨霜。玉京群帝集北斗❼，或騎麒麟翳鳳凰❽。芙蓉旌旗煙霧落，影動倒景搖瀟湘❾。星宮之君醉瓊漿❿，羽人稀少不在旁⓫。似聞昨者赤松子，恐是漢代韓張良。昔隨劉氏定長安，帷幄未改神慘傷。國家成敗吾豈敢，色難腥腐餐楓香。周南留滯古所惜，南極老人應壽昌。美人胡為隔秋水⓬，焉得置之貢玉堂⓭？

說文解字

❶韓諫議：韓注。諫議是其曾任官職，唐門下省屬官有諫議大夫，掌侍從贊相、規諫諷諭。❷岳陽：韓注所在之處。❸奮飛：插翅飛去。❹美人：指所思慕之人。娟娟：秀美的樣子。❺八荒：東、西、南、北、東南、東北、西南、西北八面方向。❻冥冥：遠空。❼群帝：此處指群仙。❽翳：語助詞。❾倒景：倒影。❿星宮之君：指北斗星君，此處借指皇帝。⓫羽人：飛仙，此處借指遠貶之人。⓬胡為：為什麼。⓭貢：獻，此處為薦舉之意。玉堂：漢代未央宮中的玉堂，此處指唐代朝廷。

詩意解析

我的心情鬱悶，正思念著遠在岳陽的你，想要飛渡長江前去拜訪你，卻只能輾轉在病榻之間。與我遠隔著

秋水的你是多麼美好啊！你在洞庭湖濯足，向四方遙望。鴻雁正飛向遙遠的天空，皓潔的日月正綻放光芒。秋風染紅綠葉，天空降下寒霜。天仙們正聚集在北斗星宮，有的乘駕麒麟，有的騎著鳳凰。芙蓉裝飾的旌旗如煙霧漫天，旗影搖動，倒影映在麗日的瀟水、湘水上。星宮的帝君正在暢飲美酒，只是身邊卻沒有那位飛仙。聽說他好像就是昔日的赤松子，也可能是漢代開國元勳張良。當年他跟隨劉邦運籌帷幄，奪取天下，卻為高官厚祿而傷神。對於天下興亡本不該袖手旁觀，但因厭惡腥腐的世道，最後功臣身退，隱居山林。太史公被滯留周南，無法跟隨漢武帝登泰山封禪，因而羞憤而死。這些高士本該如南極壽星那般長壽安康，如你一般的品性高潔之人為什麼要退隱江湖呢？為什麼不將胸中治國安邦的韜略貢獻給國家呢？

此詩作於唐代大曆元年秋，詩人出蜀，居留夔州之時。從詩作來看，詩中的韓注是詩人的一位好友，曾出任諫議，於國有功且富有才幹，但卻在朝廷中受到小人排斥，最後只好辭宮歸隱於岳陽，專修神仙之道。詩人深深為朋友感到惋惜，於是寫下這首詩，勸韓注輔國佐君。

古柏行

杜甫

孔明廟前有老柏，柯如青銅根如石❶。霜皮溜雨四十圍❷，黛色參天二千尺。君臣已與時際會，樹木猶為人愛惜。雲來氣接巫峽長，月出寒通雪山白。憶昨路繞錦亭東，先主武侯同閟宮❸。崔嵬枝幹郊原古，窈窕丹青戶牖空❹。落落盤踞雖得地❺，冥冥孤高多烈風❻。扶持自是神明力，正直原因造化工。大廈如傾要梁棟，萬牛迴首丘山重。不露文章世已驚❼，未辭翦伐誰能送？苦心豈免容螻蟻，香葉終經宿鸞鳳。志士幽人莫怨嗟，古來材大難為用。

說文解字

❶柯：枝柯。❷霜皮：形容皮色蒼白。溜雨：形容表皮光滑。四十圍：四十人合抱。❸先主：指劉備。閟宮：祠廟。❹窈窕：深邃的樣子。❺落落：獨立不苟合。❻冥冥：高空的顏色。❼不露文章：指古柏沒有花葉之美。

詩意解析

孔明廟前有一棵古老的柏樹，枝幹的顏色如青銅，根柢堅固如盤石，樹皮潔白潤滑，樹幹有四十圍那麼粗，柏樹朝天聳立，足足有二千尺那麼高。劉備、孔明兩人君臣遇合，與時既往，至今那棵樹木猶在，仍被人們愛惜。柏樹高聳入雲，雲霧彷彿銜接著巫峽，月出寒光，月光彷彿直通岷山。我想起昔日環繞著草堂的小徑，那裡有一座劉備、孔明共同的祠廟。柏樹為祠堂增添不少古色，廟宇幽深，彩繪的門窗更顯空寂。古柏獨立高聳，雖然有盤踞之地，但位高孤傲，必定多招烈風。它挺立至今，自然是神明偉力，它正直偉岸，是源於造物者之功。大廈如若傾倒，便有樑棟支撐，古柏重如丘山，萬年也難拉動。它不露花紋，便使世人震驚，它不辭砍伐，只求能為世人所用。它雖有苦心，也難免為螻蟻侵蝕，它樹葉芳香，亦曾招來鸞鳳棲宿。天下志士請不要怨嘆，自古以來大材一貫難得重用。

此詩藉古柏以自詠，旨意全在最後一段。全詩比興為體，一貫到底；詠物興懷，渾然一體。句句寫柏，句

句喻人，言在柏，而意在人。詩的前六句為第一段，以古柏興起，讚其高大，君臣際會。「雲來氣接巫峽長」十句為第二段，由夔州古柏，想到成都先主廟的古柏，其中「落落盤踞雖得地」兩句，既寫樹，又寫人，樹人相融。「大廈如傾要梁棟」八句為第三段，因物及人，大發感想。最後一句語意雙關，抒發詩人宏圖不展的怨憤和大材不為用之感慨。

觀公孫大娘弟子舞劍器行❶

杜甫

昔有佳人公孫氏，一舞劍器動四方❷。觀者如山色沮喪，天地為之久低昂。㸌如羿射九日落，矯如群帝驂龍翔。來如雷霆收震怒，罷如江海凝清光。絳脣珠袖兩寂寞，晚有弟子傳芬芳。臨潁美人在白帝，妙舞此曲神揚揚。與余問答既有以，感時撫事增惋傷。先帝侍女八千人，公孫舞器初第一。五十年間似反掌，風塵澒洞昏王室。梨園子弟散如煙，女樂餘姿映寒日。金粟堆前木已拱，瞿塘石城草蕭瑟。玳筵急管曲復終，樂極哀來月東出。老夫不知其所往，足繭荒山轉愁疾。

說文解字

❶公孫大娘：唐玄宗時的舞蹈家。弟子：指李十二孃。❷劍器：指唐代流行的武舞，舞者為戎裝女子。

詩意解析

從前有個漂亮的舞女，名為公孫大娘，每當她跳起劍舞時，就會轟動四方。觀看人群多如山，人人心驚動魄，天地也被她的舞姿所感染而起伏震蕩。劍光璀燦奪目，有如后羿射落九日一般；舞姿矯健敏捷，如同天神駕龍飛翔。她起舞時的劍勢如雷霆萬鈞，令人屏息，收舞時，則平靜的像是江海凝聚的波光。如今，她鮮紅的嘴唇和綽約的舞姿都已逝去，幸好有弟子繼承，這才得以將她的劍舞發揚光大。臨潁美人李十二孃在白帝城表演時，精妙無比，神采飛揚。她和我談論關於劍舞的來由，我憶昔撫今，心中增添無限惋惜哀傷。當年唐玄宗的侍女約有八千人，劍器舞姿排名第一的就是公孫大娘。五十年的光陰如同翻掌般迅速，連年的戰亂，烽煙瀰漫，朝政昏暗無常。那些梨園子弟一個個煙消雲散，只留下李氏的舞姿還能稍稍為我們遮蓋冬日的寒光。唐玄宗墓前的樹木已有合抱那般高大，瞿塘峽白帝城一帶的秋草蕭瑟荒涼。玳弦琴瑟急促的樂曲結束了，悵望明月初出，心中惶惶。我真不知哪裡是我的歸宿，一生奔走，流離天涯，我在荒山中邁步艱難，越走越覺得淒傷。

此詩的藝術風格，既有「瀏灕頓挫」的氣勢節奏，又有「豪蕩感激」的感人力量，是七言歌行中沉鬱悲壯的傑作。開頭八句，富麗而不浮豔，鋪排而不呆板。「絳脣珠袖」以下，則隨意境之開合，思潮之起伏，語言音節也隨之頓挫變化。全詩既不失雄渾完整的美，用字造句又有渾括錘鍊的功力，篇幅雖然不長，內容卻相當廣大。從樂舞之今昔對比中，讓讀者看見唐代五十年的興衰治亂，這沒有沉鬱頓挫的筆力是寫不出來的。

兵車行

杜甫

車轔轔❶，馬蕭蕭❷，行人弓箭各在腰❸。耶孃妻子走相送❹，塵埃不見咸陽橋❺。牽衣頓足攔道哭，哭聲直上干雲霄❻。道旁過者問行人❼，行人但云點行頻❽。或從十五北防河❾，便至四十西營田。去時里正與裹頭❿，歸來頭白還戍邊。邊亭流血成海水⓫，武皇開邊意未已⓬。君不聞漢家山東二百州⓭，千村萬落生荊杞⓮。縱有健婦把鋤犁，禾生隴畝無東西⓯。況復秦兵耐苦戰，被驅不異犬與雞。長者雖有問，役夫敢申恨⓰？且如今年冬，未休關西卒。縣官急索租⓱，租稅從何出？信知生男惡，反是生女好。生女猶得嫁比鄰⓲，生男埋沒隨百草。君不見青海頭⓳，古來白骨無人收。新鬼煩冤舊鬼哭，天陰雨濕聲啾啾⓴。

說文解字

❶轔轔：車輪聲。❷蕭蕭：馬嘶叫聲。❸行人：指被徵召出發的士兵。❹耶：通「爺」，父親。走：奔跑。❺咸陽橋：漢武帝所建，唐代為長安通往西北的必經之路。❻干：衝。❼過者：過路的人，此處為杜甫的自稱。❽但云：只說。點行頻：頻繁地點名、徵調壯丁。❾或：有的，有的人。❿里正：唐制，每百戶設一里正，負責管理戶口、檢查民事、催促賦役等。裹頭：男子成丁便裹頭巾，如同古時的加冠。⓫邊亭：邊疆。⓬武皇：漢武帝劉徹。此處借武皇代指唐玄宗。⓭漢家：漢朝，此處借指唐。⓮荊杞：荊棘與杞柳，都是野生灌木。⓯隴畝：田地。隴，通「壟」。無東西：不分東西，意為行列不整齊。⓰役夫：行役的人。⓱縣官：官府。⓲比鄰：近鄰。⓳青海頭：青海邊。自漢代以來，漢族經常與西北少數民族發生戰爭的地方。⓴啾啾：狀聲詞，形容淒厲的哭叫聲。

詩意解析

車輛隆隆響，戰馬蕭蕭鳴，正在準備出征的士兵將弓箭佩在腰間。爹娘兒女奔走相送，行軍時揚起的塵土遮天蔽日，甚至看不見通往遠方的咸陽橋。家人在路上攔著士兵，頓腳痛哭，哭聲響徹雲霄。路旁經過的人詢問士兵們情況如何，士兵說軍隊不斷頻繁地按照名冊徵兵，戰爭無法平息。有的人十五歲就到黃河以北戍守，即使已經四十歲，還是必須到西部邊疆屯田。出發時，他們用頭巾將頭髮束起，回來時已白髮蒼蒼，卻還是要去戍守邊疆。邊疆無數士兵的血甚至形成血海，但唐玄宗開疆拓土的念頭依舊沒有停止。你沒聽說華山以東的兩百個州，村落都因沒有男丁，長滿了草木。即使有健壯的婦女拿著鋤犁耕種，田裡的莊稼也無法生長。更何況敵人的軍隊又耐得住苦戰，被驅使去作戰的士兵和雞、狗沒有分別。儘管老人家你不斷地詢問我，但我這個服役的人怎麼敢抱怨呢？就連今年冬天，都沒有停止徵調函谷關以西的士兵。此時，縣官還是不斷地催逼百姓繳交租稅，但租稅要從何而來呢？如果早知生男孩是件壞事，倒不如生女孩好啊！生下女兒至少還能嫁給近鄰，生下兒子就只能死於沙場，埋沒於荒草間。你沒看見自古以來戰死在青海旁的士兵，他們的白骨最後都無人掩埋。在這戰場中，新的鬼魂不斷怨恨，舊的鬼魂不斷哭泣，陰雨綿綿時，眾鬼魂還會發出淒厲的哭叫聲。

「行」是樂府歌曲的一種體裁。此首〈兵車行〉沒有沿用古題，而是緣事而發，即事名篇，自創新題，運用樂府民歌的形式，深刻地反映了人民的苦難生活。全詩借征夫對老人的答話，傾訴人民對戰爭的痛恨和它所帶來的痛苦。地方官吏在這樣的情況下，竟然還要橫徵暴斂，百姓當然越發痛苦不堪。這是詩人深切地瞭解民間疾苦，並寄予深刻同情的名篇之一。

麗人行

杜甫

三月三日天氣新❶，長安水邊多麗人。態濃意遠淑且真❷，肌理細膩骨肉勻❸。繡羅衣裳照暮春，蹙金孔雀銀麒麟。頭上何所有，翠微㔩葉垂鬢脣❹。背後何所見，珠壓腰衱穩稱身❺。就中雲幕椒房親❻，賜名大國虢與秦。紫駝之峰出翠釜❼，水精之盤行素鱗❽。犀箸厭飫久未下❾，鸞刀縷切空紛綸❿。黃門飛鞚不動塵⓫，御廚絡繹送八珍⓬。簫鼓哀吟感鬼神，賓從雜遝實要津⓭。後來鞍馬何逡巡⓮，當軒下馬入錦茵。楊花雪落覆白蘋，青鳥飛去銜紅巾⓯。炙手可熱勢絕倫，慎莫近前丞相嗔⓰。

說文解字

❶三月三日：上巳日，唐代的長安士女多於此日到城南曲江，遊玩踏青。❷態濃：姿態濃豔。意遠：神氣高遠。淑且真：淑美而不做作。❸骨肉勻：身材勻稱適中。❹㔩葉：一種首飾。鬢脣：鬢邊。❺腰衱：裙帶。❻椒房親：皇后家屬。椒房，漢代皇后居室，以椒和泥塗壁，後來借代為皇后。❼紫駝之峰：駝峰，一種珍貴的食品。翠釜：形容鍋具的色澤。❽水精：水晶。行：傳送。素鱗：白鱗魚。❾犀筯：犀牛角做的筷子。厭飫：吃膩了。❿鸞刀：帶鸞鈴的刀。縷切：細切。⓫黃門：宦官。⓬八珍：形容珍美食品之多。⓭要津：本指重要渡口，此處比喻楊國忠兄妹的家門。⓮後來鞍馬：指楊國忠。逡巡：原意為欲進不進，此處為顧盼自得之意。⓯青鳥：神話中的一種鳥，西王母使者。後常被用作男女之間的信使。⓰丞相：指楊國忠。嗔：發怒。

詩意解析

三月三日上巳時節，天氣非常清新，長安的曲江河畔聚集許多美人。她們姿態凝重，神情高遠，文靜自然，肌膚豐潤，身材勻稱。綾羅衣裳映襯著暮春的風光，衣服上布滿金絲繡的孔雀、銀絲刺的麒麟。頭上戴的是什麼樣的珠寶首飾呢？是翡翠玉所做的花飾，垂掛在兩鬢。從她們背後能看見什麼呢？可以看見珠寶鑲嵌的裙腰，穩當合身。她們其中有幾位都是后妃的親戚，有虢國和秦國兩位夫人。翡翠蒸鍋盛裝著珍貴的紫駝峰，水晶圓盤盛裝著肥美的白魚。但美人們卻拿著犀角筷子久久不動，使得廚師們空忙一場。宦官騎馬飛馳，不敢揚起一絲灰塵，御廚絡繹不絕地送來各種山珍海味。笙簫鼓樂纏綿宛轉，賓客隨從全都是達官貴人。騎馬的官人顧盼自得，趾高氣昂地從繡毯上走進帳門。白雪似的楊花飄落，青鳥飛來銜起地上的紅絲帕。楊家的權勢如日中天，千萬不要輕易靠近，以免丞相發怒啊！

此詩為西元七五三年的春天所作，內容諷刺楊國忠兄妹的驕奢淫逸。首二句提綱，「態濃」一段寫麗人的姿態服飾之美，「就中」兩句點出主角，「紫駝」一段寫宴樂之奢侈，「後來」一段寫楊國忠的氣焰和無恥。整首詩不空發議論，只是盡情揭露事實，語極鋪張，而諷意自見，是一首絕妙的諷刺詩。

哀江頭

杜甫

少陵野老吞聲哭❶，春日潛行曲江曲❷。江頭宮殿鎖千門，細柳新蒲為誰綠。憶昔霓旌下南苑❸，

苑中萬物生顏色❹。昭陽殿裡第一人❺，同輦隨君侍君側❻。輦前才人帶弓箭❼，白馬嚼齧黃金勒❽。翻身向天仰射雲❾，一笑正墜雙飛翼。明眸皓齒今何在？血污遊魂歸不得。清渭東流劍閣深，去住彼此無消息。人生有情淚沾臆，江水江花豈終極。黃昏胡騎塵滿城❿，欲往城南望城北⓫。

說文解字

❶少陵：杜甫的自稱。吞聲哭：哭泣時不敢出聲。❷曲江曲：曲江的隱密角落之處。❸霓旌：雲霓般的彩旗，指天子之旗。❹生顏色：萬物生輝。❺昭陽殿：漢代宮殿名。漢成帝皇后趙飛燕之妹為昭儀，居住於此，唐人多以趙飛燕比喻楊貴妃。第一人：最得寵的人。❻輦：皇帝乘坐的車子。❼才人：宮中的女官。❽嚼齧：咬。黃金勒：用黃金做的銜勒。❾仰射雲：仰射雲間飛鳥。❿胡騎：指叛軍的騎兵。⓫望城北：走向城北。

詩意解析

祖居少陵的我無聲地痛哭，此時春意正悄悄地蔓延曲江邊。江岸的宮殿閉鎖著，柳絲和新生的水蒲究竟是為誰而綠呢？我回憶起當初皇帝的彩旗儀仗抵達南苑時，苑裡的萬物都發出光輝。昭陽殿裡最受寵的美人也同車出遊，隨侍在皇帝身旁。車前的女官帶著弓箭，白馬套著黃金馬勒。女官翻身朝天上的雲層射出一箭，一笑之間，一對鳥兒便墜落在地。明眸皓齒的楊貴妃，如今在何處呢？鮮血玷污了她的靈魂，她已不再是當年的她。渭水向東流到唐玄宗所在的深遠劍閣，生死殊途，陰陽兩隔，再也聽不見彼此的綿綿細語。淚水沾濕了胸臆，落花隨水流去，恰似美人已隨風而逝，無盡的哀思綿綿不絕，恰似那一江春水不斷東流。黃昏時，胡騎掠過，揚起滿城的塵土，我本想回到城南的住處，卻心煩意亂，迷失方向，走向了城北。

在這首詩裡，詩人流露的感情是深沉的，也是複雜的。不僅表達出真誠的愛國激情時，也流露出對蒙難君王的傷悼之情。這是李唐盛世的輓歌，也是國勢衰微的悲歌。全篇表現對國破家亡的深哀巨慟，「哀」字是這首詩的核心。全詩分為三部分。前四句是第一部分，寫長安淪陷後的曲江景象。曲江原是長安有名的遊覽勝地，但如今已成為歷史，以往的繁華都如夢一般。「憶昔霓旌下南苑」至「一笑正墜雙飛翼」是第二部分，回憶安史之亂以前，春到曲江的繁華景象。「明眸皓齒今何在」以下八句是第三部分，寫詩人在曲江頭產生的感慨。分為兩層。第一層直承第二部分，感嘆唐玄宗和楊貴妃的悲劇，第二層總括全篇，寫詩人對世事滄桑變化的感慨。

哀王孫

杜甫

長安城頭頭白烏，夜飛延秋門上呼❶。又向人家啄大屋，屋底達官走避胡。金鞭斷折九馬死❷，骨肉不得同馳驅。腰下寶玦青珊瑚❸，可憐王孫泣路隅。問之不肯道姓名，但道困苦乞為奴。已經百日竄荊棘，身上無有完肌膚。高帝子孫盡隆準❹，龍種自與常人殊。豺狼在邑龍在野❺，王孫善保千金軀。不敢長語臨交衢❻，且為王孫立斯須❼。昨夜東風吹血腥，東來橐駝滿舊都。朔方健兒好身手，昔何勇銳今何愚。竊聞天子已傳位，聖德北服南單于。花門剺面請雪恥❽，慎勿出口他人狙❾。哀哉王孫慎勿疏，五陵佳氣無時無❿。

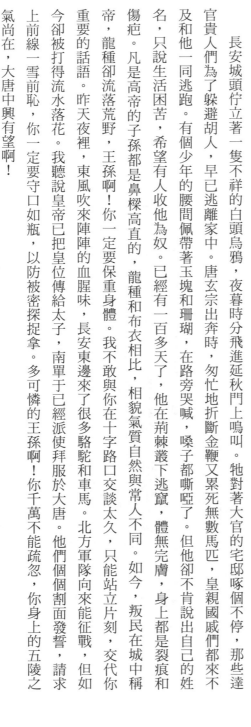

說文解字

❶延秋門：唐玄宗曾由此出逃。❷九馬：皇帝的御馬。❸寶玦：玉佩。❹高帝子孫：漢高祖劉邦的子孫，此處以漢代唐。隆準：高鼻。❺豺狼在邑：指安祿山占據長安。邑，京城。龍在野：指唐玄宗奔逃至蜀地。❻臨交衢：靠近大路邊。衢，大路。❼斯須：一會兒。❽花門：回紇。剺面：匈奴習俗。此處指回紇堅決表示將出兵助唐，平定安史之亂。❾狙：伺察，窺伺。❿五陵：五帝陵。佳氣：興旺之氣。無時無：時時存在。

詩意解析

長安城頭佇立著一隻不祥的白頭烏鴉，夜暮時分飛進延秋門上鳴叫。牠對著大官的宅邸啄個不停，那些達官貴人們為了躲避胡人，早已逃離家中。唐玄宗出奔時，匆忙地折斷金鞭又累死無數馬匹，皇親國戚們都來不及和他一同逃跑。有個少年的腰間佩帶著玉塊和珊瑚，在路旁哭喊，嗓子都嘶啞了。但他卻不肯說出自己的姓名，只說生活困苦，希望有人收他為奴。已經有一百多天了，他在荊棘叢下逃竄，體無完膚，身上都是裂痕和傷疤。凡是高帝的子孫都是鼻樑高直的，龍種和布衣相比，相貌氣質自然與常人不同。如今，叛民在城中稱帝，龍種卻流落荒野，王孫啊！你一定要保重身體。我不敢與你在十字路口交談太久，只能站立片刻，交代你重要的話語。昨天夜裡，東風吹來陣陣的血腥味，長安東邊來了很多駱駝和車馬。北方軍隊向來能征戰，但如今卻被打得流水落花。我聽說皇帝已把皇位傳給太子，南單于已經派使拜服於大唐。他們個個剺面發誓，請求上前線一雪前恥，你一定要守口如瓶，以防被密探捉拿。多可憐的王孫啊！你千萬不能疏忽，你身上的五陵之氣尚在，大唐中興有望啊！

詩人在此詩中極言王子王孫在戰亂中顛沛流離，遭受種種苦楚。既寄予深刻同情，又含蓄地規勸統治者應居安思危，不可一味貪圖享樂，致使子孫也無法遮顧，可悲可嘆。全詩詞色古澤，氣魄宏大，寫景寫情皆為詩人所目睹耳聞、親身感受，因而情真意切，蕩人胸懷，敘事亦明淨利索，語氣真實親切。

月夜

杜甫

今夜鄜州月❶，閨中只獨看❷。遙憐小兒女❸，未解憶長安。

香霧雲鬟濕❹，清輝玉臂寒。何時倚虛幌❺，雙照淚痕乾❻。

說文解字

❶鄜州：當時詩人的家屬在鄜州的羌村，自己在長安。❷閨中：內室。❸憐：想。❹雲鬟：古代婦女的環形髮飾。❺虛幌：透明的窗帷。❻雙照：表示對未來團聚的期望。

詩意解析

今夜的秋月多麼皎潔美好，我的妻子卻只能一個人在閨房中獨自望月。幼小的兒女還不懂得思念在長安的父親，還無法理解母親對月懷人的心情。夜露深重，打濕了妻子妳烏雲似的頭髮，妳如玉般的臂膀也寒冷不

已。何時才能再和你一起倚著窗帷，仰望明月呢？就讓月光照乾我們臉上的淚痕吧！

詩人看到的是長安月，如果從自己的角落下筆，應寫「今夜長安月，閨中只獨看」。但他更焦心的不是自己失去自由、生死未卜的處境，而是妻子對自己的處境如何憂心。所以悄然動容，神馳千里，直寫「今夜鄜州月，閨中只獨看」。自己隻身在外，當然是獨自看月，妻子尚有兒女在旁，為什麼也「獨看」呢？「遙憐小兒女，未解憶長安」一聯為讀者作了回答。妻子看月，並不是欣賞自然風光，而是「憶長安」，但小兒女未諳世事，還不懂得「憶長安」啊！因此用小兒女的「不解憶」反襯妻子的「憶」，突出「獨」字。全詩借助想像，抒寫妻子對自己的思念，也寫出自己對妻子的思念。這首詩藉看月而抒離情，但抒發的不只是一般情況下的夫婦離別之情。字裡行間，皆表現出時代的特徵，離亂之痛和內心之憂熔於一爐，對月惆悵，憂嘆愁思，只能將希望寄託於不知「何時」的未來。

春望

杜甫

國破山河在❶，城春草木深❷。感時花濺淚❸，恨別鳥驚心❹。
烽火連三月❺，家書抵萬金❻。白頭搔更短❼，渾欲不勝簪❽。

說文解字

❶國：國都，即京城長安。破：被攻破。❷城：指長安城，當時被叛軍占領。深：茂盛，茂密。❸感時：感傷如今的時局。❹恨別：悔恨離別。驚：使……驚動。❺烽火：在高台上為報警而點燃的火焰，此處代指戰爭。連三月：連續數個月。❻家書：寫給家人的信。抵：值。❼白頭：白髮。短：少。❽渾：簡直。不：禁不住。勝：能承受。簪：一種束髮的首飾，古代男子束髮用簪。

詩意解析

家國已被攻破，只有山河依舊存在，春天的長安城滿目淒涼，草木叢生，彷彿就連繁花也因傷感國事，而涕淚四濺，親人離散讓鳥兒們也驚心地鳴叫。烽煙四起，連綿不斷，家書非常珍貴，足以抵得上萬兩黃金。我因愁白了頭髮，頭髮越搔越少，甚至無法插上簪子。

全篇圍繞「望」字展開，前四句藉景抒情，情景結合。詩人以寫長安城裡草木叢生、人煙稀少，來襯托國家殘破。起首「國破山河在，城春草木深」，觸目驚心，寫出國破城荒的悲涼景象。「感時花濺淚，恨別鳥驚心」，兩句以物擬人，透過花和鳥兩種事物來寫春天，寫出睹物傷情。用擬人的手法，表達出亡國之悲、離別之悲。接下來，詩人由登高遠望到焦點式的透視，由遠及近，感情由弱到強，國家動亂不安，人民妻離子散，此時收到家書尤為難能可貴。詩人從側面反映戰爭帶給人民的巨大痛苦，和人民在動亂時期想知道親人平安與否的迫切心情。結尾兩句，以動作寫詩人憂憤之深廣。全詩情景交融，感情深沉，而又含蓄凝練，言簡意賅，充分體現詩人「沉鬱頓挫」的藝術風格。

春宿左省❶

杜甫

花隱掖垣暮❷，啾啾棲鳥過。星臨萬戶動，月傍九霄多。
不寢聽金鑰❸，因風想玉珂❹。明朝有封事❺，數問夜如何？

說文解字

❶宿：值夜。左省：即左拾遺所屬的門下省，和中書省同為掌機要的中央政府機構，因在殿廡之東，故稱之。❷掖垣：門下省和中書省位於宮牆的兩邊，像人的兩腋，故稱之。❸金鑰：金鎖，指開宮門的鎖鑰聲。❹珂：馬鈴。❺封事：為防泄漏奏章，用黑色袋子密封，故稱之。

詩意解析

左偏殿的矮牆將花叢遮隱，日已將暮，一群群投宿的鳥鳴叫著飛過。星光閃爍，一道道宮門好像也在閃耀的光亮中搖曳，皎潔的月華灑落在天宮中，似乎比其他處更為明亮。我長夜未眠，彷彿聽到宮門開啟的鑰鎖聲，晚風颯颯，就像上朝的馬鈴聲響。明晨上朝還有重要的事要做，因為心中惴惴不安，所以多次詢問：「現在是何時呢？」

西元七五七年九月，唐軍收復被安史叛軍所控制的京師長安。十月，唐肅宗自鳳翔還京，詩人也從鄜州返回京城，仍任左拾遺。

此詩作於西元七五八年，詩中描寫詩人上封事前，在門下省值夜時的心情，表現詩人居官勤勉、盡職盡忠、一心為國的精神。

至德二載，甫自京金光門出，間道歸鳳翔，乾元初從左拾遺移華掾，與親故別，因出此門，有悲往事❶

杜甫

此道昔歸順❷，西郊胡正繁❸。至今殘破膽，應有未招魂。
近得歸京邑，移官豈至尊❹。無才日衰老，駐馬望千門❺。

說文解字

❶金光門：長安外郭城的西面，有三道門，中間那道名為金光門。道：小路。❷歸順：指逃脫叛軍投奔肅宗。❸胡：指安史叛軍。❹移官：調動官職。此處指詩人由左拾遺，外放為華州司功參軍。❺千門：指宮殿。形容其建築宏偉，門戶很多。

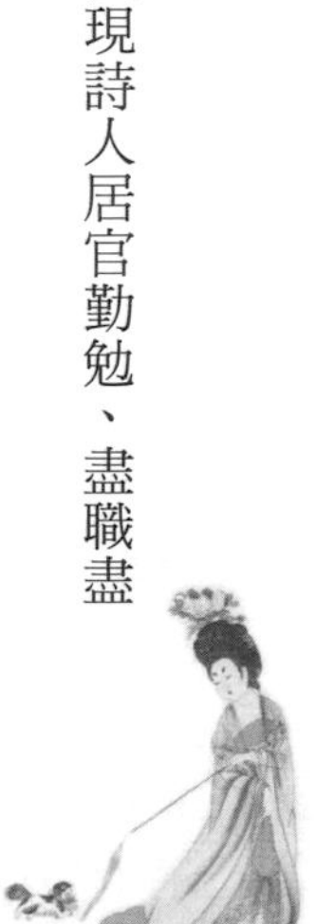

詩意解析

當初從叛軍占領的長安逃出時，走的就是這個金光門。當時的西郊有許多叛軍駐紮，非常危險，現在想起來，還覺得膽顫心驚，彷彿還有未招回的魂魄遺留在那裡。自從我擔任左拾遺後，就隨著鑾駕回到京邑。如今竟然又被外放，我想，這一定不是聖上的真心吧？是我自己不爭氣，沒有才幹又日漸衰老，我依舊回頭望著帝都，依依不捨。

此詩追憶詩人當年九死一生，逃往鳳翔的情景，痛定思痛，感慨萬千。當年是「麻鞋見天子，衣袖露兩肘。朝廷慨生還，親故傷老醜。涕淚授拾遺，流離主恩厚」，本以為可以從此效忠王室、裨補國政。但卻因為正直敢言，而遭到奸佞誹謗、天子疏遠，從政一年多就被貶斥。詩人內心藏有深刻的怨恨，但卻以「不怨之怨」的委婉筆法寫出本詩。篇末抒發自己眷念京國的深情，也更加襯托出統治者的黑白不辨和冷酷無情。

月夜憶舍弟❶

杜甫

戍鼓斷人行❷，邊秋一雁聲❸。露從今夜白，月是故鄉明。
有弟皆分散，無家問死生。寄書長不達❹，況乃未休兵❺。

說文解字

❶舍弟：謙稱自己的弟弟。❷戍鼓：戍樓上的更鼓。戍，駐防。斷人行：指鼓聲響起後，便開始宵禁。❸邊秋：邊塞的秋天。❹長：一直，老是。達：到。❺況乃：何況是。未休兵：戰爭還沒有結束。

詩意解析

戍樓上的更鼓聲響起，表示宵禁開始，只剩下邊塞的秋天中，一隻正在鳴叫的孤雁。今夜起，就進入白露節氣了，望月懷思，月亮還是故鄉的最為明亮啊！我的兄弟都已四散八方，無法探問他們的生死，寄往洛陽城的家書也常常無法順利送達。戰亂依舊頻繁，沒有停止的跡象。

古典詩歌中，思親懷友是常見的題材，這類作品要力避平庸，不落俗套，單憑詩人的生活體驗是不夠的，還必須在表現手法上匠心獨運。詩人正是在處理這類常見題材時，顯現他的大家本色。全詩層次井然，首尾照應，承轉圓熟，結構嚴謹。「未休兵」則「斷人行」，望月則「憶舍弟」，「無家」則「寄書不達」，人「分散」則「死生」不明，一句一轉，一氣呵成。在安史之亂中，詩人顛沛流離，備嘗艱辛，既懷家愁又憂國難，真是感慨萬千，所以才把如此常見的懷鄉思親題材，寫得淒楚哀感、沉鬱頓挫。

天末懷李白

杜甫

涼風起天末❶，君子意如何❷。鴻雁幾時到❸，江湖秋水多❹。
文章憎命達❺，魑魅喜人過❻。應共冤魂語❼，投詩贈汨羅❽。

說文解字

❶天末：天的盡頭。秦州地處邊塞，如在天之盡頭。❷君子：此處指李白。❸鴻雁：比喻書信。❹江湖：指充滿風波的路途。❺文章：此處泛指文學。命：命運，時運。❻魑魅：鬼怪，此處指壞人或邪惡勢力。過：過錯，過失。❼冤魂：此處指屈原。❽汨羅：汨羅江。屈原被放逐後，投汨羅江而死。

詩意解析

涼風颼颼，老朋友，你的心境如何呢？我的書信不知何時才能送到你手中，只恐路途險惡，風高浪大。有文才的人往往遭人妒忌，命運不濟。奸佞小人最喜歡看到好人犯錯，他們總是尋找藉口，伺機陷害忠良。你與沉冤的屈原有相同的命運，你應投詩到汨羅江中，對忠魂訴說自己的冤屈與不平。

首句以秋風起興，為全詩籠罩一片悲愁。從對友人深沉的懷念，進而發為對其身世的同情，「文章憎命達」，意謂文才出眾者總是命途多舛，有「悵望千秋一灑淚」之痛。「魑魅喜人過」，隱喻李白被流放夜郎，是遭人誣陷。此時詩人很自然地聯想起被讒放逐、自沉汨羅的屈原，詩人飛馳想像，遙想李白會向屈原的冤魂傾訴內心的憤懣，「欲共冤魂語，投詩贈汨羅」。

奉濟驛重送嚴公四韻

杜甫

遠送從此別，青山空復情。幾時杯重把，昨夜月同行。
列郡謳歌惜，三朝出入榮❶。江村獨歸處❷，寂寞養殘生。

說文解字

❶三朝：指唐玄宗、唐肅宗、唐代宗三朝。❷江村：指成都浣花溪邊的草堂。

詩意解析

我只能送你到這裡了，青山空自惆悵，倍增離情依依。昨天夜裡我們還在月色中同行，如今卻要分離。要到什麼時候，我們才能夠再次舉杯共飲呢？各郡的百姓都不忍心你離去，你連續在三朝為官，是多麼光榮啊！送走你後，我就要獨自回到江村，寂寞地度過剩下的歲月。

詩人作此詩送給好友嚴武，既是讚美嚴武，也抒發出自己「寂寞養殘生」的嘆息。全詩意在嚴武奉召還

朝，而詩人前去送別。詩人曾任嚴武的幕僚，深得嚴武關懷，所以心中的依依不捨和別離之情，不必再用言語解釋。這首詩的語言質樸含情，章法謹嚴有度，平直中有奇致，淺易中見沉鬱。

別房太尉墓❶

杜甫

他鄉復行役❷，駐馬別孤墳。近淚無乾土，低空有斷雲。

對棋陪謝傅❸，把劍覓徐君❹。唯見林花落，鶯啼送客聞。

說文解字

❶房太尉：房琯。❷復行役：指一再奔走。❸對棋：對奕，下棋。謝傅：指謝安。❹把劍覓徐君：春秋時期，季札曾出使晉國，他隨身佩戴著一把寶劍。當途中路過徐國時，知曉徐國國君想要這把寶劍，心想等回來時再送給他。但當季札返回時，徐國國君卻已經死了，他便遺憾地解下寶劍掛在墳上。

詩意解析

我在異鄉漂泊，奔走於他鄉異土，今日來到閬州悼別你的孤墳，與你告別。我心中悲痛，淚水甚至沾濕了泥土，我的精神恍惚，就如同低空飄飛的斷雲。當年與你對棋時，將你比擬為晉朝的謝安，如今在你墓前，就像季札拜別徐君一般，寶劍在手，故人已去。眼前只見繁花錯落，離去時只聽見黃鶯啼聲淒愴。

於此詩中，詩人表達的感情十分深沉而含蓄。因為詩人於此時，已為政局之事吃足苦頭，自有難言之苦，所以詩中充滿陰鬱氛圍和深沉哀痛。全詩除了表現悼念亡友的傷感之外，更多的是內心對國事的殷憂和嘆息。

旅夜書懷

杜甫

細草微風岸❶，危檣獨夜舟❷。星垂平野闊，月湧大江流❸。

名豈文章著，官應老病休❹。飄飄何所似❺，天地一沙鷗。

說文解字

❶岸：指江岸邊。❷危檣：高豎的桅杆。危，高。檣，通「牆」，船上掛風帆的桅杆。❸月湧：月亮倒映，隨水飄蕩。大江：長江。❹應：認為是。❺飄飄：飛翔的樣子，此處有飄零、漂泊之意。

詩意解析

微風吹拂著江岸的細草，立著高聳桅杆的小船在夜裡孤零零地漂泊。星星彷彿垂掛在天邊，平野顯得十分

寬闊，月光隨著水波蕩漾，大江滾滾東流。我難道是因為文章而得以為官嗎？我年老多病也該退休了啊！我無依無靠地四處漂泊，就像天地間一隻孤零零的沙鷗。

此詩的前半描寫「旅夜」的情景。第一、二句寫近景，當時詩人離開成都是迫於無奈。西元七六五年，他辭去節度使的參謀職務，在成都相依為命的好友嚴武又死去。在此淒孤無依之境，他便決意離蜀東下。因此，此兩句不是空泛寫景，而是寓情於景，透過寫景展示他的境況和情懷。三、四句寫遠景，詩人寫遼闊的平野、浩蕩的大江、燦爛的星月，反襯出他孤苦伶仃的形象和無依無靠的淒愴心境。此詩的後半是「舒懷」。五、六句為反話，詩人素有遠大的政治抱負，但卻長期被壓抑而無法施展。不得不退休的詩人確實既老且病，但他的休官卻是因為遭受排擠，揭示詩人政治上的失意是他漂泊、孤寂的根本原因。最後兩句，詩人即景自況以抒悲懷，藉景抒情，一字一淚，感人至深。

登岳陽樓

杜甫

昔聞洞庭水❶，今上岳陽樓❷。吳楚東南坼❸，乾坤日夜浮❹。

親朋無一字❺，老病有孤舟❻。戎馬關山北❼，憑軒涕泗流❽。

說文解字

❶洞庭水：即洞庭湖。❷岳陽樓：即岳陽城西門樓。❸坼：分裂。❹乾坤：日、月。❺無一字：音訊全無。字，此處指書信。❻老病：杜甫時年五十七歲，且身患肺病。❼戎馬：戰爭。關山北：北方邊境。❽憑軒：靠著窗戶。

詩意解析

早就聽說過名聞遐邇的洞庭湖，今日有幸可以登上湖邊的岳陽樓。這個湖泊廣大浩瀚，把吳楚的東、南兩邊隔開，日月就像在湖面蕩漾一般。我流離漂泊的這段時間，沒有任何親朋故舊捎來一封信，因為我已年老體弱，沒有利用價值了啊！關山以北的戰爭仍未停止，我倚靠著窗戶，遙望家國，涕淚交流。

此詩意境開闊宏偉，風格雄渾淵深，甚至被稱為「盛唐五律第一」。從總體上看，江山的壯闊與詩人胸襟的博大，在詩中互為表裡。雖然悲傷，卻不消沉；雖然沉鬱，卻不壓抑。全詩純用賦法，整首詩都使用敘述筆調。賦法是詩歌形象化的重要手法，其特點在於不注重詩的語言和局部事物的形象化，反而著力創造詩的總體意境。此詩以自敘和抒情為主，真摯感人。寫景只有其中的三、四兩句，既是實寫又是想像，「坼」、「浮」兩字將洞庭湖的氣象描繪得壯闊又生動。

蜀相❶

杜甫

丞相祠堂何處尋❷，錦官城外柏森森❸。映階碧草自春色，隔葉黃鸝空好音❹。

三顧頻煩天下計❺，兩朝開濟老臣心❻。出師未捷身先死❼，長使英雄淚滿襟。

說文解字

❶蜀相：三國蜀漢丞相，指諸葛亮。❷丞相祠堂：諸葛武侯祠。❸錦官城：成都的別名。森森：茂盛繁密的樣子。❹空：徒有。❺頻煩：頻繁，多次。❻兩朝開濟：指諸葛亮輔佐劉備開創帝業，後又輔佐劉禪。兩朝，劉備、劉禪父子。開，開創。濟，扶助。❼出師：出兵。

詩意解析

武侯諸葛亮的祠堂該去何處尋找呢？原來就在成都城外那柏樹茂密的地方。碧草迎春，階前滿綠，如今此處只見祠堂，而不見丞相諸葛亮，黃鸝空有好音，卻無人欣賞。當年，定奪天下的先主劉備曾三顧茅廬拜訪，丞相因此出山輔佐兩代君王，鞠躬盡瘁，死而後已。可惜出師未捷，就病亡軍中，讓英雄們對此涕淚滿裳。

此首七律抒發了詩人對諸葛亮才智品德的崇敬，和功業未遂的感慨。全詩融合情、景、議為一體，既有對歷史的評說，又有對現實的寓託。全詩分為兩部分，前四句憑弔丞相的祠堂，從景物描寫中感懷現實，透露詩人的憂國憂民之心。後四句詠嘆丞相的才德，從歷史追憶中緬懷先賢，又蘊含著詩人對國家命運的許多期盼與憧憬。短短五十六字，訴盡諸葛亮的生平，將名垂千古的諸葛亮展現在讀者面前。

客至❶

杜甫

舍南舍北皆春水❷，但見群鷗日日來❸。花徑不曾緣客掃❹，蓬門今始為君開❺。
盤飧市遠無兼味❻，樽酒家貧只舊醅❼。肯與鄰翁相對飲❽，隔離呼取盡餘杯❾。

說文解字

❶客：崔明府。明府，縣令的美稱。❷舍：家。❸但見：只見。❹花徑：長滿花草的小路。❺蓬門：用蓬草編成的門戶，表示房屋簡陋。❻市遠：距離市集很遠。無兼味：自謙準備的飯菜太少。兼味，多種美味的佳餚。❼樽：酒器。舊醅：隔年的陳酒。❽肯：能否允許，此處指向客人徵詢。❾呼取：叫，招呼。餘杯：剩下的酒。

詩意解析

草堂的周圍春意濃厚，鷗群日日結隊飛來。我還不曾為誰打掃過這小徑，今日才為你掃淨，這個柴門也不曾為誰敞開，今天才為你而開。草堂離市集過於遙遠，沒有什麼豐盛菜餚，家中只剩下陳舊的酒可以招待。我們也一同邀請隔壁的老翁過來暢飲吧！隔著籬笆呼喚他，一起喝盡剩餘的酒吧！

此為一首洋溢著濃郁生活氣息的記事詩，展現詩人誠樸的性格和喜客的心情。詩人在詩題下自注「喜崔明府相過」，簡要說明了題意。全詩不惜以半首詩的篇幅，具體展現出酒菜款待的場面，還出人意料地突出邀鄰助興的細節，寫得情彩細膩，語態傳神，表現出詩人與客人間誠摯真率的友情。全詩將門前景、家常話編織成富有情趣的生活場景，顯現出濃郁的生活氣息和人情味。

野望

杜甫

西山白雪三城戍❶，南浦清江萬里橋❷。海內風塵諸弟隔，天涯涕淚一身遙。

惟將遲暮供多病❸，未有涓埃答聖朝。跨馬出郊時極目，不堪人事日蕭條。

說文解字

❶西山：主峰雪嶺終年積雪。戍：防守。❷清江：錦江。❸遲暮：此時杜甫年過五十。供多病：交給多病之身。

詩意解析

西山終年積雪，戰火連年，三城常有重兵駐防，南郊外的萬里橋，橫越錦江。連年戰亂，導致我與幾個兄弟之間無法聯繫，天涯海角，只有我孤零零的一個人。餘下的遲暮之年，就要在這諸多病痛中度過了，甚至還來不及報答賢明的皇上。我獨自騎馬郊遊，時常遠望，憶起現今蕭條的世事，我無法想像未來該如何是好。

詩以「野望」為題，是詩人躍馬出郊時，感傷時局、懷念諸弟的自我寫照。首兩句寫野望時所見的西山和錦江，中間四句是野望時所觸發，有關國家和個人的感懷。最後七、八句點出「野望」的方式和深沉的憂慮。詩人「跨馬出郊」，「極目」四「望」，原本是為了排遣鬱悶。但因為他憂國憂民的感情，驅迫他由「望」到的自然景觀，引出對國家大事、弟兄離別和個人經歷的種種反思。一時之間，報效國家、懷念骨肉、傷感疾病等感情集結於心頭，尤其為「遲暮」「多病」發愁，為「涓埃」未「答」抱愧。

聞官軍收河南河北❶

杜甫

劍外忽傳收薊北❷，初聞涕淚滿衣裳❸。卻看妻子愁何在❹，漫卷詩書喜欲狂❺。

白日放歌須縱酒❻，青春作伴好還鄉。即從巴峽穿巫峽❼，便下襄陽向洛陽❽。

說文解字

❶聞：聽見，看見。❷劍外：劍門關以外，此處指四川。當時杜甫流落在四川。薊北：泛指唐代幽州、薊州一帶，是安史叛軍的根據地。❸涕：眼淚。❹卻看：再看，還看。妻子：妻子和孩子。❺漫卷：胡亂地捲起。喜欲狂：欣

喜若狂。❻白日：美好的時光。放歌：放聲高歌。須：應當。縱酒：開懷痛飲。❼即：即刻。巫峽：長江三峽之一，因穿過巫山而得名。❽便：就。

詩意解析

我在劍門關外忽然聽說薊北已被收復，乍聽之時，淚水止不住地灑滿衣裳。我回頭一看，發現妻兒臉上的愁容早已消失無蹤，我欣喜若狂地收拾行李，急忙準備返鄉。我在這大好歲月裡，引吭高歌，縱情飲酒，春光伴著我返回那久別的故鄉。我想像自己馬上就要穿越巴峽，隨即穿過巫峽，經過襄陽後，再轉到洛陽。

此詩的主題是抒寫忽聞叛亂已平的捷報，急於奔回老家的喜悅。「劍外忽傳收薊北」，起勢迅猛，恰切地表現出捷報的突然。詩人多年漂泊「劍外」，備嘗艱苦，如今「忽傳收薊北」，驚喜一下子衝開鬱積已久的情感閘門，令詩人心中濤翻浪湧。「初聞涕淚滿衣裳」，「初聞」緊承「忽傳」，「涕淚滿衣裳」，以形傳神，表現突然傳來的捷報，在「初聞」的剎那所激發的感情波濤，這是喜極而悲、悲喜交集的真實表現。頷聯「卻看」極富意蘊，詩人似乎想向家人說些什麼，但又不知從何說起。其實根本無需多說，親人們早已笑逐顏開，喜氣洋洋。妻子的「愁何在」增加了詩人的喜，詩人再也無心伏案，隨手捲起詩書，大家同享勝利的歡樂。

「白日放歌須縱酒，青春作伴好還鄉」一聯是就「喜欲狂」的進一步抒寫，既要「放歌」，還須「縱酒」，正是「喜欲狂」的具體表現。這句寫「狂」態，下句則寫「狂」想。在鳥語花香中，與妻子兒女們「作伴還鄉」，詩人想到此，自然越發「喜欲狂」。尾聯寫詩人「青春作伴好還鄉」的狂想，身在梓州，而彈指之間，心已回到故鄉。「巴峽」、「巫峽」、「襄陽」、「洛陽」四個地方之間都有很漫長的距離，詩人用「即從」、「穿」、「便下」、「向」貫串，便展現了疾速飛馳的畫面，一個接一個地從讀者眼前一閃而過，表現詩人急切的喜悅之情。

登高

杜甫

風急天高猿嘯哀❶，渚清沙白鳥飛回❷。無邊落木蕭蕭下❸，不盡長江滾滾來。
萬里悲秋常作客❹，百年多病獨登台❺。艱難苦恨繁霜鬢❻，潦倒新停濁酒杯❼。

說文解字

❶嘯哀：指猿的叫聲淒厲。❷渚：水中的小洲，水中的小塊陸地。鳥飛回：鳥在急風中飛舞盤旋。回，迴旋。❸落木：秋天飄落的樹葉。蕭蕭：草木飄落的聲音。❹萬里：指遠離故鄉。❺百年：一生，此處借指晚年。❻苦恨：極恨，極其遺憾。苦，極。繁：增多。❼潦倒：衰頹，失意，此處指衰老多病，志不得伸。新停：剛剛停止。

詩意解析

秋日風急天高，使得猿猴的啼叫聲聽來更為淒厲，水清沙白的河洲上，鳥兒不停盤旋。無邊無際的樹木不斷飄下落葉，望不見盡頭的長江水，滾滾奔騰。我對著秋景感慨萬千，想起常年漂泊異鄉，晚年又疾病纏身，如今，依舊只能孤零零地登台。在歷盡艱難後，雙鬢長滿白髮，再加上最近因病戒酒，悲傷更是無以抒懷。

本詩是詩人於西元七六七年的秋天，在夔州時所寫，夔州在長江之濱。全詩透過登高所見的秋江景色，傾訴詩人長年漂泊、老病孤愁的複雜感情，慷慨激越，動人心弦。前半寫景，後半抒情，在寫法上各有錯綜之妙。首聯著重刻畫眼前的具體景物，如同畫家的工筆，將形、聲、色、態一一表現。次聯著重渲染秋天的氣

氛，如同畫家的寫意，只可傳神會意，讓讀者自行想像補充。三聯表現感情，從縱（時間）、橫（空間）兩方面著筆，由異鄉漂泊寫到多病纏身。四聯又從白髮日多、護病斷飲，歸結到時世艱難是潦倒不堪的根源。一筆寫來，詩人憂國傷時的情操便躍然紙上。

登樓

杜甫

花近高樓傷客心❶，萬方多難此登臨。錦江春色來天地❷，玉壘浮雲變古今❸。
北極朝廷終不改❹，西山寇盜莫相侵❺。可憐後主還祠廟❻，日暮聊為〈梁父吟〉❼。

說文解字

❶客心：客居者之心。❷錦江：即濯錦江。來天地：與天地俱來。❸變古今：與古今俱變。❹北極：星名，北極星，古人常用以指代朝廷。終不改：終究無法改變。❺寇盜：指入侵的吐蕃。❻後主：劉備的兒子劉禪。還：仍然。❼〈梁父吟〉：諸葛亮躬耕隴畝時，好為〈梁父吟〉，藉此抒發濟世之心。

詩意解析

我站在高樓上遠望陷入一片戰亂的國家，令人觸目傷心。錦江兩岸的春色鋪天蓋地而來，玉壘山上的浮雲如同人生一般變幻不定，古今皆然。朝廷如同北極星一樣，是不會被輕易替換的，西山的寇盜吐蕃，不要再來侵擾了，那終究只是徒勞無功而已。像蜀後主劉禪那樣的昏君，尚且可以在祠廟中享受祭祀。我徒然羨慕著諸葛亮能輔佐明君，創下一番功業，我只能仿效他，高聲吟誦著〈梁父吟〉。

此為一首感時撫事之詩。詩人寫登樓望見無邊的春色，想到國家多難，浮雲變幻，不免傷心感慨。進而想到朝廷就像北極星座一樣，不可動搖，即使吐蕃入侵，也難改變人們的正統觀念。最後坦露自己想要效法諸葛亮輔佐朝廷的抱負，大有澄清天下的氣概。全詩寄景抒情，寫登樓的觀感，融山川古蹟、個人情思為一體，語壯境闊，體現詩人沉鬱頓挫的藝術風格。

宿府❶

杜甫

清秋幕府井梧寒❷，獨宿江城蠟炬殘。永夜角聲悲自語❸，中天月色好誰看❹。

風塵荏苒音書絕❺，關塞蕭條行路難。已忍伶俜十年事❻，強移棲息一枝安❼。

說文解字

❶府：幕府。古代將軍的府署，杜甫當時任職於嚴武幕府。❷井梧：梧桐。❸永夜：整夜。自語：自言自語。❹中天：半空之中。❺風塵荏苒：指戰亂已久。荏苒，時間推移。❻伶俜：流離失所。十年事：從西元七五五年安史之

亂爆發，至詩人寫詩之時，正是十年。❼強移：勉強移就。一枝安：指杜甫在幕府中任參謀一職。

詩意解析

深秋時節，幕府的梧桐葉落，使人感到寒冷，我獨宿江城，蠟燭即將燒盡，夜已深了，卻難以成眠。長夜裡的號角聲有如人的悲語，月色雖好，但誰有心情仰看呢？我在亂世中四處漂泊，親朋好友皆杳無音訊，關塞零落蕭條，行路十分艱難。我忍受著困苦，不斷顛沛流離，如今暫且供職於幕府，苟且偷安於亂世之中。

此詩作於西元七六四年的秋天，當時詩人正在嚴武的幕府中擔任節度參謀。詩中抒發詩人傷時感事的深厚情感，也表達出詩人對於國事動亂的憂慮和他漂泊流離的愁悶，正是這些始終壓在詩人身上的愁苦，使得詩人無心賞看天空美好的月色。前六句具體寫出詩人對「風塵荏苒」、「關塞蕭條」的憂傷，最後兩句雖寫「棲息一枝安」，但詩人其實只是暫時屈就，仍然為自身的輾轉流離所苦悶。全詩前四句雖偏於敘景，但景中有情；下四句雖重在言情，但情觸景生。情景交融，構成完美的意境。

閣夜

杜甫

歲暮陰陽催短景❶，天涯霜雪霽寒宵❷。五更鼓角聲悲壯❸，三峽星河影動搖❹。

野哭幾家聞戰伐❺，夷歌數處起漁樵❻。臥龍躍馬終黃土❼，人事依依漫寂寥❽。

說文解字

❶陰陽：日、月。短景：指冬季日短。景，日光。❷霽：雪停。❸五更鼓角：天未明時，當地的駐軍已開始活動。❹三峽：指瞿塘峽、巫峽、西陵峽。星河：銀河，此處泛指天上的群星。❺野哭：戰亂的消息傳來，千家萬戶的哭聲響徹四野。❻夷歌：指四川境內少數民族的歌謠。夷，少數民族。❼臥龍：諸葛亮。❽人事：交遊。漫：徒然。

詩意解析

時令已是寒冬，晝短夜長，在這霜雪方歇的冬夜裡，更覺淒涼。才五更天的凌晨，便聽到戰鼓雷鳴，軍隊已在訓練，星影在湍急的江流中搖曳不定。戰亂的消息傳來，千家萬戶的哭聲響徹四野，遠方傳來漁人、樵夫們唱的民歌。不論是賢臣諸葛亮或逆賊公孫述，最後都歸於塵土。我眼前的這點孤寂，又算得了什麼呢？

全詩敘寫冬夜景色，有傷亂思鄉之意。首聯點明冬夜寒愴；頷聯寫夜中所聞所見；頸聯寫拂曉所聞；末聯寫極目武侯、白帝兩廟而引出的感慨。此詩向來被譽為杜甫律詩中的典範性作品，詩人圍繞題目，從幾個重要側面抒寫夜宿西閣的所見、所聞、所感。從寒宵雪霽寫到五更鼓角，從天空星河寫到江上洪波，從山川形勝寫到戰亂人事，從當前現實寫到千年往跡。氣象雄闊，有上天下地、俯仰古今之概。

詠懷古跡

杜甫

其一

支離東北風塵際❶，漂泊西南天地間。三峽樓台淹日月，五溪衣服共雲山。

羯胡事主終無賴❷，詞客哀時且未還。庾信平生最蕭瑟，暮年詩賦動江關。

其二

搖落深知宋玉悲，風流儒雅亦吾師❸。悵望千秋一灑淚，蕭條異代不同時。

江山故宅空文藻，雲雨荒台豈夢思。最是楚宮俱泯滅，舟人指點到今疑。

其三

群山萬壑赴荊門❹，生長明妃尚有村❺。一去紫台連朔漠❻，獨留青塚向黃昏。

畫圖省識春風面❼，環佩空歸月夜魂。千載琵琶作胡語，分明怨恨曲中論。

其四

蜀主征吳幸三峽❽，崩年亦在永安宮。翠華想像空山裡，玉殿虛無野寺中。

古廟杉松巢水鶴，歲時伏臘走村翁❾。武侯祠堂常鄰近，一體君臣祭祀同。

其五

諸葛大名垂宇宙，宗臣遺像肅清高⑩。三分割據紆籌策，萬古雲霄一羽毛⑪。

伯仲之間見伊呂，指揮若定失蕭曹。運移漢祚終難複，志決身殲軍務勞⑫。

說文解字

❶支離：流離。❷羯胡：安祿山。❸風流儒雅：指宋玉的文采和學問。❹荊門：山名。❺明妃：王昭君，名嬙。❻去：離開。紫台：紫宮，代指宮廷。朔漠：北方的沙漠。❼省：曾經。春風面：形容王昭君的美貌。❽蜀主：劉備。❾伏臘：指每逢節氣，村民皆會前往祭祀。❿宗臣：後人崇拜的大臣。⓫羽毛：鸞鳳。⓬身殲：身滅。

詩意解析

其一

戰亂之初，我在長安東北一帶流離，漂泊在西南地區。我在三峽的屋舍中，停留了一段時間，與五溪的少數民族同住在山中。羯胡人安祿山陰險狡猾、反覆無常，我時常憂亂傷時，至今仍然流落他鄉，恰似當年的庾信。撫今追昔，庾信一生最為淒涼，他晚年所作的〈哀江南賦〉，名震江關。

其二

只見秋風吹落樹葉，此時，我深深體會到宋玉悲秋的心境，風流儒雅的宋玉，足以擔當我的老師。我們之間，儘管相隔千秋，卻一樣落寞蕭條，令人不免潸然淚下。江山依舊，宋玉的故居仍存，他所描繪的那些雲雨

樓台，難道只是說夢而沒有更深一層的諷意嗎？可嘆當年的楚宮早已不存在了，途經此處的船夫還用疑惑的語氣講述著這些古跡。

其三

千山萬壑，逶迤不斷，如濤似浪地湧向荊門，明妃所生長的山村至今猶存。當年，她離別漢宮，遠嫁到北方荒漠，如今只剩下一座青塚在這淒涼的黃昏中。漢元帝只憑著畫像判斷美醜，糊塗地被畫工蒙蔽。可憐一代絕色香消玉殞，只能在月夜魂歸故鄉。昭君所作的琵琶曲千載流傳，曲中傾訴的是，她心頭的滿腔悲憤。

其四

當年劉備執意攻打東吳，駕臨三峽，後來兵敗，駕崩在白帝城的永安宮中。在空山中，還依稀可以想見當年的旌旗飄揚，曾經雄偉的宮殿早已消失無蹤。古廟的松杉樹上有野鶴棲息，每逢三伏臘月便有村民前來祭祀。諸葛亮的武侯祠就在附近，他們君臣生前一體，死後依舊緊緊相依。

其五

諸葛亮的英名萬古流芳，我瞻仰他的遺像，令人肅然起敬。他運用高明的謀略，建立三分天下，他的才能如同鸞鳳振羽雲霄，為後人景仰。他的才華在伊尹、呂尚之間，當他從容鎮定地指揮兵馬時，連蕭何、曹參都為之失色。但蜀漢氣數已盡，縱使才智絕倫的諸葛亮也難以復興，然而，他始終堅定不移，最後因軍務繁忙而鞠躬盡瘁。

〈詠懷古跡〉五首是詩人於西元七六六年，在夔州寫的一組詩。夔州和三峽一帶本就有宋玉、王昭君、劉備、諸葛亮等人留下的古跡，詩人正是藉由這些古跡，懷念古人，同時抒寫自己的身世家國之感。

八陣圖❶

杜甫

功蓋三分國❷，名成八陣圖。
江流石不轉❸，遺恨失吞吳❹。

說文解字

❶八陣圖：由八種陣勢組成的圖形，用以操練軍隊或作戰。❷蓋：超過。三分國：指三國時魏、蜀、吳三國。❸石不轉：指漲潮時，八陣圖的石塊仍然沒有被沖走。❹失吞吳：吞吳失策之意。

詩意解析

三國鼎立時，以諸葛亮輔佐劉備，完成三分天下大業的功績最為卓越，他創制的八卦陣，更是名揚千古。任憑江流幾百年來的衝擊，八陣圖的石頭依然如故。諸葛亮唯一的遺恨便是無法阻止劉備的失策，妄想併吞吳國，最後導致蜀軍慘敗。

八陣圖的遺址在夔州西南永安宮前的平沙上。據《荊州圖副》和唐代劉禹錫《嘉話錄》記載，此處的八陣圖聚細石成堆，高五尺，六十圍，縱橫棋佈，排列為六十四堆，始終保持原來的樣子，即使夏天被大水衝擊淹沒，但一到冬季水落平川時，唯獨八陣圖的石堆卻依然如舊，六百年來巋然不動。在詩人看來，八陣圖的神奇色彩和諸葛亮的精神心志有著極大的關聯，象徵諸葛亮對蜀漢政權和統一大業忠貞不二，矢志不移，如磐石不可動搖。同時，散而復聚、長年不變的八陣圖，似乎又是諸葛亮對自己壯志未酬的惋惜、遺憾。全詩與其說是寫諸葛亮的「遺恨」，不如說是詩人為諸葛亮感到惋惜，並在惋惜中滲透詩人「傷己垂暮無成」的抑鬱情懷。詩人將懷古和述懷融為一體，渾然不分，給人此恨綿綿、餘意不盡之感。

江南逢李龜年❶

杜甫

岐王宅裡尋常見❷，崔九堂前幾度聞❸。
正是江南好風景，落花時節又逢君❹。

說文解字

❶李龜年：唐代著名的音樂家，受唐玄宗賞識，後流落江南。❷岐王：唐玄宗的弟弟，名李範，以好學愛才著稱，雅善音律。尋常：經常。❸崔九：崔滌，在兄弟中排行第九，中書令崔湜的弟弟。唐玄宗時曾任殿中監，得唐玄宗寵幸。❹落花時節：暮春，通常指陰曆三月。君：指李龜年。

詩意解析

當年在岐王宅裡，經常可以看到李龜年你的演出，在崔九的堂前，也曾多次聆聽你的演唱。沒想到，在這風景大好的江南暮春落花時節，還能巧遇你這位老朋友。

李龜年是唐玄宗初年的著名歌手，常在貴族豪門中歌唱。杜甫少年時才華卓著，常出入岐王和中書監崔滌的門庭，因此得以欣賞李龜年的歌唱。詩的開首兩句追憶昔日與李龜年的接觸，寄寓詩人對開元初年鼎盛的眷懷，後兩句是對國事凋零、藝人顛沛流離的感慨。僅僅四句，就完整概括了整個開元時期的時代滄桑、人生鉅變。語極平淡，內涵卻無限豐滿。

詩人小傳

杜甫，字子美，號少陵野老，又號杜陵野客、杜陵布衣。因曾任左拾遺、檢校工部員外郎，後世稱其「杜拾遺」、「杜工部」，也稱杜少陵、杜草堂，與李白並稱「李杜」。詩作以弘大的社會寫實著稱，雖然在世時名聲並不顯赫，但在身後，杜甫的作品對古典文學和日本近世文學都產生深遠的影響。相對李白疏朗灑脫的「詩仙」，杜甫被後人奉為「詩聖」，他的詩也因其社會時代意義被譽為「詩史」。

高手過招

（＊為多選題）

1.（　）杜甫〈望嶽〉：「岱宗夫如何？齊魯青未了。」其中所指為哪座山？

A. 終南山　B. 嵩山　C. 琅琊山　D. 泰山

*2.（　）**下列文句「　」內的敘述，涉及天文星象的選項是：**

A.〈古詩十九首〉：「玉衡指孟冬」，眾星何歷歷。

B. 杜甫〈贈衛八處士〉：人生不相見，「動如參與商」。

C. 蘇軾〈赤壁賦〉：月出於東山之上，「徘徊於斗牛之間」。

D.《論語．為政》：為政以德，「譬如北辰」，居其所而眾星共之。

E.《三國演義．六十九回》：六街三市，競放花燈，真個金吾不禁，「玉漏無催」。

3.（　）**浮雲終日行，遊子久不至。三夜頻夢君，情親見君意。告歸常局促，苦道來不易。江湖多風波，舟楫恐失墜。出門搔白首，若負平生志。冠蓋滿京華，斯人獨憔悴。孰云網恢恢，將老身反累。千秋萬歲名，寂寞身後事。（唐代杜甫〈夢李白〉）請問以下敘述，何者為誤？**

A.「孰云網恢恢，將老身反累」是杜甫慨嘆李白吃上官司。

B.「千秋萬歲名，寂寞身後事」是杜甫預言李白名留千古。

C.「冠蓋滿京華，斯人獨憔悴」是杜甫埋怨無人重視自己。

D.「三夜頻夢君，情親見君意」是杜甫當時接連夢到李白。

4.（　）**下列對於杜甫〈兵車行〉的敘述何者正確？**

A. 車轔轔，馬蕭蕭，行人弓箭各在腰——形容軍容壯盛，武器精良。

B. 牽衣頓足攔道哭，哭聲直上干雲霄——形容征夫不願意被徵調，駐足街道哭泣的情景。

C. 君不聞漢家山東二百州，千村萬落生荊杞——形容田園處處荒蕪之情況。

D. 新鬼煩冤舊鬼哭，天陰雨濕聲啾啾——形容孤魂野鬼因天雨而哭泣。

5.（　）關於杜甫〈月夜〉中「今夜鄜州月，閨中只獨看。遙憐小兒女，未解憶長安。香霧雲鬟濕，清輝玉臂寒。何時倚虛幌，雙照淚痕乾」的評價不適用以下何者？

A. 心已馳騁到彼，詩從對面飛來。

B. 寄託深而措辭婉，可謂語麗而情悲。

C. 稱心而出，信手拈來，遂成妙章。並無求工，風趣橫生。

D. 語意玲瓏，章法緊密。五律至此，無忝稱聖矣。

6.（　）杜甫〈聞官軍收河南河北〉：「劍外忽傳收薊北，初聞涕淚滿衣裳。卻看妻子愁何在，漫卷詩書喜欲狂。白日放歌須縱酒，青春作伴好還鄉。即從巴峽穿巫峽，便下襄陽向洛陽。」其中「初聞涕淚滿衣裳」是指什麼的心情？

A. 樂極生悲　B. 見景傷情　C. 喜極而泣　D. 極度失落

7.（　）唐代杜甫〈八陣圖〉的敘述，何者有誤？

A. 係歌頌憑弔諸葛亮之作。

B. 諸葛亮所遺恨的事，雖有蓋世之功，卻未能併吞吳國。

C.「江流石不轉，遺恨失吞吳」，此二句憑弔遺跡，深致慨嘆之意。

D. 八陣圖相傳是諸葛亮創造出來的一組兵力部署和作戰陣形。

【解答】1. D　2. ABCD　3. B　4. C　5. C　6. C　7. B

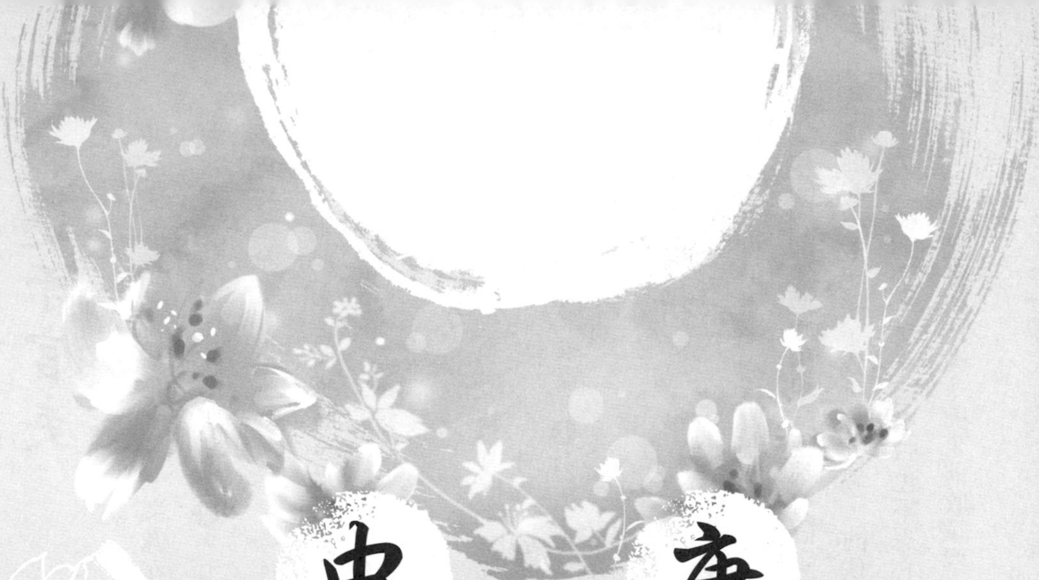

中唐

賊退示官吏

元結

昔歲逢太平，山林二十年。泉源在庭戶，洞壑當門前。井稅有常期❶，日晏猶得眠❷。忽然遭世變，數歲親戎旃❸。今來典斯郡❹，山夷又紛然。城小賊不屠，人貧傷可憐。是以陷鄰境，此州獨見全。使臣將王命❺，豈不如賊焉？今彼徵斂者，迫之如火煎。誰能絕人命，以作時世賢。思欲委符節❻，引竿自刺船❼。將家就魚麥，歸老江湖邊。

說文解字

❶井稅：此處指賦稅。井，井田。❷晏：晴朗。❸戎旃：軍帳。❹典：治理，鎮守。❺使臣：朝廷派到各地催徵賦稅的官員。❻委：放棄。❼刺船：撐船。

詩意解析

早年世道太平，我曾在山林間隱居了二十年。隱居的環境清幽，清澈的溪水流經我的庭院，洞穴幽谷就在我家的門前。徵收田租賦稅都有固定的日期，日上三更還是可以安睡，不用為了賦稅而奔波。但世道突變，烽煙四起，數年來，我馳騁沙場，討伐安史叛軍。如今我被派來治理道州，山中的夷賊們紛起。但這個縣城太小，人民窮困，想必連夷賊也不忍心過分滋擾。因此，就算鄰縣早已陷於敵手，但道州這個小城如今尚能保存。使臣們奉皇帝命令前來催收賦稅，你們難道還不如那些有惻隱之心的夷賊嗎？那些橫徵暴斂的官吏，正逼

迫百姓於水火之中。我不願意斷絕百姓的活路，也不願成為一個當朝昏君所讚許的賢能官吏。所以，我準備辭去道州官吏的官職，拿起船槳，親自撐船，帶領家人前往魚米之鄉，歸隱山林直至老死。

此詩是一首斥責統治者橫徵暴斂的詩作，對「今彼徵斂者，迫之如火煎」的現象發出憤怒的譴責，揭露安史之亂以後，官吏對人民橫徵暴斂的罪行，批判徵斂害民的官吏，控訴當時官不如賊的黑暗社會。詩人表示，自己寧願棄官歸隱，也絕不做殘害人民以邀功之人。全詩質樸自然，感情真摯，直抒胸臆，毫無雕飾之感。

石魚湖上醉歌

元結

石漁湖，似洞庭，夏水欲滿君山青。山為樽，水為沼❶，酒徒歷歷坐洲島❷。
長風連日作大浪❸，不能廢人運酒舫。我持長瓢坐巴丘❹，酌飲四座以散愁。

說文解字

❶沼：酒池。❷歷歷：分明可數。❸長：放聲歌唱。❹長瓢：飲酒的器具。巴丘：山名，洞庭湖旁。

詩意解析

石漁湖就好似煙波浩渺的洞庭湖，夏天水漲齊岸，君山蒼翠欲滴。讓我們把山谷作為酒杯，湖水作為酒池，酒客們圍繞在小島周圍盡情暢飲。儘管風大浪高，依舊阻擋不了運酒的小船前進。我手持長瓢，好似坐在巴丘山頭為大家斟酒，共同痛飲，藉酒澆愁。

詩人在唐代宗時期，曾任道州刺史，其間他寫了數首吟詠石魚湖的詩。此首〈石魚湖上醉歌〉前的序言交代了寫作此詩的背景，敘述詩人與其友在石魚湖上飲酒的樂事，及詩人對此事的感受。該詩反映當時文人雅士以酒為戲，藉飲酒以取樂的生活情趣。此詩為七言詩，但它的句型與語氣實取之於民歌，既顯得順口，又使人易記。

詩人小傳

元結，字次山，號漫郎、猗玕子，河南魯山人，唐代天寶十二年進士。安史之亂，史思明攻克洛陽時，元結到長安向唐肅宗上書，被任命為左金吾衛兵曹參軍、監察御史。西元七六一年，任山南道節度使參謀，守泌陽，保住了十五座城池。西元七六三年，出任道州刺史，減輕當地賦稅，免除徭役。逝世後，追贈禮部侍郎。著有《元次山集》。

秋日登吳公台上寺遠眺❶

劉長卿

古台搖落後❷，秋日望鄉心。野寺人來少❸，雲峰水隔深。
夕陽依舊壘❹，寒磬滿空林❺。惆悵南朝事，長江獨至今。

說文解字

❶吳公台：原為南朝宋沈慶之所築，後南朝陳武將吳明徹重修。❷搖落：零落，凋殘。此處指台已傾廢。❸野寺：位於偏地的寺廟。❹依：靠，此處有依戀之意。舊壘：吳公台。❺磬：寺院中敲擊以召集眾僧的鳴器。

詩意解析

古台破敗，草木凋零，秋天的景色勾起我的思鄉之情。荒野的寺院中，人跡稀少，隔著江水眺望雲峰，顯得更加幽深。夕陽彷彿依戀著舊城，遲遲沒有落下，空林中迴蕩著陣陣鐘磬聲。南朝的往事令人不勝惆悵，如今物是人非，只有長江依舊不停奔流。

此詩作於詩人旅居揚州之時。安史之亂爆發後，詩人長期居住的洛陽落入亂軍之手，他被迫流亡到江蘇揚州一帶，秋日登高，來到吳公台，寫下這首弔古之作。全詩將憑弔古蹟和寫景思鄉融為一體，對古今興廢的詠嘆蒼涼深邃。全詩寫「遠眺」，而主導情緒則是「悲秋」。透過對深秋景象的描繪，注入了詩人對人生、社會、時代的淒涼感受。文筆簡淡，意境深遠。

送李中丞歸漢陽別業❶

流落征南將❷，曾驅十萬師❸。罷官無舊業❹，老去戀明時❺。
獨立三邊靜❻，輕生一劍知❼。茫茫江漢上❽，日暮欲何之。

劉長卿

說文解字

❶李中丞：生平不詳。中丞：官職名，御史中丞的簡稱，唐時為宰相以下的要職。❷流落：漂泊失所。征南將：李中丞。❸師：軍隊。❹舊業：家鄉的產業。❺明時：對當時朝代的美稱。❻三邊：泛指邊疆。❼輕生：不畏懼死亡。❽江漢：漢陽，漢水注入長江之處。

詩意解析

這位漂泊流離的征南老將，當年曾經指揮過十萬雄師。後來他罷職回鄉後，沒有產業，到老年還依舊留戀著清明盛世。少壯時，他獨自鎮守三邊，準備以身殉國時，只有隨身的佩劍知曉。如今，他在茫茫的漢江上飄蕩，已是垂暮之年的他，還有何處可以安身呢？

首聯的起句以嘆息發出，「流落」兩字融注情感，是為此詩主意所在，開出下文。次句敘寫主角先前軍職顯要，重兵在握。今昔對比，敘寫其身世處境，感慨難以名狀。頷聯寫主角就算困頓坎坷，卻仍然眷戀朝廷。「罷歸」、「老去」指出將軍「流落」之因，「歸無舊業」點明題目，暗示主角一心戎馬，為國征戰，不解營生。所謂

「明時」，則是詩人對時局的微詞。戎馬一生、屢樹戰功的將軍卻被罷斥，足見朝廷的不明。次句寫到「老去」猶「戀」，則使人想起戰國末年的大將廉頗，雖老卻還受到重用的史實，使人更加同情這位被迫退職的軍人。

頸聯兩句又回到過去，承「曾驅」，追憶將軍昔日獨鎮「三邊」，敵寇生畏，有功於國的過往。次句為「一劍知輕生」的倒句，「一劍知」意謂奔勇沙場，忠心可鑑。「靜」、「知」墊在句後，以示主角的功業與赤心。尾聯「茫茫江漢上，日暮欲何之」結到眼前，以實景結尾，念及其故居舊業都已經不在了，因此有「欲何之」的憂愁疑問。末尾回首一問，既呼應「罷官無舊業」一句，又與起首「流落」的語意連成一片。

餞別王十一南遊❶

劉長卿

望君煙水闊❷，揮手淚沾巾。飛鳥沒何處❸，青山空向人❹。

長江一帆遠，落日五湖春❺。誰見汀洲上❻，相思愁白蘋❼。

說文解字

❶餞別：設酒席送行。王十一：名不詳，排行十一。❷煙水：茫茫水面。❸飛鳥：比喻遠行的人。沒：消失。❹空向人：表示徒增相思。❺五湖：此處指太湖。❻汀洲：水邊或水中的平地。❼白蘋：水中浮草，花為白色的。

詩意解析

我望著你的小船駛向茫茫江水之中，我頻頻揮手與你告別，淚水早已沾濕了手巾。你就像一隻飛鳥，不知將會歸宿何方，只留下一片青山，空對著與你分別的我。江水浩浩，一葉孤帆消失在遠方，你將在落日下，欣賞著五湖之美。有誰能看見我正佇立在汀洲上懷念你呢？望著白蘋，心中充滿無限愁情。

此為送別詩，寫與友人離別時的情景。詩人藉眼前景物，透過遙望和凝思，表達離愁別恨。詩題雖是「餞別」，但詩中看不到任何餞別的場面，甚至連一句離別的話語也沒有提及，手法新穎，不落俗套。

尋南溪常道士

劉長卿

一路經行處，莓苔見屐痕❶。白雲依靜渚❷，春草閉閒門。

過雨看松色，隨山到水源。溪花與禪意❸，相對亦忘言。

說文解字

❶莓苔：青苔。屐痕：木屐的印跡，此處指足跡。❷渚：水中的小洲。❸禪：佛教用語，指清寂凝定的心境。

詩意解析

沿路經過的青苔小道上，有著他人留下的鞋印痕跡。白雲依偎著安靜的沙洲，春草環繞著道院的柴門。陣雨過後的松林，顏色青翠，我循著山路來到泉水的源頭。看到溪花時，心神澄靜，凝神相對，靜謐無言。

「一路經行處，莓苔見屐痕」，開始兩句便突出「尋」字，順著莓苔、屐痕一路尋來。「白雲依靜渚，春草閉閒門」，兩句寫景平列，側重「閉門」，尋人不遇。「白雲依靜渚」寫遠景，近看則「春草閉閒門」。如果說一路莓苔給人幽靜的印象，那麼此處的白雲、芳草、靜渚、閒門則充滿靜穆淡逸的氛圍。

上四句敘寫尋而不遇，後四句則繼續寫一路的景觀。「過雨看松色，隨山到水源」，詩人究竟是不遇而再尋呢？還是順便一遊其山呢？還是選擇返回呢？詩人並沒有明說。兩句以景帶敘，「水源」兩字表示這不是指來時曾經過的道路，所以「隨山」不是指下山，而是入山。上句的「過雨看松色」或指道士居所的門外景色，或指「隨山」時的景緻。「過雨」暗示忽然遇雨，詩人僅用「過」字表示雨的存在，而著意於雨霽雲收之後，翠綠生新的松色。尾聯的「禪意」用得精妙。詩人看見「溪花」後浮起「禪意」，靜靜觀照搖曳的野花後，領略恬靜的清趣，自在恬然的心境與清幽靜謐的物像交融為一。再結合禪宗拈花微笑的典故，將詩的一切融入默契不言的妙悟中，領會出「禪意」。

新年作

劉長卿

鄉心新歲切，天畔獨潸然❶。老至居人下，春歸在客先❷。

嶺猿同旦暮❸，江柳共風煙。已似長沙傅❹，從今又幾年。

說文解字

❶潸然：流淚的樣子。❷客：指詩人自己。❸嶺：五嶺。❹長沙傅：賈誼，曾遭受讒言，被貶為長沙王太傅。此處藉以比喻詩人自己。

詩意解析

新年到來，但我卻無法與家人團聚，使得思鄉之心更切，獨自佇立，熱淚橫流。到了老年，卻被貶居於人下，就連春天也匆匆走在我的前面，獨留我一人。只有山中的猿猴和我共度昏曉，江邊的楊柳與我共分憂愁。我和長沙王太傅有著一樣遭遇，這樣愁苦的日子要到什麼時候呢？

此詩是詩人受冤被貶，從魚肥水美的江南蘇州，遷至荒僻的潘州，內心委屈不已的時候所作。詩人將滿腹冤屈化為一句詩語，「鄉心新歲切，天畔獨潸然」。第二句「老至居人下，春歸在客先」，是由隋代薛道衡〈人日思歸〉中的「人歸落雁後，思發在花前」，轉化而出。在前人單純的思鄉之情中，詩人再融入了仕宦身世之感，增強情感的厚度。兩句有感而發，自然渾成。「嶺猿同旦暮，江柳共風煙」兩句描繪天畔荒山的風光。此處引用

「猿鳴三聲淚沾裳」的古謠典故，引發怨苦，將這樣的淒厲之聲引入詩中，令人懷悲而思歸。又再加以著重「同旦暮」，不管早晚、日夜，猿聲時時在耳，進而把「鄉心切」刻劃得淋漓盡致。在抑鬱、失落的情緒中，詩人發出長長的慨嘆，「已似長沙傅，從今又幾年」。此處借用賈誼的典故，洛陽才子賈誼有濟世匡國之志，但卻被讒言所害，最後被貶為長沙王太傅。詩人此時也是受冤被貶，因而產生「同是天涯淪落人」之感。詩人引頸遙望長安，歸心不已，詩人那步履遲遲的徘徊背影就躍然於紙上，讀者似乎可以聽見他那深深的長吁短嘆。

江州重別薛六柳八二員外

劉長卿

生涯豈料承優詔❶，世事空知學醉歌。江上月明胡雁過，淮南木落楚山多。
寄身且喜滄洲近，顧影無如白髮何❷。今日龍鍾人共老❸，愧君猶遣慎風波。

說文解字

❶生涯：生計。❷顧：回看。無如：無奈。❸龍鍾：衰老的樣子。

詩意解析

哪裡會料想到，我還可以得到這般難得的貶謫詔書呢？事事難料，我只能把抱怨隱藏在酒醉後的歌聲中。江上明月高照，鴻雁飛過；淮南木逐漸凋落，一重重的楚山裸露。我其實應該高興啊！因為滄洲總算離我的家鄉比較近了。但看到倒影中的我已白髮蒼蒼，便覺無可奈何。如今我已經老態龍鍾了，勞駕你們二位相送，還叮囑我要小心下一次的風波。

首聯在字面上稱讚皇恩浩蕩，實際上是春秋筆法，以微言暗喻諷刺之意。詩人曾被貶到南巴，此次奉詔內移，其實也是另外一種貶謫，只不過是由極遠的南巴內移到較近的地方而已。所以「承優詔」其實是反語，憤激不平才是真意。第二句則轉為無可奈何的一聲長嘆，詩人兩次被貶的創傷，只能藉由「醉歌」排遣已屬無奈，前面又冠以「空知」兩字，更進一層透露詩人徒知如此的深沉感慨。頷聯所寫的是眼前景，藉由江水、明月、北雁、落木、楚山渲染清秋的氣氛，也抒寫宦海浮沉的深沉哀愁。

頸聯的感喟即由此種氛圍中醞釀而成。「寄身且喜滄洲近」，努力想從蕭瑟之感中振奮，但下句卻又跌落回感傷中。「滄洲近」似有懸想，從此以後終於可以閒適之意，但忽見明鏡裡自己滿頭白髮，此處的「白髮」隱隱與頷聯下句蕭瑟的「楚山多」在意象上相呼應。最後，以感愧友人的情誼作結，並隱隱透出路上尚有風波之險。此句在呼應詩題的同時，也以「慎風波」暗暗反挑首聯的「生涯」、「世事」之嘆。

長沙過賈誼宅❶

劉長卿

三年謫宦此棲遲❷，萬古惟留楚客悲❸。秋草獨尋人去後，寒林空見日斜時。

漢文有道恩猶薄❹，湘水無情弔豈知。寂寂江山搖落處，憐君何事到天涯。

說文解字

❶賈誼：曾遭受讒言，後被貶為長沙王太傅，因此長沙有其故址。❷謫宦：貶官。❸楚客：指賈誼。長沙以前屬於楚地，故稱之。❹漢文：漢文帝。

詩意解析

賈誼被貶謫在此三年，他可悲的遭遇令千秋萬代的人都為他傷情。我在秋草中獨自尋覓他曾經的蹤跡，在寒林裡，只見夕陽緩緩斜傾。明君漢文帝尚且不肯善待賈誼，又有誰能理解他在湘水上，憑弔屈原的心意呢？寂寥的深山中落葉紛紛，賈誼究竟是因為何事而淪落到這海角天涯呢？

詩人聯繫與賈誼遭貶的共同遭遇，心理的情緒使得眼前的景色充滿淒涼寥落之情。此首懷古詩表面上詠的是古人古事，實際上還是著眼於今人今事，字裡行間處處有詩人的自我，但又寫得不裸露，含蓄蘊藉。詩人善於把自己的身世際遇、悲愁感興巧妙地與詩歌的形象結合，於曲折處微露諷世之意，給人警醒之感。

自夏口至鸚鵡洲夕望岳陽寄源中丞

劉長卿

汀洲無浪復無煙❶，楚客相思益渺然❷。漢口夕陽斜渡鳥，洞庭秋水遠連天。

孤城背嶺寒吹角❸，獨樹臨江夜泊船。賈誼上書憂漢室，長沙謫去古今憐。

說文解字

❶汀洲：水中可居之地，此處指鸚鵡洲。❷楚客：指到此處的旅人。❸孤城：指漢陽城。角：古代軍隊中的一種吹奏樂器。

詩意解析

鸚鵡洲邊無浪也無煙，更勾起我對源中丞的思念。漢口斜映著夕陽，飛鳥都紛紛歸巢了，洞庭湖的秋水，好似綿延到天邊。漢陽城後的山嶺傳來陣陣悲涼的號角聲，濱臨江邊的獨樹旁，停著一艘孤船。當年賈誼上書文帝時，滿心憂愁著漢室，但最後卻被貶謫長沙，古今多少遷客騷人都為之感到惋惜啊！

首聯寫船到鸚鵡洲時，所見江間水波不興、煙靄一空的景象，並引起詩人對在洞庭湖畔源中丞的相思之情。頷聯分寫兩地景物，上句寫詩人回眸漢口所見的暮景，下句虛擬源中丞所在洞庭的浩渺水色。頸聯轉折到眼前，因感情由上文的激揚，陡轉為低抑，所以此處所寫的景物亦呈現孤獨淒寒的特徵。尾聯自然而然地結出詩旨，用賈誼之典，含蓄地表示對源中丞此次貶謫的不平。

送靈澈❶

劉長卿

蒼蒼竹林寺❷，杳杳鐘聲晚❸。
荷笠帶夕陽❹，青山獨歸遠。

說文解字

❶靈澈：靈澈上人，唐代著名僧人。本姓楊，字源澄，會稽人，後為雲門寺僧。上人，對僧人的敬稱。❷蒼蒼：深青色。❸杳杳：深遠的樣子。❹荷笠：揹著斗笠。荷，揹著。

詩意解析

傍晚時分，在青蒼的竹林寺中，傳來陣陣悠遠的鐘聲。我目送靈澈，他揹著斗笠，身披斜陽，獨自一人走回青山之中。

此首小詩記敘詩人在傍晚，送靈澈返回竹林寺時的心情。全詩即景抒情，構思精緻，語言精煉，素樸秀美。當時，詩人和靈澈在潤州相遇，又即將離別。詩人剛從貶謫地歸來，一直失意待官，心情鬱悶。靈澈此時詩名未著，雲遊江南，心情也不太得意，在潤州停留後，將繼續返回浙江。一個是宦途失意客，一個是方外歸山僧，在出世、入世的問題上殊途同歸，都有不遇的體驗，共懷淡泊的胸襟。此送別詩的主旨在於寄託詩人不遇而閒適、失意而淡泊的情懷，因而構成一種閒淡的意境。

聽彈琴

泠泠七弦上❶，靜聽松風寒❷。
古調雖自愛，今人多不彈。

劉長卿

說文解字

❶泠泠：形容清涼、清淡，也形容聲音清越。❷松風：以風入松林，暗示琴聲淒清。

詩意解析

琴所奏出曲調悠揚起伏，靜靜聆聽，就有如松林間的風聲一般。我很喜愛這些古琴的曲調，但可惜的是，現在的人們都已不彈這種琴曲了啊！

琴是古代傳統的民族樂器，由七條弦組成，所以首句以「七弦」作為琴的代稱，意象也更為具體。「泠泠」形容琴聲的清越，引起「松風寒」三字。「松風寒」以風入松林，暗示琴聲的淒清，極為形象，引導讀者進入音樂的境界。「靜聽」兩字描摹出聽琴者入神的情態，可見琴聲的高妙。高雅平和的琴聲常能喚起聽者水流石上、風來松下的幽清肅穆之感。而琴曲中又有〈風入松〉的調名，一語雙關，用意甚妙。

如果說前兩句是描寫音樂的境界，那後兩句就是議論和抒情，並牽涉到當時音樂變革的背景。漢魏六朝，南方的清樂尚用琴瑟。而到唐代時，音樂發生變革，「燕樂」成為一代新聲，樂器以西域傳入的琵琶為主。穆如

松風的琴聲雖美，但卻成為「古調」，已經沒有幾個人能懷著高雅情致欣賞了，言下之意便流露出曲高和寡的孤獨感。「雖」字轉折，從對琴聲的讚美進入對當時風氣的感慨。「多」字，更反襯出琴客知音者的稀少。

送上人❶

劉長卿

孤雲將野鶴❷，豈向人間住？
莫買沃洲山❸，時人已知處❹。

說文解字

❶上人：對僧人的敬稱。❷孤雲、野鶴：比喻上人。❸沃洲山：浙江新昌東邊，相傳為晉代名僧支遁放鶴、養馬的地方。❹時人：世俗之人。

詩意解析

你就像那孤雲野鶴般，早已超脫紅塵，怎麼能再棲居於塵世之間呢？請別去沃洲山隱居了啊！因為那裡已是眾所周知。

全詩敘寫詩人送別僧人歸山，代表兩人關係親密，言語間頗有調侃的味道，充滿惜別與挽留之情。風趣詼諧，意蘊深厚，妙趣橫生。此為一首送行詩。詩中的上人，即指靈澈上人。詩人以野鶴、孤雲比喻靈澈，去來無蹤，不為人間俗事所累，恰如其分。後兩句含有調侃靈澈入山不深的意味，勸靈澈上人不必到沃洲山湊熱鬧了，那個地方已經被世俗之人熟知，應另尋福地。此詩既是送別僧人，又是對自己不逐時俗的心緒有所渲泄。

詩人小傳

劉長卿，字文房，宣城人。年輕時在嵩山讀書，唐代開元年間進士，曾任監察御史，常因性情剛烈而冒犯他人。終官隨州刺史，世稱「劉隨州」。劉長卿擅長五言近體詩，其詩大多抒發政治失意的感情，內容多寫荒村水鄉、幽寒孤寂之境。風格溫雅流暢，冠絕於當世，自稱為「五言長城」。

高手過招

1.（　）泠泠七弦上，靜聽松風寒。古調雖自愛，今人多不彈。（唐代劉長卿〈聽彈琴〉）此詩所表達的意思，與下列何者最接近？

A.貴古賤今　B.鐘鼎山林　C.一廂情願　D.曲高和寡

2.（　）鄉心新歲切，天畔獨潸然。老至居人下，春歸在客先。嶺猿同旦暮，江柳共風煙。已似長沙傅，從今又幾年。（唐代劉長卿〈新年作〉）此詩意旨最符合下列那一選項？

A. 感嘆孤獨在外，無人相識，寄人籬下。

B. 感慨流放異鄉，逢年遇節，倍增淒涼。

C. 嘆惋年歲已老，孤獨無友，唯猿相伴。

D. 嘆息遠離家鄉，青春不再，物是人非。

【解答】1. D 2. B

旁徵博引

賈誼

賈誼，西漢時期洛陽人。後人稱他為賈生，又因當過長沙王太傅，故世稱賈太傅、賈長沙。賈誼以儒學與五行學說設計了一套漢代禮儀制度，以進一步代替秦制，主張「改正朔、易服色、制法度、興禮樂」。當漢文帝打算擢升賈誼並採用他的方案時，卻遭到官僚與宗室階級反對，丞相絳侯周勃、東陽侯張相如、馮敬等老臣上書表態反對的立場。文帝四年，賈誼被外放為長沙王太傅，輔佐長沙王吳著。至長沙赴任的途中，賈誼對貶謫不滿，又聽聞長沙氣候潮濕多雨，認為自己即將死亡。他悲觀失望，在渡湘江時作了〈弔屈原賦〉，在長沙度過三年多的貶謫生活。

漢文帝七年，漢文帝突然想起賈誼，召賈誼回長安，問以鬼神之事。結束之後，漢文帝感嘆：「吾久不見賈生，自以為過之，今不及也。」不久，漢文帝拜賈誼為自己愛子梁王劉揖的太傅。賈誼此時除了太傅的責任以外，主要在撰寫政論文表達自己的觀點。賈誼的辭賦，被後人評為可以上承屈原、宋玉，下開枚乘、司馬相如，是從楚辭發展到漢賦的重要橋梁。漢文帝十一年，梁王墜馬而死，賈誼認為是自己沒有做好輔導親王的職責，終日哭泣，於第二年憂鬱而終，享年三十三歲。

宿王昌齡隱居

常建

清溪深不測，隱處惟孤雲❶。松際露微月，清光猶為君。
茅亭宿花影❷，藥院滋苔紋❸。余亦謝時去❹，西山鸞鶴群❺。

說文解字

❶惟：只有。❷宿花影：比喻夜靜，花影如眠。❸藥院：種植芍藥的庭院。滋：生長。❹余：我。謝時：辭去世俗的拖累。❺鸞鶴：古時常指仙人飼養的禽鳥。群：與……為伍。

詩意解析

清溪遠流，如同望不見盡頭一般。只見你的隱居之處，孤雲飄飄。明月掩映在松林之間，彷彿是專為了你而發出的月光。茅亭外，夜靜悄悄的，花影也像是睡著了一般，芍藥園內長滿了青苔。我也要想要離開塵世的紛擾，來到西山，與鸞鶴相伴。

詩人和王昌齡是唐代開元十五年同科進士及第的宦友和好友，但在出仕後的經歷和歸宿卻大不相同。詩人自身「淪於一尉」，只做過盱眙縣尉，之後便辭官歸隱。而王昌齡雖也仕途坎坷，卻並未退隱。王昌齡及第時大約已有三十七歲，此前，他曾隱居於石門山中，即本詩所說的「清溪」。詩人任職的盱眙與石門山分處淮河南北，詩人辭官西返武昌樊山時，就近到石門山一遊，並在王昌齡隱居處住了一夜，因此寫下此詩。

題破山寺後禪院

常建

清晨入古寺❶，初日明高林❷。竹徑通幽處，禪房花木深❸。

山光悅鳥性，潭影空人心❹。萬籟此俱寂❺，但餘鐘磬音❻。

說文解字

❶古寺：此處指破山寺。❷初日：早上的太陽。❸禪房：僧人居住、修行的地方。❹人心：指人的塵世之心。❺萬籟：各種聲音。籟，從孔穴裡發出的聲音，泛指聲音。❻鐘磬：佛寺中召集眾僧的打擊樂器。磬，古代用玉或金屬製成，曲尺形的打擊樂器。

詩意解析

早晨，我漫步到這座古老的寺院。初升的太陽照耀著叢林，竹林中彎彎曲曲的小路，通向幽靜的地方，僧人們的房舍掩映在花草樹林中。山光的明淨使鳥兒也感到高興，潭水空明清澈，臨潭照影，令人俗念全消。大自然的一切聲音此時全然靜寂，只有鐘磬的聲音在空中迴蕩。

此為一首題壁詩。唐代詠寺詩為數不少，且有很多佳作，而此首〈題破山寺後禪院〉，構思獨具特色。全詩緊緊圍繞著破山寺後的禪房撰寫，描繪出這個特定境界中所獨有的靜趣。透過有聲有色、有動有靜、有情有態的景物描寫，在為讀者帶來美的享受時，又把讀者帶進幽美絕世的佛門世界中。

詩人小傳

常建，開元十五年，登進士，與王昌齡同榜。授職盱眙縣尉，但因性格孤僻耿直，不攀附權貴，導致仕途失意，隱居於鄂州武昌。後去信王昌齡與張僨，一起隱居在鄂渚的西山。常建的詩詞語言清新自然，意境清幽澄澈，流露淡泊名利的隱士情懷。常建也有邊塞詩作品，如〈弔王將軍墓〉，描寫戰爭的殘酷。

高手過招

1.（　）請針對以下各組文句之敘述，在選項中選出組合完全正確者：甲、「不聞人從日邊來，居然可知」之「居然」意為「顯然」；「別的樹總有花、或者果實，只有柳，茫然地散出些沒有用處的白絮」之「茫然」意為「廣闊無邊的樣子」。乙、「無貴、無賤、無長、無少」之「無」作副詞用，表示對動詞或形容詞的否定，即「不」之義。丙、「以吾一日長乎爾，毋吾以也」與「山光悅鳥性，潭影空人心」都有倒裝句型。丁、「弟子不必不如師，師不必賢於弟子」之「不必」同於「善作者不必善成，善始者不必善終」之「不必」，為「未必」之義。戊、「經傳」、「講論」、「軒翥」、「會同」、「徬徨」、「蕩漾」皆為同義複詞。己、「夫庸知其年之先後生於吾乎」與「安見方六七十，如五六十，而非邦也者」都有反詰用法。

A.甲丙戊　B.甲乙戊　C.乙丁己　D.丙丁己

【解答】1. D

闕題❶

劉慎虛

道由白雲盡❷，春與青溪長❸。時有落花至，遠隨流水香。
閒門向山路❹，深柳讀書堂❺。幽映每白日❻，清輝照衣裳。

說文解字

❶闕題：即缺題，因此詩原題在流傳過程中遺失，後人在編詩時便以「闕題」為名。闕，通「缺」。❷道：道路。由：因為。❸春：春意。❹閒門：指門前清淨，環境清幽、俗客不至的門。❺深柳：茂密的柳樹。❻每：每當。

詩意解析

山路被白雲隔斷在紅塵之外，春光就像清溪一樣，源遠流長。不時有落花隨著溪水飄流，在遠處就可以聞到水中的陣陣花香。無人打擾的荊門面對著蜿蜒的山路，柳蔭深處有一處讀書的齋堂。每當陽光穿過柳蔭的幽境時，清幽的光輝便會灑滿我的衣裳。

此詩句句寫景，畫意詩情，佳句盈篇。全詩描寫深山中的一座別墅，及其幽美的環境。一開頭就寫進入深山的情景，「道由白雲盡」是說通向別墅的路，是從白雲盡處開始的，可見此處的地勢相當高峻。這樣的開頭便已隱藏前面爬山的一大段文字，省掉許多拖沓。同時，也暗示詩人已走在通向別墅的路上，離別墅不太遙遠。接下來三、四兩句緊接上文，細寫青溪和春色，透露詩人自己的喜悅之情。「隨」字賦予了落花以人的動作，又暗示詩人也正在行動之中，可以從中體味出詩人遙想青溪上游，花在春光中靜靜綻放的景像。他悠然自適，絲毫沒有「流水落花春去也」的感傷情調，沿著青溪遠遠地走了一段路，還是不時地看到落花飄灑在青溪中，於是不期而然地感覺到流水也是香的了。

一路行走，一路觀賞，別墅終於出現在眼前。抬頭一看，「閒門向山路」，表示沒有什麼人來打擾，所以門也成了「閒門」。進門一看，院子裡還種了許多柳樹，長條飄拂，主人的讀書堂就深藏在柳影之中。結末兩句，詩人仍然只就別墅的光景描寫。因為山深林密，所以雖然在白天裡，也有一片清幽的光亮散落在衣裳上。那環境的安謐，氣候的舒適，真是專志讀書的最佳場所了。

詩人小傳

劉慎虛，又名劉昚虛，字全乙，號易軒。新吳人。唐代開元年間，中舉博學宏詞科，累官崇文館校書郎。唐代殷璠《河嶽英靈集》收錄其詩十一首，並稱讚：「情幽興遠，思苦語奇。忽有所得，便驚眾聽。」清代宋婉說：「誦劉慎虛詩，勿患其少。」有《鶺鴒集》五卷，已佚。

江鄉故人偶集客舍❶

戴叔倫

天秋月又滿，城闕夜千重❷。還作江南會，翻疑夢裡逢。
風枝驚暗鵲，露草覆寒蟲。羈旅長堪醉，相留畏曉鐘❸。

說文解字

❶偶集：偶然與同鄉朋友聚會。❷城闕：宮城前兩旁的樓觀，後泛指城池。千重：千層，形容夜色濃重。❸曉鐘：報曉的鐘聲。

詩意解析

秋夜裡的一輪滿月高掛天空，城中夜色深濃。在京城竟然還能像在江南一樣，與你相聚，我懷疑這該不會只是作夢吧？秋風驚動了在枝頭上棲宿的烏鵲，露草中有陣陣鳴叫的寒蟲。漂泊在外的遊子只要長醉不醒，就可以忘卻鄉愁，我們不斷挽留著彼此，就怕聽到報曉的響鐘，讓我們不得不分別。

此詩描寫詩人在羈旅之中，與故人偶然相聚的情景。首聯寫與故人相聚的時間、地點。頷聯寫在亂世中相聚，實屬出其不意。頸聯寫秋夜的淒涼景色，暗喻他鄉生活的辛酸況味。尾聯寫長夜敘談，藉酒澆愁，深刻地表達對故人相聚的珍惜和朋友間深厚的友誼。全詩情景交融，婉轉深至。他鄉遇故人是人生中一大極樂，而這個極樂正是因為其中浸透著更為深刻的異鄉孤寂。

詩人小傳

戴叔倫，字幼公，又作次公。於唐代廣德初年，任秘書省正字，貞元元年十一月，撰有〈賀平賊赦表〉，授吏部郎中銜。貞元四年出任容州刺史，兼容管經略使，貞元五年，卒於任所。戴叔倫的詩作以描寫農村生活為主，例如〈女耕田行〉寫婦女從事田間勞動之苦，〈邊城曲〉寫士兵遠戍之苦，構思新穎，講究韻味。

旁徵博引

人生四喜

宋代詩人汪洙曾寫過一首在民間流傳極廣的〈四喜〉：「久旱逢甘雨，他鄉遇故知，洞房花燭夜，金榜題名時。」人間的好事一次占盡，能不歡喜嗎？

後來，在宋代成化年間，有一個名王樹南的人在此詩的每句前面各加上兩個字，使其變為：「十年久旱逢甘雨，萬里他鄉遇故知。和尚洞房花燭夜，教官金榜題名時。」在宋代萬曆年間，又有人在每句詩後面加上兩個字，使其變為：「十年久旱逢甘雨——帶珠，萬里他鄉遇故知——所歡。和尚洞房花燭夜——駙馬，教官金榜題名時——狀元。」改後而成的〈四喜〉強調特定的數量、人物，突出喜上加喜、喜出望外的情緒，將「喜」的意味推到極致。

雲陽館與韓紳宿別❶

司空曙

故人江海別❷，幾度隔山川❸。乍見翻疑夢❹，相悲各問年。
孤燈寒照雨，深竹暗浮煙。更有明朝恨，離杯惜共傳❺。

說文解字

❶雲陽：縣名。宿別：同宿後，又必須再度分別。❷江海：此處指上次的分別地，也可泛指為江海天涯，相隔遙遠。❸幾度：幾次，此處為幾年之意。❹乍：驟，突然。翻：反而。❺離杯：餞別之酒。杯，酒杯，此處代指酒。共傳：互相舉杯。

詩意解析

自從和你在江海分別後，我們之間已被千山萬水重重阻隔了多少年呢？如今偶然相逢，我反而懷疑這只是夢境，距離上次相聚，不知又匆匆過去多少年歲，我們悲傷嘆息地互問庚年。客舍中的孤燈映照著窗外冷雨，輕煙籠罩著幽深的竹林。可恨我們明日又要再度離別了啊！難得今夜聚首，我們就互相勸飲吧！

詩的開端由上一次的別離說起，接著寫此次相會，然後寫敘談，最後寫惜別，波瀾曲折，富有情致。首聯說起當時的別離已隔數年，正因為相會不易，相思心切，所以才有此次相見時的「疑夢」和惜別的感傷心情，首聯和頷聯，恰成因果關係。「乍見」二句描寫人到情極處，往往以假為真，以真作假。「翻疑夢」表示久別相逢，乍見後反疑為夢境，悲喜交集的心情神態盡見於此三字之中。頸聯和尾聯接寫兩人深夜在館中敘談的情景。綜觀全詩，中間四句語極工整，寫悲喜感傷，籠罩寒夜，幾乎不可收拾。但於末二句，卻能輕輕收結，略略沖淡。這說明詩人已能運筆自如，具有重抹輕挽的筆力。

喜外弟盧綸見宿❶

司空曙

靜夜四無鄰，荒居舊業貧。雨中黃葉樹，燈下白頭人。

以我獨沉久，愧君相見頻。平生自有分❷，況是蔡家親❸。

說文解字

❶盧綸：詩人的表弟。見宿：留下來住宿一晚。❷分：情誼。❸蔡家親：借指兩家是表親關係。

詩意解析

我因為貧困，所以住在杳無人煙的荒郊野外；因為無人陪伴，秋夜顯得更加孤寂。秋雨滴答滴答地落在老樹的枯葉上，昏黃的燈下，只有我這個白髮老人。我一直以來都是獨自一人，承蒙你多次前來看望我，深感愧疚。我們之間素來交好，更何況你我兩家還是表親的親密關係。

此詩前四句描寫靜夜裡的荒村，陋室內的貧士，寒雨中的黃葉，昏燈下的白髮，透過這些細節的描寫構成一個完整的生活畫面，充滿辛酸和悲哀。後四句直揭詩題，寫表弟盧綸來訪見宿，在悲涼之中見到知心親友，因而喜出望外。詩的前後，一悲一喜，悲喜交感。後四句雖寫「喜」，卻隱約透露出「悲」，「愧君相見頻」中的「愧」字，就表現出詩人悲涼的心情。因此，題中雖有「喜」字，背後卻有「悲」的滋味。一正一反，互相映襯，更加深化與突出所要表現的主旨。

賊平後送人北歸❶

司空曙

世亂同南去，時清獨北還❷。他鄉生白髮，舊國見青山❸。

曉月過殘壘❹，繁星宿故關。寒禽與衰草，處處伴愁顏。

說文解字

❶賊平：平定安史之亂。❷時清：時局安定。❸舊國：指故鄉。❹殘壘：戰爭留下的軍事壁壘。

詩意解析

安史之亂時，我和你一同逃到南方，如今時局已經安定，你將獨自北返。數年的異鄉漂泊，讓我滿頭白髮，你回到故鄉後，恐怕也是物是人非，只有青山依舊。天還未亮時，你就已早早出發，在戰後的殘壘中穿行，當繁星密布之時，你應該已經投宿於北方的關隘了吧！路途中，將只有寒禽和枯草與你相伴，觸目皆是劫後的慘狀，令你滿面愁顏。

此詩寫於平定安史之亂後，意在感傷只有自己獨留南方，不能與朋友同來同返，並抒發對戰亂後國家形勢的憂慮之情。詩題中的「賊平」是指西元七六三年正月，叛軍首領史朝義率殘部逃到范陽，走投無路之下，自縊身亡，安史之亂最終被朝廷所平定。「北歸」則是指由南方回到故鄉，詩人為廣平人，而廣平在當時是安史之亂的重災區。詩人透過送北歸的感傷，寫出「舊國殘壘」、「寒禽衰草」的亂後荒敗之景，由送別的感傷推及時代的感傷、家國的感傷。

詩人小傳

司空曙，字文明，或作文初。廣平郡人。中年因安史之亂而避居南方，數年後北歸長安，曾中進士，曾任洛陽主簿，後任左拾遺。其詩多為贈別酬答、羈旅行役之作。長於近體，尤工五律，詩風閒雅疏淡，與李端、盧綸、錢起、耿湋、吉中孚、苗發、夏侯審、韓翃、崔洞合稱「大曆十才子」。

尋陸鴻漸不遇❶

僧皎然

移家雖帶郭❷，野徑入桑麻。近種籬邊菊，秋來未著花❸。
扣門無犬吠，欲去問西家。報道山中去❹，歸時每日斜。

說文解字

❶陸鴻漸：名羽，終生不仕，隱居在苕溪，以擅長品茶著名，著有《茶經》一書，被後人奉為「茶聖」、「茶神」。❷帶：近。郭：外城，泛指城牆。❸著花：開花。❹報道：回報，回答。

詩意解析

陸羽把家遷到外城旁，他的住所附近，有條小徑通往桑林麻田，那處一派自然風光。陸羽住所的籬笆邊，都種上了菊花，秋天已到，卻還未見它們綻放。我敲了敲他家的門，卻連一聲犬吠也沒有聽聞，我向西家的鄰居打聽他的情況。鄰人說他到山裡去了，要等到夕陽下山時才會回來。

此為一首訪友不遇之作，展現隱士閒適清靜的生活情趣。詩人選取一些平常且典型的事物，例如種植桑麻、邀遊山林等，刻畫出一位生活悠閒的隱士形象。全詩有乘興而來，興盡而返的情趣，語言樸實自然，不加雕飾，流暢瀟灑。詩的前半寫陸羽隱居之地的景色；後半則寫訪友不遇的情況，彷彿句句都不在陸羽身上著筆，但最終還是為了詠人。

詩人小傳

僧皎然，唐代詩僧，字清晝，本姓謝，湖州人。曾與顏真卿等人唱和往還，又與靈澈、陸羽等人同居吳興杼山妙喜寺。詩多送別酬答之作，部分宣揚佛教出世思想，情調閒適，語言簡淡。在文學、佛學、茶學等許多方面皆有深厚造詣，堪稱一代宗師。

高手過招

1.（　）吳興僧晝，字皎然，工律詩。嘗謁韋蘇州，恐詩體不合，乃於舟中抒思，作古體十數篇為贄。韋公全不稱賞，晝極失望。明日寫其舊制獻之，韋公吟諷，大加嘆詠。因語晝云：「師幾失聲名，何不但以所工見投，而猥希老夫之意。人各有所得，非卒能致。」晝大伏其鑒別之精。關於上述這個故事，下列敘述何者正確？

A. 皎然擅長的是古體而非近體詩。
B. 當時韋蘇州作詩的名氣高於皎然。
C. 皎然雖出家為僧，仍戀戀不忘功名利祿。
D. 皎然最後佩服韋蘇州，是因為韋公終於稱讚其詩。

【解答】1. B

聽箏

李端

鳴箏金粟柱❶，素手玉房前❷。
欲得周郎顧，時時誤拂弦。

說文解字

❶金粟柱：此處指弦軸之細且精美。❷玉房：彈箏女子的住處。

詩意解析

一位女子正在彈奏裝飾得十分華美的古箏，她坐在玉房中，用那纖纖玉手在琴弦上撫弄。但女子卻心不在焉，因為自己心儀的男子就在旁邊。為了引起那位有如三國周郎一般俊美，又精通音律的心上人注意，她常常故意撥錯琴弦，就是希望他能回頭看自己一眼。

此詩描寫為了所愛慕的人能夠顧盼自己，便故意將弦撥錯，展現彈箏女子的可愛形象。相傳三國的周瑜，二十四歲為建威中郎將，人稱周郎。周瑜精通音律，當他人奏曲有誤時，他便會回頭一看，當時人稱：「曲有誤，周郎顧。」詩的一、二句寫彈箏的女子纖手撥箏，按此寫法，接下來似乎應該描寫女子的彈奏技藝，或表現秦箏極富感染力的音樂形象。但出人意料的是，三、四句並不沿襲普通的寫法，而是描寫女子為了引起知音者的注意，故意錯撥箏弦。「欲得周郎顧」，意味著當時坐在一旁的「周郎」（比喻聽者）沒有看她，為什麼不看她呢？因為聽者已完全陶醉在美妙的箏聲中了，這本該是演奏者最祈盼的結果。然而，這情景卻不是這位女子最渴望的，因為她渴望的是聽者一「顧」，怎麼辦呢？她靈機一動，故意不時地錯撥音弦，於是，充滿戲劇性的場景便出現了。詩人傳神地表現出彈箏女子和聽者的心理神態，韻味無窮。

詩人小傳

李端，字正已，趙州人，與盧綸、錢起、司空曙、耿諱、吉中孚、苗發、夏侯審、韓翃、崔洞合稱「大曆十才子」。李端早年隱居廬山，師從名僧皎然學詩，晚年隱居湖南衡山，自號衡岳幽人。其詩多為應酬之作，多表現消極的避世思想，個別作品亦有所反映社會現實，寫閨情的詩也清婉可誦，其風格與司空曙相似。

高手過招

1.（　）**鳴箏金粟柱，素手玉房前。欲得周郎顧，時時誤拂弦。（唐代李端〈聽箏〉）詩中針對「周郎」與「音樂」的關係，正確的選項是：**

A. 弦有誤，周郎怒。　B. 曲有誤，周郎顧。

C. 誤拂弦，周郎怨。　D. 弦誤撥，周郎駁。

2.（　）**下列唐詩，何者並非是在歌詠諸葛亮？**

A. 管樂有才終不忝，關張無命欲何如？他年錦里經祠廟，梁父吟成恨有餘。

B.伯仲之間見伊呂，指揮若定失蕭曹。運移漢祚終難復，志決身殲軍務勞。

C.鳴箏金粟柱，素手玉房前。欲得周郎顧，時時誤拂弦。

D.功蓋三分國，名成八陣圖。江流石不轉，遺恨失吞吳。

3.（　）甲、青燈觀青史，著眼在春秋二字。赤面表赤心，滿腹存漢鼎三分。乙、百戰疲勞壯士哀，中原一敗勢難回。江東子弟今雖在，肯與君王捲土來。丙、功蓋三分國，名成八陣圖。江流石不轉，遺恨失吞吳。丁、鳴箏金粟柱，素手玉房前。欲得周郎顧，時時誤拂弦。上列古詩詞所評詠的人物，何者是三國時代的人？

A.甲乙丙　B.甲丙丁　C.乙丙　D.乙丁

【解答】1.B　2.B　3.B

旁徵博引

詠周瑜

一、宋代蘇軾〈念奴嬌·赤壁懷古〉

遙想公瑾當年，小喬初嫁了，雄姿英發。羽扇綸巾，談笑間，檣櫓灰飛煙滅。故國神遊，多情應笑我，早生華髮。人生如夢，一尊還酹江月。

二、唐代李白〈赤壁歌送別〉

二龍爭戰決雌雄，赤壁樓船掃地空。烈火張天照雲海，周瑜於此破曹公。

宮詞

顧況

玉樓天半起笙歌，風送宮嬪笑語和。
月殿影開聞夜漏❶，水晶簾捲近秋河❷。

說文解字

❶聞夜漏：此處指夜深。❷秋河：指銀河。

詩意解析

玉樓高聳入雲，陣陣笙歌響徹夜空，隨風飄來的還有遠方宮嬪們的歡聲笑語。同在這一輪明月下，此處卻是殿門半闔，周圍一片寂靜，只聽見夜漏的滴水聲。這位孤單的宮女捲起水晶簾，彷彿這樣便可以更接近銀河。

全詩採用對比、反襯手法，以玉樓中的笙歌笑語，反襯被冷落者的孤苦伶仃和失寵者的幽怨哀婉之情。即使不明言怨情，但怨情早已顯露。別殿裡笙歌陣陣、笑語聲歡，自己則獨聽夜漏，遙望星河，長夜不寐。一鬧一靜，一榮一枯，對比鮮明，也從中道出盛唐時期統治階級的腐敗與墮落。此首宮怨詩的優點在於含蓄蘊藉，引而不發，透過歡樂與冷寂的對比，從側面展示失寵宮女的痛苦心緒。

詩人小傳

顧況，字逋翁，號華陽真逸，晚年自號悲翁。隱居茅山，「鍊金拜斗，身輕如羽」，享壽九十四歲。顧況詩不避俚俗，質樸平易，通俗流暢，繼承杜甫的現實主義，是新樂府詩歌運動的先驅。較著名的作品有〈海鷗詠〉、《華陽集》、《畫評》、《文論》等。

旁徵博引

漏壺

漏壺為一種古代的計時器，常以青銅為材料製作。最早的漏壺出現於周朝，銅壺多呈圓筒狀，近底部有一個漏嘴，壺蓋有小孔，插著刻有度數的木箭或木尺。當壺水從漏嘴流出時，木箭便會下降，從而指示出當時的時刻。西漢之後，受水型漏壺逐步取代泄水型漏壺，其特色是漏箭會浮在受水壺的水面上，隨著水面上升而指示時間。到了元代，則演變為階梯式漏壺，由日天壺、夜天壺、平水壺、受水壺，四個壺配成，由上而下漸次縮小。最下面的受水壺中間豎著一支銅尺，上面刻畫十二時辰。水由最高的日天壺，自上而下依次滴至底層的受水壺，壺中的浮箭便會逐漸上升，指示時辰。

郡齋雨中與諸文士燕集

韋應物

兵衛森畫戟❶，宴寢凝清香❷。海上風雨至，逍遙池閣涼。煩痾近消散❸，嘉賓復滿堂。自慚居處崇，未睹斯民康。理會是非遣❹，性達形跡忘❺。鮮肥屬時禁❻，蔬果幸見嘗❼。俯飲一杯酒，仰聆金玉章❽。神歡體自輕，意欲凌風翔。吳中盛文史❾，群彥今汪洋❿。方知大藩地⓫，豈曰財賦強。

說文解字

❶森：緊密地排列。戟：兵器。❷宴寢：私室，內室，此處指休息的地方。❸煩痾：煩躁。❹理會：通達事物的道理。❺達：曠達。形跡：世俗禮節。❻時禁：當時正在禁食葷腥。❼幸：希望，此為謙詞。❽金玉章：文采華美、聲韻和諧的好文章。此處指客人們的詩篇。❾吳中：蘇州的古稱。❿群彥：群英。汪洋：眾多。⓫大藩：此處指大郡、大州。藩，原指藩王的封地。

詩意解析

官邸門前畫戟林立，守衛森嚴，我的休息室內充滿著焚檀所散發的清香。東南近海上的層層風雨，飄然而至，頓時覺得池閣之間，陣陣涼風，心頭的煩躁苦悶立刻消散，又喜嘉賓貴客齊聚一堂。我慚愧自己的官邸如此奢華，不知百姓是否同我一般有著平安富足的生活呢？人們如果領悟事理，是非自然了然於心，性情達觀，也就不必拘泥於世俗禮節。今天是禁屠之日，沒有鮮魚肥肉，希望大家盡情品嘗蔬菜水果，一起飲一杯清醇美

酒，聆聽著眾人吟誦的金玉詩章。我感覺精神愉快，有如可以臨風飛翔一般暢快。蘇州真不愧為文史鼎盛之所在，文人學士多如汪洋大海。如今，我才知道大郡並非僅以物產而強盛，而是因人文薈萃而稱強。

此詩可分為四個層次。第一層為開頭六句，寫宴集的環境，突出「郡齋雨中」四字。兵衛禁嚴，宴廳凝香，顯示刺史地位的高貴威嚴。然而這並非驕矜自誇，而是鋪墊下文「自慚」的原由。第二層為「自慚」以下四句，寫宴前的感慨。詩人將自己的所得俸祿與百姓的辛勤勞動聯繫，將自己的地位和責任連結，為自身的無功受祿而深感慚愧。第三層為「鮮肥」以下六句，寫詩人對此次宴集的歡暢體會。第四層為最後四句，盛讚蘇州不僅是財富強盛的大藩，更是「群彥今汪洋」的薈萃之地，呼應詩題的盛況。

初發揚子寄元大校書❶

韋應物

淒淒去親愛❷，泛泛入煙霧❸。歸棹洛陽人❹，殘鐘廣陵樹。

今朝此為別❺，何處還相遇❻。世事波上舟，沿洄安得住❼。

說文解字

❶校書：官名，掌管文章的校對和典校藏書。❷親愛：好友，指元大。❸泛泛：行船。❹歸棹：指從揚子津出發，乘船北歸洛陽。❺為別：告別。❻還：再。❼沿洄：順流而下為沿，逆流而上為洄，此處比喻處境的順逆。

詩意解析

我淒然地與親愛的好友告別，歸舟駛入茫茫煙霧之中。在乘舟向洛陽歸去之際，廣陵樹間傳來幽遠的曉鐘餘音。今日我在此與你作別，何時何地我們才能再次相逢呢？人情世事猶如浪裡行舟，順逆反覆皆難以自主。

此為詩人與好友離別時，寫給好友以抒發離情的詩作。詩人與元大的感情深厚，他在剛離開不久，還能望見廣陵城外的樹，還能聽到寺廟的鐘聲時，便想起要寫詩寄給元大了。詩的前四句寫離情，接著後四句抒發感慨。表面上看來，這首詩平淡無奇，但細加體味，卻感內蘊深厚。特別是「歸棹洛陽人，殘鐘廣陵樹」兩句，以景喻情，言簡意深。船已「泛泛入煙霧」，漸行漸遠，但詩人還是忍不住凝望著廣陵城外迷濛的樹林，迷戀地傾聽寺廟中傳來的殘鐘餘音。詩人對廣陵之物的依戀，其實就是對摯友的依戀。全詩表面平淡，內蘊豐厚，正是詩人創作詩歌的主要特色。

寄全椒山中道士

韋應物

今朝郡齋冷❶，忽念山中客❷。澗底束荊薪❸，歸來煮白石。

欲持一瓢酒❹，遠慰風雨夕。落葉滿空山，何處尋行跡。

說文解字

❶郡齋：滁州刺史官署中的齋舍。❷山中客：指全椒山中的道士。❸澗：山間流水的小溪。束：捆。荊薪：柴草。❹瓢：將乾的葫蘆挖空，分為兩瓣，作為盛酒的器具。

詩意解析

時節已是深秋，今天的齋舍也十分寒冷，我忽然想起隱居在全椒山的友人。他或許正在山谷打柴，將柴帶回屋裡，熬煮白石充饑。我本想帶著一壺好酒，在這風涼雨冷的秋夜裡前去看望他。但滿山遍野盡是落葉紛紛，該到哪裡尋找他的蹤跡呢？

題為〈寄全椒山中道士〉，既然是「寄」，自然必須吐露對山中道士的憶念之情，而全詩的關鍵在於「冷」字。首句既寫出郡齋氣候的冷，更寫出詩人心頭的冷。接著，詩人由這兩種冷，進而想起山中的道士。山中的道士在這寒冷氣候中，到澗底打柴，打柴回來卻是為了「煮白石」。晉代葛洪《神仙傳》中曾提到一位白石先生，「嘗煮白石為糧，因就白石山居」，而道家修煉，也需要服食「石英」，那麼「山中客」是誰就一目了然。全詩看來像是一片蕭疏淡遠的景色，引人深思的卻是表面平淡，實則深摯的情感。在蕭疏中見出空闊，在平淡中見出深摯，如此用筆，使人有「一片神行」的感覺。

長安遇馮著

韋應物

客從東方來❶，衣上灞陵雨。問客何為來，采山因買斧。
冥冥花正開❷，颺颺燕新乳❸。昨別今已春，鬢絲生幾縷❹。

說文解字

❶客：指馮著。❷冥冥：形容萬物默默無語的情態。❸颺颺：鳥飛翔的樣子。❹鬢絲：兩鬢的白髮如絲。

詩意解析

朋友從長安東邊的灞陵而來，衣裳上還沾滿了灞陵的春雨。請問你為了什麼而來長安呢？你說是因為上山採銅鑄錢之前，必須來買砍伐樹木的斧頭。現在正是新春時節，百花盛放，新生的幼燕也在煦煦和風中輕盈飛舞。去年一別，如今已是春天，你雙鬢的白髮並沒有增加多少，還不算老啊！你盛年未逾，依舊大有可為。

詩人與馮著別後重逢，對他的遭遇深表同情，同時予以慰勉。全詩敘事中夾以抒情、寫景，以問答方式渲染氣氛。詩人對一位不期而遇的失意朋友充分理解，深表同情，體貼入微而又積極勉勵。本詩首二句寫馮著剛從長安以東的地方而來，依舊是一派名士風度。接著，詩人自問自答，猜想馮著來長安的目的和境遇。「采山因買斧」是玩笑之語，開玩笑地說馮著來長安，是為了採銅鑄錢以謀發財，但只得到一片荊棘，還得買斧砍除。其寓意即謀仕不遇，心中不快。詩人顯然是為了沖淡友人的不快，所以下文便轉入慰勉，勸慰馮著對前途要有

信心。詩人以十分理解和同情的態度，滿含笑意地認為憑著的鬢髮並沒有白幾縷，還不算老呀！以反問勉勵友人，盛年未逾，大有可為。

夕次盱眙縣❶

韋應物

落帆逗淮鎮❷，停舫臨孤驛❸。浩浩風起波，冥冥日沉夕。
人歸山郭暗，雁下蘆洲白❹。獨夜憶秦關，聽鐘未眠客❺。

說文解字

❶次：停泊。❷逗：停留。淮鎮：淮水旁的市鎮，指盱眙縣。❸舫：船。臨：靠近。驛：供差使和官員旅宿的水陸交通站。❹蘆洲：蘆葦叢生的水洲。❺客：詩人的自稱。

詩意解析

我降下風帆，將船隻停泊在淮水岸邊小鎮裡的一個驛站。晚風刮過江面，掀起波浪滔滔，太陽西下，夜色蒼茫。山昏城暗，人們都已歸家，雁群也飛入在月光下閃耀著銀光的蘆葦叢中棲息。在這孤獨的夜晚，我聽著岸上繚繞不斷的鐘聲，令人思念起故鄉長安，難以入眠。

此詩描寫旅途中的客思。詩人因為路遇風波，而必須停宿驛站，在驛站中所見的全是秋日傍晚的一片蕭索景象，夜聽寒鐘，思念故鄉，徹夜未眠。詩人寓情於景，情景交融，極盡渲染曠野蒼涼和淒清夜景，將風塵漂泊和羈旅愁思烘托得強烈感人。

東郊

韋應物

吏舍跼終年❶，出郊曠清曙❷。楊柳散和風，青山澹吾慮❸。
依叢適自憩，緣澗還復去。微雨靄芳原❹，春鳩鳴何處。
樂幽心屢止，遵事跡猶遽。終罷斯結廬，慕陶直可庶。

說文解字

❶跼：拘束。❷曠清曙：在清幽的曙色中，感到心曠神怡。❸澹：澄淨。慮：思緒。❹靄：迷濛的樣子。

詩意解析

我終年困居在這官衙之中，煩悶不已，清晨出門郊遊，頓感心曠神怡。嫩綠的楊柳隨風飄蕩，遠方蒼翠的

山色沖淡了我心中的憂愁。累的時候，就靠著樹叢歇息，再沿著山澗，徜徉於山水之間。迷濛的雨霧籠罩著芳香的原野，寧靜的大地傳來斑鳩的鳴叫聲。我本就喜愛清幽的山水，但卻總因公務纏身，難以縱情。終有一日，我要罷官歸隱，在此修建一座茅屋，仿效陶淵明一般自在地隱居。

詩的開頭先寫詩人受拘束於公務，因案牘而勞形。次寫詩人走出官衙，在春日中郊游，因為呼吸到郊外的清新空氣，而感到心曠神怡。再寫歸隱不遂，於是越發羨慕陶淵明，想到要在此結廬長住，表達詩人對官場生活的厭倦，和對大自然的熱愛。全詩以真情實感訴說官場生活的繁忙乏味，抒發回歸自然的清靜快樂。

送楊氏女❶

韋應物

永日方戚戚❷，出行復悠悠❸。女子今有行，大江泝輕舟。爾輩苦無恃❹，撫念益慈柔。幼為長所育，兩別泣不休。對此結中腸，義往難復留❺。自小闕內訓❻，事姑貽我憂❼。賴茲託令門❽，任恤庶無尤❾。貧儉誠所尚，資從豈待周❿。孝恭遵婦道，容止順其猷⓫。別離在今晨，見爾當何秋。居閒始自遣，臨感忽難收。歸來視幼女，零淚緣纓流⓬。

說文解字

❶楊氏女：指即將嫁給楊姓人家的女兒。❷永日：整天。戚戚：悲傷，憂愁。❸行：出嫁。悠悠：遙遠。❹爾輩：

你們，此處指兩個女兒。無恃：幼時無母。❺義往：指女大出嫁，理應前往夫家。❻闕：通「缺」。內訓：母親的教導。❼事姑：侍奉婆婆。貽：帶來。❽令門：好的人家，此處表示對女兒夫家的尊稱。❾庶：希望。尤：過失。❿資從：嫁妝。⓫容止：此處指一舉一動。猷：規矩，禮節。⓬零淚：落淚。

詩意解析

女兒即將離家，嫁到遠方的人家，我整日悲傷不已，難以割捨對她的感情。女兒今日就要出嫁，她乘坐著輕舟，沿著江水逆流而上。妳們姐妹兩人自幼喪母，我既為人父，又身兼母職，自然更加疼愛妳們。妹妹是姐姐一手帶大的，今日姐妹就要分離，兩人傷心地不斷哭泣。面對這種情況，我心如刀割，但女大當嫁，我又怎麼能挽留呢？女兒妳從小就缺少母親的教導，我擔心妳到了夫家之後，無法好好地侍奉公婆。幸好妳的夫家是世代厚道的好人家，他們必定會好好待妳，不會挑剔妳的過失。我雖為官多年，但清貧簡樸，因此無法為妳準備豐厚的嫁妝，還望妳不要埋怨父親。妳要孝敬長輩、恪守婦道，行為舉止都要符合規範。今日我們父女就要分別了，不知將來何時才能再度相見。平常，我還能自己排遣心中的傷懷，如今面對離別，我實在無法控制自己的傷感。我回到家中後，看到孤單的小女兒，傷心的淚水忍不住沿著帽帶流淌。

詩人的大女兒即將出嫁，他的心情異常複雜，遂寫下此詩。全詩開頭即點明女兒將出嫁之事，接下來，念及女兒幼年喪母，自己身兼父母，當此離別之際，心中甚為不忍。然而女大當嫁是天經地義的事，詩人只好忍痛告誡女兒到了夫家後，要遵從禮儀孝道，勤儉持家，表達對女兒的一片殷殷期望。情感複雜、無可奈何的慈父形象，躍然紙上。

淮上喜會梁川故人❶

韋應物

江漢曾為客，相逢每醉還。浮雲一別後，流水十年間❷。
歡笑情如舊，蕭疏鬢已斑。何因不歸去？淮上有秋山。

說文解字

❶淮上：淮水邊。❷流水：比喻歲月如流水一般迅速。

詩意解析

我們兩人曾經一同客居江漢，每次與你相聚，總是不醉不歸。時光如流水一般迅速，自從我們闊別以來，不知不覺已過了十年。今日重逢，你我友情依舊，只是兩人的頭髮皆以稀疏，兩鬢斑斑。你問我為什麼不回到故鄉長安呢？因為我依舊留戀著淮河邊秀麗的秋山啊！

此詩描寫詩人在淮上喜遇梁州故人的情況和感慨，他和這位老友在十年前，曾於梁州江漢一帶有過交往。詩題為「喜會」故人，詩中表現的卻是「此日相逢思舊日，一杯成喜亦成悲」的悲喜交集之感。詩的開頭，寫詩人昔日在江漢作客時，與故人相逢時的樂事，概括了從前的情誼。詩人敘寫這段往事，彷彿可以從過去美好的回憶中得到慰藉，然而卻引起歲月蹉跎的悲傷。頷聯一跌，抒發過去十年闊別的傷感。頸聯又回到詩題，寫此次相會的「歡笑」之態。久別重逢，確有喜的一面，然而喜悅卻只是暫時的，因為十年的漂泊生涯，使得兩人都老了。這副衰老的形象，不言悲而悲情溢於言表，漂泊之感也就盡在不言中了。末聯以反詰作轉，以景色作結。為何不歸去呢？因為「淮上有秋山」，秋光中的滿山紅樹，正是詩人留戀之處。

賦得暮雨送李胄

韋應物

楚江微雨裡，建業暮鐘時。漠漠帆來重，冥冥鳥去遲。

海門深不見❶，浦樹遠含滋❷。相送情無限，沾襟比散絲❸。

說文解字

❶海門：長江的入海處。❷浦樹：水邊的樹木。含滋：濕潤帶有水氣。❸散絲：細雨，此處比喻流淚。

詩意解析

傍晚時分，楚江被籠罩在濛濛細雨之中，南京城內傳來陣陣幽遠的鐘聲。船帆被細密的微雨浸濕，在煙波江上無法動彈，彷彿不忍心離去一般，鳥兒的翅膀也被打濕，只能緩慢地在雨中飛翔。長江入海處已消失在濃濃的雨霧中，遠岸的樹木經雨水沖刷後，顯得十分濕潤。我與好友分別後，依依不捨，淚水如同空中飄揚的雨

絲，沾濕衣裳。

此為一首詠暮雨的送別詩。首聯寫送別之地，扣緊「雨」、「暮」的主題。二、三兩聯渲染迷濛暗淡的景色，詩人在暮雨之中航行於江上，境地極為開闊邈遠。末聯寫離愁無限，潸然淚下。全詩一脈貫通，前後呼應，渾然一體。雖是送別，卻重在寫景，全詩緊扣「暮雨」和「送」字著墨。

寄李儋元錫❶

韋應物

去年花裡逢君別，今日花開已一年。世事茫茫難自料，春愁黯黯獨成眠❷。

身多疾病思田裡，邑有流亡愧俸錢。聞道欲來相問訊❸，西樓望月幾回圓。

說文解字

❶李儋：字元錫，是韋應物的好友。❷春愁：因春季來臨，而引起愁緒。黯黯：低沉暗淡。❸問訊：探望。

詩意解析

去年的花開時節，我剛和你分別，今日又是春花盛放之時，不知不覺已過去一載。世事難料，我在春夜裡黯然傷神，獨自夜不成寐。我體弱多病，想要辭官歸隱，但一想起自己治理的地區還有許多災民，頓覺愧對國家。從聽說你要前來拜訪的那天起，我便日日期盼，盼到月圓了又缺，缺了又圓。

詩人在這首詩中，敘寫與友人別後的思念和盼望，並抒發出國亂民窮所造成的內心矛盾。詩的首聯即謂自去年春天，兩人在長安分別以來，已過一年，以花開的時間作為對照，不僅表達時光的迅速，更流露出分別後境況蕭索的感慨。頷聯寫詩人自己的煩惱和苦悶。頸聯則具體描寫詩人內心的思想和矛盾。尾聯以感激友人的問候和盼望他的來訪作結。

秋夜寄丘員外❶

韋應物

懷君屬秋夜❷，散步詠涼天。
空山松子落，幽人應未眠❸。

說文解字

❶丘員外：名丹，詩人丘為之弟，曾拜尚書郎，後隱居於平山上。❷屬：正值，適逢。❸幽人：幽居隱逸的人，此處指丘員外。

詩意解析

在這淒涼的秋夜裡，我十分想念你。我只能獨自徘徊在夜色中，吟詠這涼爽的秋天。空山寂靜，彷彿能聽見松子落地的微小聲響。我想你此時也正因為想念我這個好友，而還無法入眠吧！

此為一首懷人詩，前半部分寫詩人自己，即懷念友人之人；後半部分寫正在臨平山學道的丘丹，即詩人所懷念之人。首句「懷君屬秋夜」，點明季節是秋天，時間是夜晚，而這「秋夜」之景與「懷君」之情彼此襯映。次句「散步詠涼天」，承接自然，緊扣上句。「散步」與「懷君」呼應；「涼天」與「秋夜」連結。這兩句都是寫實，寫出詩人因懷人而在涼秋之夜徘徊沉吟的情景。接下來的三、四句中，詩人想像所懷念之人在此時、彼地的情況。第三句「山空松子落」，遙相呼應「秋夜」、「涼天」，從眼前的涼秋之夜，推想臨平山中今夜的秋色。第四句「幽人應未眠」，則呼應「懷君」、「散步」，從自己正在懷念遠人、徘徊不寐的心境，推想對方應也未眠。詩人運用寫實與虛構互相結合的手法，使眼前景與意中景並列，使懷人之人與所懷之人兩地相連，表達出異地相思的深情。

滁州西澗

韋應物

獨憐幽草澗邊生，上有黃鸝深樹鳴❶。
春潮帶雨晚來急，野渡無人舟自橫❷。

說文解字

❶黃鸝：黃鶯。深樹：樹蔭的深處。❷野渡：荒郊野外中，無人管理的渡口。橫：隨意飄蕩。

詩意解析

我獨愛這些自甘寂寞，在河邊生長的幽草。河岸上茂密的樹林深處，不時傳來黃鸝鳥的鳴叫聲。傍晚時分，夜雨再加上春天的潮水，使得水勢更加湍急。荒郊中的渡口，本就人煙稀少，此時更加杳無人煙，只剩下渡船獨自隨波飄蕩。

全詩描寫暮春景物，開頭兩句是寫日間所見。第一句寫靜，「獨憐」兩字，感情色彩至為濃郁，是詩人別有會心的感受，表露詩人閒適恬淡的心境。第二句寫動，「上」字不僅是寫客觀景物的時空轉移，更表達詩人隨緣自適、怡然自得的開朗和豁達。接下來兩句側重描寫荒津野渡之景，其中所描繪的情境，未免有些荒涼，但使用「自」字，便體現出悠閒和自得之感。詩人用「春潮帶雨晚來急」構成環境，與下文形成因果關係，「急」與「自」互為呼應，準確地傳達出詩人內心的情感，將客觀景物和抒情主體合而為一。

詩人小傳

韋應物，唐代天寶十年，擔任羽林倉曹參軍，是唐玄宗的近侍，人稱「三衛」。豪縱不羈，橫行鄉里。安史之亂後，韋應物流落失職，這才開始折節讀書。其性高潔，敬慕晉代詩人陶淵明，詩作以山水田園詩居多。

高手過招

（*為多選題）

*1.（　）淒淒去親愛，泛泛入煙霧。歸棹洛陽人，殘鐘廣陵樹。今朝為此別，何處還相遇。世事波上舟，沿洄安得住。（唐代韋應物〈初發揚子寄元大校書〉）上述詩句，哪一組不是對仗句？

A. 淒淒去親愛，泛泛入煙霧。 B. 歸棹洛陽人，殘鐘廣陵樹。 C. 今朝為此別，何處還相遇。 D. 世事波上舟，沿洄安得住。

2.（　）下列八句為一首平起的七言律詩，試依格律及句意，選出最適當的排列方式：甲、世事茫茫難自料　乙、今日花開又一年　丙、春愁黯黯獨成眠　丁、身多疾病思田裡　戊、邑有流亡愧俸錢　己、去年花裡逢君別　庚、西樓望月幾回圓　辛、聞道欲來相問訊（唐代韋應物〈寄李儋元錫〉）

A. 甲己庚乙丁戊辛丙 B. 己乙甲丙丁戊辛庚 C. 戊乙丙甲辛己庚丁 D. 戊己辛乙甲丁庚丙

3.（　）下列詩句中，何者不是對仗句？

A. 盤飧市遠無兼味，樽酒家貧只舊醅。（唐代杜甫〈客至〉）

B. 隔座送鉤春酒暖，分曹射覆蠟燈紅。（唐代李商隱〈無題〉）

C. 鴻燕不堪愁裡聽，雲山況是客中過。（唐代李頎〈送魏萬之京〉）

D. 去年花裡逢君別，今日花開又一年。（唐代韋應物〈寄李儋元錫〉）

【解答】 1. C D　2. B　3. D

烈女操❶

孟郊

梧桐相待老❷，鴛鴦會雙死❸。貞女貴殉夫，捨生亦如此。
波瀾誓不起，妾心古井水。

說文解字

❶烈女：貞潔女子。操：琴曲的一種體裁。❷梧桐：傳說中梧為雄樹，桐為雌樹。❸會：終將。

詩意解析

我要像枝葉相依的梧與桐一般，與夫君廝守到老，也要像成雙成對的鴛鴦，與夫君生死相隨。最為可貴的貞潔的婦女，就是為丈夫殉節，即使捨棄生命也在所不惜。我對天發誓，我的心將永遠忠貞不渝，就像清淨的古井水，任何風雨都無法掀起波瀾。

〈烈女操〉是為了琴曲所作的歌詞，是一首讚頌烈女堅守節操的詩作。詩人開篇以「梧桐相待老，鴛鴦會雙死」起興，以「梧桐」、「鴛鴦」比喻烈女的貞操。接下來，詩人直寫貞婦殉夫，「捨生亦如此」，表現貞婦守節不嫁的高尚情操。最後兩句以「古井水」作比，進一步表明「妾心」的堅定不移。全詩以貼切的比喻，表現烈女對愛情的堅貞品德

遊子吟

孟郊

慈母手中線，遊子身上衣。臨行密密縫❶，意恐遲遲歸❷。
誰言寸草心❸，報得三春暉❹。

說文解字

❶臨：將要。❷意恐：擔心。歸：回家。❸寸草：小草，此處比喻子女。心：既指草木的莖幹，也指子女的心意。
❹報得：報答。三春暉：春天燦爛的陽光，此處比喻慈母之恩。

詩意解析

慈母用手中的針線，為即將出遠門的孩子趕製衣裳。臨行前，母親將衣裳細密地縫製，就是擔心孩子出外太久，衣裳破了來不及縫補。小草般微不足道的孝心，如何才能報答慈母如春日陽光一般濃郁的母愛呢？

此為一首母愛的頌歌，在宦途失意的境況下，詩人飽嘗世態炎涼，窮愁終身，更覺親情可貴。此詩雖無藻繪與雕飾，然而清新流暢，淳樸素淡中正見其詩味的濃郁醇美。全詩最後兩句，以當事者的直覺，翻出進一層的深意。「誰言寸草心，報得三春暉」，詩人以「誰言」反問，意味尤為深長。此兩句是前四句的昇華，透過通俗的比興，加以懸絕的對比，寄託遊子熾烈的情意。對於春天陽光般濃郁的母愛，小草的孝心怎麼報答得了呢？真有「欲報之德，昊天罔極」之意，感情淳厚真摯，千百年來撥動多少讀者的心弦，引起萬千遊子的共鳴。

詩人小傳

孟郊，字東野，湖州武康人。早年生活貧困，曾遊歷湖北、湖南、廣西等地，屢試不第。四十六歲始登進士第，有詩〈登科後〉：「昔日齷齪不足夸，今朝放蕩思無涯。春風得意馬蹄疾，一日看盡長安花。」其詩大多寫世態炎涼、民間疾苦、個人遭遇，長於五言古詩和樂府，不作律詩。用字力避平庸，追求古拙奇險，為著名的苦吟詩人。與韓愈齊名，被稱為「韓孟」。

高手過招

（＊為多選題）

1.（　）**慈母手中線，遊子身上衣。臨行密密縫，意恐遲遲歸。誰言寸草心，報得三春暉。（唐代孟郊〈遊子吟〉）下列敘述錯誤的是哪一選項？**
A. 前兩句敘慈母形象，後四句敘遊子心聲。
B. 這是孟郊所作的五言古詩，歌頌偉大的母愛。
C. 作者運用了具體的意象來表達抽象的觀念和情感。
D. 作者以寸草心喻子女細微的孝心，以三春暉象徵恩澤廣深的母愛。

＊2.（　）**凡在語文中，由於理性的關聯與想像、社會的約定俗成，使用具體的意象來表達抽象的觀念與情感，或使用一種看得見的符號來表現看不見的事物的一種修辭技巧，叫做象徵。如朱自清在〈背影〉一文中，以「紫毛大衣」、「火紅的橘子」來象徵「父愛」。下列對於詩文中象徵現象之說明，正確的有：**

A.「花自飄零水自流，一種相思，兩處閒愁。此情無計可消除，才下眉頭，卻上心頭」（宋代李清照〈一剪梅〉）「花自飄零水自流」象徵夫妻兩人不能聚合的無奈。

B.「半畝方塘一鑑開，天光雲影共徘徊。問渠哪得清如許？為有源頭活水來。」（宋代朱熹〈觀書有感〉）「源頭活水」象徵朋友所提供的及時救援。

C.「慈母手中線，遊子身上衣。臨行密密縫，意恐遲遲歸。誰言寸草心，報得三春暉。」（唐代孟郊〈遊子吟〉）「三春暉」象徵母愛。

D.「鐘要消失，紅頭繩兒也要消失，一切美好的事物都要毀壞變形。」（王鼎鈞〈紅頭繩兒〉）「紅頭繩兒」象徵童稚之愛與初戀。

E.「碩鼠碩鼠，無食我黍。三歲貫女，莫我肯顧。」（《詩經．碩鼠》）「碩鼠」象徵已成年卻不成器的子女。

3.（　）**慈母手中線，遊子身上衣。臨行密密縫，意恐遲遲歸。誰言寸草心，報得三春暉。**（唐代孟郊〈遊子吟〉）**詩中的母親為何「密密縫」？**

A.家境困難，不得不辛苦工作。

B.擔心孩子離家太久，衣服不耐穿。

C.害怕自己太晚回家，孩子沒有衣服穿。

D.擔心孩子縫紉技巧太差，無法自己縫補衣服。

【解答】1. A　2. A C D　3. B

送李端

盧綸

故關衰草遍❶，離別自堪悲。路出寒雲外，人歸暮雪時。
少孤為客早❷，多難識君遲。掩淚空相向，風塵何所期❸。

說文解字

❶故關：故鄉。衰草：枯黃的冬草。❷少孤：年少喪父。❸風塵：指社會動亂。

詩意解析

歲末嚴寒之際，故鄉遍地都是枯草，我忍耐著心中的悲傷，與你在這淒涼的季節裡道別。你踏上遠去的山路，消失在寒雲之外，與你分別後的日暮，下起了陣陣飛雪。我年少喪父，很早就離家四處漂泊，與你相識時，正值國家多難，我們之間相見恨晚。我已不見你的蹤影，只能朝著你離去的方向掩面而泣，在這離亂的年代，不知何時才能再度與你重逢。

此詩以「悲」字貫串全篇。首聯寫送別的環境氣氛，從衰草落筆，時令當在嚴冬。「離別自堪悲」一句寫來平鋪直敘，但由於是緊承上句，脫口而出，因此不會有平淡之感，反而為此詩定下深沉感傷的基調，有提挈全篇的作用。頷聯寫送別的情景，仍緊扣「悲」字。「人歸」呼應「路出」，「暮雪」呼應「寒雲」，發展自然，色調和諧，構成一幅嚴冬送別圖，於淡雅中見沉鬱。頸聯回憶往事，感嘆身世，為全詩情緒凝聚的警句。不僅感

傷個人的身世飄零，且從側面反映時代動亂和人們在動亂中漂流不定的生活，也使此詩與其它大曆詩人的贈別之作產生區別。尾聯收束全詩，歸結「悲」字。「掩淚空相向」，總彙上述抒寫的淒涼之情，「風塵何所期」，則將筆鋒轉向預卜未來，寫出感情上的餘波。

晚次鄂州❶

盧綸

雲開遠見漢陽城，猶是孤帆一日程❷。估客晝眠知浪靜❸，舟人夜語覺潮生❹。

三湘愁鬢逢秋色，萬里歸心對月明。舊業已隨征戰盡❺，更堪江上鼓鼙聲❻？

說文解字

❶晚次：晚上到達。❷一日程：一天的水路。❸估客：商人。❹舟人：船夫。❺征戰：安史之亂。❻江：長江。鼓鼙：軍用的大鼓、小鼓。

詩意解析

雲開霧散後，遠遠地就可以望見漢陽城，大概還需要一天的日程才能抵達。白天時風平浪靜，因此商賈們酣然入睡，半夜聽到船夫的呼喊，才發覺夜裡水漲潮生。我已鬢髮衰白，就像三湘的秋色，我的故鄉遠在萬里之外，一片歸心只能對著月亮悲嘆。家業早已毀於戰火，我無家可歸，心中本以悲涼，哪裡還能忍受得了聽到江上的軍鼓之聲呢？

詩人寫下此詩時，正值安史之亂前期，詩人被迫浪跡異鄉，流徙不定。他曾作客鄱陽，南行軍中，路過三湘，次於鄂州，因而寫成這首詩。首聯寫「晚次鄂州」的心情，起句點題，述說心情的喜悅，次句突轉，透露沉鬱的心情，用筆騰挪跌宕，使平淡的語句體現微妙的思致。次聯寫「晚次鄂州」的景況，詩人寫的是船中常景，然而筆墨中卻透露出他晝夜不寧的紛亂思緒。第三聯寫「晚次鄂州」的聯想。「三湘」，指湖南境內，即詩人此行的目的地，而詩人的家鄉則在萬里之遙的蒲州，因此詩人並無欣賞異地秋色的心情，卻有思久別的故鄉之念。末聯寫「晚次鄂州」的感慨，寫詩人有家不可歸，不得已在異域他鄉顛沛奔波的原因。將思鄉之情與憂國愁緒結合，使此詩具有更大的社會意義。

塞下曲

盧綸

其一

鷲翎金僕姑❶，燕尾繡蝥弧❷。
獨立揚新令❸，千營共一呼。

其二

林暗草驚風❹，將軍夜引弓。
平明尋白羽❺，沒在石棱中❻。

其三

月黑雁飛高，單于夜遁逃❼。
欲將輕騎逐，大雪滿弓刀。

其四

野幕敞瓊筵，羌戎賀勞旋❽。
醉和金甲舞，雷鼓動山川。

說文解字

❶鷲：大鵰。翎：羽毛。金僕姑：箭名。❷燕尾：旗上的飄帶。蝥弧：春秋鄭伯的旗名，後借指軍旗。❸揚：搖旗傳令。❹草驚風：風吹草動，以為有猛獸潛伏。❺平明：天剛亮的時候。❻石棱：石塊的邊角，此處指石縫之間。❼單于：匈奴部落首領的稱號，此處泛指敵人的首領。❽羌戎：少數民族的泛稱。

詩意解析

其一

身上配戴著用大鵰羽毛所製成的利箭，旌旗的飄帶迎風飛揚。當大將軍揮動令旗，發號施令時，千軍萬馬一呼百應，地動天驚。

其二

夜裡，林深草密，忽然風吹草動，將軍以為有猛虎潛伏，急忙彎弓搭箭，向草叢射去。第二天一早，將軍前去尋找昨天射出的白羽箭，結果發現白羽箭的箭頭，竟然全部射入了一塊石頭中，足見將軍力大無窮。

其三

星月無光，一片漆黑，雁群在天空中飛翔。此時，單于趁著月黑風高，悄悄逃走了。我軍派出騎兵前去追趕，大雪紛飛，落滿了士兵們身上的弓刀。

其四

人們在野外的營帳中擺開宴席，一起慶賀遠征的將士們凱旋而歸。酒酣耳熱之際，將士們穿著鐵甲起舞，歡聲雷動，鼓樂喧天，山川都為之震蕩。

其一歌詠邊塞景物，描寫將軍發號時的壯觀場面。前兩句用嚴整的對仗，精心刻劃將軍威猛又矯健的形象。後兩句寫發布新令，並改為散句，將內斂的力量忽然一放，氣勢不禁奔湧而出。與前兩句相比，一斂一放，在極少的文字中，包孕極為豐富的內容，顯示出強大的力量。

其二描寫將軍夜裡巡邏時的景況。首句的「驚」字，不僅令人聯想到其中有虎，也渲染出一片緊張異常的氣氛，同時暗示將軍是何等警惕。次句續寫射，但不言「射」而言「引弓」。後二句寫「沒石飲羽」的奇蹟，神話般的誇張，為詩歌塗上一層浪漫色彩，讀來只覺其妙，不以為非。

其三由寫景開始，再寫敵人夜間行動。敵人並非率兵來襲，而是藉月色的掩護倉皇逃遁，充滿對敵方的蔑視和我軍的必勝信念，令讀者為之振奮。後兩句寫將軍準備追敵的場面，氣勢不凡。雖然沒有直接寫激烈的戰鬥場面，但在一逃一追之間，就渲染了緊張的氣氛，留給讀者廣闊的想像空間。

其四描寫邊防將士取得重大勝利後，邊地兄弟在營帳前設宴勞軍的場面，氣氛熱烈融洽，讚頌邊地人民和守邊將士團結一心，保衛國家安寧的豪邁氣概。

詩人小傳

盧綸，字允言，與李端、錢起、司空曙、耿湋、吉中孚、苗發、夏侯審、韓翃、崔洞合稱「大曆十才子」。曾於唐代天寶末年中進士，但是安史之亂隨即爆發，因此未能為官，避亂於江西九江一帶。而後，受宰相元載和王縉先後舉薦，出任集賢學士、秘書省校書郎，後升任監察御史。盧綸的詩作工於寫景，形象鮮明，語言簡練，因後期長居軍幕，所作多邊塞慷慨雄壯之音，以〈塞下曲〉為千古名作。

高手過招

1.（　）下列詩句，何者屬於「仄起平收」式？

A. 誰家玉笛暗飛聲，散入春風滿洛城。（唐代李白〈春夜洛城聞笛〉）

B. 鳳凰台上鳳凰遊，鳳去台空江自流。（唐代李白〈登金陵鳳凰台〉）

C. 功蓋三分國，名成八陣圖。（唐代杜甫〈八陣圖〉）

D. 林暗草驚風，將軍夜引弓。（唐代盧綸〈塞下曲〉）

【解答】1. D

旁徵博引

射石

廣出獵，見草中石，以為虎而射之，中石沒鏃，視之，石也。因複更射之，終不能複入石矣。廣所居郡聞有虎，嘗自射之。及居右北平射虎，虎騰傷廣，廣亦竟射殺之。

有一天，漢代飛將軍李廣打獵時，看見草叢中的有一塊大石，他以為那是老虎，便一箭射了過去，最後才發現那是一塊石頭。而李廣竟然讓整個箭頭都射進石頭裡，只剩下箭桿露在外面。之後，李廣多次重複射箭，但是都沒能再把箭射進石頭中。李廣曾經居住在有老虎的郡裡，他親自射殺了那頭猛虎。在右北平居住時，也曾射過老虎，當時，老虎跳起來準備攻擊李廣，最後，李廣射殺了牠。

喜見外弟又言別❶

李益

十年離亂後❷，長大一相逢。問姓驚初見，稱名憶舊容。
別來滄海事❸，語罷暮天鐘。明日巴陵道❹，秋山又幾重。

說文解字

❶外弟：表弟。❷十年離亂：指安史之亂。❸滄海：比喻世事變化之大。❹巴陵：即詩中外弟即將前往的地方。

詩意解析

兵荒馬亂，戰火紛紛，一晃眼已過去十年，你我都已長大成人，如今在異地偶然相逢。剛見面時，我詢問你的姓氏，驚疑得不敢相認，直到你說出名字後，我才回憶起你年少時的面容。你我兄弟久別重逢，激動地相互傾訴離別後的世事無常，不知不覺間，時間已到傍晚，山寺的鐘已經敲響。明日你又要繼續登上巴陵古道，踏上旅途，我們之間不知又要被多少重秋山阻隔。

此為一首寫表兄弟因離亂闊別後，忽然相逢，卻又匆匆別離的詩作。全詩採用白描手法，以凝鍊的語言和生動的描寫，層次分明地再現社會動亂中，人生聚散的獨特一幕。前六句從久別到重逢，再到敘舊，寫「喜見」，突出「喜」字。七、八句則轉入「言別」，詩人沒有提到離別，而是想像出一幅表弟登程遠去的圖畫，「明日巴陵道，秋山又幾重」，呼應首句的「十年離亂」，使後會難期的惆悵心情溢於言表。

江南曲

李益

嫁得瞿塘賈❶，朝朝誤妾期❷。
早知潮有信❸，嫁與弄潮兒❹。

說文解字

❶瞿塘賈：在長江上游一帶作買賣的商人。賈，商人。❷妾：古代女子自稱的謙詞。❸潮有信：潮水漲落有一定的時間，稱為「潮信」。❹弄潮兒：潮水來時，乘船入江的漁夫。

詩意解析

我真後悔嫁給瞿塘商人，他總是外出經商，讓我獨守空房，更時常耽誤與我相約定的歸期。早知道潮水的漲落有期，而商人的歸期不定，那我還不如嫁給一個弄潮兒。

此詩因用民歌體寫作，所以身為文人的李益有意使用民間的口語，全詩自始至終都是一位商婦的自怨自艾，內容平中有奇，平易近人。思婦由夫婿「朝朝」失信，而想到潮水「朝朝」有信，進而生出所嫁非人的悔恨，細膩地展現由盼生怨、由怨生悔的內心矛盾。「早知」兩字寫出她幽怨的深長，不由得自傷身世，悔不當初。「嫁與弄潮兒」，既是癡語也是苦語，寫出思婦怨悵之極的心理狀態。

夜上受降城聞笛

李益

回樂峰前沙似雪，受降城外月如霜。
不知何處吹蘆管❶，一夜征人盡望鄉❶。

說文解字

❶蘆管：笛子。❷征人：戍邊的將士。盡：全。

詩意解析

回樂峰前的沙地在皎潔的月光下，就像雪一樣潔白，受降城外的月色有如秋霜一樣淒清。不知何處響起淒涼的蘆笛聲，讓征人們個個引頸仰望著遠方的故鄉。

此為一首抒寫戍邊將士鄉情的詩作，從各個角度描繪戍邊將士濃烈的鄉思，和滿心的哀愁之情。前兩句繪出一幅邊塞月夜的獨特景色，沙漠並非雪原，詩人偏說它「似雪」；月光並非秋霜，詩人偏說它「如霜」。詩人是藉由這寒氣襲人的景物，渲染心境的愁慘淒涼。正是這似雪的沙漠和如霜的月光，使得受降城顯得格外空寂慘淡，也使詩人生出思鄉情愫。後兩句則正面寫情，「不知何處」寫出詩人月夜聞笛時的迷惘心情，映襯夜景的空寥寂寞，「一夜」、「盡望」，又道出征人望鄉之情的深重和急切。結尾用擬想中的征人望鄉鏡頭加以表現，使人感到句絕而意不絕，在戛然而止處仍然漾開一個又一個的漣漪。

詩人小傳

李益，字君虞，鄭州人，以邊塞詩作名世，擅長絕句，尤其工於七絕。成名於唐代貞元末年，與有「詩鬼」之稱的李賀齊名。年輕時的他頗負文名，每寫成一篇詩作，宮中都會有樂工、名伶爭相出價，希望買下他的作品，再編排樂曲以供皇帝欣賞。今存《李益集》二卷。

高手過招

1.（　）**「回樂峰前沙似雪，受降城外月如霜。不知何處吹蘆管，一夜征人盡望鄉。」（李益〈夜上受降城聞笛〉）詩中使人望鄉的原因為何？**

A.因敵人投降而準備返鄉。　B.因逢佳節思念家人。

C.因聞笛而勾起鄉愁。　D.因出征敗退而遠眺家鄉。

2.（　）**下列詩詞作品中，哪個選項中的女子心境與其他三種不同？**

A.早知潮有信，嫁與弄潮兒。

B.摽有梅，頃筐塈之。求我庶士，迨其謂之。

C.門前冷落車馬稀，老大嫁作商人婦。

D.可憐日斂嫣香落，嫁與春風不用媒。

【解答】1. C　2. A

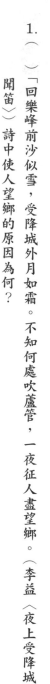

楓橋夜泊❶

張繼

月落烏啼霜滿天，江楓漁火對愁眠。
姑蘇城外寒山寺❷，夜半鐘聲到客船❸。

說文解字

❶夜泊：夜間將船隻停靠在岸邊。❷姑蘇：蘇州的別稱。❸夜半鐘聲：當時的僧寺，有半夜敲鐘的習慣，也被稱為「無常鐘」。

詩意解析

明月已經西下，天即將拂曉，烏鴉低沉嘶啞的叫聲迴蕩在布滿寒霜的天地間。昨夜，江上的孤舟漁火和岸邊楓樹的紅葉互相輝映，客居他鄉的愁緒讓我難以入眠。蘇州城外的那間寒山寺，在夜深時，幽遠的鐘聲緩緩地飄到我的船邊。

全詩以「愁」字統起。前兩句用落月、啼烏、滿天霜、江楓、漁火、不眠人，造成意韻濃郁的情境，既描寫出秋夜江邊之景，又表達了詩人的思鄉之情。後兩句用城、寺、船、鐘聲，營造空靈曠遠的意境。明滅對照，無聲與有聲互相襯托，使景皆為情中之景，聲皆為意中之音，意境疏密錯落，渾融幽遠。詩人採用倒敘寫法，先寫拂曉時的景物，然後再追憶昨夜的景色，及夜半的鐘聲。全詩有聲有色，有情有景，情景交融。

詩人小傳

張繼，字懿孫。唐代天寶十二年中進士，曾任檢校祠部員外郎、洪州鹽鐵判官，大歷十四年，伉儷歿於洪州。有《張祠部詩集》傳世。

高手過招

1.（　）月落烏啼霜滿天，江楓漁火對愁眠。姑蘇城外寒山寺，夜半鐘聲到客船。（唐代張繼〈楓橋夜泊〉）其中哪些詞可以點出這首詩的季節？

A.月落、鐘聲　B.烏啼、漁火　C.江楓、霜滿天　D.夜半、對愁眠

2.（　）月落烏啼霜滿天，江楓漁火對愁眠。姑蘇城外寒山寺，夜半鐘聲到客船。（唐代張繼〈楓橋夜泊〉）下列對此詩的描述，何者正確？

A.先寫時間，再寫空間　B.先寫人情，再寫景物

C.先寫近景，再寫遠景　D.先寫現象，再寫原因

3.（　）月落烏啼霜滿天，江楓漁火對愁眠。姑蘇城外寒山寺，夜半鐘聲到客船。（唐代張繼〈楓橋夜泊〉）這首詩的「詩眼」是哪一個字？

A.霜　B.客　C.眠　D.愁

4.（　）月落烏啼霜滿天，江楓漁火對愁眠。姑蘇城外寒山寺，夜半鐘聲到客船。（唐代張繼〈楓橋夜

泊〉）此詩所描寫的季節，與下列何者相同？

A. 四顧山光接水光，憑欄十里芰荷香。清風明月無人管，並做南來一味涼。
B. 初聞征雁已無蟬，百尺樓高水接天。青女素娥俱耐冷，月中霜裡鬥嬋娟。
C. 細草鋪茵綠滿堤，燕飛晴日正遲遲。尋芳陌上花如錦，折得東風第一枝。
D. 隴水潺湲隴樹黃，征人隴上盡思鄉。馬嘶斜日朔風疾，雁過寒雲邊思長。

5.（　）**失眠的夜晚，掀開簾帷，見上弦月淡淡貼近眾塔一端，似夢如幻，陡添鄉愁。其實添鄉愁的，未限於視覺的淡月塔影，每隔一刻鐘準時響起的鐘聲清越，也聲聲催喚焦慮與愁思。（林文月〈窗外〉）假設此情此景，令作者聯想起一首意境相近的詩，則最為可能為下列何者？**

A. 唐代張繼〈楓橋夜泊〉：「月落烏啼霜滿天，江楓漁火對愁眠，姑蘇城外寒山寺，夜半鐘聲到客船。」
B. 唐代劉言史〈越井台望〉：「獨立陽台望廣州，更添羈客異鄉愁。晚潮未至早潮落，井邑暫依沙上頭。」
C. 唐代李群玉〈秋登涔陽城〉：「萬戶砧聲水國秋，涼風吹起故鄉愁。行人望遠偏傷思，白浪青楓滿北樓。」
D. 唐代劉長卿〈舟中送李十八〉：「釋子身心無有紛，獨將衣缽去人群。相思晚望西林寺，唯有鐘聲出白雲。」

【解答】 1. C　2. A　3. D　4. B　5. A

月夜

劉方平

更深月色半人家，北斗闌干南斗斜❶。
今夜偏知春氣暖❷，蟲聲新透綠窗紗❸。

說文解字

❶闌干：此處指橫斜的樣子。南斗：星宿名，位在北斗七星的南方。❷偏知：才知。❸新：初。

詩意解析

夜深人靜，月光只照亮房屋的一半，另一半還隱藏在黑夜中。北斗星傾斜著，南斗星也跟著橫臥。今夜，我格外感受到春天的來臨，似乎聽到那被樹葉映綠的窗紗外，今年春天的第一聲蟲鳴正唧唧不已。

此詩寫春，但卻不從柳綠桃紅之類的事物著筆，反藉夜幕將這些似乎最具有春天景色的事物遮掩起來。寫月，也不細描其光影，不感嘆其圓缺，而只是在夜色中調進半片月色。詩的前兩句寫景物，不著一絲春的色彩，卻暗中關合春意，頗具蘊藉之致。第三句的「春氣暖」和結句的「蟲聲」、「綠窗紗」互為呼應，春意俱足。

春怨

劉方平

紗窗日落漸黃昏，金屋無人見淚痕❶。
寂寞空庭春欲晚，梨花滿地不開門。

說文解字

❶金屋：原指漢武帝金屋藏嬌之事，此處指妃嬪所住的華麗宮室。

詩意解析

紗窗外的陽光淡去，黃昏逐漸降臨，沒有人看見我臉上悲哀的淚痕。庭院空曠寂寞，春天已經漸漸遠去，梨花飄落滿地，我獨自一人在屋中將房門緊閉，不願讓飄零的花兒勾起我心中的愁苦。

此為宮怨詩。點破主題的是第二句，「金屋無人見淚痕」。句中的「金屋」，用漢武帝幼時，願以金屋藏阿嬌（陳皇后小名）的典故，表明所寫之地是與人世隔絕的深宮，所寫之人是幽閉在宮內的少女。下面「無人見淚痕」五字，可能有兩重含意。一是其人因孤處一室、無人作伴而不禁潸然下淚；二是其人身在極端孤寂的環境之中，縱然落淚也無人得見，無人同情，這正是宮人命運最為可悲之處。句中的「淚痕」兩字大可玩味，淚而留痕，可見其垂淚已有多時。此句是全詩的中心句，其他三句都是環繞烘托此句的。此詩在層層烘托怨情的同時，還以象徵手法點出美人遲暮之感，進一步顯現詩中人身世的可悲和青春的暗逝。

詩人小傳

劉方平，洛陽人，匈奴族。劉方平是美男子，長得童顏白皙。唐代天寶九年曾應進士，但不中；又想要從軍，也沒有如願。從此隱居潁水、汝河之濱，終生未仕。與皇甫冉、元德秀、李頎、嚴武等人唱遊，為蕭穎士賞識，譽之為「山東茂異」。其詩多為詠物寫景之作，尤其擅長絕句，思想內容較貧弱，但藝術性高，善寓情於景。有〈月夜〉、〈春怨〉、〈新春〉、〈秋夜泛舟〉等詩。

高手過招

1.（　）「唐詩」和「宋詩」之別在於，唐詩重抒情，善用以景托情的表現方式；宋詩則多寫日常生活，有「散文化」或「口語化」的傾向。下列詩句，明顯具有「宋詩」風格的選項是：

A. 寂寂東坡一病翁，白鬚蕭散滿霜風。小兒誤喜朱顏在，一笑那知是酒紅。
B. 黃河遠上白雲間，一片孤城萬仞山。羌笛何須怨楊柳，春風不度玉門關。
C. 故人西辭黃鶴樓，煙花三月下揚州。孤帆遠影碧空盡，唯見長江天際流。
D. 紗窗日落漸黃昏，金屋無人見淚痕。寂寞空庭春欲晚，梨花滿地不開門。

【解答】1. A

山石

韓愈

山石犖确行徑微❶，黃昏到寺蝙蝠飛。升堂坐階新雨足❷，芭蕉葉大梔子肥。
僧言古壁佛畫好，以火來照所見稀❸。鋪床拂席置羹飯❹，疏糲亦足飽我饑❺。
夜深靜臥百蟲絕，清月出嶺光入扉❻。天明獨去無道路，出入高下窮煙霏。
山紅澗碧紛爛漫❼，時見松櫪皆十圍❽。當流赤足蹋澗石，水聲激激風吹衣。
人生如此自可樂，豈必局束為人鞿❾？嗟哉吾黨二三子，安得至老不更歸？

說文解字

❶犖确：指山石險峻不平的樣子。微：狹窄。❷升堂：進入寺中廳堂。❸稀：依稀，模糊，看不清楚。❹羹：菜湯，此處泛指蔬菜。❺疏糲：糙米飯，此處指簡單的飯食。❻清月：清朗的月光。扉：門。❼紛：繁盛。爛漫：光彩四射的樣子。❽櫪：通「櫟」。木圍：形容樹幹非常粗大。圍，兩手合抱一周稱「一圍」。❾局束：拘束，不自由。鞿：馬的韁繩，此處為牢籠、控制之意。

詩意解析

一路上山石崢嶸險峻，山路狹窄，黃昏時分，我們來到寺廟前，見到蝙蝠紛飛。我們坐在堂前的台階上休息，此時剛下過一場雨，經過雨水的滋潤後，芭蕉葉看起來更為粗大，梔子花也顯得更加鮮豔。僧人告訴我，寺廟古壁上的佛像栩栩如生，值得一觀，我們拿來燭火，壁畫隱隱約約，依稀可見。僧人殷勤地為我們鋪好被褥，又為我們準備飯菜，雖是粗茶淡飯，但卻足以充飢。夜已深，我靜臥在床上，四周清寂，連蟲鳴都沒有，明月爬上山頭，月光灑落門窗。天亮了，我們獨自離去，早晨的濃霧使我們看不清道路，在高高低低的山路中，我們踉蹌地前進。山花紅顏，澗水碧綠，不時見到有十圍那麼粗大的樹木。遇到溪水時，我們就脫下鞋子，光腳踩著溪石走過，水聲嘩嘩，微風吹拂我的衣裳。人生在世能流連於山水之間，自得其樂，又何必要在朝為官，受他人的約束呢？唉！我們這幾個志趣相投的朋友，要如何才能長居山林，老死不歸呢？

詩以開頭「山石」兩字為題，卻不是在歌詠山石，而是一篇敘寫遊蹤的詩。此詩汲取遊記文的寫法，按照行程的順序，敘寫從「黃昏到寺」、「夜深靜臥」到「天明獨去」的所見、所聞、所感，可以說是一篇詩體的山水游記。此詩的另一個突出特點就在於，詩人善於捕捉不同景物在特定時間、特定天氣裡所呈現的不同光感、濕度、色調。例如，用「新雨足」表明大地的一切剛經過雨水的滋潤和洗滌，這才寫主人公於蒼茫暮色中讚賞「芭蕉葉大梔子肥」，將芭蕉葉和梔子花帶著雨後日暮之時所特有的光感、濕度和色調，呈現於讀者眼前。

八月十五夜贈張功曹

韓愈

纖雲四卷天無河❶，清風吹空月舒波。沙平水息聲影絕，一杯相屬君當歌❷。君歌聲酸辭且苦，不能聽終淚如雨。洞庭連天九疑高，蛟龍出沒猩鼯號。十生九死到官所，幽居默默如藏逃。下床畏蛇食畏藥❸，海氣濕蟄薰腥臊❹。昨者州前搥大鼓，嗣皇繼聖登夔皋❺。赦書一日行萬里，罪從大辟

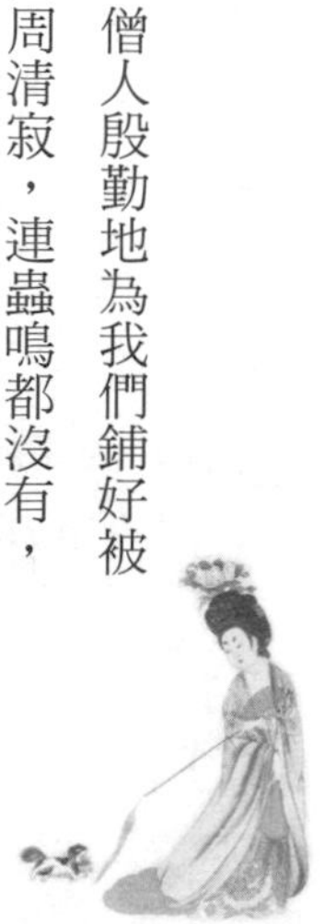

皆除死❻。遷者追迴流者還❼，滌瑕蕩垢清朝班❽。州家申名使家抑，坎軻只得移荊蠻。判司卑官不堪說，未免捶楚塵埃間❾。同時輩流多上道❿，天路幽險難追攀⓫。君歌且休聽我歌，我歌今與君殊科⓬。一年明月今宵多，人生由命非由他，有酒不飲奈明何？

說文解字

❶纖雲：微雲。河：銀河。❷屬：勸酒。❸藥：蠱毒。將多種毒蟲放在一起飼養，使之互相吞噬，最後剩下的毒蟲稱之為蠱，製成藥後可殺人。❹海氣：潮濕的空氣。蟄：潛伏。❺嗣皇：皇位繼承人，此處指唐憲宗。夔皋：夔、皋陶，傳說是舜的兩位賢臣。❻大辟：死刑。❼遷者：貶謫的官吏。流者：流放在外的人。❽瑕：玉石的雜質。班：臣子上朝時排的行列。❾捶楚：棒杖一類的刑具。❿上道：上路回京。⓫天路：指進身於朝廷的道路。⓬殊科：不一樣，不同類。

詩意解析

在這中秋之夜，夜空中雲絲捲起，銀河也消失無蹤，空中清風飄飄，月光如蕩漾的水波。明月下，沙岸平闊，湖水寧靜，沒有絲毫聲息，我為你斟上一杯美酒，當著此明月，高歌一曲吧！你的歌聲裡飽含著辛酸，詞句也令人感到悲苦，我淚如雨下，不忍細聽。你唱道：「洞庭湖波濤連天，九疑山高峻無比，湖中有蛟龍出沒，山間有猩猩和鼯鼠正在鳴叫。因我直言進諫，觸怒龍顏，最後被貶謫到此，謫居在這荒涼偏僻之地，默默忍受痛苦，有如潛逃的罪犯，受盡煎熬。平日下床害怕被毒蛇咬傷，吃飯害怕中了蠱毒，此處潮濕，到處都潛伏著蛇蟲，空氣中瀰漫著腥臊之氣。幾天前，洲府門前鼓聲震天，想必是新皇繼位，大赦天下，即將任用如夔、皋陶一般的賢臣。大赦的文書一日萬里地送至全國各地，本被判處死罪的的人皆免除死刑，貶謫的改為追回，流放的也被召還，新皇就要滌蕩汙穢瑕垢，革除積弊。刺史向上申報我的名字，但卻被觀察使扣押，不予請奏，我被迫調任偏僻的江陵。我在那裡擔任一個不堪提起的卑微判官，一旦有過錯，便要跪伏在地，受杖責之辱。當時跟我一同遭貶之人，大多都已啟程返京，朝廷之路艱險，我難以攀登啊！」請你暫且停下，聽我也來唱一曲，我的歌曲和你的不相同。一年中的月色，只有今夜的值得讚美，人的命運從來就是身不由己。今夜有酒若不縱情享樂，怎麼對得起這清風明月呢？

西元八〇三年，當時任監察御史的韓愈和張署，因直言勸諫唐德宗減免關中徭賦，而觸怒權貴，兩人同時被貶往南方。直至唐憲宗大赦天下時，他們仍不能回到中央任職，韓愈改官江陵府法曹參軍，張署改官江陵府功曹參軍。得到改官的消息後，韓愈心情複雜，於是便藉中秋之夜，對飲賦詩抒懷，並贈給同病相憐的張署。

謁衡嶽廟遂宿嶽寺題門樓❶

韓愈

五嶽祭秩皆三公❷，四方環鎮嵩當中。火維地荒足妖怪，天假神柄專其雄❸。噴雲泄霧藏半腹，雖有絕頂誰能窮？我來正逢秋雨節，陰氣晦昧無清風。潛心默禱若有應，豈非正直能感通？須臾靜掃眾峰出，仰見突兀撐青空❹。紫蓋連延接天柱，石廩騰擲堆祝融❺。森然魄動下馬拜❻，松柏一徑趨靈宮。粉牆丹柱動光彩❼，鬼物圖畫填青紅。升階傴僂薦脯酒❽，欲以菲薄明其衷。廟令老人識神意❾，睢盱偵伺能鞠躬❿。手持杯珓導我擲⓫，云此最吉餘難同。竄逐蠻荒幸不死，衣食才足甘

長終。侯王將相望久絕，神縱欲福難為功。夜投佛寺上高閣，星月掩映雲朣朧⑫。猿鳴鐘動不知曙⑬，杲杲寒日生於東⑭。

說文解字

①謁：拜見。②祭秩：祭祀儀禮的等級次序。三公：為朝廷最高官位者的通稱。③假：授予。柄：權力。④突兀：高峰聳立的樣子。⑤騰擲：形容山勢起伏。⑥森然：敬畏的樣子。魄動：心驚。拜：拜謝神靈應驗。⑦丹柱：紅色的柱子。動光彩：光彩閃耀。⑧傴僂：駝背，此處形容彎腰鞠躬，以示恭敬。薦：進獻。脯：肉乾。脯酒：祭神的供品。⑨廟令：官職名，掌管祭神及祠廟事務。偵伺：察言觀色。⑩睢盱：抬起頭並睜大眼睛看。⑪杯珓：一種卜具。⑫朣朧：月光隱約的樣子。⑬鐘動：古代寺廟打鐘報時，以便作息。⑭杲杲：形容日光明亮。

詩意解析

朝廷用祭祀三公的最高禮儀祭拜五嶽，東、西、南、北嶽分鎮四方，中嶽高居其中。南嶽地處荒遠，有許多妖怪出沒，上天授予南嶽權柄，讓它雄鎮南方。深山噴吐出陣陣雲霧，繚繞山間，又有誰能破雲穿霧，登上山頂呢？我來此朝拜，恰巧遇上秋雨連綿的季節，此時，陰暗的晦氣籠罩著山巒，我默默祈禱著，難道是我的虔誠感動了山嶽之神嗎？片刻之間，雲開霧散，抬頭仰望時，眾峰高聳入雲，如同支撐著天空一般。紫蓋峰連綿不絕，緊連著天柱峰和石廩峰逶迤而上，銜接著祝融峰。我頓時感到心驚動魄，急忙下馬向山神膜拜，接著，我沿著一條松柏間的小徑，直奔衡嶽廟。衡嶽廟有粉白的牆面、殷紅的殿柱，閃耀著奪目的光彩，壁上描繪的神靈鬼怪，青紅相間。我登上台階，躬身獻上祭祀的物品，想藉著這些微薄祭品，表達我對山神的虔誠。

廟裡有一位知曉神明旨意的老人，他觀察著我的一舉一動，並向我欠身回禮。他拿出占卜的杯珓，教導我如何使用，並且解釋我所擲的卦象是最為吉利的。如今，我被貶到蠻荒之地，過著勉強溫飽的生活，但我已心滿意足，甘願如此度過餘生。我早已沒有出將入相的奢望，如今，縱使神明要賜福於我，也難以成功了吧！此夜，我投宿在佛寺中，登上高閣，眺望蒼穹，雲霧遮蔽了月色星光。遠處傳來猿猴的啼叫，寺鐘已然敲響，不知不覺天已破曉，東方緩緩地升起一輪光芒萬丈的紅日。

詩人透過敘寫仰望衡嶽諸峰、謁祭衡岳廟神、占卜仕途吉凶、投宿廟寺高閣等情況，抒發個人的深沉感慨，一方面為自己進入蠻荒之地後，終於活著北歸而慶幸，另一方面則對仕途坎坷表示憤懣不平，實際上也是對統治者的抗議。

石鼓歌

韓愈

張生手持石鼓文，勸我試作石鼓歌。少陵無人謫仙死❶，才薄將奈石鼓何？周綱凌遲四海沸❷，宣王憤起揮天戈。大開明堂受朝賀❸，諸侯劍佩鳴相磨。蒐於岐陽騁雄俊❹，萬里禽獸皆遮羅❺。鐫功勒成告萬世，鑿石作鼓隳嵯峨❻。從臣才藝咸第一，揀選撰刻留山阿。雨淋日炙野火燎，鬼物守護煩撝呵。公從何處得紙本，毫髮盡備無差訛。辭嚴義密讀難曉，字體不類隸與蝌。年深豈免有缺畫❼，快劍斫斷生蛟鼉。鸞翔鳳翥眾仙下❽，珊瑚碧樹交枝柯❾。金繩鐵索鎖鈕壯，古鼎躍水龍騰梭。陋儒編詩不收入，二雅褊迫無委蛇❿。孔子西行不到秦，掎摭星宿遺羲娥⓫。嗟余好古生苦晚，對

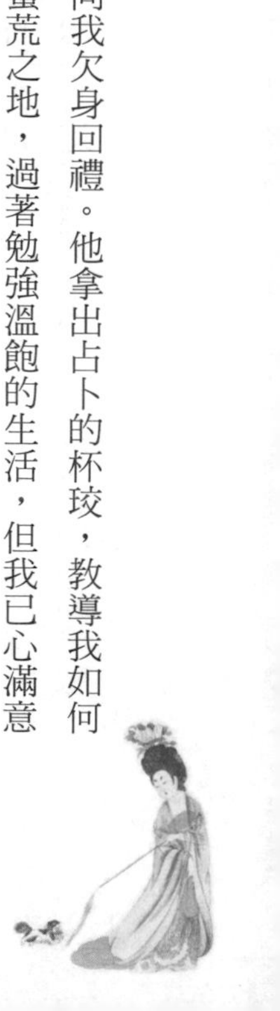

此涕淚雙滂沱。憶昔初蒙博士徵，其年始改稱元和。故人從軍在右輔，為我度量掘臼科⓬。濯冠沐浴告祭酒，如此至寶存豈多。氈包席裹可立致，十鼓只載數駱駝。薦諸太廟比郜鼎，光價豈止百倍過。聖恩若許留太學，諸生講解得切磋。觀經鴻都尚填咽⓭，坐見舉國來奔波。剜苔剔蘚露節角⓮，安置妥帖平不頗⓯。大廈深檐與蓋覆，經歷久遠期無佗。中朝大官老於事，詎肯感激徒媕婀⓰。牧童敲火牛礪角，誰復著手為摩挲。日銷月鑠就埋沒，六年西顧空吟哦。羲之俗書趁姿媚，數紙尚可博白鵝。繼周八代爭戰罷⓱，無人收拾理則那⓲。方今太平日無事，柄任儒術崇丘軻⓳。安能以此上論列⓴，願借辯口如懸河。石鼓之歌止於此，嗚呼吾意其蹉跎。

說文解字

❶少陵：杜甫。謫仙：李白。❷陵遲：衰敗。❸明堂：天子頒布政教、接見諸侯、舉行祭祀的場所。❹蒐：打獵。❺遮羅：攔捕。❻嵯峨：高峻的樣子。❼缺畫：筆畫殘缺。❽翥：飛。❾柯：樹枝。❿褊迫：狹窄。委蛇：莊嚴又從容的樣子。⓫掎摭：採取。羲：羲和，此處指日。娥：嫦娥，此處指月。⓬臼科：坑穴，指石鼓所埋之地。⓭填咽：咽喉塞住，比喻交通堵塞。⓮節角：文字的稜角。⓯頗：歪斜。⓰媕婀：沒有主見，猶豫不決。⓱八代：此處泛指秦漢之後諸朝。⓲則那：又奈何。⓳柄任儒術：重用儒生。⓴論列：建議。

詩意解析

張生手裡拿著周朝石鼓文的拓本，勸我作一首石鼓歌。杜甫、李白才華洋溢，但都已逝世，而我才疏學淺，只能無可奈何的勉強作一首。想當年，周朝政治衰敗，國勢動蕩不安，周宣王發奮要中興周朝，起兵征討叛逆。中興大業初成，周宣王大開明堂接受朝賀，朝拜的諸侯摩肩接踵，彼此寶劍的佩玉都互相擦撞，發出叮噹聲響。春暖花開之際，周宣王率隊田獵，馳騁在岐山之間，四面八方的野獸都逃不出他的天羅地網。事後，他命令臣下從高山中開鑿巨石，雕成石鼓，將英雄們的功業刻在上面。周宣王的隨從們都堪稱天下第一，他們雕鑿石鼓，刻上文字，將它立在山野。任憑風吹日曬，但因為有鬼神的守護，所以石鼓完好如初。

我不知道你從哪裡得到這些拓本，這個版本文字清晰完整，沒有絲毫差錯，言詞嚴謹，內容深奧難以理解，字體不像隸書，也不像蝌蚪文，自成一體。因年代久遠，難免有受損的筆畫，但字形依然生動，有的像是被利劍斬斷的蛟龍，有的則像鸞鳳飛舞，眾仙飄飄下凡之景，筆畫如同珊瑚樹的枝幹般交錯。遒勁的筆力如同用金繩鐵索纏繞而成的鎖，堅韌不已，又像從古鼎中騰躍而出的巨龍。陋儒在編撰《詩經》時，竟沒有將此石鼓文收錄，〈大雅〉、〈小雅〉的內容過於狹隘，完全沒有石鼓文的莊嚴從容。孔子周遊列國時，沒有造訪秦地，也難怪他不知道石鼓文，他所編撰的《詩經》彷彿只摘下星星，遺漏了更明亮的日月。

唉！我雖好古，但可惜出生得太晚，如今，對著這石鼓文，不禁老淚縱橫。想當年，我擔任國子監博士時，那年正好改年號為「元和」。我的老友正在鳳翔節度府，他為我挖掘出這些珍貴的石鼓。我馬上齋戒沐浴，將此事向上稟報：「如此珍貴的文物，如今已剩下不多了。只要將那些石鼓用氈席包好，再準備幾匹駱駝，就可以將這十個石鼓運到此處。如果將它們進獻太廟，那它們的身價豈止於皇家祠堂中的郜鼎呢？如果皇上能恩准將它留在太學，那學生們便可以共同研究，相互切磋。漢朝時，在太學門前觀經的群眾，人山人海，如今，若能把石鼓放在太學，則將轟動全國。如果將石鼓整理乾淨，露出文字原先的稜稜角角，並且平穩地放在妥善的地方，再加上高樓大廈、深簷厚瓦的層層保護，這樣便可以使之流傳千古了。」但朝中大臣個個昏聵不堪，不理會我的勸諫，對此事無動於衷，一再拖延。牧童們在石鼓上敲石取火，牛隻在石鼓上磨蹭牛角，又有誰會將它視為珍寶呢？我擔憂它持續被侵蝕風化，終將徹底腐壞，六年來，我不斷向西遙望，獨自嘆息。王羲之的書法俗不可耐，僅憑幾張紙，居然就可以換取一群白鵝。周代之後早已歷經八代，天下統一，但石鼓仍被棄置山野，令人無可奈何。如今，天下太平，國泰民安，皇上重視儒術，推崇孔孟之道。我要如何才能向皇上稟報此事呢？真希望我有口若懸河的才能啊！我的石鼓歌就寫到這裡，上述這些建議終究也只是白費唇舌吧！

　　這首詩作於唐代元和六年，表達詩人對古代文物的珍視與保護之情。詩中所寫的石鼓文，是中國最早的石刻文字，詩人認為石鼓文對研究古代文學和歷史學具有重要意義，感慨石鼓文物遭到廢棄。他曾力諫朝廷保護石鼓，但不被採納，因而大發牢騷，詩中更無情嘲諷朝中重臣和「陋儒」們。

詩人小傳

　　韓愈，字退之，河南河陽人。自稱郡望昌黎，世稱韓昌黎。晚年任吏部侍郎，又稱韓吏部。卒諡文，世稱韓文公。與柳宗元皆是當時古文運動的倡導者，合稱「韓柳」，並被推崇為「唐宋八大家」之首。宋代蘇軾稱讚他「文起八代之衰，道濟天下之溺，忠犯人主之怒，勇奪三軍之帥」。韓愈在中唐後期的詩壇尚處於領袖地位，他的詩歌的主要特色是氣勢宏大、尚險好奇、瑰麗奇崛，使唐詩乃至宋以後的詩歌發展，產生巨大變化。

酬程延秋夜即事見贈

韓翃

長簟迎風早❶，空城澹月華❷。星河秋一雁，砧杵夜千家❸。
節候看應晚，心期臥已賒。向來吟秀句，不覺已鳴鴉。

說文解字

❶簟：竹蓆。❷空：形容秋天清虛的景象。澹：隨波蕩漾。❸砧杵：搗衣的用具，古代搗衣多在秋夜。

詩意解析

高挺的竹子最先感覺到秋風的寒意，皎潔的月光灑滿寂寞的京城。銀河渺渺，只見一隻大雁飛過，遠方傳來陣陣砧杵聲，千家萬戶都在搗衣。現在應該已是晚秋，你我心意相連，互贈詩作。我遲遲未入眠，只因一直在吟誦你贈予我的詩句，不知不覺就天亮了。

此為一首酬贈詩，詩人酬和友人，以友人的詩題和詩。全詩描寫秋夜清遠疏淡的景色，意境開闊，同時時序更迭，也引出詩人心事未了的惆悵。前四句就臥病的心情，取景渲染，將寂寥的秋夜之景與詩人的孤單心情互相輝映。頸聯轉入敘事，寫出悲秋的原因。尾聯以扶病之身，而能長夜吟誦不倦，自是因為詩句美好，作為酬贈之作，已寫盡題意。同時，也寫出病中孤寂的生活，漫漫秋夜，只有一詩相伴，詩人的寂寥心情可以想見。全詩前半寫景，景中寓情；後半敘事，事中現意。

同題仙遊觀

韓翃

仙台初見五城樓，風物凄凄宿雨收。山色遙連秦樹晚，砧聲近報漢宮秋❶。
疏松影落空壇靜，細草香閒小洞幽。何用別尋方外去❷，人間亦自有丹丘❸。

說文解字

❶砧聲：在搗衣石上搗衣的聲音。❷方外：神仙居住的世外仙境。❸丹丘：指神仙的居處。

詩意解析

正值一夜秋雨過後，我第一次來到仙遊觀。我遠望觀外，在一片霧靄中，山色與遠方秦地的樹影遙遙相連，搗衣的砧聲，似乎在宣布漢宮已是深秋時節。疏落的青松投下樹影，顯得道觀更加清淨，小草幽香撲鼻，顯得山洞更加幽深。何須遠離塵囂去尋找神仙居住的桃花源呢？人間不是也有這番仙境嗎？

這首詩的寫法十分平實，以真切平和取勝，不以奇崛跌宕爭強。首聯寫初入仙遊觀門之所見，頷聯繼續寫仙遊觀的外景，但與首聯不同的是，首聯是俯視，頷聯是遠望。頷聯又點明此刻是秋天的傍晚，自然而然地引發懷古的幽情。頸聯詩意一轉，從景物說，由觀外轉入觀內，寫仙遊觀中所見的景象；從寓意說，由描述見聞轉入傾訴觀感，寫遊賞觀景時的內心體驗。尾聯收結全詩，暗用《楚辭》典故，表達詩人對閒適生活的嚮往。全詩情景交融地紀寫遊賞仙遊觀的見聞，以及詩人對此地景物的讚賞流連。

寒食❶

春城無處不飛花，寒食東風御柳斜。
日暮漢宮傳蠟燭，輕煙散入五侯家。

韓翃

說文解字

❶寒食：清明節的前一日，此日禁火。

詩意解析

暮春時節，長安城中處處落花飄舞，正值禁止火燭的寒食節，東風吹拂著御花園中的柳枝。黃昏時分，皇宮中傳出皇上御賜給平日得寵宦官們的燭火，嫋嫋輕煙，飄入正值聖寵的武侯之家。

此為一首諷刺詩，但詩人的筆法巧妙含蓄，從表面上看，似乎只是在描繪一幅寒食節時，長安城內，富有濃郁情味的日常生活。實際上，細細品味後，便可以感受到詩人懷著強烈的不滿，深刻地諷刺當時作威作福的宦官。中唐以後，昏君寵幸宦官，以致於宦官權勢滔天，他們敗壞朝政、排斥朝官。本詩正是因此而發。

詩人小傳

韓翃，字君平，與李端、盧綸、錢起、司空曙、耿湋、吉中孚、苗發、夏侯審、崔洞合稱「大曆十才子」。唐代天寶十三年進士，建中初年，唐德宗親自點名其為中書舍人，並因當時有兩個韓翃，特別批示指明是詠「春城無處不飛花」的韓翃。「春城無處不飛花」出自韓翃的〈寒食〉一詩，可見其詩名之盛。

高手過招

1.（　）**甲、春城無處不飛花，寒食東風御柳斜。日暮漢宮傳蠟燭，輕煙散入五侯家。乙、去年元夜時，花市燈如畫，月上柳梢頭，人約黃昏後。丙、一輪霜影轉庭梧，此夕羈人獨向隅。未必素娥無悵恨，玉蟾清冷桂花孤。丁、爆竹聲中一歲除，春風送暖入屠蘇。千門萬戶曈曈日，總把新桃換舊符。上述詩文所對應的傳統節慶，依序為：**

A. 清明／七夕／元宵／除夕　B. 清明／元宵／中秋／新年

C. 新年／元宵／中秋／除夕　D. 元宵／中秋／七夕／新年

【解答】 1. B

蜀先主廟❶

劉禹錫

天地英雄氣，千秋尚凜然。勢分三足鼎，業復五銖錢❷。
得相能開國❸，生兒不象賢。淒涼蜀故妓，來舞魏宮前。

說文解字

❶先主：劉備。❷五銖錢：漢武帝時的貨幣，此處代指漢朝帝業。❸相：此處指諸葛亮。

詩意解析

先主劉備的英雄氣概真可謂充塞天地，為後人所景仰。想當年，三分天下，劉備雄心勃勃地希望可以復興漢室，幸得諸葛亮輔佐，劉備這才得以在三國中取得一席之地，只可惜兒子劉禪卻不是一個賢主。他在司馬昭的宴會上，看到樂伎表演故國的歌曲，非但沒有悲傷流涕，反而嘻笑自若，真是可悲啊！

此首詠史之作立意在讚譽英雄，鄙薄庸碌。全詩前四句寫盛德，後四句寫業衰，在鮮明的盛衰對比中，道出古今興亡的深刻歷史教訓。詩人詠史懷古，其著眼點當然還是在於當世。唐代曾有過開元盛世，但詩人所處的時代早已日薄西山，國勢日益衰頹，然而執政者仍然昏庸荒唐，甚至一再打擊、迫害如詩人一般的革新者，令人感慨萬千。全篇措詞精警凝鍊，沉著超邁。

西塞山懷古

劉禹錫

王濬樓船下益州❶，金陵王氣黯然收❷。千尋鐵鎖沉江底❸，一片降幡出石頭。
人世幾回傷往事，山形依舊枕寒流。從今四海為家日❹，故壘蕭蕭蘆荻秋❺。

說文解字

❶王濬：晉代的益州刺史。樓船：晉武帝伐吳時，派王濬造大船，船上以木為城，每船可容納二千餘人。❷金陵：三國時期，吳國的都城。王氣：帝王之氣。❸千尋：此處形容極長。尋，長度單位。❹四海為家：天下統一。❺故壘：此處指三塞山，也包括六朝以來的戰爭遺跡。

詩意解析

晉代大將軍王濬率領戰艦從益州順流而下，直逼金陵，金陵的帝王之氣驟然失色。吳國用以抵擋敵人戰艦的鐵鍊也被熊熊烈火吞噬，投降的白旗懸掛在金陵城頭，宣告著吳國的滅亡。朝代興亡，人世盛衰，但青山依舊，江河依然奔流不復返，只能徒留感嘆。如今天下一統，昔日營壘早已變成一片廢墟，上面長滿蘆荻，在秋風秋雨中飄搖。

西塞山，是六朝有名的軍事要塞。西元二八〇年，晉武帝司馬炎命令王濬率領以高大的戰船組成的西晉水軍，順江而下，討伐東吳。詩人便以此件史事為題，開頭寫「樓船下益州」，「金陵王氣」便黯然消失。第二聯順勢而下，直寫戰事及其結果。詩的前四句洗煉緊湊，在對比之中寫出雙方的強弱、進攻的路線、攻守的方式、戰爭的結局，不僅使讀者看到失敗者的形象，也看到勝利者摧枯拉朽的氣勢，可謂虛實相間。詩到第六句才點到西塞山，詩人不去描繪眼前西塞山的奇偉竦峭，而是突出「依舊」二字，顯得人事之變化、六朝之短促。第七句宕開一筆，直寫「從今」之世，第八句說往日的軍事堡壘，這些殘破荒涼的遺跡，便是六朝覆滅的見證，也是「從今四海為家日」，江山一統的結果。全詩借古諷今，沉鬱感傷，但繁簡得當，直點現實。

烏衣巷❶

劉禹錫

朱雀橋邊野草花❷，烏衣巷口夕陽斜。

舊時王謝堂前燕❸，飛入尋常百姓家。

說文解字

❶烏衣巷：三國東吳時的禁軍駐地，由於當時禁軍身著黑色軍服，故稱之。東晉時期，王導、謝安兩大家族都居住於烏衣巷，人稱其子弟為「烏衣郎」。唐後，烏衣巷淪為廢墟。❷朱雀橋：在金陵城外，烏衣巷就在此橋邊。❸舊時：晉代。王謝：王導、謝安的世家大族，冠蓋簪纓，為六朝貴族。

詩意解析

曾經繁華的朱雀橋已變得冷落荒涼，長滿野花野草，曾經貴族來往頻繁的烏衣巷口已成斷垣殘壁，映照在夕陽之中，顯得破敗蕭條。那些曾經在晉代王、謝世家堂屋前築巢的飛燕，如今依舊在此築巢，但此處早已不是貴族的居所，只是普通的百姓人家。

首句「朱雀橋邊野草花」，引人注目的是橋邊叢生的野草和野花，「草、花」前面加上「野」字，為景色增添荒僻的氣象，表明昔日車水馬龍的朱雀橋，如今已經荒涼冷落。第二句「烏衣巷口夕陽斜」，表現烏衣巷不僅映襯在敗落淒涼的古橋背景之下，而且還呈現在斜陽的殘照之中，使烏衣巷籠罩在寂寥慘淡的氛圍。最後兩句，「舊時王謝堂前燕，飛入尋常百姓家」。「舊時」兩字，賦予燕子歷史見證人的身份，詩人抓住燕子作為候鳥，有棲息舊巢的習慣，暗示烏衣巷昔日的繁榮，突出今昔對比。

春詞❶

劉禹錫

新妝宜面下朱樓❷，深鎖春光一院愁。
行到中庭數花朵，蜻蜓飛上玉搔頭❸。

說文解字

❶春詞：春怨之詞。❷宜面：脂粉和臉色都很勻稱。朱樓：多指富貴女子的居所。❸玉搔頭：玉簪。

詩意解析

她輕敷脂粉，顯得粉面桃腮，輕移步伐，緩緩走下紅樓。春光雖好，但她卻只能獨自一人待在深院，怎能沒有怨呢？她移步庭中，點數著花朵，想要藉此纘恨解憂。忽然，有一隻蜻蜓飛來，停在她的玉簪上，唉！如今只剩下蜻蜓陪伴著她啊！

首句的「宜面」兩字，說明這名女子妝扮得相當認真、講究，不僅沒有愁，反倒還有幾分喜色，豔豔春光使她暫時忘卻了心中的苦惱，窗外的良辰美景使她心底萌發一絲朦朧的希望。第二句寫出戶外的確是鶯歌蝶舞、柳綠花紅，但庭院深深，女子獨自一人，於是滿目生愁。三、四兩句再進一步將「愁」字寫足。這名女子下樓，本不是為了尋愁覓恨，但卻惹得無端煩惱上心頭。這急劇變化的痛苦心情，使她再也無心賞玩，只好用「數花朵」來遣愁散悶。「蜻蜓飛上玉搔頭」，含蓄地刻畫出女子沉浸在痛苦中，凝神佇立的情態，同時也暗示了這位女子有著花朵般的容貌，以至於常在花中的蜻蜓，也錯把美人當花朵。更意味著女子的處境亦如庭院中的春花一般，寂寞深鎖，無人賞識，只能引來無知的蜻蜓。

詩人小傳

劉禹錫，字夢得，因曾任太子賓客，故稱劉賓客。唐代貞元九年中進士，後參與「永貞革新」，為王叔文集團的核心人物之一。詩風樸實流暢，其詩作受到當時眾多詩人及民眾的喜愛，與白居易交情甚篤。今存詩八百餘首，內容豐富，一部分是反映人民生活、抨擊社會現實的作品，一部分是詠史、懷古、抒情的作品，一部分是融入民歌風情、民間景況的作品。由於他重視友情，與友人酬唱的作品也非常多。

高手過招

（＊為多選題）

1.（　）**天地英雄氣，千秋尚凜然。勢分三足鼎，業復五銖錢。得相能開國，生兒不象賢。淒涼蜀故伎，來舞魏宮前。（唐代劉禹錫〈蜀先主廟〉）上引律詩所歌詠的是何人？**

A. 諸葛亮　B. 李後主　C. 曹操　D. 劉備

＊2.（　）**白先勇曾說過這一段話：「中國文學的一大特色，是對歷代興亡、感時傷懷的追悼，從屈原的〈離騷〉到杜甫的〈秋興〉八首，其中所表現出人世滄桑的一種蒼涼感，正是中國文學的最高境界。」下列文句，何者可作為上引文字的註腳？**

A. 孔尚任《桃花扇》：「這青苔碧瓦堆，俺曾睡風流覺，將五十年興亡看飽。那烏衣巷不姓王，莫愁湖鬼夜哭，鳳凰台棲梟鳥。」

B. 溫庭筠〈夢江南〉：「過盡千帆皆不是，斜暉脈脈水悠悠。腸斷白蘋洲。」

C. 湯顯祖《牡丹亭》：「原來奼紫嫣紅開遍，似這般都付與斷井頹垣。」

D. 劉禹錫〈西塞山懷古〉：「王濬樓船下益州，金陵王氣黯然收。千尋鐵鎖沉江底，一片降幡出石頭。人世幾回傷往事。山形依舊枕寒流。從今四海為家日，故壘蕭蕭蘆荻秋。」

E. 杜甫〈樂遊園歌〉：「拂水低回舞袖翻，緣雲清切歌聲上。卻憶年年人醉時，只今未醉已先悲。數莖白髮那抛得，百罰深杯亦不辭。」

【解答】1. D 2. A C D

旁徵博引

樂不思蜀

蜀漢亡後，劉禪移居魏國都城洛陽，被封為安樂縣公。有一天，司馬昭設宴款待劉禪，囑咐樂伎演奏蜀國的樂曲，並且以歌舞助興。在座的蜀漢舊臣們，想起蜀國的亡國之痛，紛紛掩面，低頭流淚。在場只有劉禪怡然自若，一點都不悲傷。司馬昭看到之後，便問劉禪：「安樂公都不會思念故國嗎？」劉禪回答：「此間樂，不思蜀也。」劉禪的舊臣郤正剛好聽到這段對話，便趁著上廁所時，對劉禪說：「陛下，下次司馬昭如果再問您同一件事，您就先注視著宮殿的上方，接著閉上眼睛一陣子，然後再張開雙眼，很認真地說：『先人的墳墓都遠在蜀地，我沒有一天不想念那裡啊！』如此一來，司馬昭就會讓陛下回蜀了。」劉禪聽了之後，牢記在心。酒席進行到了尾聲，司馬昭又再度問劉禪同樣的問題，劉禪馬上把郤正教他的照實說了一遍。司馬昭聽了之後，說：「咦？這句話的口吻，怎麼像是郤正說的呢？」劉禪驚訝地說：「你怎麼知道啊！」立刻引來司馬昭及左右大臣哄堂大笑。

沒蕃故人

張籍

前年戍月支❶，城下沒全師❷。蕃漢斷消息，死生長別離。
無人收廢帳，歸馬識殘旗。欲祭疑君在，天涯哭此時。

說文解字

❶戍：征伐。月支：古西域國名，此處借指吐蕃。❷沒全師：全軍覆沒。

詩意解析

前年，你出征吐蕃，聽說那場在城外的戰役，唐軍全軍覆沒。吐蕃和唐地之間，自那時起便斷絕音訊，我也與你就此生離死別。沒有人去收拾那被遺棄在戰場上的營帳，只剩下戰馬還記得那殘破的營旗。我想祭奠你的亡靈，卻又冀望你還活著，我遙望天邊，不知你究竟是生是死，怎能不傷心落淚啊！

詩人的一位老友在保衛月支的戰役中，因全軍覆沒而生死未卜，下落不明。所以，詩人便以「沒蕃」為題，寫詩表達傷懷。此詩層次清晰，由「戍」寫到「沒」，由「消息」斷寫到「死生」不明，由「死生」不明寫到「欲祭」不忍，終以無可奈何的放聲大哭為結，一路寫來，入情入理。首聯交代全軍覆沒的時間和地點。時間是「前年」，前年戰敗，如今才寫詩，正是因為詩人一直在等待友人確切的生死消息。然而，第二聯寫到蕃、漢之間的消息已完全斷絕，兩年之間一無所獲，如今，友人無論是死是生，都意味著永遠離別了。死了，自然是天人永隔；活著，也是成為蕃人的奴隸，無法再相見了。沉痛之情，溢於言表。頸聯透過想像，描寫戰敗的慘狀，「歸馬」指逃歸的戰馬，戰馬還能辨認己方的軍旗，故能逃歸舊營，但人卻是一個也沒有回來，令人想見戰爭的殘酷。尾聯則寫詩人自己矛盾、痛苦的心情。

詩人小傳

張籍，字文昌。唐代長慶元年，韓愈推薦他為國子博士，歷任水部員外郎、主客郎中、國子司業，時稱「張水部」或「張司業」。因其出身貧寒，官職低微，故能接觸較多的社會底層民眾，因此，其所作的詩多為批判社會，同情百姓的遭遇，與王建齊名，號稱「張王樂府」。與白居易、孟郊等所作的詩歌，被稱為「元和體」。

新嫁娘詞

王建

三日入廚下❶，洗手作羹湯。
未諳姑食性❷，先遣小姑嘗❸。

說文解字

❶三日：古代習俗，新媳婦婚後三日，須下廚房做飯。❷諳：熟悉。姑食性：婆婆的口味。❸小姑：丈夫的妹妹。

詩意解析

剛剛過門三天的新媳婦，必須按照規矩，進廚房煮飯燒菜。她謹慎地洗淨雙手，做了一道羹湯。因為是第一次在丈夫家中煮飯，不知道婆婆喜歡什麼口味，便請小姑嘗嘗看，詢問她自己做的菜合不合婆婆的口味。

首句「三日入廚下」，直賦其事，同時也交待出古代新婚的習俗。接下來的「洗手」本是無關緊要的環節，但由詩人仔細寫出時，就表現了新婦慎重小心的心情。而新婦緊張的原因很簡單，那就是「未諳姑食性」。同樣一道羹湯，有的人覺得鹹，有的人覺得淡，因此新婦需要一個參謀。而女兒最是體貼，女兒的習慣往往也來自於母親，所以新嫁娘「先遣小姑嘗」。詩人寫到「嘗」字為止，接下來的事情，便任由讀者想像，如此一來，反覺餘味無窮。詩人以寥寥數筆，便勾勒出一個栩栩如生的新婦形象，生活氣息濃厚。

詩人小傳

王建，字仲初，潁川人。唐代大曆十年進士，貞元二年在邢州認識張籍，兩人成為摯友，兩人的詩歌齊名，被並稱為「張王」。在長安時，與韓愈、白居易、劉禹錫、楊巨源等詩人皆有往來。大和三年，出任陝州司馬，世稱「王司馬」。詩歌多反映民間疾苦，為中唐新樂府運動的先導。

高手過招

1.（　）**三日入廚下，洗手作羹湯。未諳姑食性，先遣小姑嘗。（唐代王建〈新嫁娘詞〉）下列選項，何者最接近此新嫁女子在陌生環境中所表現出的才德？**

A. 勤勞與耐心　B. 聰慧與順從　C. 謹慎與機智　D. 孝順與友愛

2.（　）**下列選項中的「姑」字，何者和「三日入廚下，洗手作羹湯。未諳姑食性，先遣小姑嘗。」的「小姑」意思相同？**

A. 自吾為汝家婦，不及事吾「姑」，然知汝父之能養也。

B. 新婦初來時，小「姑」始扶床。今日被驅遣，小「姑」如我長。

C. 重帷深下莫愁堂，臥後清霄細細長。神女生涯原是夢，小「姑」居處本無郎。

D. 洞房昨夜停紅燭，待曉堂前拜舅「姑」？妝罷低聲問夫婿，畫眉深淺入時無？

3.（　）**三日入廚下，洗手作羹湯。未諳姑食性，先遣小姑嘗。（唐代王建〈新嫁娘詞〉）詩中出現的兩**

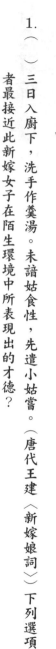

個「姑」字，分別指的是：

A. 前者：丈夫的姑姑。後者：丈夫的妹妹。
B. 前者：丈夫的媽媽。後者：丈夫的姑姑。
C. 前者：丈夫的媽媽。後者：丈夫的妹妹。
D. 前者：丈夫的妹妹。後者：丈夫的姑姑。

【解答】1. C　2. B　3. C

旁徵博引

中唐的新樂府運動

新樂府運動是由元稹、白居易共同提倡的文學改革，與韓愈、柳宗元提倡的古文運動相互呼應。「新樂府」是唐人自立新題的樂府詩，與漢樂府的主要不同之處在於，新樂府不入樂，而漢代樂府則入樂。新樂府運動的宗旨是「文章合為時而著，歌詩合為事而作」，強調詩歌的社會功能和諷諭作用。

在歷經安史之亂後，唐朝社會動亂、政治腐敗，有識之士察覺這些社會問題日趨嚴重，便希望能以社會風氣推行政治改良，挽救日漸式微的國勢，這樣的想法也反映在文壇上，於是，便出現了古文運動與新樂府運動。這批詩人繼承杜甫社會寫實的詩作風格，試圖在詩中反映民生疾苦和社會現實的弊端。然而，此類型的創作不免觸動到權貴人士的利益，因此在推展上並不順利。

哥舒歌❶

西鄙人

北斗七星高，哥舒夜帶刀。
至今窺牧馬，不敢過臨洮。

說文解字

❶哥舒：指哥舒翰。唐玄宗時期的大將，曾大破吐蕃，使吐蕃不敢再進犯。

詩意解析

北斗七星高掛空中，就好像哥舒翰一樣功高蓋世。哥舒翰夜帶寶刀，鎮守邊關，威名震攝敵軍。如今，那些吐蕃人只敢遠遠的往南方窺伺，再也不敢隨意越過臨洮，擅自侵犯中原了。

此詩題為〈哥舒歌〉，而哥舒翰之所以值得唱誦，是因為他戍邊抗敵、保國為民。但是，詩人並沒有從激烈的戰爭場景中，直接表現出他的英勇善戰、機智果敢，而是透過側面描寫的手法，突出主題。詩的第一句，渲染哥舒翰在人民心中的威望。第二句「哥舒夜帶刀」的「夜」，將第一句和第二句巧妙聯繫。把讚揚和崇敬之情融注於人物形象，同時又刻畫出邊地緊張的氣氛和人物的警備神態。此句也蘊藏著一股英武之氣，令人產生戰則能勝的信心，也使得吐蕃「至今窺牧馬，不敢過臨洮」。

詩人小傳

西鄙人，指唐代西北邊地的無名氏，生平、姓名不詳。

高手過招

1.（　）**北斗七星高，哥舒夜帶刀。至今窺牧馬，不敢過臨洮。（唐代西鄙人〈哥舒歌〉）下列那一選項最接近詩中旨意？**

A. 稱讚哥舒翰武功高強，擅長飛簷走壁。

B. 讚頌哥舒翰戰功彪炳，並受百姓崇敬。

C. 讚美哥舒翰精通卦術，能夠未卜先知。

D. 稱頌哥舒翰威鎮八方，敵人不戰自降。

2.（　）**下列詩歌中的數字，何者都是實數？**

A.「十」年樹木，「百」年樹人。

B. 腹中貯書「一萬」卷，不肯低頭在草莽／烹羊宰牛且為樂，會須一飲「三百」杯

C. 政通人和「百」廢俱興。

D.「三顧」頻煩天下計，兩朝開濟老臣心／北斗「七」星高，哥舒夜帶刀

3.（　）**下列詩句，何者沒有動詞？**

A. 北斗七星高　B. 哥舒夜帶刀　C. 至今窺牧馬　D. 不敢過臨洮

【解答】1. B　2. D　3. A

旁徵博引

潼關之戰

安史之亂時，唐玄宗命令哥舒翰代替大將高仙芝鎮守潼關，抵抗安祿山的進攻。但此時的哥舒翰早已罹患風疾（中風），無奈之下，只得勉強出征。

當哥舒翰拖著病體來到潼關後，發現局勢遠比他想像得更加凶險。一是唐軍在軍事上完全處於下風。二是唐軍連敗，士氣低迷。三是歷經安祿山叛變之後，唐玄宗從之前對軍事將領的放權，轉變為防範有加、猜忌甚重。四是楊國忠、哥舒翰將相不和。但哥舒翰依然努力讓此戰獲勝，他審時度勢，沿用大將高仙芝、封常清堅守不戰的策略，試圖憑藉潼關之險，阻擋安祿山的狂飆猛進，進而再圖反攻。當時的形勢也確實如哥舒翰所料，朝向有利於唐軍的方向發展。

但是，就在戰局膠著的關鍵時刻，唐玄宗卻在楊國忠的讒言下，命令哥舒翰出潼關，與安祿山決戰。哥舒翰深知此時絕不能出關，乃上書勸諫，遠在河北前線的郭子儀、李光弼也上書建言，極言哥舒翰只可固守潼關，不可出兵決戰。但昏聵的唐玄宗堅決嚴令哥舒翰出關決戰。

天寶十五年六月四日，哥舒翰被迫出兵。行前，這位老將自知凶多吉少，乃「撫膺慟哭」。最後的結果，果然如哥舒翰、郭子儀、李光弼所料，唐軍全軍潰敗，潼關也被攻破。而哥舒翰也被綁縛在戰馬上，獻予安祿山。

宮詞

朱慶餘

寂寂花時閉院門，美人相並立瓊軒❶。
含情欲說宮中事，鸚鵡前頭不敢言。

說文解字

❶瓊軒：對廊台的美稱。

詩意解析

陽春三月，百花盛開，本應是熱鬧非凡，但宮院的大門卻緊閉，院內死寂一片。有兩位嬌俏的宮女，相依佇立在廊下，欣賞春色。因兩人失寵已久，孤單寂寥，本想一起談談宮中的事情，但又怕在鸚鵡面前談論，會被有心人士聽去。最後，誰也不敢吐露心中的苦悶。

此為一首宮怨詩，構思獨特，新闢蹊徑。一般的宮怨詩，大多都是集中描寫一位孤淒的宮女。但此首詩卻同時描寫兩位宮女，足見失寵者眾，並非只有一人。全詩從寫景開篇，以景襯情，以熱襯冷。百花盛開的陽春，本應是熱鬧非凡，然而此處的宮門卻寂寂鎖閉。宮女賞春，本應是歡欣的樂事，然而卻因失寵，所以感懷無限，心中鬱悶。宮女雖無言，但其深重的哀怨和憂愁，卻展露無疑，無言勝有言。

近試上張水部❶

朱慶餘

洞房昨夜停紅燭❷，待曉堂前拜舅姑❸。
妝罷低聲問夫婿，畫眉深淺入時無❹？

說文解字

❶張水部：即張籍，曾任水部員外郎，故稱之。❷洞房：新婚臥室。停：留置。❸舅姑：公婆。❹入時無：是否時髦。此處借喻文章是否適合。

詩意解析

昨夜洞房裡，花燭徹夜通明，就是為了等待拂曉時，前往拜見公婆，討公婆的歡心。剛過門的新婦精心打扮後，輕聲地詢問自己的丈夫：「你看看我畫得眉毛，濃淡是否合適呢？」

若不看詩題，只當此詩寫得是洞房花燭後的新婦言行。但看到〈近試上張水部〉的題目後，一切才豁然開朗，原來這是詩人在臨近考試前，向考官張水部所投贈的一首詩，這種詩作也被稱為「干謁詩」。以夫妻或男女愛情關係比擬君臣、師生等社會關係，乃是從《楚辭》開始出現的一種傳統表現手法。詩人繼承這樣的文學傳統，將自己放在媳婦的位置上，流露出一名應試舉子的不安與期待。對於考生來說，考官的態度，就如同公婆對媳婦的看法一樣重要，將關係到他的前途和政治命運，如何令考官滿意是每個考生最關心的問題。而作為水部郎中的考官張籍，自然是詩中的新郎，新娘詢問丈夫：「畫眉深淺入時無？」其實也就是詩人在向張籍提問：「我的文章是否能得到主考官的青睞呢？」此詩新穎別緻，一箭雙鵰，為干謁詩中的佳作。

詩人小傳

朱慶餘，名可久，越州人。唐代寶曆二年進士，任校書郎等職。作〈近試上張水部〉，張籍讀後大為讚賞，寫詩〈酬朱慶餘〉：「越女新妝出鏡心，自知明艷更沉吟。齊紈未足時人貴，一曲菱歌值萬金。」詩中把朱慶餘比作越女鏡湖的採菱女，不僅美艷動人，而且還有絕妙的歌喉，其他身著貴重絲綢的越女都無法與之比擬。於是，朱慶餘自此聲名大噪。

高手過招

（＊為多選題）

＊1.（　）**說話或作文時，不直講本意，只用委婉閃爍的言詞，曲折地烘托或暗示出本意，其目的在於營造「含蓄」、「吞吐」的效果，叫做「婉曲」。下列各選項中具有「婉曲」現象的分別是：**

A.李密〈陳情表〉：「生孩六月，慈父見背；行年四歲，舅奪母志。」

B.曹丕《典論．論文》：「夫人善於自見，而文非一體，鮮能備善，是以各以所長，相輕所短。」

C.朱慶餘〈近試上張水部〉：「洞房昨夜停紅燭，待曉堂前拜舅姑。妝罷低聲問夫婿，畫眉深淺入時無？」

D.鄭寶娟〈關掉電視〉：「如果我把你的孩子那一身癡長起來的鬆鬆皮肉全歸咎於『電視零嘴』，其實並不公平。」

E.《論語．公冶長》：「孟武伯問：『子路仁乎？』子曰：『不知也。』又問，子曰：『由也，千乘之國，可使治其賦；不知其仁也。』」

2.（　）**下列七言詩作，依內容判讀，分類不當的選項是：**

A.柳花深巷午雞聲，桑葉尖新綠未成。坐睡覺來無一事，滿窗晴日看蠶生。——屬田園詩

B.洞房昨夜停紅燭，待曉堂前拜舅姑。妝罷低聲問夫婿，畫眉深淺入時無？——屬閨怨詩

C.烽火城西百尺樓，黃昏獨坐海風秋。更吹羌笛關山月，無那金閨萬里愁。——屬邊塞詩

D.千里鶯啼綠映紅，水村山郭酒旗風。南朝四百八十寺，多少樓台煙雨中。——屬詠史詩

3.（　）**朱餘慶〈近試上張水部〉：「洞房昨夜停紅燭，待曉堂前拜舅姑。妝罷低聲問夫婿，畫眉深淺入時無？」王昌齡〈芙蓉樓送辛漸〉：「寒雨連江夜入吳，平明送客楚山孤。洛陽親友如相問，一片冰心在玉壺。」以上兩首詩的押韻分別是哪幾個字？**

A.「燭、姑、無」押韻，「吳、孤、壺」押韻。

B.「姑、無」押韻，「孤、壺」押韻。

C.「姑、無」押韻，「吳、孤、壺」押韻。

D.「燭、姑、無」押韻，「孤、壺」押韻。

【解答】1. ACE　2. B　3. C

玉台體

權德輿

昨夜裙帶解，今朝蟢子飛❶。
鉛華不可棄❷，莫是藁砧歸❸。

說文解字

❶蟢子：一種身體細長的暗褐色蜘蛛，腳長，多在室內牆壁間結網。其網被認為像是八卦，古人認為是喜事的預兆。❷鉛華：脂粉。❸藁砧：對丈夫的隱稱。

詩意解析

昨夜，我的裙帶自解，這是丈夫即將歸來的喜兆。今晨，我又看到象徵吉兆的長腳小蜘蛛。我趕緊描眉擦粉、梳妝打扮，因為兩種喜兆接連而出，應該是我的丈夫就要歸來了啊！

南朝徐陵曾選古代艷詩和言情詩，編撰成《玉台新詠》，後人多以「玉台體」指言情纖豔之作。詩人此詩取名為〈玉台體〉，代表也是此類詩作。詩的前兩句寫兩種喜兆接連出現，「裙帶解」是夫歸之兆，「蟢子飛」也是喜兆，將此女子的急切、思念、驚喜等複雜心理展現得極為生動傳神。後兩句寫女子對喜兆的反應。然而這名女子的丈夫究竟有沒有回來？喜兆有沒有應驗？詩中並沒有交代。詩人只是渲染了這名女子思夫的一瞬間，將思夫之情含蓄地表達，為讀者留下巨大的想像空間。

詩人小傳

權德輿，字載之，天水略陽人。不到二十歲即以文章著稱，韓洄、李兼、杜佑、裴胄都爭先聘請之。唐德宗好文，聽聞他的才能，便召他為太常博士。好讀書，多著述，為政尚寬，所作的樂府詩甚多，為人稱道。

征人怨

柳中庸

歲歲金河復玉關❶，朝朝馬策與刀環❷。
三春白雪歸青塚❸，萬里黃河繞黑山。

說文解字

❶玉關：即甘肅玉門關。歲歲：指年年月月。❷馬策：馬鞭。刀環：刀柄上的銅環，比喻征戰之事。❸三春：此處指暮春。青塚：西漢王昭君的墓。

詩意解析

在這數不盡的年歲中，征人們不是駐紮在金河，就是轉戰玉門關。每天不是揚起馬鞭，奔走在邊關，不然就是揮舞著大刀與敵人廝殺。陽春三月本該春暖花開，但邊塞卻氣候惡劣，昭君的墓地上都覆蓋著皚皚白雪。征人們望著萬里黃河，環繞著沉沉黑山。

此為一首邊塞詩，全詩共有四句，一句一景，表面上似乎不相連屬，實際上卻統一於「征人」的形象，圍繞著「怨」字展開。前兩句就時記事，「歲歲」、「朝朝」相對，「金河」和「玉關」、「馬策」和「刀環」並舉，又加以「復」、「與」，令人感到單調困苦，怨情自然而然地透出。但是，征人不僅從無休止的時間中，感到怨苦無時不在，也從三、四句中即目所見的景象，感到怨苦無處不有。這兩句寫景，看似與詩題無關，但卻都是征人平日常見之景、常履之地。使讀者不僅可以看到征戍之地的寒苦荒涼，也可以感受征人轉戰跋涉的辛苦。全詩雖不直接發為怨語，然而，其中蘊蓄的怨恨之情，令人感到蕩氣迴腸。

詩人小傳

柳中庸，名淡，字中庸，出身於河東柳氏。柳宗元的族人，隨著父親柳喜避亂江南，而後早亡。與盧綸、李端、張芬為詩友。

高手過招

1.（　）**下列關於典故的文意敘述何者錯誤？**

A.「楚腰纖細掌中輕」使用了「楚王好細腰」及「趙飛燕身輕」的典故，用來形容揚州妓女。

B.「客心洗流水」中的「流水」是伯牙彈的「高山流水」，暗喻蜀僧與詩人之間心靈相通。

C.「滄海月明珠有淚」中的「珠有淚」是用「鮫人泣珠」的典故，比喻詩人酸苦傷悲之感。

D.「三春白雪歸青塚」中的「青塚」典出中唐白居易「江州司馬青衫濕」，寫出塞外的苦寒。

【解答】1. D

長恨歌

白居易

漢皇重色思傾國❶，御宇多年求不得❷。楊家有女初長成❸，養在深閨人未識。天生麗質難自棄，一朝選在君王側。回眸一笑百媚生，六宮粉黛無顏色❹。春寒賜浴華清池❺，溫泉水滑洗凝脂❻。侍兒扶起嬌無力❼，始是新承恩澤時。雲鬢花顏金步搖❽，芙蓉帳暖度春宵❾。春宵苦短日高起，從此君王不早朝。承歡侍宴無閒暇，春從春遊夜專夜。後宮佳麗三千人，三千寵愛在一身。金屋妝成嬌侍夜，玉樓宴罷醉和春。姊妹弟兄皆列土，可憐光彩生門戶❿。遂令天下父母心，不重生男重生女。

驪宮高處入青雲⓫，仙樂風飄處處聞。緩歌謾舞凝絲竹，盡日君王看不足。漁陽鼙鼓動地來⓬，驚破〈霓裳羽衣曲〉⓭。九重城闕煙塵生⓮，千乘萬騎西南行。翠華搖搖行復止，西出都門百餘里。六軍不發無奈何，宛轉蛾眉馬前死⓯。花鈿委地無人收⓰，翠翹金雀玉搔頭⓱。君王掩面救不得，回看血淚相和流。黃埃散漫風蕭索，雲棧縈紆登劍閣⓲。峨嵋山下少人行，旌旗無光日色薄。蜀江水碧蜀山青，聖主朝朝暮暮情。行宮見月傷心色，夜雨聞鈴腸斷聲。天旋日轉迴龍馭⓳，到此躊躇不能去。馬嵬坡下泥土中，不見玉顏空死處。

君臣相顧盡沾衣，東望都門信馬歸⓴。歸來池苑皆依舊，太液芙蓉未央柳㉑。芙蓉如面柳如眉，對此如何不淚垂？春風桃李花開日，秋雨梧桐葉落時。西宮南內多秋草，落葉滿階紅不掃。梨園弟子白髮新，椒房阿監青娥老㉒。夕殿螢飛思悄然，孤燈挑盡未成眠。遲遲鐘鼓初長夜，耿耿星河欲曙天㉓。鴛鴦瓦冷霜華重㉔，翡翠衾寒誰與共㉕？悠悠生死別經年，魂魄不曾來入夢。臨邛道士鴻都客㉖，能以精誠致魂魄。為感君王輾轉思，遂教方士殷勤覓㉗。排空馭氣奔如電㉘，升天入地求之遍。上窮碧落下黃泉㉙，兩處茫茫皆不見。忽聞海上有仙山，山在虛無縹緲間。樓閣玲瓏五雲起，其中綽約多仙子。中有一人字太真，雪膚花貌參差是㉚。金闕西廂叩玉扃㉛，轉教小玉報雙成㉜。聞道漢家天子使，九華帳裡夢魂驚。攬衣推枕起徘徊，珠箔銀屏迤邐開。雲髻半偏新睡覺，花冠不整下堂來。風吹仙袂飄飄舉，猶似霓裳羽衣舞。玉容寂寞淚闌干㉝，梨花一枝春帶雨。含情凝睇謝君王，一別音容兩渺茫。昭陽殿裡恩愛絕，蓬萊宮中日月長㉞。回頭下望人寰處㉟，不見長安見塵霧。唯將舊物表深情㊱，鈿合金釵寄將去。釵留一股合一扇，釵擘黃金合分鈿㊲。但教心似金鈿堅，天上人間會相見。臨別殷勤重寄詞，詞中有誓兩心知。七月七日長生殿，夜半無人私語時。在天願作比翼鳥㊳，在地願為連理枝。天長地久有時盡，此恨綿綿無絕期。

說文解字

❶漢皇：原指漢武帝，此處借指唐玄宗。重色：愛好女色。❷御宇：駕御宇內，即統治天下。❸楊家有女：蜀州司戶楊玄琰，有女楊玉環。❹六宮：古代皇帝有日常處理政務的正寢一處，休息的燕寢五處，合稱之。粉黛：本指女性化妝品，代指六宮中的女性。❺華清池：即唐代華清宮內的溫泉，唐玄宗每年冬、春季都會到此避寒。❻凝脂：形容皮膚白嫩滋潤，猶如凝固的脂肪。❼侍兒：宮女。❽金步搖：一種金首飾，上面綴滿垂珠，走路時搖曳生姿。❾芙蓉帳：繡著蓮花的帳子。❿可憐：可愛，值得羨慕。⓫驪宮：華清宮。⓬鞞鼓：古代騎兵用的小鼓，此處借指戰爭。⓭〈霓裳羽衣曲〉：舞曲名，經唐玄宗潤色並製作歌辭。⓮煙塵生：指發生戰事。闕：宮殿門前兩邊的樓，

泛指宮殿或帝王的住所。⑮宛轉：形容美人臨死前，哀怨纏綿的樣子。蛾眉：借代指美女，此處指楊貴妃。⑯花鈿：用珠寶製成的花朵形首飾。委地：丟棄在地上。⑰翠翹：像翠鳥長尾一樣的頭飾。金雀：雀形的金釵。玉搔頭：玉簪。⑱雲棧：高入雲霄的棧道。劍閣：又稱劍門關，是由秦入蜀的要道。⑲天旋地轉：指時局好轉。迴龍馭：皇帝的車駕歸來。⑳信馬：聽任馬匹往前走。㉑太液、未央：皆借指唐代皇宮。㉒椒房：后妃居住之所，因以花椒和泥抹牆，故稱之。阿監：宮中的侍從女官。青娥：年輕的宮女。㉓耿耿：微明的樣子。㉔霜華：霜花。㉕翡翠衾：布面繡有翡翠鳥的被子。㉖鴻都：東漢都城洛陽的宮門名，此處借指長安。㉗方士：有法術的人，此處指道士。㉘排空馭氣：即騰雲駕霧。㉙窮：窮盡，找遍。碧落：天空。黃泉：陰間。㉚參差：彷彿，差不多。㉛玉扃：玉石做的門環。㉜小玉、雙成：此處皆借指楊貴妃在仙山上的侍女。㉝闌干：縱橫交錯的樣子，此處形容淚痕滿面。㉞蓬萊宮：傳說中的海上仙山，此處指楊貴妃在仙山的居所。㉟人寰：人間。㊱舊物：指楊貴妃生前與唐玄宗定情的信物。㊲擘：分開。㊳比翼鳥：傳說中的鳥，據說只有一目一翼，必須雌雄並立才能飛翔。

詩意解析

唐玄宗一直以來，都一心想要尋覓一個傾城傾國的佳人，但他君臨天下多年，卻未能找到他夢寐以求的美人。楊家有一個剛長大的女孩，一直都被養育在深閨中，無人知曉。她天生麗質，被選入皇宮中，陪伴在君王的身邊。她只要回頭微微一笑，就顯出無窮的嬌媚，令後宮的三千佳麗全都黯然失色。春寒料峭，君王賜她去華清池沐浴，讓溫泉得以舒緩她柔嫩的肌膚。沐浴後的她嬌乏無力，宮女將她輕輕扶起，此時的她，剛剛開始承受君王的恩澤。她擁有烏黑的秀髮，花容月貌，頭上裝飾著搖曳生姿的金步搖，在芙蓉帳中，與君王共度春宵。春宵短暫，太陽早已高高升起，君王為了與她纏綿，便再也不早朝了。她終日與君王尋歡，沒有半點空閒，春暖花開時，由她陪伴君王郊遊；夜晚時分，君王也獨寵她一人。君王本應分給後宮佳麗三千的寵愛，如今都集於她一身。她在華麗的宮室中精心打扮，等待著夜晚君王的臨幸，在雕梁畫棟的玉樓中，她醉後的媚態令君王心神蕩漾。她的兄弟姐妹們也都因此得到封賞，楊家自此門庭若市，人人皆欣羨不已。天下的父母也都不再重視兒子，反而看重女兒，因為女兒才能夠光耀門楣。

驪山上的華清宮，高大宏偉，聳入雲霄，宮中的仙樂隨著微風，飄散四方。她隨著音樂輕歌曼舞，君王如癡如醉，覺得永遠也看不夠。突然間，遠方傳來漁陽叛軍驚天動地的戰鼓聲，揭示戰爭的開始，驚破了在〈霓裳羽衣曲〉中君王的美夢。城闕堅固的京城中，頓時煙霧瀰漫，千軍萬馬簇擁著君王往西南方奔逃。在西出京城不過百餘里時，君王的車駕突然停了下來，軍隊不肯前進。原來是軍隊希望君王懲治禍國殃民的楊氏，君王無可奈何之下，只好將她殺死。她的翠翹、金雀、玉簪等首飾都散落一地，無人收拾。君王掩面流淚，雖貴為皇帝，卻無法保護自己的心上人，他回頭仰望，痛哭得血淚橫流。黃塵滾滾，秋風蕭瑟，滿目淒涼，曲折盤旋、高聳入雲的棧道直上劍門關。蜀山行人稀少，日光慘澹，旌旗晦暗。面對清澈的蜀江和蒼翠的蜀山，君王每天都沉浸在對她的思念之中。君王在行宮中，望著淒清的月色，傷心垂淚；在夜雨中，聽著微風搖動風鈴，愁腸百斷。時局逐漸轉好時，君王的車駕終於可以返回京城了，在途中經過佳人隕歿的地方，君王久久徘徊，不忍離去。他站在馬嵬坡下，卻始終無法找到佳人的容顏，眼前只有荒疏的曠野。

君王與侍臣相顧無言，淚濕衣襟，心情沉痛而無心趕路，任由馬車緩緩駛入京城。回到宮中，看到曾經的宮院依舊，太液池中荷花盛開，未央宮中楊柳依依。荷花恰似她嬌媚的面容，柳葉如同她的蛾眉，面對如此場景，怎能不觸景傷情呢？不管春風和煦或秋雨紛飛、梧桐飄落，君王的心頭都縈繞著無盡的悲愁。宮院內到處秋草瑟瑟、落葉紛紛，石階上都鋪滿了枯葉，卻不見有人去清掃。昔日梨園中的弟子如今已鬢髮斑白，後宮中的女官也已紅顏不再。黃昏時分，宮中流螢飛舞，君王回憶著與她纏綿的日夜，直到孤燈燃盡，君王依舊遲遲無法入眠。聽到遠方悠揚的鐘鼓聲，才知道漫漫長夜這才開始，君王只能悵然地望著燦爛星光，直到天明。冰冷的鴛鴦瓦上覆蓋著秋霜，在寒透肌膚的翡翠衾中，有誰能陪伴我，直到天明呢？與佳人生離死別，年復一

年，她的幽魂卻從未入夢啊！

有一位客居京城的蜀中道士，擅長以至誠之心感召亡者的魂靈。他為君王愁腸百結的思念所感動，為君王尋覓佳人的魂魄。道士騰空而去，如閃電般飛馳，在天地之間搜索著她的蹤跡。但上到天空，下到陰間，兩處茫茫，都沒有她的蹤影。道士聽聞海上有一座仙山，那座仙山隱沒在虛無飄渺的仙霧中。山上有五彩祥雲繚繞的玲瓏樓閣，裡面住著許多美麗的仙女。其中有一位名為太真，她的肌膚如雪，花容月貌，就好似君王日夜思念的她一般。道士來到金碧輝煌的仙宮中，輕叩玉門，請求侍女前去向太真通報。太真聽說是唐玄宗派來的使者，馬上從九華帳中驚醒。她連忙披上衣衫，推開玉枕，匆忙下床，一重重的珠簾、屏風隨即打開。因為過於匆忙，她烏雲般的髮髻蓬鬆塌斜，花冠也沒有整理，便匆匆下堂。清風吹拂，她的長袖翩翩飛舞，就如同當年她和著〈霓裳羽衣曲〉起舞一般。只見她黯然神傷，淚流滿面，彷彿暮春中，一枝帶著雨水的梨花般惹人憐愛。

她請使者為她捎話，她含情脈脈地說：「自從馬嵬坡上的一別，從此音容渺茫。當年與君王在宮中的恩愛，如今再也無法擁有，我在這蓬萊仙宮中，歲月漫漫。每當我回望人間時，只見迷霧濛濛，再也看不見曾經的長安城。我只能用此物代表我的深情，請將這個金花鑲嵌的錦盒和金釵交給君王。我已將錦盒和金釵分開，一人一半。但願我們之間的愛情就像它們一樣牢固，不管天上、人間，總還能再度相見。」臨別時，她又再度囑咐道士轉達幾句話，都是她與君王心有靈犀的誓言。就像七月七日那天在長生殿裡。夜闌人靜，兩人立下的山盟海誓：「在天上，我們要做永不分離的比翼鳥；若在地上，我們便是永遠纏繞的連理枝。」天長地久，也總有完結的時候，只有心中的遺憾綿長，永無絕期。

〈長恨歌〉作於元和元年，是詩人有感於唐玄宗、楊貴妃的故事而創作，是一首抒情成份很濃的敘事詩。詩歌的開卷，作者就以簡潔的語言概括了唐玄宗沉迷歌舞美色、荒廢朝政，楊氏一門恃寵而驕，終致安史之亂的歷史事實。其中也包含諷刺意圖，為唐玄宗、楊貴妃的愛情悲劇埋下「長恨」的原由。接下來，詩歌描寫安史之亂中，唐玄宗帶著楊貴妃倉皇逃入西南的情景，而兩人的愛情也在逃亡的過程毀滅。細膩刻畫唐玄宗內心不忍割捨，卻又欲救不得的痛苦，馬嵬坡的生離死別，自此天人永隔。到這裡，詩歌被沉重哀傷的悲劇氛圍所籠罩，之後便開始極力鋪寫唐玄宗的「恨」，用淒楚的語調，在四季景物的襯托下，描寫唐玄宗時時刻刻對楊貴妃的追憶，表達「長恨」的主題。詩的最後一部分，採用浪漫主義的筆法，寫臨邛道士為唐玄宗上天入地尋覓楊貴妃，並在縹緲迷離的海上仙山找到她。楊貴妃此時已是超凡脫俗的女神，但依然含情脈脈，對愛情忠貞，且不斷思念著在人間的唐玄宗。她不僅託道士帶了當年的信物給唐玄宗，並重申昔日的比翼鳥、連理枝誓言，進一步深化、渲染詩歌中「長恨」的主題，留下幽遠的餘味。

琵琶行

白居易

潯陽江頭夜送客，楓葉荻花秋瑟瑟❶。主人下馬客在船❷，舉酒欲飲無管弦。醉不成歡慘將別，別時茫茫江浸月。忽聞水上琵琶聲，主人忘歸客不發。尋聲暗問彈者誰，琵琶聲停欲語遲。移船相近邀相見，添酒回燈重開宴。千呼萬喚始出來，猶抱琵琶半遮面。

轉軸撥弦三兩聲，未成曲調先有情。弦弦掩抑聲聲思❸，似訴平生不得志。低眉信手續續彈❹，說盡心中無限事。輕攏慢撚抹復挑，初為〈霓裳〉後〈六么〉❺。大弦嘈嘈如急雨❻，小弦切切如私語❼。嘈嘈切切錯雜彈，大珠小珠落玉盤。間關鶯語花底滑❽，幽咽泉流冰下灘❾。水泉冷澀弦凝絕，

凝絕不通聲漸歇。別有幽愁暗恨生，此時無聲勝有聲。銀瓶乍破水漿迸，鐵騎突出刀槍鳴。曲終收撥當心畫，四弦一聲如裂帛。東船西舫悄無言⑩，唯見江心秋月白。

沉吟放撥插弦中，整頓衣裳起斂容。自言本是京城女，家在蝦蟆陵下住⑪。十三學得琵琶成，名屬教坊第一部⑫。曲罷常教善才服，妝成每被秋娘妒⑬。五陵年少爭纏頭⑭，一曲紅綃不知數⑮。鈿頭銀篦擊節碎⑯，血色羅裙翻酒污。今年歡笑復明年，秋月春風等閒度。弟走從軍阿姨死，暮去朝來顏色故⑰。門前冷落車馬稀，老大嫁作商人婦。商人重利輕別離，前月浮梁買茶去。去來江口守空船⑱，繞船月明江水寒。夜深忽夢少年事，夢啼妝淚紅闌干⑲。

我聞琵琶已歎息，又聞此語重唧唧⑳。同是天涯淪落人，相逢何必曾相識。我從去年辭帝京，謫居臥病潯陽城。潯陽地僻無音樂，終歲不聞絲竹聲。住近湓江地低濕，黃蘆苦竹繞宅生。其間旦暮聞何物，杜鵑啼血猿哀鳴。春江花朝秋月夜，往往取酒還獨傾。豈無山歌與村笛，嘔啞嘲哳難為聽㉑。今夜聞君琵琶語，如聽仙樂耳暫明㉒。莫辭更坐彈一曲，為君翻作琵琶行。感我此言良久立，卻坐促弦弦轉急㉓。淒淒不似向前聲，滿座重聞皆掩泣。座中泣下誰最多？江州司馬青衫濕㉔。

說文解字

❶瑟瑟：形容楓樹、蘆荻被秋風吹動的聲音。❷主人：指詩人自己。❸思：悲傷。❹續續彈：連續彈奏。❺〈霓裳〉：即〈霓裳羽衣曲〉，本為西域樂舞，唐開元年間流入中原。〈六么〉：歌舞曲。❻大弦：指最粗的弦。嘈嘈：聲音沉重抑揚。❼小弦：指最細的弦。切切：細促輕幽，急切細碎。❽間關：鳥鳴聲。❾冰下灘：泉流冰下阻塞難

通，形容樂聲由流暢變為冷澀。⑩舫：船。⑪蝦蟆陵：在長安城東南，是當時有名的遊樂地區。⑫教坊：唐代官辦，管理音樂雜技、教練歌舞的機關。⑬秋娘：唐時歌舞妓常用的名字。⑭五陵：在長安城外，漢代五個皇帝的陵墓。纏頭：用錦帛之類的財物送給歌舞妓女。⑮綃：精細輕美的絲織品。⑯鈿頭銀篦：此處指鑲嵌著花鈿的篦形髮飾。⑰顏色故：容貌衰老。⑱去來：走了以後。⑲闌干：縱橫散亂的樣子。⑳重：重新。唧唧：嘆氣聲。㉑嘔啞嘲哳：形容聲音噪雜。㉒暫：突然。㉓卻坐：退回原處。㉔青衫：唐朝八品、九品文官的服色。白居易當時的官階是將侍郎，從九品。

詩意解析

夜晚，我在潯陽江頭送別我的朋友，正是秋風瑟瑟，吹拂著楓葉、荻花的時候。主人和客人都下馬並坐上船，想舉杯喝酒來話別，卻沒有音樂相合。我們沉悶地喝著酒，對於即將離別，倍覺淒慘。離別時，只見江頭上白茫茫一片，月色浸在廣大的江水中。忽然間，水上傳來了聲聲琵琶的彈奏，使得主人忘了回轉，客人忘了啟程。於是，他們尋著聲音，暗自問道：「彈奏的人是誰呢？」琵琶聲音停止，那人似乎想說什麼，又遲疑不語。他們把船移向她，並邀她前來，添上酒菜，移來燈火，重新安排酒宴。她在我們千聲呼請、萬聲求喚之後才出現，出來時仍抱著琵琶，害羞地遮住了半邊的臉。

她轉了轉、撥了撥弦軸，試彈三、兩聲，還沒彈出曲調，就已經充滿著感情。每根琴弦都低沉哀怨，聲聲充滿著憂思，好像是在傾訴著平生是如何的失意、不得志。她低下眉頭，繼續隨手彈撥，音符說盡了她內心的無限傷悲。她輕輕地按捺，慢慢地拈弄，時而下撥，時而上挑，先彈那〈霓裳羽衣曲〉，接著又彈那〈六么曲〉。大弦嘈嘈的聲音好像陣陣急雨，小弦切切的聲音好像情人之間的私語。大弦嘈嘈、小弦切切交錯地彈奏，好像那大珠、小珠紛紛掉落玉盤的清脆聲響。音符流動，好像花朵下黃鶯滑動的聲音；音符滯塞，好像流水遇到沙

灘，哽咽而無法通行。最後，彷彿泉水又冷又澀一般，琴音忽然中止。幽幽的愁緒憾恨在這無聲世界，產生雖然沒有聲音，境界卻更勝過有聲。突然間，音樂又起，就像銀瓶猛然破裂，水漿噴湧而出；又像那披甲的騎兵想突破重圍而刀槍齊鳴。樂曲終了，她用弦撥在中心用力一掃，四根琴弦發出如同布帛斷裂的聲音。這時，左右的船隻都靜悄悄地說不出半句話來，只見皎潔的秋月正映照在江水的中心。

她一邊沉思嘆息，一邊放開撥子，插入弦中，整理衣裳，現出嚴肅的面容。她說：「我本是京城女子，家就住在蝦蟆陵附近。十三歲時，我學會了琵琶，名列教坊第一。樂曲彈完時，能讓琵琶高手佩服不已；梳好妝容時，常令姐妹們嫉妒不已。五陵一帶的豪貴子弟爭相送我禮物，彈完一曲，得到的紅綃不知其數。鑲著花鈿的髮飾拿來打拍子都打碎了，也絲毫不覺得可惜；鮮紅的羅裙被潑翻的酒弄髒了，也不覺得捨不得。歡笑快樂的日子，年復一年；日日都是秋月春風，良辰美景。但是，離亂突然來臨，弟弟遠走從軍，阿姨死去；日子一天天地過去，我的容顏也逐漸衰老。門前冷冷清清，車馬也逐漸稀少；年老時，只能嫁給商人作妻子。商人看重利益，經常前往外地經商，上個月又前往浮梁買賣茶葉。他走後，留我一人在江口獨守空船，圍繞在船四周的只有那明亮的秋月，和寒冷的江水。深夜裡，我忽然夢到年輕時的種種事情，從夢中哭醒，淚水縱橫交錯。」

我聽到她的琵琶聲已經嘆息不已，如今又聽了她的這番話，更是一再地感傷嘆氣。唉！我和她同樣是淪落在天涯裡的失意人，偶然相逢，一見如故，又何必是曾經相熟的故人呢？我自從去年離別京城，就被貶謫並且臥病在潯陽城。潯陽這個地方十分偏僻，實在沒有什麼好的音樂。一整年來，我都不曾聽過佳妙的絲竹樂之音。此處靠近湓江，又低又濕，房子的周圍繞著黃蘆和苦竹。在這兒能夠聽到什麼呢？唉！只有杜鵑聲聲啼血和猿猴哀哀鳴叫罷了。在春江花開的早晨，秋月皎潔的夜晚，我往往一個人拿起酒，自傾自酌。這裡也有山歌和村笛，但是嘈雜吵鬧，聽不入耳。今晚聽了你彈琵琶的樂音，有如聽到仙樂，兩耳都清爽了許多，就請不要推辭，再坐下彈奏一曲吧！也讓我來為你做一首〈琵琶行〉的詩歌吧！

她有感於我所說的一番話，站立了許久，隨後退回座位，弄緊弦軸，更加急切地彈奏起琵琶。曲調淒淒哀怨，不似先前的音樂，滿座的人聽到後，都掩面而泣。座中是誰掉下最多眼淚呢？就是那整身青衫都已被淚水浸濕的江州司馬我啊！

此首敘事長詩，結構嚴謹縝密，錯落有致，情節曲折，波瀾起伏。第一部分寫江上送客，忽聞琵琶聲，為引出琵琶女作交代。從「潯陽江頭夜送客」至「猶抱琵琶半遮面」，敘寫送別宴無音樂的遺憾，邀請商人婦彈奏琵琶的情形，細緻描繪琵琶的聲調，著力塑造琵琶女的形象。第二部分寫琵琶女及其演奏的琵琶曲，具體生動地展現琵琶女的內心世界。第三部分寫琵琶女自述身世。此段完整地塑造出琵琶女的形象，並且透過這個形象，深刻反映出當時社會中被侮辱、被傷害的樂伎們所背負的悲慘命運。第四部分寫詩人深沉的感慨，詩人敘述自貶官九江以來的孤獨寂寞之感，感慨自己的身世，並抒發與琵琶女的同病相憐之情。

賦得古原草送別

白居易

離離原上草❶，一歲一枯榮❷。野火燒不盡，春風吹又生。

遠芳侵古道❸，晴翠接荒城。又送王孫去❹，萋萋滿別情❺。

說文解字

❶離離：青草茂盛的樣子。❷枯：枯萎。榮：茂盛。❸芳：野草濃郁的香氣。侵：侵占，長滿。❹王孫：本指貴族後代，此處指遠方的友人。❺萋萋：形容草木茂盛的樣子。

詩意解析

原野上鬱鬱蔥蔥的青草，歲歲年年都枯黃之後，又再度青翠茂盛。任憑野火焚燒，也不會滅絕，因為只要春風再次吹拂大地，便依舊生機勃勃。古老的驛道被淹沒在芳草之中，一片翠綠延伸到遠在天邊的一座荒城。芳草正綠，春光正好，我在此與你話別，那萋萋的芳草就恰似我對你的離情。

首句即破題面「古原草」三字，看來平常，卻抓住了「春草」生命力旺盛的特徵。「一歲一枯榮」寫作「枯榮」，這與「榮枯」就不一樣。如作後者，便是「秋草」，便無法再衍生至三、四句。兩個「一」字復疊，形成詠嘆，又有生生不已的情味。「野火燒不盡，春風吹又生」是「枯榮」兩字的發展，由概念一變而為形象的畫面。此二句不但寫出「原上草」的性格，而且寫出一種從烈火中再生的形象，一句寫枯，一句寫榮，「燒不盡」與「吹又生」的對仗亦工整天然，故卓絕千古。五、六句則繼續寫「古原草」，將重點落到「古原」，以引出「送別」的題意。最後的「王孫」二字借自《楚辭》，泛指行者。點明「送別」，結清題意，關合全篇，「古原」、「草」、「送別」打成一片，意境渾成。

自河南經亂，關內阻饑，兄弟離散，各在一處。因望月有感，聊書所懷，寄上浮梁大兄，於潛七兄，烏江十五兄，兼示符離及下邽弟妹

白居易

時難年荒世業空❶，弟兄羈旅各西東❷。田園寥落干戈後❸，骨肉流離道路中。
弔影分為千里雁❹，辭根散作九秋蓬❺。共看明月應垂淚，一夜鄉心五處同❻。

說文解字

❶世業：祖傳的產業。❷羈旅：漂泊流浪。❸寥落：荒蕪。❹弔影：一個人孤身獨處。千里雁：比喻兄弟們相隔千里，如孤雁離群。❺辭根：草木離開根部，比喻兄弟們各自離鄉背井。九秋蓬：深秋時，隨風飄轉的蓬草，用以比喻在異鄉漂泊的遊子。❻五處：即詩題所言的五處。

詩意解析

自從河南歷經戰亂，關內地區爆發饑荒以來，我們兄弟分離，四散八方。我望著月亮，忽然有所感觸，便

作詩給諸位兄弟姊妹，以慰離愁。時勢艱難，兵荒馬亂，祖業早已在戰亂中散盡，兄弟各個淪落在外，各奔東西。戰亂之後，田園荒蕪，滿目瘡痍，骨肉兄弟皆在途中失散，彼此天涯一方。就像那離群的孤雁，孤獨一人，也像那秋天的蓬草，隨風飄散。此時，分屬天涯海角的我們同看著明月，都留下思鄉的淚水，我們雖分散在不同的五個地方，但心中的思鄉之情卻都是相同的。

此為一首感情濃郁的抒情詩，全詩意在寫經亂之後，詩人懷念諸位兄弟姊妹的心境。詩的前兩聯從「時難年荒」的災難起筆，以親身經歷概括出戰亂頻年、家園荒殘、手足離散的苦難現實生活。接著詩人再以「雁」、「蓬」作比，以弔影分飛與辭根離散的描述，賦予它們孤苦淒惶的情態，深刻揭示飽經戰亂的零落之苦。最後，詩人以綿邈真摯的詩思，構出一幅五地望月、共生鄉愁的圖景，從而收結全詩，創造出渾樸真淳、引人共鳴的詩篇。全詩以白描的手法，採用平易的家常話語，抒寫人們所共有，而又不是人人俱能道出的真實情感。

問劉十九

白居易

綠蟻新醅酒❶，紅泥小火爐。
晚來天欲雪，能飲一杯無❷？

說文解字

❶綠蟻：指新釀且未經過濾米酒上的綠色泡沫。醅：釀造。❷無：表示疑問的語氣詞。

詩意解析

新釀的米酒還沒有過濾，上面浮著一層綠色的細小泡沫。我在門前架起小小的紅泥爐，準備溫酒。天黑了，看來就要下雪了啊！劉十九啊！要不要來共飲一杯酒呢？

劉十九是詩人在江州時的朋友，全詩寥寥二十字，沒有深遠的寄託，也沒有華麗的辭藻，字裡行間洋溢著熱烈歡快的色調，和溫馨熾熱的情誼，表現溫暖如春的詩情。首句開門見山地點出新酒，描繪家酒的新熟淡綠和渾濁粗糙，引發讀者的聯想，讓讀者猶如已經看到那芳香撲鼻、甘甜可口的米酒。次句渲染飲酒環境，並且烘托氣氛，增添溫暖的情調。後面兩句，詩人邀請老朋友飲酒敘舊，更體現出兩人之間的濃濃情誼。「雪」的安排，勾勒出朋友相聚暢飲的闊大背景，反襯出火爐的熾熱和友情的珍貴。「家酒」、「小火爐」和「暮雪」三個意象連綴成一幅有聲有色、有形有態、有情有意的圖畫，其間流溢出友情的融融暖意和人性的陣陣芳香。

後宮詞

白居易

淚濕羅巾夢不成，夜深前殿按歌聲❶。
紅顏未老恩先斷❷，斜倚熏籠坐到明❸。

說文解字

❶按歌聲：依照歌聲的節奏打拍子。❷紅顏：宮女。❸熏籠：覆罩香爐的竹籠。當時的貴族婦女常用來薰衣被，為宮中用物。

詩意解析

夜已深了，她的淚水濕透羅巾，聽著前殿傳來節奏輕快的歌曲，想必是君王正與他人在尋歡作樂。她的紅顏尚未衰老，但皇恩卻已斷絕，如今，只能獨自一人倚著熏籠，兀自期盼著君王的恩寵，一直坐到天明。

此詩是代替宮人所作的怨詞，全詩的主角是一位不幸的宮女。她一心盼望著君王的臨幸而終未盼得，時已深夜，只好上床，這是第一層怨悵。寵幸不可得，退而求之好夢，但輾轉反側，竟連夢也難成，這是第二層怨悵。夢既不成，她索性攬衣推枕，掙扎坐起。但正當她愁苦難忍時，前殿又傳來陣陣笙歌，原來君王正在那與他人尋歡作樂，這是第三層怨悵。倘若已人老珠黃，猶可釋懷，但她偏偏紅顏未老，這是第四層怨悵。要是君王一直不曾寵幸於她，那也罷了，但偏偏她曾受過恩寵，而如今恩寵卻無端斷絕，這是第五層怨悵。夜已深

沉，她仍希冀君王在聽歌賞舞後，還會記得她。於是，精心裝扮以待召幸，不料卻一直坐到天明，這是第六層怨悵。全詩一氣渾成，短短四句，細膩地表現一個失寵宮女複雜矛盾的內心世界。由希望轉到失望，由失望轉到苦望，由苦望轉到絕望；由現實進入幻想，由幻想進入癡想，由癡想再跌入現實，千迴百轉，傾注詩人對不幸者的深摯同情。

詩人小傳

白居易，字樂天，晚號香山居士、醉吟先生。文章精切，擅長寫詩，作品平易近人，乃至於有「老嫗能解」的說法。白居易早年積極從事政治改革，關懷民生，倡導新樂府運動，主張詩歌創作不能離開現實，須取材於現實事件，所謂「文章合為時而著，歌詩合為事而作」，是繼杜甫之後，寫實派文學的重要領袖人物之一。晚年時，雖仍不改關懷民生之心，卻因政治上的不得志，而多放意詩酒，作〈醉吟先生傳〉以自況。與元稹齊名，號「元白」。晚年又與劉禹錫唱和甚多，稱為「劉白」。

高手過招

（＊為多選題）

1.（　）**下列歌詠的歷史人物，何者配對不當？**

A. 屈原：揮菖蒲之碧劍／揚汨羅之濁浪／在澤畔／在石榴紛舉怒拳的五月／我又見你從江心踏波而來

B. 陶淵明：骨硬不能深折腰／棄官歸來空兩手／甕中無米琴無弦／老妻嬌兒赤腳走／先生高吟自嘲諷／笑指門前五株柳／看他風裡儘低昂／這腰肢我沒有

C. 白居易：搖一身青／曳灰衫一襲／若問我是誰／我在長江裡／濯過足／在黃河邊／數過沙／潯陽柴桑／是我遙遠的家鄉／我是／結廬在人境／而無車馬喧底／龍的傳人

D. 李白：現在你已經完全自由／列聖列賢在孔廟的兩廡／肅靜的香火裡暗暗地羨慕／有一個飲者自稱楚狂／不飲已醉，一醉更狂妄／不到夜郎已經夠自大／幸而貶你未曾到夜郎

*2.（　）下列有關「**白居易**」的敘述，**正確**的選項是：

A. 白居易早年富熱情，有理想，時思以詩歌改革政治，感化人心，與元稹同倡「新樂府運動」，主張「文章合為時而著，歌詩合為事而作」。

B. 詩作內容寫實，風格平易，尤以諷喻詩〈秦中吟〉、〈賣炭翁〉、〈新豐折臂翁〉等揭櫫社會弊端，引人共鳴，為中唐社會寫實詩之健將。

C. 後經貶謫流放，英銳之氣盡銷，詩風漸趨感傷。晚年好佛又遍歷世事，心境轉趨空寂寧靜，詩作亦歸於平和閒適。

D. 晚年與洛陽香山寺僧時相往來，自號「香山居士」；又頗放意詩酒，自號「醉翁」。

E. 白居易幼敏慧，勤勉求學，詩文俱佳，尤工詩，求平易美，與元稹時相唱和，世稱「元白」，又與劉禹錫齊名，並稱「劉白」。

3.（　）下列有關**白居易的介紹**，**錯誤**的選項是：

A. 詩風清新婉麗，平易近人，老嫗都解。

B. 主張「文章合為時而著，歌詩合為事而作」。

C.對南朝齊梁年間的靡麗之作，極為推崇。

D.所作詩歌三千八百餘首，為唐代詩人最多作品者。

4.（　）**唐代白居易〈問劉十九〉：「晚來天欲雪，能飲一杯無？」其中的「雪」，是將名詞轉為動詞使用。下列「　」中的字，何者也是名詞轉為動詞使用？**

A.推王君之心，豈愛人之「善」。　B.「籠」鳥「檻」猿俱未死。

C.「手」長鑱，為除不潔者。　D.不有佳「詠」，何伸雅懷。

【解答】 1.C　2.ABCE　3.C　4.C

旁徵博引

楊貴妃

開元二十三年十二月二十四日，楊氏以「楊玄璬長女」的身份受封為壽王妃，成為壽王李瑁的妻子。李瑁的母親武惠妃，是當時唐玄宗最為寵愛的妃子。開元二十五年，武惠妃逝世，唐玄宗悼惜良久，此時恰巧遇見楊氏，便對她一見傾心，但她已是自己兒子李瑁的妻子。《新唐書．后妃傳》中記載，有人向唐玄宗進言：「（楊氏）姿質天挺，宜充掖廷。」於是，唐玄宗便下定決心將楊氏召入後宮中。開元二十八年十月，以為唐玄宗母親竇太后祈福的名義，敕書楊氏出家為女道士，道號「太真」。天寶四年，楊太真便還俗，受封為貴妃。從此之後，楊貴妃便備受寵幸，其宗族也因此繁盛，很多人都獲授官爵或賞賜。

遣悲懷

元稹

其一

謝公最小偏憐女❶，自嫁黔婁百事乖❷。顧我無衣搜藎篋❸，泥他沽酒拔金釵❹。

野蔬充膳甘長藿，落葉添薪仰古槐。今日俸錢過十萬，與君營奠復營齋。

其二

昔日戲言身後事，今朝都到眼前來。衣裳已施行看盡❺，針線猶存未忍開。

尚想舊情憐婢僕，也曾因夢送錢財。誠知此恨人人有，貧賤夫妻百事哀。

其三

閒坐悲君亦自悲，百年多是幾多時。鄧攸無子尋知命❻，潘岳〈悼亡〉猶費詞❼。

同穴窅冥何所望❽，他生緣會更難期。惟將終夜長開眼❾，報答平生未展眉。

說文解字

❶謝公最小偏憐女：東晉宰相謝安，最愛其姪女謝道韞。詩人以此比喻自己的妻子韋叢。❷黔婁：戰國時期，齊國的貧士。詩人以此自喻。百事乖：什麼事都不順遂。❸藎篋：竹或草編成的箱子。❹泥：央求。❺施：施捨與人。行看盡：眼看不多了。行，快要。❻鄧攸：晉朝人，字伯道。在戰亂之中，鄧攸帶子、侄逃難，因不能兩全，便捨

棄兒子，保全姪子。當時人有「天道無知，使伯道無兒」之語。尋知命：即將知命之年。元稹五十歲時，始由繼室裴氏生一子，名道護。❼潘岳：晉朝人，潘岳，字安仁，妻子死後，作〈悼亡〉三首。❽同穴：指夫妻合葬。❾開眼：傳說鰥魚的眼睛終夜不閉，藉此比喻愁思不眠的人，也用以稱呼無妻者為鰥夫。

詩意解析

其一

賢妻啊！妳聰明賢慧，自幼受父親寵愛，但自從嫁給我這個窮書生後，便諸事不順。妳看我沒有換洗的衣裳，便翻箱倒櫃地尋找，我還任性的央求妳，拔下頭上的金釵給我買酒喝。我們如此貧窮，妳卻願意與我同甘共苦，跟我一起以豆菜為糧，以落葉當柴。我如今的俸錢已超越十萬，但妳卻不能與我共享富貴，我只能為妳奉上齋飯，聊表心意。

其二

還記得當年我們說的玩笑，講起彼此的身後事，如今竟然都展現在眼前。妳生前穿過的衣裳大部分都已施捨給他人，只有針線盒依舊保存完好，但我不忍打開，生怕觸景傷情。想起你我之間的夫妻恩情，便更加憐愛曾侍奉妳的奴婢，也曾因夢見到妳，便為你施捨財物。死別的遺憾，人人皆有，但我們曾是共患難的夫妻，更覺事事悲哀。

其三

獨自閒坐時，我常弔念妻子，也悲嘆自己，人的壽命有限，縱使百年，也如一夢。鄧攸捨子保侄，卻終身

無子，潘岳的〈悼亡〉寫得再好，對死者來說，也是白費筆墨。即使死後合葬，但地府冥冥，也難以再相聚，幻想來世再結良緣，更是渺茫。我只能終夜睜著雙眼，思念著妳，以報答你生前為我所歷經的辛勞。

此三首詩是詩人為懷念去世的原配妻子所作。詩人的原配妻子韋叢，是太子少保韋夏卿最小的女兒，於西元八〇二年和詩人結婚，當時她二十歲，詩人二十五歲。婚後生活貧困，但韋叢十分賢惠，毫無怨言，夫妻感情深厚。好景不常，七年後，即西元八〇九年，詩人擔任監察御史時，韋叢就病死了，年僅二十七歲。詩人悲痛萬分之餘，陸續寫了不少情真意切的悼亡詩，其中最著名的便是〈遣悲懷〉三首。

行宮❶

元稹

寥落古行宮❷，宮花寂寞紅。
白頭宮女在，閒坐說玄宗。

說文解字

❶行宮：皇帝在京城之外的宮殿。❷寥落：寂寞冷落。

詩意解析

古行宮中早已冷冷清清，但宮中的花兒卻依舊鮮豔無比。鬢髮斑白的宮女們，正在閒坐著聊天，談論起當年唐玄宗的那些遺事。

詩人在此詩中運用兩種表現手法塑造意境，一是以少總多。寥寥二十個字，便將地點、時間、人物、動作全都表現出來，觸發讀者聯翩的浮想，宮女們年輕時皆月貌花容，嬌姿豔質，但如今，卻被禁閉在這冷落的古行宮中，年復一年，直到青春消逝，紅顏憔悴，白髮頻添。她們被禁閉冷宮，與世隔絕，只能回顧天寶時代的玄宗遺事，此景此情，令人淒絕。「寥落」、「寂寞」、「閒坐」，既描繪當時的情景，也反映詩人的傾向，表現出深刻的意義。另一個表現手法是以樂景寫哀。詩中用盛開的紅花和寥落的行宮相映襯，加強時移世遷的盛衰之感，又用春天的紅花和宮女的白髮相映襯，表現紅顏易老的人生感慨，再用紅花美景與淒寂心境相映襯，突出宮女被禁閉的哀怨情緒。

詩人小傳

元稹，字微之。八歲喪父，隨生母鄭氏遠赴鳳翔，倚靠舅族。貞元九年授校書郎，次年開始作詩。貞元十九年，娶出自京兆韋氏龍門公房韋夏卿的女兒韋叢。元稹最擅長艷詩和悼亡詩，情真意摯，頗能感人。早年和白居易共同提倡「新樂府運動」，為積極倡導者之一。詩風與白居易相近，世人常把他和白居易並稱「元白」。

晨詣超師院讀禪經❶

柳宗元

汲井漱寒齒，清心拂塵服❷。閒持貝葉書❸，步出東齋讀。
真源了無取❹，妄跡世所逐❺。遺言冀可冥❻，繕性何由熟❼。
道人庭宇靜，苔色連深竹。日出霧露餘，青松如膏沐❽。
澹然離言說，悟悅心自足。

說文解字

❶詣：到，往。❷拂：抖動。❸貝葉書：佛經。因古代用貝葉書寫佛經，故稱之。❹真源：即佛家的真意。❺妄跡：迷信妄誕的事蹟。❻遺言：指佛經所言。冥：暗合。❼繕性：修養本性。繕，修持。❽膏：潤髮的油脂。

詩意解析

黎明時，我從井中汲上清涼的井水漱口，再拂去衣上的塵土，感覺平心靜氣。我悠閒地捧起佛經，信步走出書齋，吟詠朗讀。世人並沒有領悟到佛經的真諦，卻去追逐那些荒誕無稽的迷信之事。佛經中所說，希望能與修性者暗合，但我秉性駑鈍，又如何能參悟佛經的本意呢？僧人的禪院十分優雅清靜，綠色的鮮苔不斷延伸到竹林的深處。清晨的陽光穿過塵霧，映照著松樹上的露珠，松樹閃閃發亮，好像用油脂沐浴過一般。這裡的環境令我內心寧靜，難以言說，我能領悟到此種境界，已感到十分暢快。

此詩寫詩人到超師院讀佛經的感受，詩人清晨早起，到住地附近，一個名為超的僧人所設立的寺院讀佛經，因有所感而寫下這首詩作，表達他壯志未已而身遭貶謫，欲於佛經中尋求治世之道的心境。

溪居

柳宗元

久為簪組累❶，幸此南夷謫❷。閒依農圃鄰❸，偶似山林客❹。
曉耕翻露草，夜榜響溪石❺。來往不逢人，長歌楚天碧❻。

說文解字

❶簪組：古代官吏的服飾，此處指官職。❷南夷：對南方少數民族的稱呼。❸農圃：田園。❹山林客：山林間的隱士。❺夜榜：夜裡行船。❻長歌：放歌。

詩意解析

我因擔任官職而被長久束縛，好在還能強顏歡笑地認為這次被貶謫到此，是值得慶幸的一件事。閒居時，與農田菜圃為鄰，倒真的像一個山中隱士一般。一大清早，我就前去田間翻除還帶著露水的雜草，傍晚時分，

我便乘舟漂流在嘩嘩流淌的小溪中。我獨來獨往，不曾在山中遇到其他人，我仰望天空，放聲高歌。

西元八一〇年，詩人遊覽時，發現冉溪風景秀麗，便遷居此地，並改其名為愚溪。此詩寫他遷居愚溪後的生活，表面上似乎是寫溪居生活的閒適，然而字裡行間卻隱含著孤獨的憂憤。開首二句，詩意突兀，耐人尋味。貶官本是不如意的事，詩人卻以反意著筆，說久為做官所「累」，而這次貶竄南荒為「幸」，實際上是在強顏歡笑。「閒依」、「偶似」相對，也有強調閒適的意味，「閒依」包含著閒散的無聊，「偶似」說明詩人並不真正具有隱士的淡泊。「來往不逢人」，看似自由自在，無拘無束，但畢竟也太孤獨了，透露出詩人是勉強閒適。

漁翁

柳宗元

漁翁夜傍西巖宿❶，曉汲清湘燃楚竹❷。煙銷日出不見人❸，欸乃一聲山水綠❹。
回看天際下中流，巖上無心雲相逐。

說文解字

❶傍：靠近。❷汲：取水。湘：湘江。❸銷：消散。❹欸乃：形聲詞。

詩意解析

傍晚時分，漁翁把船停泊在西山下歇息，拂曉時，他汲起湘江之水，燃起楚地之竹烹煮早餐。煙霧消散，旭日東昇，早已不見他的蹤影。忽然聽見山青綠水之間，傳來「欸乃」一聲的櫓響，回頭一看，他已駕舟行至天際中，恰似那山頂上的白雲，相互追逐，自由自在，無拘無束。

這首小詩情趣盎然，詩人以淡逸清和的筆墨，構畫出一幅令人迷醉的山水晨景，並從中透露他深沉熱烈的內心世界。此詩取題〈漁翁〉，因此漁翁便是貫串全詩首尾的核心形象。但是，詩人並非只單獨為漁翁畫像，詩作的意趣也不只落在漁翁的形象上，構成詩篇全境的除了辛勞不息的漁翁以外，還有漁翁置身於其中的山水天地，詩人將兩者渾然融化，將漁翁和自然景象融成不可分割的一體。最後二句，詩人化用陶淵明〈歸去來兮〉中「雲無心以出岫」的句子，表現出漁翁和大自然的相契之情，同時體現詩人對自由人生的渴求。

登柳州城樓寄漳汀封連四州刺史❶

柳宗元

城上高樓接大荒❷，海天愁思正茫茫。驚風亂颭芙蓉水❸，密雨斜侵薜荔牆❹。

嶺樹重遮千里目❺，江流曲似九迴腸❻。共來百越文身地❼，猶自音書滯一鄉❽。

說文解字

❶刺史：州的行政長官。❷接：連接。❸驚風：急風，狂風。亂颭：吹動。芙蓉：荷花。❹薜荔：一種蔓生植物，又稱木蓮。❺重遮：層層遮住。千里目：此處指遠眺的視線。❻江：柳江。九迴腸：愁腸九轉，形容愁緒纏結難解。❼百越：即百粵，指當時五嶺以南的少數民族地區。文身：指古代南方少數民族在身上刺花紋的風俗。文，通「紋」。❽音書：音信。滯：阻隔。

詩意解析

我登上城頭的高樓，遠望曠野荒原，愁緒就像茫茫的天空一般無垠。急風吹亂了荷花池裡的池水，驟雨陣陣斜灑在爬滿薜荔的牆上。山嶺上樹木重重，遮去我遠望的視線，曲折的柳江如同我九轉的愁腸。我們五人同時被貶謫至荒蕪的百越之地，彼此之間音信不通，各自滯留一方。

柳宗元與韓泰、韓曄、陳諫、劉禹錫都因參加王叔文領導的永貞革新運動而遭貶。後來，五人被召回時，雖有大臣主張起用他們，但因有人梗阻，五人又再度被貶為邊州刺史。他們的際遇相同，休戚相關，因而詩中表現出對彼此的真摯友誼，雖天各一方，但相思之苦，無法自抑。唐代元和十年，詩人初到柳州，夏日登樓懷友，面對滿目異鄉風物，不禁慨嘆世路艱難，人事變遷，故此詩中情感悲涼哀怨。

江雪

柳宗元

千山鳥飛絕❶，萬徑人蹤滅❷。
孤舟蓑笠翁❸，獨釣寒江雪。

說文解字

❶絕：無。❷萬徑：虛指，指很多條路。滅：消失。❸蓑笠：蓑衣和斗笠。蓑，古代的雨衣。笠，古代防雨的帽子。

詩意解析

四周的山都不見飛鳥的蹤影，四周的路都不見旁人的蹤跡。江上有一條孤舟，舟上有一個披簑戴笠的漁翁，他獨自在江上垂釣，絲毫不懼怕寒雪的侵襲，就如同不為名利所動的我。

柳宗元自從被貶至永州後，精神上便受到很大的刺激和壓抑，他藉由描寫山水景物、歌詠隱居在山水之間的漁翁，寄託自身清高而孤傲的情感，抒發自己在政治上失意的鬱悶苦惱。全詩用具體而細緻的手法摹寫背景，用遠距離畫面描寫詩中人物的形象，將精雕細琢和極度誇張錯綜地統一在此首詩中，是這首山水小詩獨有的藝術特色。

詩人小傳

柳宗元，字子厚，唐宋八大家之一。因柳氏為河東有聲望的族姓，故人稱柳河東，又因於柳州刺史任上，復號柳柳州。曾與劉禹錫等人，參加以王叔文為首的永貞革新，最後失敗，被貶為永州司馬。有〈永州八記〉等六百餘篇文章，寓情山水仍不忘國政，亦留下〈黔之驢〉、〈臨江之麋〉、〈捕蛇者說〉等小品，別具一格。其文經後人輯為三十卷，名為《柳河東集》。與韓愈同為中唐古文運動的領軍人物，並稱「韓柳」。

高手過招

1.（　）漁翁夜傍西巖宿，曉汲清湘燃楚竹，煙銷日出不見人，欸乃一聲山水綠，回看天際下中流，巖上無心雲相逐。（唐代柳宗元〈漁翁〉）宋代蘇軾曾說：「熟味此詩有奇趣，其末兩句雖不必。亦可也。」他認為若裁掉其中兩句，詩意反而更豐富。這兩句是：

A. 第一、二句　B. 第三、四句　C. 第五、六句　D. 第二、四句

2.（　）唐代柳宗元〈漁翁〉一詩的主題是想表達：

A. 清湘之地風景優美　B. 漁翁喜歡住在山上

C. 高到雲裡的地方適合隱居　D. 心中沒有牽掛，悠閒自適

3.（　）千山鳥飛絕，萬徑人蹤滅，孤舟簑笠翁，獨釣寒江雪。（唐代柳宗元〈江雪〉）下列有關這首詩的敘述，何者正確？

A. 這是一首五言古詩，沒有對仗的用法。
B. 作者表達一種閒適心情，享受大自然的風景。
C. 全詩描述的空間由大而小，由景入情，最後寫出孤獨的心境。
D. 詩中描述出來的景物是：一人、一船、一釣竿、一陣風雪、一條小魚而已。

4.（　）**下列詩句中，何者未使用譬喻修辭？**
A. 白髮三千丈，緣愁似箇長。不知明鏡裡，何處得秋霜。
B. 名豈文章著，官應老病休。飄飄何所似？天地一沙鷗。
C. 慈母手中線，遊子身上衣。臨行密密縫，意恐遲遲歸。誰言寸草心，報得三春暉。
D. 千山鳥飛絕，萬徑人蹤滅。孤舟蓑笠翁，獨釣寒江雪。

5.（　）**千山鳥飛絕，萬徑人蹤滅。孤舟簑笠翁，獨釣寒江雪。**（唐代柳宗元〈江雪〉）**前兩句寫一個大而高的場景，後兩句寫小而低的場景，請問作者如此佈置的用意為何？**
A. 前場景為背景，凸顯出後場景中的簑笠翁。
B. 後場景為背景，凸顯出前場景中的山色。
C. 前場景和後場景都是焦點。
D. 前場景和後場景都是背景，沒有焦點。

【解答】 1. C 2. D 3. C 4. D 5. A

尋隱者不遇❶

松下問童子❷，言師採藥去。
只在此山中，雲深不知處❸。

賈島

說文解字

❶尋：探訪。隱者：不肯做官而隱居在山野之間的人。❷童子：小孩，此處指隱者的弟子。❸雲深：指山上雲霧繚繞。處：地方。

詩意解析

我前往山中尋訪一位隱士，在途中的松樹下遇見他的弟子，我問他：「師父在嗎？」弟子回答：「師父去山中採藥了，現在就在這這座山中，但是卻不知道他身在雲霧繚繞的何處。」

此詩首句「松下問童子」，從表面上來說，交待了詩人尋訪隱者未得，於是向隱者徒弟問尋的一連串過程。其實也暗示了隱者傍松結茅，以松為友，渲染出隱者高逸的生活情致。接下來的三句都是童子的回答，亦包含著詩人的層層追問，意思層層遞進，言簡意賅，令人回味無窮。第一答是「言師採藥去」，揭示出隱者的典型特徵，同時增添詩人傷其不遇的惆悵。第二答針對詩人何處採藥的問話而來，給了詩人一個沒有結果的回答，「雲深不知處」。這時，山巒之高峻，雲霞之深杳，隱者之神逸，驀然躍進讀者的想像中。

詩人小傳

賈島，字浪仙，范陽人。賈島貧寒，曾經做過和尚，法號無本。賈島是著名的「苦吟派」詩人，代表作有〈尋隱者不遇〉，擅長五言律詩，意境多孤苦荒涼，姚合與賈島交好，後世合稱「姚賈」，並將二人之詩稱為「姚賈詩派」。宋代蘇軾〈祭柳子玉文〉：「元輕白俗，郊寒島瘦。」評價他和詩人孟郊，遂成千古定評。

高手過招

1.（　）**松下問童子，言師採藥去。只在此山中，雲深不知處。（唐代賈島〈尋隱者不遇〉）下列何者為錯誤的選項？**

A. 今音與古音雖有不同，但從形式上仍可推這首詩的韻腳應是「去、處」。

B.「只在此山中，雲深不知處。」此句可解釋為童子的回答，也可解釋為問者尋訪不遇的情形。

C. 本詩了空間推移的技巧，由近至遠，由小及大，與「千山鳥飛絕，萬徑人蹤滅。孤舟蓑笠翁，獨釣寒江雪」完全相同。

D.「松下問童子」隱者彷彿是可遇，「言師採藥去」儼然是不可遇；「只在此山中」彷可遇，「雲深不知處」則又是不可遇。這首詩在理路上，呈現出「可遇」與「不可遇」的交錯。

2.（　）**松下問童子，言師採藥去。只在此山中，雲深不知處。（唐代賈島〈尋隱者不遇〉）關於本詩的敘述，何者有誤？**

A. 首句「問童子」，點出「尋」字。

B. 次句「採藥去」，點出「不遇」。
C. 第三句暗喻離此甚遠。
D. 第四句寫雖尋找他，也不容易碰上。

【解答】1. C 2. C

旁徵博引

奇險怪誕派

奇險怪誕派，又稱為「韓孟詩派」，是中唐時期的其中一個詩歌創作流派。以韓愈為領袖，包括孟郊、李賀、盧仝、馬異、劉叉等人。他們主張「不平則鳴」，苦吟以抒憤，以震蕩光怪為美，以瘁索枯槁為美，以五彩斑斕為美，表現出崇尚奇險怪異的創作傾向，遂形成一種奇崛硬險的詩作風格。他們在藝術上力求避熟就生，標新立異，力矯大曆詩風的平弱纖巧。

韓孟詩派的成員除了推崇杜甫、李白之外，還從禪宗及佛教思想中吸收養分，把「心」作為詩歌創作的源泉。他們的創作往往表現的是自身心靈的歷程，他們常把現實生活中的感受，與自己虛構的世界融合在一起，詩文離奇怪誕，使人感到虛實不定、跳躍怪奇、不可確解。

金縷衣❶

勸君莫惜金縷衣，勸君惜取少年時。
花開堪折直須折❷，莫待無花空折枝。

杜秋娘

說文解字

❶金縷衣：綴有金線的衣服，比喻榮華富貴。❷堪：可以，能夠。直須：儘管。直，直接，爽快。

詩意解析

我勸你不要婉惜那些用金線所編織的華貴衣裳，我勸你應該要好好珍惜眼前的青春年華。就如同在還可以攀折鮮豔花枝的時候，就要趕快把握機會，千萬不要等到花都凋謝了，就只能折取那些無花的枝條。

此詩含意平易近人，可以用「莫負好時光」一言以蔽之。雖然每句詩文似乎都在重複單一的意思，但卻都寓有微妙變化，重複而不單調，迴環而有緩急，形成優美的旋律。一、二句的句式相同，都以「勸君」開始，「惜」字也接連兩次出現。但第一句說的是「勸君莫惜」，第二句說的是「勸君須惜」，「莫」與「須」意正相反，形成重複中的變化。一否定，一肯定，否定前者乃是為肯定後者，似分實合，構成詩中第一次的反覆和詠嘆。三、四句則構成第二次的反覆，單就詩意看，雖與一、二句差不多，但上聯直抒胸臆，是賦法；下聯卻使用譬喻，是比義，在重複中仍有變化。一系列天然工妙的字與字反覆、句與句反覆、聯與聯反覆，使詩句琅琅上

口，語語可歌。其情緒由徐緩的迴環到熱烈的動蕩，使人感到迴腸蕩氣。

詩人小傳

杜秋娘，金陵人。十五歲時，她成為唐代宗室李錡的妾侍。唐代元和二年，李錡正式起兵造反，失敗後，杜秋被納入宮中，後受唐憲宗寵幸。年老時，杜秋被賜歸故鄉。杜牧經過金陵時，看見她又窮又老的景況，遂作詩〈杜秋娘〉，簡述杜秋娘的身世。詩中附了一段註：「勸君莫惜金縷衣，勸君惜取少年時。花開堪折直須折，莫待無花空折枝。李錡常唱此辭。」但並沒有說明這首七言絕句是誰所作，但後世多歸入杜秋娘的作品。

高手過招

1.（　）**勸君莫惜金縷衣，勸君惜取少年時。花開堪折直須折，莫待無花空折枝。（唐代杜秋娘〈金縷衣〉）有關此詩的敘述，何者有誤？**

A.「勸君莫惜金縷衣」意謂不必珍惜物質消費，及時行樂。

B.用花開須折來比喻少年時應及時努力。

C.用花謝空折枝比喻老大徒傷悲。

D.本詩在勸人珍惜年少青春，才不至老大徒傷悲。

2.（　）**下列詩句，何者所表達的意思與其他三者「不」同？**

A. 君不見，高堂明鏡悲白髮，朝如青絲暮成雪。人生得意須盡歡，莫使金樽空對月。

B. 百川東到海，何時復西歸？少壯不努力，老大徒傷悲。

C. 盛衰各有時，立身苦不早？人生非金石，豈能長壽考，奄忽隨物化，榮名以為寶。

D. 勸君莫惜金縷衣，勸君惜取少年時。花開堪折直須折，莫待無花空折枝。

3.（　）**王大偉在書中看到一首詩：「勸君莫惜金縷衣，勸君惜取少年時。花開堪折直須折，莫待無花空折枝。」他和幾位朋友討論這首詩，下列哪一個人的說法正確？**

A. 陳炳源：「全詩句句押韻」。

B. 吳妍容：「這是一首七言律詩」。

C. 李媛愛：「對仗工整，擅用譬喻法」。

D. 郭正新：「大意是在勸人及時行樂」。

【解答】1. A　2. A　3. D

晚唐

旅宿

杜牧

旅館無良伴❶，凝情自悄然❷。寒燈思舊事❸，斷雁警愁眠❹。
遠夢歸侵曉❺，家書到隔年。滄江好煙月，門繫釣魚船。

說文解字

❶良伴：好朋友。❷凝情：凝神沉思。悄然：憂傷的樣子。❸寒燈：昏冷的燈火，此處指倚在寒燈下。❹斷雁：孤雁。❺侵曉：破曉。

詩意解析

此時，我住在旅館裡，沒有一個知心旅伴，秋夜中，只有我獨自一人，心中無限憂思。面對一盞孤燈，我憶起許多往事，迷糊之間好不容易才入睡，卻忽然被一陣孤雁的哀鳴聲驚醒。夢中的家鄉太過遙遠，直到破曉時分，才能抵達，家書寄到旅館時，也已經時隔一年了。滄江之上，月色朦朧，我看著旅館外的漁船覺得十分羨慕，因為漁人的船隻就繫在自家門前。

首聯直接破題，點明情境。「凝情自悄然」是此情此景中，對於主角神情態度的最佳寫照，靜對寒燈，專注幽獨，黯然傷神，將詩人的思念之情寫到極致。頷聯是首聯「凝情自悄然」的具體化，詩人融情於景，細緻地描繪出一幅寒夜孤客思鄉圖景。頸聯設想之詞，虛實結合，想像奇特，表現出詩人因愁思難耐、歸家無望而生

出的怨恨。尾聯收攏有力，卻並非直抒胸意，而是以設想之詞，勾勒家鄉美麗的生活圖景，融情於景，借景抒情，把濃烈的歸思之情融入優美的風景之中。

將赴吳興登樂遊原一絕

杜牧

清時有味是無能，閒愛孤雲靜愛僧。
欲把一麾江海去❶，樂遊原上望昭陵❷。

說文解字

❶一麾：旌旗。❷昭陵：唐太宗的陵墓。

詩意解析

如今是清平盛世，理應大有可為，我卻徒有如同浮雲般的悠閒、僧人般的閒靜，大概是因為我太過無能了吧！我即將離京赴任湖州刺史，臨走前，我登上樂遊原，遠望先帝太宗的陵墓，只可惜先皇當年顯赫的文治武功都已成為歷史。

詩人長於文學，且具有政治、軍事才能，渴望為國家作出貢獻。當時他在京城擔任吏部員外郎，投閒置散，無法展其抱負，因此請求出守外郡。對於這種被迫無所作為的環境，他當然很不滿意。此詩採用「託事於物」的寫法，表達詩人的愛國之情。全詩從安於現實寫起，反言見意。武宗、宣宗時期，牛李黨爭正烈，宦官擅權，根本不是「清時」。但是，詩的起句不僅稱其時為「清時」，且更進一步指出，沒有才能的自己，反倒可以藉此藏拙。詩句雖然是以登樂遊原起興，說到望昭陵就戛然而止，但其對家國的熱愛、對盛世的追懷、對自己無所施展的悲憤，無不包括在內。

赤壁

杜牧

折戟沉沙鐵未銷❶，自將磨洗認前朝❷。
東風不與周郎便❸，銅雀春深鎖二喬❹。

說文解字

❶折戟：折斷的戟。戟，古代兵器。❷將：拿起。磨洗：磨光洗淨。❸東風：指火燒赤壁之事。周郎：指周瑜，字公瑾，年輕時即有才名，被稱為「周郎」。❹銅雀：即銅雀台，是曹操所建造的一座樓台，樓頂有大銅雀，台上住著姬妾、歌妓，是曹操暮年行樂之處。二喬：東吳喬公的兩個女兒。一嫁孫策（孫權兄），稱大喬；一嫁周瑜，稱小喬。

詩意解析

這柄斷戟不知已沉沒在泥沙之中多少年，居然還未銷蝕。我將上面的繡跡磨洗乾淨，發現它竟然是當年赤壁之戰留下來的古物。如果當時東風沒有幫助周瑜，那東吳恐怕早已被曹操所消滅，而大喬、小喬也都將成為俘虜，被曹操鎖在銅雀台中供他享樂了吧！

詩篇的開頭藉古物興起對前朝人、事、物的慨嘆。前兩句中，沙裡沉埋著斷戟，點出此地曾有過的歷史風雲。戰戟折斷沉沙，卻未被銷蝕，暗含著歲月流逝、物是人非之感。正是由於發現了這件沉埋於江底六百多年，鏽跡斑斑的「折戟」，使得詩人思緒萬千，進而引發浮想聯翩，為後文抒懷鋪墊。後兩句涉及到歷史上著名的赤壁之戰，詩人大膽地設想，提出了一個與歷史事實相反的假設。如果當年東風不幫助周瑜的話，那結果又會如何呢？詩人並未直言戰爭的結局。而是說「銅雀春深鎖二喬」，銅雀台乃是曹操驕奢淫樂之所，蓄養姬妾、歌姬於其中。此處的銅雀台讓人聯想到曹操風流的一面，又言「春深」更加深了風流韻味，最後再用「鎖」字，進一步突顯金屋藏嬌之意。將硝煙瀰漫的戰爭勝負寫得蘊藉含蓄，令人佩服。

泊秦淮

杜牧

煙籠寒水月籠沙，夜泊秦淮近酒家。
商女不知亡國恨❶，隔江猶唱〈後庭花〉❷。

說文解字

❶商女：以賣唱為生的歌女。❷後庭花：歌曲〈玉樹後庭花〉的簡稱。南朝陳後主溺於聲色，作此曲與後宮美女尋歡作樂，終致亡國。後世便稱此曲為「亡國之音」。

詩意解析

我將小船停泊在秦淮河邊的一個酒家附近，此時，水面上煙霧瀰漫，沙洲上也泛起清冷的月光。我依稀聽到對岸有歌女正在演唱著〈玉樹後庭花〉，歌女無知，哪裡知道這是一曲亡國之音啊！

此詩為詩人夜泊秦淮時，觸景感懷之作。首句寫景，「煙」、「水」、「月」、「沙」由兩個「籠」字聯繫，融合成一幅朦朧冷清的水色夜景，在朦朧中透出憂涼。次句點題，秦淮一帶在六朝時，曾是著名的遊樂場所，酒家林立，昔日歌舞遊宴的無盡繁華實已包含在詩人此時的思緒之中。後兩句由一曲〈後庭花〉引發無限感慨，「不知」抒發了詩人對「商女」的憤慨，也間接諷刺不以國事為重，只知道紙醉金迷的上層統治者。本詩情景交融，詩人心中的哀愁與朦朧的景色融合為一體。

寄揚州韓綽判官

杜牧

青山隱隱水迢迢❶，秋盡江南草未凋❷。

二十四橋明月夜，玉人何處教吹簫❸。

說文解字

❶迢迢：指江水悠長遙遠。❷凋：凋謝。❸玉人：貌美之人。教：使，令。

詩意解析

天邊青山隱隱，連綿起伏，江流千里迢迢，煙波浩渺。時令已過深秋，江南的草木皆已枯萎。想必此時的揚州二十四橋，月色一定格外嫵媚吧？朋友你此時又在何處與美人吹簫取樂呢？

唐代大和七年，詩人曾在淮南節度使牛僧孺幕中擔任推官和掌書記，和當時任節度判官的韓綽相識。此詩應是詩人離開揚州幕府不久後，寄贈韓綽之作。此為一首調笑詩，前二句寫江南秋景，說明懷念故人的背景。後二句藉揚州二十四橋的典故，調侃友人韓綽。意思是當此深秋之際，你在江北揚州，又在何處教導美人吹簫取樂呢？以問語隱隱傳出悠然神往的意境。這幅用回憶想像織成的月明橋上教吹簫的生活圖景，不僅透露詩人對揚州繁華景象，和令風流才子醉心不已的生活的懷戀，也藉此寄託對往日舊遊之地的思念，重溫彼此同遊的情誼。既含蓄地表現出對友人的善意調侃，又對友人現在的處境表示無限欣慕。

遣懷

杜牧

落魄江南載酒行，楚腰腸斷掌中輕❶。
十年一覺揚州夢，贏得青樓薄倖名❷。

說文解字

❶楚腰：指細腰的美女。掌中輕：漢成帝皇后趙飛燕「體輕，能為掌上舞」。❷青樓：原指精美華麗的樓房，也指妓院。薄倖：薄情。

詩意解析

我漂泊在江湖中，失意潦倒，抑鬱不得志。在揚州的那十年，我沉溺在那些如楚靈王喜好的細腰女子，或是如趙飛燕般的輕盈舞姿中。那些放浪形骸、沉溺聲色的時光有如一場夢，不堪回首。最後，就只在青樓間博得了一個薄情的名聲而已。

詩人曾在節度使牛僧孺幕府中擔任推官，後轉掌書記，居住在揚州地區。從此詩來看，他與揚州青樓女子多有來往，詩酒風流，放浪形骸。日後追憶，便有如夢如幻、一事無成之嘆，因而作出感慨人生、自傷懷才不遇的詩作。詩的前兩句敘寫昔日揚州生活的回憶，從「落魄」兩字中可以看出，詩人不滿於自己沉淪下僚、寄人籬下的境遇。接下來三、四句中，詩人寫出自己的揚州生活，表面上繁華熱鬧，但內心卻煩悶抑鬱，既是痛

苦的回憶，又有醒悟後的感傷。這就是詩人所「遣」之「懷」。最後的「贏得」兩字，調侃中又含有辛酸、自嘲和悔恨的感情，進一步否定曾經的「揚州夢」。貌似寫得輕鬆又詼諧，實際上，詩人的心中是十分抑鬱的。

秋夕❶

杜牧

銀燭秋光冷畫屏❷，輕羅小扇撲流螢❸。
天階夜色涼如水，臥看牽牛織女星。

說文解字

❶秋夕：秋天的夜晚。❷銀燭：精美的蠟燭。❸輕羅小扇：輕巧的絲質團扇。

詩意解析

在寒冷的秋夜中，燭光映照著冷清的畫屏。宮女正百無聊賴，手執輕巧的團扇撲打著飛舞的螢火蟲，以此打發時光、排遣愁緒。夜色有如井水一般清涼，她深夜不眠，依舊抑望著星空中的牽牛星和織女星，日夜盼望著君王的到來。

此詩敘寫失意宮女孤獨的生活和淒涼的心境。其中的「輕羅小扇撲流螢」一句，十分含蓄，其中含有三層意思。第一，螢總是生在荒涼的草叢中。如今，宮女居住的庭院裡竟然有流螢飛動，宮女生活的淒涼也就可想而知了。第二，從宮女撲螢的動作可以想見她的寂寞與無所事事，她用小扇撲打流螢，似乎想驅趕包圍她的孤冷與索寞，但又有什麼用呢？第三，宮女手中拿的輕羅小扇具有象徵意義，古詩中常以秋扇比喻棄婦，此處也象徵著持扇宮女被遺棄的命運。全詩一、三句寫景，把深宮秋夜的景物逼真地呈現在讀者眼前。二、四兩句寫宮女，含蓄蘊藉，耐人尋味。詩中雖無一句抒情，但宮女哀怨與期望相交織的複雜感情見於言外，從側面反映當時婦女的悲慘命運。

贈別

杜牧

其一

娉娉嫋嫋十三餘❶，荳蔻梢頭二月初❷。

春風十里揚州路，卷上珠簾總不如。

其二

多情卻似總無情，唯覺樽前笑不成❸。

蠟燭有心還惜別，替人垂淚到天明。

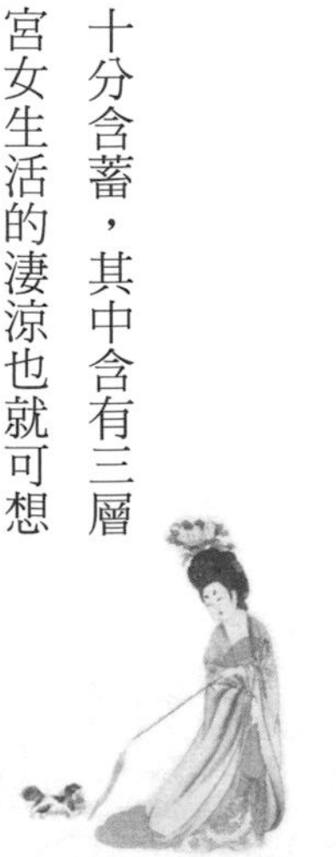

說文解字

❶娉娉：美好的樣子。嫋嫋：纖長柔美的樣子。❷豆蔻：形似芭蕉的植物，初夏開花，故二月初尚未開苞，後稱十三、四歲女子為「豆蔻年華」。梢頭：形容嬌嫩。❸樽：酒杯。

詩意解析

其一

你婀娜多姿、體態輕盈，彷彿是二月初，含苞待放的一朵荳蔻之花。我看遍了揚州城十里長街的所有樓閣，其中那些捲起珠簾的青樓女子們，沒有一個比得上你。

其二

我就要與你分別了，萬千愁緒，不知從何說起，一時竟相視無言，倒像我們彼此無情。我們舉杯飲別時，愁容滿面，連強顏歡笑也做不到。桌上的蠟燭好似也在為我們的離別嘆息，替我們流淚，直到天明。

其一中第一句的七個字無一個人稱，也沒有任何名詞，卻能給讀者鮮明生動的印象，使人如目睹那美麗的倩影。第二句不再寫女子，轉寫春花，將花比女子。「荳蔻梢頭」又暗自呼應「娉娉嫋嫋」，寫出人似花美，花因人豔。第三句寫到「揚州路」，使人如睹十里長街，車水馬龍，花枝招展。「珠簾」是歌樓房櫳設置，而揚州路上不知有多少珠簾，簾下不知有多少紅衣翠袖的美人。詩人壓低揚州所有美人來突出一人之美，有眾星拱月的效果。此詩從意中人寫到花，從花寫到春城鬧市，從鬧市寫到美人，最後又烘托出意中人。

其二的首句，詩人從「無情」著筆。愛得太深，以至於無論用怎樣的方法，都不足以表現出內心的多情。次句從「笑」字入手，詩人多麼想笑著面對情人，舉樽道別，但卻因感傷離別，擠不出一絲笑容。想笑是由於「多情」，「笑不成」是由於太多情，不忍離別而事與願違。詩人帶著極度感傷的心情去看周圍的世界，於是眼中的一切也都帶上了感傷色彩。在詩人的眼中，燭芯變成了「惜別」之心，蠟燭那徹夜流溢的燭淚，彷彿是為兩人的離別而傷心。詩人用精煉流暢、清爽俊逸的語言，表達悱惻纏綿的情思，意境深遠，餘韻不盡。

金谷園

杜牧

繁華事散逐香塵❶，流水無情草自春。

日暮東風怨啼鳥，落花猶似墜樓人❷。

說文解字

❶香塵：石崇為教導家中舞妓步法，以沉香屑鋪於象牙床上，使她們踐踏。❷墜樓人：指石崇的愛妾綠珠。

詩意解析

金谷園昔日的繁華已隨著沉香，煙消雲散，不復存在。往事隨風，恰似流水無情，但每年春天的野草依舊碧綠。傍晚時分，金谷園中鳥兒的悲鳴飄蕩在東風中，落花紛紛，彷彿就像當年晉代石崇的愛妾綠珠，從高樓上飄然而下。

金谷園是西晉富豪石崇的別墅，繁榮華麗，極一時之盛。唐時已荒廢，成為供人憑弔的古蹟。據《晉書・石崇傳》記載，石崇的寵妾綠珠，美豔動人。當時正值八王之亂，趙王司馬倫的寵臣孫秀也看上綠珠，向石崇索要綠珠，但被石崇拒絕。孫秀便領兵包圍金谷園，石崇正在大宴賓客，石崇對綠珠說：「我今為爾得罪。」綠珠哭著說：「妾當效死君前，不令賊人得逞！」遂墜樓而死。

詩人過金谷園，即景生情，寫下了這首詠春弔古之作。此詩句句寫景，景中寓情，四句蟬聯而下，渾然一體。詩人將金谷園落花飄然下墜的形象，與曾在此處發生過的綠珠墜樓而死聯想在一起，寄寓無限情思。綠珠作為權貴們的玩物，她不能自主的命運就如同落花一般令人可憐，揭示綠珠和落花在命運上的相通之處。比喻貼切自然，意味雋永。

詩人小傳

杜牧，字牧之，號樊川，京兆府萬年縣人。曾任中書舍人，人稱杜紫微。擅長五言古詩和七言律詩，其詩英發俊爽，為文尤縱橫奧衍，多切經世之務，在晚唐成就頗高，被人稱為「小杜」，以別於杜甫；又與李商隱齊名，人稱「小李杜」。

高手過招

1.（　）「互文足義」的情況之一是指篇中某一句內的上下兩個意義單位，並非個別獨立，而必須統整在一起作互補的解釋，文意始能完足。如文天祥〈正氣歌〉中的「雞棲鳳凰食」，意指雞和鳳凰同居共食。「雞棲」、「鳳凰食」在此句中，不是個別獨立的兩個意義單位，而必須作統整、互補的解釋。下列詩句，符合「互文足義」的選項是：

A. 杜牧〈泊秦淮〉：「煙籠寒水月籠沙。」

B. 晏殊〈清平樂〉：「鴻雁在雲魚在水。」

C. 蘇軾〈東欄梨花〉：「梨花淡白柳深青。」

D. 歐陽脩〈答謝景山遺古瓦硯歌〉：「力彊者勝怯者敗。」

2.（　）以下詩句，何者不含物是人非的感慨？

A. 山圍故國周遭在，潮打空城寂寞回。淮水東邊舊時月，夜深還過女牆來。

B. 越王勾踐破吳歸，戰士還家盡錦衣。宮女如花滿春殿，只今惟有鷓鴣飛。

C. 梁園日暮亂飛鴉，極目蕭條三二家。庭樹不知人去盡，春來還發舊時花。

D. 煙籠寒水月籠沙，夜泊秦淮近酒家。商女不知亡國恨，隔江猶唱〈後庭花〉。

3.（　）下列選項何者不屬思念丈夫的閨怨之作？

A. 玉階生白露，夜久侵羅襪。卻下水晶簾，玲瓏望秋月。

B. 打起黃鶯兒，莫教枝上啼。啼時驚妾夢，不得到遼西。

C. 閨中少婦不知愁，春日凝妝上翠樓。忽見陌頭楊柳色，悔教夫壻覓封侯。

D. 煙籠寒水月籠沙，夜泊秦淮近酒家。商女不知亡國恨，隔江猶唱〈後庭花〉。

4.（　）《史記．管晏列傳》記載：「四維不張，國乃滅亡。」其中「四」字代表實際數量，下列文句引號中的數字，何者也指實際數量？

A. 士別「三」日，令人刮目相看。

B.「九」合諸侯，一匡天下。

C. 東風不與周郎便，銅雀春深鎖「二」喬。

D. 天地不仁，以「百」姓為芻狗。

5.（　）落魄江湖載酒行，楚腰腸斷掌中輕。十年一覺揚州夢，贏得青樓薄倖名。（杜牧〈遣懷〉）本詩中所欲表達的情感是：

A. 玩歲愒日　B. 身不由己　C. 夜長夢多　D. 滄海桑田

6.（　）「銀燭秋光冷畫屏，輕羅小扇撲流螢。天階夜色涼如水，臥看牽牛織女星。」這首詩所描寫的是哪一個節令？

A. 端午　B. 七夕　C. 中元　D. 重陽

7.（　）「蠟燭有心還惜別，替人垂淚到天明。」（杜牧〈贈別〉）這兩句話採用何種修辭？

A. 雙關　B. 轉品　C. 示現　D. 借代

【解答】1. A　2. D　3. D　4. C　5. A　6. B　7. A

秋日赴闕題潼關驛樓

紅葉晚蕭蕭，長亭酒一瓢❶。殘雲歸太華❷，疏雨過中條❸。
樹色隨關迴❹，河聲入海遙。帝鄉明日到❺，猶自夢漁樵。

許渾

說文解字

❶長亭：常用作餞別處，後泛指路旁亭舍。❷太華：華山。❸中條：山名。❹迴：遠。❺帝鄉：指都城。

詩意解析

楓葉在晚風的吹拂下，蕭蕭作響，我坐在潼關驛站歇息、飲酒，觀賞著秋天夕照的景致。幾縷殘雲慢悠悠地向高峻的華山飄去，稀疏的秋雨灑落在中條山上。我遙望潼關，山勢綿延不斷，山上的樹林也越來越遙遠，越來越幽暗，黃河奔騰入海的濤聲迴蕩在夕照之中。明天就要抵達繁華的京城長安了，但我依然嚮往著逍遙自在的漁樵生活。

開頭兩句，詩人先勾勒出一幅秋日行旅圖，將讀者引入一個秋濃似酒、旅況蕭瑟的境界。然而詩人並沒有久久沉湎在離愁別苦之中，中間四句筆勢陡轉，大筆勾畫出四周的景色。本來，作為入京的旅客，在離長安不過一天的路程時，應該想著抵達長安後便要如何，但詩人卻出人意外地說：「我仍然夢想著故鄉的漁樵生活啊！」含蓄地表白他並非專為追求名利而來。委婉得體，優遊不迫，有力地顯出詩人的身份。

早秋

許渾

遙夜泛清瑟，西風生翠蘿。殘螢棲玉露，早雁拂金河❶。
高樹曉還密❷，遠山晴更多。淮南一葉下，自覺洞庭波。

說文解字

❶拂：掠過。❷還密：尚未凋零。

詩意解析

琴瑟的清音流蕩在漫漫秋夜中，西風吹動著翠蘿。幾隻螢火蟲歇息在凝結著白露的野草上，清晨將周圍籠罩著一層薄紗，南歸的大雁就如同在銀河中飛翔一般。高大的樹木尚未凋零，依然茂密，遠山在朝陽的照耀下，顯得格外明亮。淮南一葉飄落，便是秋天即將來臨的徵兆，就如同《楚辭》中所說的：「嫋嫋兮秋風，洞庭波兮木葉下。」

此為一首描寫早秋景色的詠物詩。詩人以清麗的筆調描繪遙夜、清瑟、西風、翠蘿、殘螢、玉露、早雁、遠山、落葉等初秋景色，在描繪過程中，詩人從聽覺及視覺的高低遠近著筆，落筆細緻，層次清楚。無論寫景或用典都貼切自然，緊扣「早秋」主題。詩的前四句寫初秋的夜景，詩的後四句則寫初秋的早晨。

詩人小傳

許渾，字用晦，潤州丹陽縣人。詩多律詩與絕句，大都是遊蹤山林與贈別之作，因詩中用「水」字甚多，人稱「許渾千首濕」。句法圓穩工整，「聲律之熟，無如渾者」，當時的著名詩人杜牧、韋莊以及宋代陸游均極其推崇，「山雨欲來風滿樓」即其著名詩句。自編有《丁卯集》。

旁徵博引

詠秋天

一、**杜牧〈山行〉**

遠上寒山石徑斜，白雲生處有人家。停車坐愛楓林晚，霜葉紅於二月花。

二、**白居易〈暮江吟〉**

一道殘陽鋪水中，半江瑟瑟半江紅。可憐九月初三夜，露似珍珠月似弓。

三、**蘇軾〈中秋月〉**

暮雲收盡溢清寒，銀漢無聲轉玉盤。此生此夜不長好，明月明年何處看。

送人東遊

溫庭筠

荒戍落黃葉❶，浩然離故關❷。高風漢陽渡，初日郢門山。
江上幾人在，天涯孤棹還❸。何當重相見❹，樽酒慰離顏。

說文解字

❶荒戍：荒廢的軍隊防地。❷浩然：豪邁堅定的樣子。❸棹：船。❹何當：何時。

詩意解析

荒廢的軍壘旁，黃葉飄零，你心懷壯志地告別鄉關，決意要出去闖蕩天下。此時，朝陽初升，漢陽渡口秋風淒淒，你只要掛上風帆，便可以順風而行，直達郢門山。當你的一艘孤舟在天涯漂泊時，江上還有家人正在盼著你早歸。也不知要到何時，我們才能再度重逢，一同把酒言歡，重敘別情。

首聯點出送別的地點和季節，在荒涼冷落的古堡旁，時值落葉蕭蕭的寒秋，此時此地送友人遠行，別緒離愁，將何以堪！頷聯兩句互文，兩地一東一西，相距千里，從而展示遼闊雄奇的境界，並以巍巍高山、浩浩大江、颯颯秋風、杲杲旭日，為友人壯行色。頸聯仿效李白〈黃鶴樓送孟浩然之廣陵〉中的「孤帆遠影碧山盡，唯見長江天際流」，賦予兩重詩意，一面目送歸舟孤零零地消失在天際，一面遙想著對方的江東親友正望眼欲穿，期盼歸舟從天際飛來。尾聯寫當此送行之際，開懷暢飲，設想他日重逢，更見惜別之情。

利州南渡

溫庭筠

澹然空水對斜暉❶，曲島蒼茫接翠微❷。波上馬嘶看棹去，柳邊人歇待船歸。
數叢沙草群鷗散，萬頃江田一鷺飛。誰解乘舟尋范蠡❸，五湖煙水獨忘機❹。

說文解字

❶澹然：水波閃動的樣子。❷翠微：指青翠的山氣。❸范蠡：春秋時楚人，助越王滅吳後乘舟離去。❹五湖煙水：據《吳越春秋》記載，范蠡功成身退後，乘扁舟出入三江五湖，行蹤不明。忘機：忘卻俗念。

詩意解析

江水波光粼粼，反射著夕照的光輝，遠望江中起伏的島嶼，好似與岸邊青翠的山崗連成一片，顯得深邃曠渺。江上船隻中的行客和馬匹已隨波而去，柳蔭樹下有人正在歇息，等待著船兒返回。船隻經過沙洲的草叢時，驚起了一群鷗鷺，在遼闊的江面上，一隻白鷺掠空而飛。誰能理解我想要泛舟江湖、仿效范蠡的想法呢？因為在這煙波浩渺的江水上飄蕩，便可以忘卻世俗的煩憂啊！

首聯寫江景，交待行程的地點和時間。頷聯緊承上聯，寫人馬急欲渡江的情形。這兩聯所寫的景物都是詩人待渡時，在岸邊所見，由遠而近，由江中而岸上，由靜而動，井然有序。接下來，頸聯寫渡江，詩人刻畫出一幅色彩鮮明的畫面，強烈地渲染了江邊的清曠和寂靜。前面三聯描繪了一幅寧靜而充滿生機的利州南渡圖，

作為疲於奔走的詩人來說，置身於這樣的環境，無法不觸景生情，遐想聯翩。所以，尾聯興起了欲學范蠡急流勇退、放浪江湖的願望，此處雖浩然有歸隱之志，實際上卻是失意後的無奈之語。

蘇武廟❶

溫庭筠

蘇武魂銷漢使前，古祠高樹兩茫然。雲邊雁斷胡天月❷，隴上羊歸塞草煙❸。

回日樓台非甲帳，去時冠劍是丁年❹。茂陵不見封侯印❺，空向秋波哭逝川❻。

說文解字

❶蘇武：漢武帝時，蘇武出使匈奴被扣多年，堅貞不屈，漢昭帝時才被迎歸。❷雁斷：指蘇武被匈奴扣留後，使與漢廷音訊隔絕。胡：匈奴。❸隴：隴關，此處比喻匈奴之地。❹冠劍：指出使時的裝束。丁年：壯年，唐代規定二十一歲至五十九歲為丁。❺茂陵：漢武帝陵。❻逝川：比喻逝去的時間，此處指往事。

詩意解析

當年蘇武在荒涼的北海見到漢使時，悲喜交集，感慨萬端，如今英雄已去，徒留古廟高樹。蘇武滯留北海時，與故國音書斷絕，只能夜夜仰望胡天明月，思念家鄉。每日傍晚從山坡上牧羊歸來時，只見寒草荒煙，倍感孤苦伶仃。蘇武出使匈奴時，正值壯年，歸來時，卻已物是人非。派遣蘇武出使的漢武帝已死，沒有人能為蘇武封侯授爵，他只能空對秋水哭弔先皇，慨嘆年華似水，一去不復返。

首句著筆寫蘇武突然見到漢使，得知自己獲釋，可以回國時，悲喜交加的激動心情。次句寫蘇武廟中的建築與古樹，它們不知道蘇武生前所歷盡的千辛萬苦，更不瞭解蘇武堅貞不屈的價值，寄寓了人心不古、世態炎涼的感嘆。頷聯用逆挽法追憶蘇武生前的苦節壯舉，懷念他崇高的愛國精神，從廣闊的空間角度敘寫蘇武留胡時的內心、外在動態、環境。接下來兩句，從相隔迢遙的時間角度，寫蘇武出使和歸國前後的人事變換。歸漢之「回日」，漢室江山雖然依舊，然而人事卻迥然有異於前，包含了極其深沉的感慨。透過對時間轉換的形象描繪，顯示蘇武留胡時間之長，讀者也可以想像這十九間，蘇武所經受的磨難之多。尾聯說蘇武歸漢後，派他出使的漢武帝已作古，不能親眼見他完節歸來，使他更為歲月的流逝而傷嘆。

瑤瑟怨❶

溫庭筠

冰簟銀床夢不成❷，碧天如水夜雲輕。
雁聲遠過瀟湘去，十二樓中月自明❸。

說文解字

❶瑤瑟：玉鑲的瑟。❷冰簟：清涼的竹蓆。銀床：指灑滿月光的床。❸十二樓：原指神仙的居所，此指女子的住所。

詩意解析

銀白的月光流淌在鋪著涼蓆的牙床上，我本來渴望著與他在夢裡相會，但卻偏偏難以成夢。澄壁的天空，夜色如水，雲朵輕盈地飄蕩在月亮周圍，大雁飛過，消失在茫茫夜空中。我沒有等到他的音信，只能獨自佇立高樓，悵望著空中冷月猶自無情地散發著寒光。

此為一首閨怨詩，但全詩沒有透出任何「怨」字，只著力描繪清秋的深夜裡，主角淒涼獨居、寂寞難眠，以此表現她的深深幽怨。詩中所寫的是夢不成之後的所感、所見、所聞。全詩如同數個銜接緊密的寫景鏡頭，表現女主角的心理活動和思想感情。冰簟、銀床、碧空、明月、輕雲、南雁、瀟湘，以至於月光籠罩下的玉樓，共同組成一組離人幽怨的秋夜圖，渲染和主角相同的離怨情緒。詩中雖無「怨」字，但怨意自生。

詩人小傳

溫庭筠，又名岐，字飛卿，太原祁人，又稱溫助教、溫方城。精通音律，詞風濃綺豔麗，與李商隱、段成式文筆齊名，號稱「三十六體」。他詩詞兼工，但詞較為著名。溫庭筠的詞表達細膩，情意悠遠，主要描寫女性的生活與心理。詩風上承唐朝詩歌傳統，下啟五代文人填詞風氣之先。著有《握蘭》、《金荃》，均已散亡。

旁徵博引

范蠡

范蠡，字少伯，又名鴟夷子皮、陶朱公。早年居楚時，尚未出仕，人稱范伯。後以經商致富，廣為世人所知，後代許多生意人皆供奉他的塑像，稱之為財神。

范蠡本是越王句踐的左膀右臂，他幫助句踐一雪滅國之辱，並且成就霸業。但因范蠡深知越王品性，故在成為復國一大功臣後，他便請辭離去，以保性命。而後，范蠡來到齊國，帶著家人在此處苦耕勞作，不出數年便家財萬貫，成為名人。齊國人聽說范蠡的精明頭腦後，便請他出任齊國宰相，范蠡又再次擁有無數財富。但不出三年，范蠡便因位居高位，深感不安，再次辭官而去，將財物均分散給鄰居和需要幫助的人。隨後范蠡來到貿易中樞——定陶，他認為這裡是貿易的最佳地點，經濟繁榮、商業往來頻繁。於是，范蠡便在此經商，自稱「陶朱公」。後世也以「陶朱公」形容富甲之人。

宮詞

張祜

故國三千里❶，深宮二十年。
一聲何滿子，雙淚落君前❷。

說文解字

❶故國：故鄉。❷君：指皇帝，此處指唐武宗。

詩意解析

在這遠離故鄉三千里之遠的地方，我已被幽閉在深宮中二十年了，就好似籠中小鳥，不僅沒有自由，更沒有幸福。在君王面前唱起一曲聲韻哀婉的〈何滿子〉時，我禁不住雙淚長流。

詩人在前兩句詩中，以舉重若輕、馭繁如簡的筆力，將一個宮人遠離故鄉、幽閉深宮的遭遇濃縮在短短十個字中。首句從空間著眼，寫去家之遠；次句從時間下筆，寫入宮之久。一個少女不幸被選入宮中，與家人分離，與外界隔絕，本來就已十分悲慘，更何況家鄉又在三千里之外，歲月已有二十年之長，使讀者感到其命運之悲涼。後半首詩轉入怨情，以一聲悲歌、雙淚齊落的事實，直截了當地寫出詩中人埋藏極深、蓄積已久的怨情。此處所寫的怨情是在「君前」，在詩中人的歌舞受到皇帝賞識時所迸發，因此，這個怨情並不是由於不得晉見或失寵，而是抗議自己被奪去了幸福和自由。

贈內人❶

張祜

禁門宮樹月痕過❷，媚眼惟看宿鷺窠❸。
斜拔玉釵燈影畔，剔開紅焰救飛蛾❹。

說文解字

❶內人：宮女。因皇宮又被稱為大內，故稱宮女為內人。❷禁門：宮門。❸宿鷺：指雙棲的鴛鴦。❹紅焰：燈芯。

詩意解析

夜已深了，月影慢慢地移過宮門和樹木。宮苑中，她含情脈脈地凝望著那總是雙宿雙棲的白鷺。忽見一隻飛蛾撲向火光，宮人急忙拔下玉釵，挑開燭芯的紅焰，救出飛蛾。

此詩雖題為「贈內人」，但其實並不可能真的投贈給內人們，不過是藉此題目馳騁詩人的遐想和遙念而已。詩人匠心獨運，不落窠臼，既不正面描寫內人們淒涼寂寞的生活，也不直接道出她們愁腸萬轉的怨情，只從她在月下、燈畔兩個微妙的動作，折射出她的遭遇、處境、心情。

集靈台❶

張祜

其一

日光斜照集靈台，紅樹花迎曉露開。

昨夜上皇新授籙❷，太真含笑入簾來❸。

其二

虢國夫人承主恩❹，平明騎馬入宮門❺。

卻嫌脂粉污顏色，淡掃峨嵋朝至尊。

說文解字

❶集靈台：即長生殿。❷上皇：即太上皇。皇上為死即傳位於皇太子，稱其為太上皇，此處指唐玄宗。籙：道教的秘文。❸太真：楊貴妃為女道士時，號太真。❹虢國夫人：楊貴妃三姐的封號。❺平明：天剛亮時。

詩意解析

其一

朝陽斜照著華清宮旁的集靈台，樹上的紅花迎著朝露盛放。昨夜，唐玄宗在此處為楊貴妃舉行道教授給祕文的儀式，楊貴妃滿目含笑地走進珠簾，默許了唐玄宗的臨幸。

其二

虢國夫人受到皇上的恩寵，一大清早便囂張地騎馬進入皇宮。虢國夫人嫌棄脂粉會玷汙她的美貌，沒有嚴妝打扮，只淡淡地描繪了娥眉，便去朝見君王。

詩其一是在諷喻楊玉環的輕薄。楊玉環原為唐玄宗十八子壽王瑁的妃子，後來，唐玄宗召她入禁中為女官，號太真。之後便大加寵幸，進而冊封為貴妃。集靈台本是清靜祀神的所在，詩人指出唐玄宗不該在此處以行道教授給祕文儀式的藉口，行臨幸楊貴妃之實。並點出楊貴妃在此時「含笑」入內，自願為女道士，彼此配合，掩人耳目，足見其輕薄風騷。

詩其二是在諷喻虢國夫人的驕縱。虢國夫人是楊玉環的三姊，嫁入裴家。她並非為后妃，卻「承主恩」，且「騎馬入宮」、「朝至尊」，足見虢國夫人的輕佻，也可見唐玄宗的昏庸。這兩首詩語言頗為含蓄，看似是褒，實則是貶，諷刺深刻，入木三分。

題金陵渡❶

張祜

金陵津渡小山樓❷，一宿行人自可愁。

潮落夜江斜月裡，兩三星火是瓜州❸。

說文解字

❶金陵渡：渡口名。❷津：渡口。小山樓：渡口附近的小樓，詩人住宿之處。❸瓜州：在長江北岸，向來是長江南北水運的交通要塞。

詩意解析

在鎮江附近金陵渡口的小山樓上，我夜不成眠，心中不由自主地湧起許多哀愁。我推窗遠望，月亮西下，江潮退落，隔岸幾點星火閃爍，那應該是瓜州吧！

詩人夜宿鎮江渡口時，面對長江夜景，以此詩抒寫自己在旅途中的愁思，表現心中的寂寞淒涼。全詩語言樸素自然，把美妙如畫的江上夜景描寫得寧靜淒迷，淡雅清新。首兩句點題，開門見山，起筆平淡而輕鬆，自然地將讀者引入佳境。第三句既有景又點明時間，與上句「一宿」呼應，暗中透露行人一宿不曾成寐。最後，「兩三星火」點綴在斜月朦朧的夜江之上，顯得格外明亮，那個地方「是瓜洲」。地名與首句「金陵渡」相應，也蘊藏著詩人的驚喜和慨嘆，傳遞出悠遠的情調。

詩人小傳

張祜，字承吉，清河人。出生在清河張氏望族，家世顯赫，被人稱為張公子。張祜性情狷介，不肯趨炎附勢，終生沒有晉身仕途，未沾皇家寸祿。晚年隱居在丹陽曲阿，與村鄰鄉老聊天、賞竹、品茗、飲酒，過著世外桃源的悠閒生活。一生坎坷不達，而以布衣終。但詩作卻流傳千古，像〈宮詞〉就流行一時，甚至傳入宮禁。相傳，唐武宗病重時，孟才人懇請為皇上獻唱此曲，唱到「一聲何滿子」時，竟氣極腸斷而死。這種至精至誠的共鳴，恰恰說明張祜詩作的魅力。

旁徵博引

何滿子

〈宮詞〉中的「何滿子」究竟指的是什麼？有許多不同的版本。

其一，何滿子是個擅長唱歌的歌者。他在滄州因犯罪，而被判處死刑。臨刑前，監斬官照例問他：「你有什麼最後的願望嗎？」他要求讓他唱一首歌贖罪。他唱得是什麼歌，已無從考證。但一個面臨死刑的人，想必唱得是一首怨憤哀痛的「悲歌」。歌聲裡的悲涼哀楚感染了周圍許多人，眾人聽了這「斷腸」的歌聲，都為之淚下。

其二，何滿子本是唐玄宗後宮中的宮人，因故得罪，論罪當死。她臨終的一曲悲歌，唱得天地都為之風雲變色，最後得到皇帝的開恩赦免。

隴西行

陳陶

誓掃匈奴不顧身，五千貂錦喪胡塵❶。
可憐無定河邊骨❷，猶是深閨夢裡人❸。

說文解字

❶貂錦：此處指戰士，裝備精良的精銳之師。❷無定河：陝西北部。❸深閨：此處指戰死者的妻子。

詩意解析

唐軍將士誓死横掃匈奴，個個不畏犧牲、奮勇當先，戰爭景況異常慘烈。最後，五千精兵良將皆戰死沙場。可憐那在無定河邊的壘壘白骨，他的妻子還在夢中思念著他啊！

首二句以精煉概括的語言，敘述慷慨悲壯的激戰場面。「誓掃」、「不顧」，表現出唐軍將士忠勇敢戰的氣概和獻身精神。接下來，筆鋒一轉，逼出正意，「可憐無定河邊骨，猶是春閨夢裡人」。此處沒有直寫戰爭帶來的悲慘景象，也沒有渲染家人的悲傷情緒，而是將「河邊骨」和「春閨夢」聯繫起來，寫閨中妻子不知征人戰死，仍然在夢中想著已成白骨的丈夫，使得全詩產生震撼心靈的悲劇力量。長年音訊杳然，人早已變成無定河邊的枯骨，妻子卻還在夢境之中盼他早日歸來團聚。滿懷熱切美好的希望，反而才是真正的悲劇。

詩人小傳

陳陶，字嵩伯，鄱陽劍浦人。屢舉進士不第，遂隱居不仕，自稱三教布衣。早年遊學長安，善天文歷象，尤工詩，以平淡見稱。唐代大中年間，隱居洪州西山，後不知所終。有詩十卷，已散佚，後人輯有《陳嵩伯詩集》一卷。

高手過招

（*為多選題）

1.（　）誓掃匈奴不顧身，五千貂錦喪胡塵。可憐無定河邊骨，猶是深閨夢裡人。（陳陶〈隴西行〉）此詩主要在表達：

A.家人的悲傷與匈奴作亂的猖狂　B.將士的裝備與夢中妻子的惦念

C.匈奴的兇殘與塞外生活的困苦　D.戰士的英勇與家眷望歸的期盼

2.（　）李小明在書中看到一首詩：「誓掃匈奴不顧身，五千貂錦喪胡塵。可憐無定河邊骨，猶是春閨夢裡人。」他和幾位同學討論這首詩，下列哪一個人的說法正確？

A.陳大同：「此詩是七言絕句。」　B.王一修：「這是一首田園詩。」

C.趙向前：「詩中有兩個韻腳。」　D.錢來也：「詩中有一組對句。」

*3.（　）中原慈母的白髮，江南春閨的遙望，湖湘稚兒的夜哭。（余秋雨〈陽關雪〉）詩中用排比句描寫家人對征人的掛念之情，以表達戰爭的殘酷。下列選項何者也有表達這種心情？

A.鐵衣遠戍辛勤久，玉箸應啼別離後。少婦城南欲斷腸，征人薊北空回首。
B.打起黃鶯兒，莫教枝上啼。啼時驚妾夢，不得到遼西。
C.誓掃匈奴不顧身，五千貂錦喪胡塵。可憐無定河邊骨，猶是深閨夢裡人。
D.長安一片月，萬戶擣衣聲。秋風吹不盡，總是玉關情。何日平胡虜，良人罷遠征。
E.閨中少婦不知愁，春日凝妝上翠樓。忽見陌頭楊柳色，悔教夫婿覓封侯。

*4.（　）**中華民族向來含蓄，所以在情感的表達少用奔放的直述式，由其創作「閨怨詩」時，大多透過描寫景物以達到情景交融的效果，並藉此表達自己的思想感情與心理活動。下列詩句哪些屬於「閨怨詩」的創作？**
A.明月何皎皎，照我羅床幃。憂愁不能寐，攬衣起徘徊。客行雖云樂，不如早旋歸。出戶獨彷徨，愁思當告誰。引領還入房，淚下沾裳衣。
B.寂寂青樓大道邊，紛紛白雪綺窗前。池上鴛鴦不獨自，帳中蘇合還空然。屏風有意障明月，燈火無情照獨眠。遼西水凍春應少，薊北鴻來路幾千。願君關山及早度，念妾桃李片時妍。
C.雲想衣裳花想容，春風拂檻露華濃。若非群玉山頭見，會向瑤台月下逢。
D.誓掃匈奴不顧身，五千貂錦喪胡塵。可憐無定河邊骨，猶是深閨夢裡人。
E.青青河畔草，鬱鬱園中柳。盈盈樓上女，皎皎當窗牖。娥娥紅粉妝，纖纖出素手。昔為倡家女，今為蕩子婦。蕩子行不歸，空床難獨守。

【解答】1.D　2.A　3.ABCD　4.ABDE

蟬

李商隱

本以高難飽❶，徒勞恨費聲❶。五更疏欲斷❶，一樹碧無情❶。
薄宦梗猶泛❶，故園蕪已平❶。煩君最相警❶，我亦舉家清❶。

說文解字

❶以：因。高難飽：古人認為蟬棲於高處，餐風飲露，故稱之。❷費：徒然。❸五更：古代將夜晚分為五個時段，用鼓打更報時。❹碧：綠。❺薄宦：官職卑微。梗：指樹木的枝條。❻蕪：荒草。❼君：蟬。警：提醒。❽亦：也。清：清貧，清高。

詩意解析

蟬啊！你生來就棲身高枝，總是餐風露宿，難以飽腹。你就算含恨哀鳴，也只是徒然。你不停鳴叫直到天明，聲音嘶啞，幾近斷絕，但你身旁的大樹卻依舊冷眼旁觀，猶自無情地翠綠。我官職卑微，年年漂泊他鄉，故鄉的家園早已經荒蕪一片。蟬啊！多謝你的鳴叫聲警醒了我，願我未來還能保持和你一樣清高的操守。

此詩表面寫蟬，實際上是寫詩人自己。「高難飽」，鳴「徒勞」，聲「欲斷」，樹「無情」，怨之深，恨之重，一目瞭然。「五更疏欲斷，一樹碧無情」被譽為「追魂之筆」，語出憤激，但卻運思高妙、耐人尋味。而後，詩句便直接跳到自身的遭遇，直抒胸臆，最後又自然而然地回到蟬，首尾圓融，意脈連貫。

風雨

李商隱

淒涼〈寶劍篇〉，羈泊欲窮年❶。黃葉仍風雨，青樓自管弦❷。
新知遭薄俗，舊好隔良緣。心斷新豐酒❸，銷愁又幾千。

說文解字

❶窮年：終生。❷青樓：富貴人家。❸心斷：絕望。

詩意解析

初唐將領郭震曾向武后獻〈寶劍篇〉，備受武后賞識，我卻只能終年漂泊他鄉，抑鬱不得志。我就像在風雨中飄零的枯葉一樣落魄，富貴人家卻依舊載歌載舞、尋歡作樂。縱使有來往的新朋友，也因為我的困頓處境，而難以持久；舊交的老友也因久無往來，而斷絕聯繫。唐初的馬周落魄時，也曾在新豐酒店受到冷待，但他最後依然得到賞識，位居高位。我怎麼可能像他一樣啊！罷了，我只能不斷借酒澆愁。

此詩題為「風雨」，語義雙關，既指自然界的風雨，更喻人世間的風雨。詩人一生羈旅漂泊，宦海沉浮，飽嘗世態炎涼，遂藉風雨以起興，抒發抑鬱悲憤之情。首、尾兩聯皆用本朝典故，以馬周、郭震兩人見召重用，成為名臣，與自己的懷才不遇、漂泊無歸形成強烈對比。用事寓意深微，貼切自然。既表現自己不甘沉淪、意欲匡時濟世的胸懷，又流露對初唐開明政治的欣慕之情。

落花

李商隱

高閣客竟去，小園花亂飛。參差連曲陌❶，迢遞送斜暉。
腸斷未忍掃，眼穿仍欲歸。芳心向春盡❷，所得是沾衣❸。

說文解字

❶參差：指花影迷離。❷芳心：指花，也指詩人看花的心意。❸沾衣：指流淚。

詩意解析

高閣上，曲終人散；花園裡，落花漫天飛舞，飄撒到了田間曲折的小徑上，斜陽在花雨中徐徐西下。我惋惜這如雨的落花，不忍將花朵掃去，我望眼欲穿，但春天依舊不停歇地匆匆離去。我賞花的心隨著春天而逝去，春去花謝，那悲慘的命運就如同我一般，令我淚濕衣裳。

寫作此詩時，詩人正閒居永業，陷入牛李黨爭，境況不佳，心情鬱悶，故本詩流露幽恨怨憤之情。首聯直接寫落花。上句敘事，下句寫景。頷聯從不同角度寫落花的具體情狀。上句從空間著眼，下句從時間著筆，此聯對「斜暉」的點染，透露詩人內心的不平靜，使得畫面籠罩在沉重黯淡的色調中。頸聯抒情，尾聯語意雙關。花朵用生命妝點春天，卻落得凋殘、沾衣的結局；而詩人素懷壯志，也落得悲苦失望、低迴淒涼的人生際遇。全詩詠物傷己，以物喻己，感傷無盡。

涼思

李商隱

客去波平檻❶，蟬休露滿枝❷。永懷當此節❸，倚立自移時。
北斗兼春遠❹，南陵寓使遲❺。天涯占夢數，疑誤有新知。

說文解字

❶檻：欄杆。❷蟬休：蟬聲停止，指夜深。❸永懷：長思。❹北斗：指客所在之地。❺南陵：指詩人懷客之地。寓使：傳書的使者。

詩意解析

客人離去後，我才發現春潮初漲，水面已接近欄杆，夜已深了，聽不見蟬鳴，只見樹枝上掛滿露珠。我懷念著當時你我在一起的美好時光，如今重倚檻前，歲月如梭，時節已由春轉秋。你遠在北方，就如同逝去的春日一般遙遠，我則獨居南陵，送信使者遲遲未捎來你的消息。你我遠隔天涯，我多次以夢境占卜你我之間的情誼，我懷疑你已將我忘了，另有新交。

首聯寫愁思產生的環境。「客去」與「波平檻」本來是互不相關的兩件事，為什麼要連在一起敘述呢？因為人在熱鬧之中，往往不會注意到夜晚池塘漲水這類的細節。但當客人告退、孤身獨坐時，才會突然驚覺，原來面前的水波已漲得這麼高了。反映詩人由鬧至靜後的特殊心境，為引起愁思鋪墊。第二聯開始，詩人的筆觸由

「涼」轉入「思」。詩人的身影久久倚立在水亭欄柱之間，凝神長想。讀者雖還不知道他在想什麼，但卻已感染他愁思綿綿的悲涼情味。詩篇後半進入所思的內容。詩人在飄零途中，緬懷長安而不得歸，尋找新的出路卻又沒有結果，託身無地，只有歸結於悲愁抑鬱的情思。

北青蘿❶

李商隱

殘陽西入崦❷，茅屋訪孤僧。落葉人何在，寒雲路幾層。
獨敲初夜磬❸，閒倚一枝藤。世界微塵裡，吾寧愛與憎❹。

說文解字

❶青蘿：山名。❷崦：山名。古時常用來指太陽落山的地方。❸初夜：黃昏。❹寧：為什麼。

詩意解析

殘陽漸漸西沈崦嵫山，我正準備上山尋訪一位清苦而孤居的高僧。只見風吹落葉，我爬過重重被寒雲環繞著的山路，卻依舊遍尋不著他的蹤跡。直到暮色降臨時，聽到遠方傳來鐘磬之聲，我循聲尋去，只見高僧斜倚藤杖，正獨自敲打著鐘磬，多麼悠然自得啊！我想，世界萬物俱在微塵之中，而人在其中更是微乎其微，既然

萬物皆空，那又何必為那些愛與恨耿耿於懷呢？

首聯寫詩人尋訪僧人之事。詩人此時正逢生活清苦、親朋離散的艱難歲月，他尋訪這樣一位清苦而孤居的僧人，顯然是想從對方身上獲得啟示，以解決自身的苦惱。頷聯寫詩人尋訪所經之路程、所見之景物。「人何在」，使人聯想到詩人在山林間四處張望的神態，展現這位孤僧遠避紅塵的意趣。下句不僅寫出僧人高居塵上，也寫出詩人不畏辛勞和艱險，一心追尋禪理的熱切之舉。頸聯以精煉的筆墨描繪僧人的簡靜生活，尾聯則寫詩人獲得思想的啟迪。佛教認為大千世界全在微塵之中，人也不過就是微塵而已。詩人領悟這個道理後，表示今後將不再糾結愛憎，眾心淨慮，以淡泊之懷面對仕途榮辱。

錦瑟❶

李商隱

錦瑟無端五十弦❷，一弦一柱思華年。莊生曉夢迷蝴蝶❸，望帝春心託杜鵑。
滄海月明珠有淚，藍田日暖玉生煙。此情可待成追憶，只是當時已惘然。

說文解字

❶錦瑟：裝飾華美的瑟。瑟，撥弦樂器。❷無端：何故，怨怪之詞。❸莊生曉夢迷蝴蝶：引莊周夢蝶故事，寄寓人生如夢、往事如煙之意。

詩意解析

錦瑟啊！你為什麼有五十條弦呢？你的弦弦琴音都令我想起往昔的青春年華。我的心就像莊周一般，為夢蝶所迷惘；又彷彿望帝化為杜鵑，將傷春的哀怨寄託在淒切的悲鳴中。滄海明月高照，鮫人落淚成珠，藍田玉所散發出來的嫋嫋煙靄，就如同那些過往一般，都已煙消雲散。想當初我不曾珍惜那些美好的時光，如今卻只能在腦海中追憶從前了。

此詩約作於詩人晚年時期，對〈錦瑟〉一詩的創作意旨，歷來眾說紛紜，莫衷一是。或以為是愛國之篇，或以為是悼念追懷亡妻之作，或以為是自傷身世、自比文才之論，或以為是抒寫思念姬妾之筆。首聯哀悼早逝。頷聯敘寫莊子夢蝶和望帝化成子規啼血，間接描寫人生的悲歡離合。頸聯以鮫人泣珠和良玉生煙的典故，描摹世間風情的迷離恍惚，可望而不可至。最後抒寫生前情愛漫不經心，死後追憶已成惘然的傷懷情感。

無題

李商隱

昨夜星辰昨夜風，畫樓西畔桂堂東❶。身無彩鳳雙飛翼，心有靈犀一點通。

隔座送鉤春酒暖❷，分曹射覆蠟燈紅❸。嗟余聽鼓應官去❹，走馬蘭台類轉蓬。

說文解字

❶畫樓、桂堂：比喻富貴人家的屋舍。❷送鉤：亦稱藏鉤。古代臘日的一種遊戲，把鉤互相傳送後，藏於一人的手中，令人猜。❸分曹、射覆：借喻宴會時的熱鬧。❹鼓：更鼓。應官：上任。

詩意解析

在昨夜，星光閃爍、春風習習的良宵中，畫樓生輝，桂堂飄香，高朋滿座。我沒有如同彩鳳一般的雙翅可以飛到你的身旁，但我們的心卻緊緊相依，心有靈犀。宴會上，酒暖燈紅，眾人玩著藏鉤的遊戲，滿堂歡聲笑語。但是，當我聽到五更鼓響時，只得怏怏離去，騎著馬到蘭台就任，就如同隨風飄蕩的蓬草一般，漂泊異鄉。

首聯以曲折的筆墨寫昨夜的歡聚。「昨夜星辰昨夜風」是時間，「畫樓西畔桂堂東」是地點。頷聯寫今日的相思。詩人已與意中人分處兩地，「身無彩鳳雙飛翼」寫懷想之切、相思之苦，「心有靈犀一點通」寫相知之深。「身無」與「心有」，一外一內，一悲一喜，痛苦中有甜蜜，寂寞中有期待，將相思的苦惱與心心相印的欣慰融合在一起。頸聯寫宴會上的熱鬧。尾聯寫「人在江湖，身不由己」的無奈，解釋離開佳人的原因，同時流露出對所任差事的厭倦，暗含身世飄零的感慨。

隋宮

李商隱

紫泉宮殿鎖煙霞❶，欲取蕪城作帝家❷。玉璽不緣歸日角❸，錦帆應是到天涯。
於今腐草無螢火❹，終古垂楊有暮鴉。地下若逢陳後主❺，豈宜重問〈後庭花〉。

說文解字

❶紫泉宮殿：代指隋朝京都長安的宮殿。鎖煙霞：空有煙雲繚繞。❷蕪城：廣陵。❸玉璽：皇帝的玉印。❹腐草無螢火：古人認為螢火蟲是腐草變化而來的。❺陳後主：南朝陳的亡國之君陳叔寶。

詩意解析

隋煬帝一味貪圖享受，長期在外尋樂，久不在京師，導致長安殿門閒閉在煙霞之中，他甚至想在遙遠的揚州另建更加繁華的宮苑。假如不是因為皇帝的玉璽落在有帝王之相的李淵手中，隋煬帝恐怕還將遊歷天下。當年隋煬帝放螢火取樂的地方，如今已腐草滿地，早已沒有螢火蟲的蹤跡。隋堤也已褪盡昔日的繁華，楊柳中唯有歸巢的烏鴉。隋煬帝殘暴荒淫，終致亡國，他若在黃泉之下，再見同為亡國之君的陳後主，難道還有心情再欣賞亡國之音〈玉樹後庭花〉嗎？

此為一首詠史弔古詩，內容雖是歌詠隋宮，其實乃是諷刺隋煬帝的荒淫，最後導致亡國。首聯點題，寫長安宮殿空鎖煙霞之中，隋煬帝卻一味貪圖享受。頷聯蕩開一筆，假如不是因為皇帝的玉璽落到李淵手中，隋煬

帝便不會只滿足於遊江都而已。頸聯寫隋煬帝兩個逸遊的事實，一是他曾在洛陽景華宮徵求螢火數斛；一是開運河。詩人巧妙運用「於今無」和「終古有」，暗示螢火蟲「當日有」，暮鴉「昔時無」，渲染亡國後的淒涼景象。尾聯活用隋煬帝與陳叔寶夢中相遇的典故，以假設反詰的語氣，揭示荒淫亡國的主旨。全詩採用比興手法，寫得靈活含蓄，色彩鮮明，音節鏗鏘。

無題

李商隱

其一

來是空言去絕蹤，月斜樓上五更鐘。夢為遠別啼難喚，書被催成墨未濃。
蠟照半籠金翡翠❶，麝熏微度繡芙蓉❷。劉郎已恨蓬山遠❸，更隔蓬山一萬重。

其二

颯颯東風細雨來，芙蓉塘外有輕雷。金蟾齧鎖燒香入❹，玉虎牽絲汲井回❺。
賈氏窺簾韓掾少❻，宓妃留枕魏王才❼。春心莫共花爭發，一寸相思一寸灰。

說文解字

❶半籠：半映，指燭光隱約。金翡翠：飾以金翠的被子。❷麝：動物名，即香獐。此處指香氣。度：透過。繡芙蓉：有繡花的帳子。❸劉郎：相傳東漢時劉晨、阮肇一同入山採藥，遇二女子。他們被女子邀至家中，結為夫妻，半年後乃還鄉。後也以此典比喻豔遇。蓬山：蓬萊山，指仙境。❹齧：咬。❺玉虎：井上的汲水用具。絲：井索。❻賈氏窺簾韓掾少：晉代韓壽貌美，賈女於窗格中見韓壽而心悅之，遂與他偷情。掾，僚屬。❼宓妃留枕魏王才：魏曹植曾作〈洛神賦〉，敘述他和洛河女神宓妃相遇之事。宓妃，洛神，傳說為伏羲之女。留枕，幽會。

詩意解析

其一

你說要與我相會，只是一句空話而已，自從與你分別後，便再也不見你的蹤影。此時，孤月斜照樓閣，鐘報五更，已是深夜。我因為日夜思念你，在夢中也因為別離而哭泣，但就算哭聲再淒楚，也喚不到你的歸來。醒來後，連墨汁都尚未磨濃，我便急忙奮筆疾書，寫信給你。殘燭朦朧地映照著翡翠被，麝香薰透了芙蓉帳，景物依舊，就是不見曾與我共度良宵的你。當年的劉郎怨嘆著前去蓬山的路途過於遙遠，但你要去的地方，比蓬山更加遙遠啊！

其二

東風颯颯，濛濛細雨隨風飄灑，荷花池邊傳來陣陣雷聲。金蟾香爐傳出嫋嫋香煙，繚繞在閨房內。我正手搖轆轤，牽引繩索，汲取井水，身旁無人相伴，孤寂無聊。賈女隔簾窺探韓壽，是喜愛他的年輕俊美；宓妃贈與曹植玉枕，是欽慕他的詩才。我也同樣傾慕於你，為什麼我們就不能朝夕相處呢？唉！從今以後，我的這棵

春心再也不要和春花一般盛放了，那只是徒增相思而已。

詩其一，首聯第一句是主角的嘆息感慨，第二句是夢醒後，一片空寂孤清的氛圍。遠別經年，夜來入夢，兩人忽得相見，一覺醒來，卻蹤跡杳然。頷聯先追憶夢中情景，再寫夢醒後修書寄遠。頸聯上句以實境為夢境，下句疑夢境為實境，寫恍惚迷離中一時的錯覺與幻覺，極為生動傳神。但幻覺一經消失，隨之而來的便是室空人杳的空虛悵惘，以及與對方遠隔天涯、無緣會合的感慨。尾聯藉劉晨重尋仙侶不遇的故事，點醒愛情阻隔。全篇圍繞「夢」寫離別之恨，使全詩充滿迷離恍惚的情懷。

詩其二，寫一位深鎖幽閨的女子追求愛情，最後幻滅的絕望之情。首聯描繪環境氣氛。頷聯寫女子居處的幽寂，既表現主角深閉幽閨的孤寞，又暗示她內心時時被牽動的情絲。頸聯使用賈充女與韓壽的愛情故事，和宓妃與曹植的愛情故事。這兩個愛情故事，儘管結局有幸有不幸，但在主角的意念中，無論是賈氏窺簾，愛韓壽之少俊；還是宓妃情深，慕曹植之才華，都反映青年女子追求愛情的強烈願望。末聯寫深鎖幽閨、渴望愛情的主角相思無望後的痛苦呼喊，用強烈對照的方式顯示美好事物之毀滅，使此詩具有動人心弦的悲劇美。

籌筆驛

李商隱

猿鳥猶疑畏簡書❶，風雲常為護儲胥❷。徒令上將揮神筆❸，終見降王走傳車❹。

管樂有才真不忝❺，關張無命欲何如？他年錦里經祠廟，〈梁父吟〉成恨有餘。

說文解字

❶疑：驚。簡書：軍令。❷儲胥：軍用的柵欄。❸上將：主帥，指諸葛亮。❹降王：後主劉禪。傳車：古代驛站專用的車輛。❺管：管仲，曾佐齊桓公成就霸業。樂：樂毅，燕國名將，曾大敗齊國。原不忝：真不愧。

詩意解析

諸葛亮治軍嚴明，軍令如山，就連魚、鳥都望之生畏。諸葛亮似有天助，他軍營裡的柵欄常有風雲保護。然而，儘管他治軍有方、神機妙算，依舊是徒然，那昏庸的後主劉禪，最後還是投降於晉軍了。諸葛亮確實有如管仲、樂毅一般的才能，只可惜關羽並沒有遵從他「聯吳抗曹」的策略，導致自己和張飛身亡，猛將已亡，諸葛亮又怎麼能力挽狂瀾呢？每次我途經成都時，都會進入武侯祠，吟誦諸葛亮喜愛的〈梁父吟〉，為他「出身未捷身先死」感到遺憾。

籌筆驛，古地名。相傳，三國蜀漢諸葛亮出兵伐魏時，曾駐此籌畫軍事，很多詩人皆留下以籌筆驛為題材的詠懷諸葛亮作品。此詩同大多數憑弔諸葛亮的作品一樣，頌其威名，欽其才智，同時藉以寄託遺恨，抒發感慨。但此詩寫諸葛亮之威、之智、之才、之功，並不是一般的讚頌，而是集中寫「恨」字。為突出「恨」，詩人採用抑揚交替的手法。首聯說猿鳥畏其軍令，風雲護其藩籬，極寫諸葛亮的威嚴，一揚。頷聯卻言諸葛亮徒有神智，終見劉禪投降，蜀漢歸於敗亡，一抑。頸聯首句稱諸葛亮的才華無愧於管仲、樂毅，一揚；次句寫關羽、張飛無命早亡，諸葛亮失卻羽翼，一抑。抑揚之間，似是自相矛盾，實則文意連屬。末聯的「恨」，既寫諸葛亮之遺恨，又是詩人自身的隱然自喻。以一抑一揚的議論表現「恨」的情懷，宛轉有致。

無題

李商隱

相見時難別亦難，東風無力百花殘。春蠶到死絲方盡，蠟炬成灰淚始乾❶。
曉鏡但愁雲鬢改❷，夜吟應覺月光寒❸。蓬萊此去無多路❹，青鳥殷勤為探看❺。

說文解字

❶淚：指燃燒時的蠟燭油。此處一語雙關，指相思的眼淚。❷曉鏡：早晨照鏡子梳妝。但：只。雲鬢：女子多而美的頭髮，此處比喻青春年華。❸應覺：設想之詞。月光寒：夜漸深。❹蓬萊：蓬萊山，傳說中海上的仙山。此處比喻被懷念者住的地方。❺青鳥：傳說中為西王母傳遞音訊的信使。

詩意解析

我與你難得相見，所以離別時就更加難分難捨。那次與你分別，正是暮春時節，百花凋謝，一片惆悵。我對你的思念如同春蠶，到死前才吐盡最後一縷思念；又如同紅燭，燃燒殆盡才流盡最後一滴淚。清晨時，你對著鏡子梳妝，一定又會為了鬢角的白髮而嘆息吧！夜晚對月，你一定會覺得月光清寒，倍感孤寂吧！你住的蓬萊仙境距離此處應該沒有很遠，我拜託勤勞的青鳥信使為我去看望你。

首聯是極度相思而發出的深沉感嘆，在聚散兩依依中突出別離的苦痛。「東風無力百花殘」一句，既寫自然環境，也是抒情者心境的反映，物我交融，心靈與自然取得精微的契合。頷聯接著寫因為「相見時難」，而「別亦難」的感情，將情感表現得更加曲折入微。詩人以象徵手法，寫出自己的癡情苦意，以及死而不悔的愛情追求。「春蠶」表示人的眷戀感情之纏綿，就如同春蠶吐絲一般，綿綿不盡。又從蠶吐絲到「死」方止，而推移到感情的生死不渝，使形象具有多種比喻的意義。「蠟炬成灰淚始乾」用蠟燭作比喻，卻不是單一地以蠟淚比擬痛苦，還進一步以「成灰始乾」反映痛苦的感情終生以隨。

頸聯從詩人體貼關切的角度，想像對方的相思之苦。上句寫出年輕女子「曉妝對鏡，撫鬢自傷」的形象，暗示女方的思念和憂愁。下句「應覺月光寒」，藉生理上的冷反映心理上的淒涼之感。尾聯雖寄希望於使者，但卻沒有改變「相見時難」的痛苦境遇，不過是無望中的希望而已。

春雨

李商隱

悵臥新春白袷衣❶，白門寥落意多違。紅樓隔雨相望冷❷，珠箔飄燈獨自歸❸。

遠路應悲春晼晚❹，殘宵猶得夢依稀。玉璫緘札何由達❺，萬里雲羅一雁飛❻。

說文解字

❶白袷衣：即白夾衣，唐人以白衫為便服。❷紅樓：華美的樓房，多指女子的住處。❸珠箔：珠簾，此處比喻春雨細密。❹晼晚：夕陽西下的光景，此處有年復一年、人老珠黃之意。❺玉璫：耳環。❻雲羅：像螺紋般的雲片。

詩意解析

新春之夜，我穿著便服悵然地躺在床榻上，想起昔日我與你的幽會之處，如今卻再不見你的蹤影，令我感到悲苦淒涼，難以入眠。我最後一次去看望你時，天空正飄著濛濛細雨，我隔著雨絲凝望著你的住所，卻已是人去樓空，唯有燈籠映照著珠簾般的細雨，伴我獨歸。遠方的你或許也因春殘日暮，而觸動心中的愁緒吧！分離的我們，只能在夢中相會。我修書一封，隨贈耳珠一對，寄望萬里雲中的孤雁為我傳遞給你。

詩人在此詩中，賦予愛情優美動人的形象。藉助飄灑天空的春雨，融入主角的迷茫心境、依稀夢境，以及「春晼晚」、「萬里雲羅」等自然景象，烘托別離的寥落和思念的深摯。「紅樓隔雨相望冷，珠箔飄燈獨自歸」一聯，前一句色彩和感覺互相比照，紅色本是溫暖的，但隔雨悵望後，反覺其冷。後一句珠箔本是明麗的，卻出之於燈影前對雨簾的幻覺，細微地寫出主角寥寂又迷茫的心理。末聯「玉璫緘札何由達，萬里雲羅一雁飛」，同樣富有象徵色彩，將「錦書難託」形象化，並把憂鬱悵惘的情緒與廣闊的雲天，融為一體。以上幾句，皆成功表現出主角的生活、處境和感情，此詩中的情景、色調和氣氛也都令人久久難忘。

無題

李商隱

其一

鳳尾香羅薄幾重❶，碧文圓頂夜深縫❷。扇裁月魄羞難掩❸，車走雷聲語未通。

曾是寂寥金燼暗❹，斷無消息石榴紅。斑騅只繫垂楊岸❺，何處西南任好風。

其二

重幃深下莫愁堂❻，臥後清宵細細長。神女生涯原是夢❼，小姑居處本無郎。

風波不信菱枝弱，月露誰教桂葉香。直道相思了無益❽，未妨惆悵是清狂❾。

說文解字

❶羅：一種絲織品。❷頂：帳頂。❸扇裁：以團扇掩面。月魄：月的不明亮部分，此處代指月。❹金燼暗：燭殘。燼，燭花。❺斑騅：毛色青白相雜的馬。❻莫愁：古樂府中傳說的女子，此處泛指年輕女子。❼神女：即宋玉〈神女賦〉中的巫山神女。❽直道：即使，就說。了：完全。❾清狂：癡情。

詩意解析

其一

夜已深了，我還在縫織著青碧花紋的圓頂羅帳，希望羅帳能為你所用。想起那次與你的偶然邂逅，我慌忙用團扇掩蓋我的面容，但眼神卻暴露了我的嬌羞，你含情脈脈地驅車而過，我們之間無聲勝有聲。自那之後，我因為寂寥度過了無數不眠之夜，等到石榴花都已鮮紅，卻依舊沒有等來你的消息。我日夜思念著你啊！或許你正繫馬在垂楊岸邊，就在咫尺，只是我們無緣相會吧！多希望有一陣風，將我吹送至你懷中。

其二

重重帷幕垂掛在我的閨房，唯有漫漫長夜伴著孤獨的我。追思往昔，我就像是巫山神女那般，對愛情有過幻想和追求，但到頭來那只不過是一場夢而已。如今，我還是像清溪小姑一般，獨處無郎，終身無託。世間險惡的風浪不停摧折我這株柔弱的菱枝，我本有如同桂葉一般芬芳的本質，卻因為沒有如月華清露般的你滋潤我，導致我無法飄香。我知道縱使苦苦相思也絲毫無用，但我依然癡情不改，滿懷惆悵。

詩其一，起聯寫主角深夜縫製羅帳，透過「鳳尾香羅」、「碧文圓頂」的物品和「夜深縫」的行為，可以推知主角是一位幽居獨處的閨中女子。在寂寥的長夜中默默縫製羅帳的女子，大概正沉浸在對往事的追憶中吧！接下來是主角的回憶，內容是他和意中人的一次偶然相遇。這一聯不僅描繪出主角愛情生活中的一個難忘片斷，更曲折地表達了他在追思往事時，惋惜、悵惘又深情的複雜心情。頸聯寫別後的相思寂寥，透過情景交融的藝術手法，概括抒寫一段較長時期的生活、感情，具有更濃郁的抒情氣氛和象徵暗示色彩。末聯的「斑騅」暗示自己日久思念的意中人，其實和他相隔不遠，只是咫尺天涯，無緣相會罷了。末句化用曹植〈七哀〉中的「願為西南風，長逝入君懷」詩意，希望能有一陣好風，將自己吹送到對方身邊。

詩其二側重抒寫主角的身世遭遇之感，開頭就撇開具體情事，從主角所處的環境氛圍寫起。儘管沒有正面抒寫主角的心理狀態，但卻可以透過靜寂孤清的環境氣氛，觸摸到他的內心世界，感覺在那帷幕深垂的居室中，瀰漫著一層無名的幽怨。頷聯進而寫主角對自己愛情遇合的回顧。上句用巫山神女夢遇楚王之事，下句用樂府〈神弦歌．清溪小姑曲〉中的「小姑所居，獨處無郎」。頸聯從不幸的愛情經歷，轉到不幸的身世遭遇。暗示主角在生活中，一方面受到惡勢力的摧殘，另一方面又得不到應有的同情與幫助。就算如此，主角依舊沒有放棄對愛情的追求，「直道相思了無益，未妨惆悵是清狂」。

登樂遊原❶

李商隱

向晚意不適❷，驅車登古原❸。
夕陽無限好，只是近黃昏。

說文解字

❶樂遊原：長安城南，地勢較高。❷意不適：心情不舒暢。❸古原：即樂遊原。

詩意解析

臨近傍晚時，因為心情不太暢快，便駕車登上樂遊原散心。我看見遠方一片燦爛的夕陽，無限美好，只可惜已接近黃昏，這美好的時光終究會結束。

首兩句交代自己登臨樂遊原的時間和起因，「向晚」指天色快黑了，「不適」指不悅。詩人心情憂鬱，為了解悶，就駕著車子外出，眺望風景。後兩句蘊藏無數感慨於其中，詩人登臨古原之上，看到的是「無限」的江山，想起的是「無限」的過去和未來，既有時間上的距離，又有空間上的廣度。末句一個轉折，扣住首句的「不適」二字，以感傷之語收束全詩。雖寫得是眼前的黃昏，但從政治角度來看，此時的唐王朝逐漸沒落，藩鎮割據嚴重，「夕陽」指的便是唐代政權，「黃昏」則意味著這個偉大朝代將要終結。從個人角度來看，詩人終身在牛李黨爭中掙扎，「夕陽」指的是自己的人生，「黃昏」則意味著生命的終結，句中流露出無限眷戀之情。

夜雨寄北

李商隱

君問歸期未有期❶，巴山夜雨漲秋池❷。
何當共剪西窗燭，卻話巴山夜雨時❸。

說文解字

❶期：期限。❷巴山：泛指巴蜀之地。池：水池。❸卻：還，再。

詩意解析

你詢問我何時才可以回家，我回答還無法確定歸期。今夜的巴山下著大雨，雨水漲滿了秋天蕭瑟的池水。要到什麼時候，我才能回到家中，和你一起在西窗燭下徹夜長談呢？我們可以一起回憶今夜我隻身在巴山，聆聽秋雨的情景。

開首點題，「君問歸期未有期」，讓人感覺這是一首以詩代信的詩作。詩前省去一大段內容，讀者可以猜測，在此之前詩人已收到妻子的來信，信中盼望丈夫早日歸家。但因各種原因，願望一時無法實現，流露出離別之苦，思念之切。次句是詩人告訴妻子，自己身處的環境和現在的心情。三、四句是對未來團聚時的幸福想像，心中滿腹的寂寞思念，只能寄託在將來。此詩既描寫了今日身處巴山，傾聽秋雨時的寂寥之苦，又想像了來日聚首之時的幸福歡樂。此時的痛苦與將來的喜悅交織一起，時空變換，情真意切。

寄令狐郎中

李商隱

嵩雲秦樹久離居❶，雙鯉迢迢一紙書❷。
休問梁園舊賓客❸，茂陵秋雨病相如❹。

說文解字

❶嵩：中嶽嵩山。❷雙鯉：代指書信。❸梁園：梁孝王以睢陽為中心，根據自然景色修建了一個大花園，稱為東苑，後人稱之為梁園。❹茂陵：以漢武帝的陵墓而得名。

詩意解析

你住在長安，我住在洛陽，遠隔千里之遙，蒙君不棄，寄書信前來問候我。請不要問我這個梁園舊客如今生活得如何，我就像在茂陵秋雨中的司馬相如一般，潦倒多病。

首句「嵩雲秦樹久離居」，嵩、秦指自己所在的洛陽和令狐所在的長安。「嵩雲秦樹」化用杜甫〈春日憶李白〉中的「渭北春天樹，江東日暮雲」。雲、樹是分居兩地的朋友即目所見之景，也是彼此思念之情的寄託，呈現兩位朋友遙望雲樹、神馳天外的畫面。次句「雙鯉迢迢一紙書」，是說令狐從遠方寄書信問候自己。正當自己閒居多病、秋雨寂寥之際，忽得故交寄書、殷勤問候，格外感到友誼溫暖。「迢迢」、「一紙」顯出對方情意的深長，和自己接讀來信時油然而生的親切感念。三、四兩句轉寫自己目前的境況，對來信作答。據《史記．司馬

相如列傳》記載，司馬相如曾為梁孝王賓客，梁園是梁孝王的宮苑。詩人曾得令狐楚知遇，應進士試時，又受到令狐綯的推薦。因此，此處便以「梁園舊賓客」自比。司馬相如晚年「嘗稱病閒居，既病免，家居茂陵」，詩人也因遭逢母親去世，而離職閒居。他常感閒居生活的寂寞無聊，心情悒鬱，身弱多病，因此以閒居病免的司馬相如自況。

為有

李商隱

為有雲屏無限嬌❶，鳳城寒盡怕春宵❷。
無端嫁得金龜婿❸，辜負香衾事早朝。

說文解字

❶雲屏：雕飾雲母的屏風，古代皇家或富貴人家所用。❷鳳城：京城。❸金龜婿：佩帶金龜（即作官）的丈夫。

詩意解析

在雲母屏風後，有我無限嬌媚的妻子。在寒冬已盡，春風送暖之際，我們便憂心忡忡，害怕這樣的春宵。

為什麼呢？因為我害怕嬌妻埋怨：「怎麼會嫁給你這個佩帶金龜的作官夫婿呢？天不亮就要起身早朝，害我只能獨守空閨，辜負了多少美好的時光啊！」

詩一、二句描述一對宦家夫婦的怨情。開頭用「為有」兩字提示怨苦的緣由。丈夫既富且貴，妻子年輕貌美，兩人處在雲屏環列的閨房之中，更兼暖香暗送，氣候宜人，理應有春宵苦短之感，應該不會產生「怕」的心情。首句的因和次句的果有牴牾之處，造成懸念，引人追詢答案。三、四句透過少婦的口，說出「怕春宵」的原因。冬寒已盡，衾枕香暖，本應日晏方起，可是卻偏偏嫁給一個身佩金龜的作官夫婿，害得只能少婦孤零零地獨守閨房。這些似是當丈夫正欲起身離去時，妻子對他說的枕畔之言，又好似埋怨自己，流露出「悔教夫婿覓封侯」的癡情，或是責怪丈夫，向他傾訴「孤鶴從來不得眠」的苦衷。「無端」兩字活畫這位少婦嬌嗔的口吻，表達她對丈夫、對春宵愛戀的深情。

隋宮

李商隱

乘興南遊不戒嚴，九重誰省諫書函❶。
春風舉國裁宮錦❷，半作障泥半作帆❸。

說文解字

❶九重：指皇帝居住的深宮。省：明察，懂得。諫書函：給皇帝的諫書。❷宮錦：供皇家使用的高級錦緞。❸障泥：馬韉，墊在馬鞍下面，兩邊下垂至馬蹬，用以擋泥土。

詩意解析

隋煬帝自認為全天下的百姓都對他畏威懷德、唯命是從，所以南遊揚州時，竟然沒有戒嚴，以策安全。隋煬帝在九重深宮之中，剛愎自用，從不理會臣子們的諫言。在春遊時，隋煬帝把動用了全國勞力所裁製的綾羅綢緞，一半做成馬韉，用來擋泥土；一半做成船帆。

此詩諷刺隋煬帝奢侈嬉遊之事。首兩句寫隋煬帝任興恣遊，肆行無忌，且濫殺忠諫之士，終於埋下殺身之禍。三、四句取「裁錦」一事，寫其耗費之巨，將一人與舉國、宮錦與障泥、船帆對比，突出隋煬帝的驕奢淫逸。然而全詩卻無一議論之語，於風流華美的敘述中，暗寓深沉之慮，令人鑑古事而思興亡。

瑤池

李商隱

瑤池阿母綺窗開，黃竹歌聲動地哀。
八駿日行三萬里❶，穆王何事不重來❷。

說文解字

❶八駿：傳說周穆王有八匹駿馬，可日行三萬里。❷穆王：西周人，姓姬，名滿，傳說他曾經周遊天下。

詩意解析

周穆王與西王母相約三年後再度相會，如今已到了三年之期，西王母在瑤池上，打開精雕細琢的窗戶，痴痴地等待著周穆王的到來。但卻只聽見黃燭淒愴的歌聲，大地都為之悲哀，山河為之嗚咽。西王母心想：「周穆王的八匹駿馬能日行三萬里，他究竟是為了何事違約不來呢？」

晚唐時期，迷信神仙之風極盛，好幾個皇帝皆因服丹藥妄求長生而喪命。此詩藉周穆王西遊，遇仙人西王母的神話，譏刺皇帝求仙的虛妄。全詩虛構了西王母盼不到周穆王重來，暗示周穆王已故的情節，不作正面議論，以西王母心中的疑問作結。首句寫西王母倚窗佇望，久候周穆王而不至。次句藉黃竹歌聲，暗示穆王已死。三、四句則寫西王母因周穆王不來，而心生疑問，句句對比，以見長生之虛妄，求仙之荒誕。構思巧妙，用心良苦，諷刺辛竦，韻味無窮。

嫦娥❶

李商隱

雲母屏風燭影深❷，長河漸落曉星沉。
嫦娥應悔偷靈藥，碧海青天夜夜心。

說文解字

❶嫦娥：古代神話中的月中仙女。❷雲母屏風：雕飾著雲母圖案的屏風，古代皇家或富貴人家所用。

詩意解析

蠟燭在雲母屏風上留下濃重的陰影，銀河漸漸西斜，曉星也逐漸下沉，我獨自一人，夜不成寐。嫦娥想必也後悔當初偷吃不死仙丹吧？雖飄然成仙，但卻從此孤居廣寒宮，只能孤零零地面對碧海青天，孤苦寂寞。

前兩句描繪主角所在的環境和永夜不寐的情景。「沉」字逼真地描繪出晨星低垂、欲落未落的動態，主角的心似乎也正逐漸下沉。「燭影深」、「長河落」、「曉星沉」，表明時間已到將曉未曉之際，「漸」字則暗示時間的推移流逝。儘管此處沒有直接抒寫主角的心理，但藉由環境氛圍的渲染，讀者彷彿可以觸摸到主角孤清淒冷的情懷和不堪忍受寂寞包圍的意緒。在寂寥的長夜裡，天空中最引人注目、引人遐想的自然是一輪明月。看到明月，也自然會聯想起神話傳說中的月宮仙子——嫦娥。據說她原是后羿的妻子，因為偷吃了西王母送給后羿的不死藥，便飛奔到月宮，最後成為仙子。在孤寂的主角眼中，這位孤居廣寒宮殿、寂寞無伴的嫦娥，其處境不正和自己相似嗎？「應悔」是揣度之詞，表現出同病相憐、同心相應的感情。詩的後兩句與其說是對嫦娥處境心情的深情體貼，不如說是主角寂寞的心靈獨白。

賈生❶

李商隱

宣室求賢訪逐臣❷，賈生才調更無倫❸。
可憐夜半虛前席❹，不問蒼生問鬼神❺。

說文解字

❶賈生：賈誼，西漢政治家，力主改革弊政，卻遭讒被貶，一生抑鬱不得志。❷宣室：漢代未央宮前殿的正室。逐臣：被放逐之臣，因賈誼曾被貶謫。❸才調：才氣。❹可憐：可惜，可嘆。虛：空自，徒然。前席：在坐席上移膝，靠近對方。❺蒼生：百姓。

詩意解析

因為漢文帝思念賢才，所以便在宣室召見被貶謫的賢臣賈誼，向他虛心求教。賈誼的才華無與倫比，君臣談至深夜，文帝依舊興致盎然，聽得津津有味，甚至不自覺地向前挪動雙膝。只可惜文帝詢問得並不是民生大

計，而是有關鬼神之事。

此為一首託古諷時詩，意在藉賈誼的遭遇，抒寫詩人懷才不遇的感慨。詩選取漢文帝於宣室召見賈誼，夜半傾談的情節，寫文帝不能識賢，「不問蒼生問鬼神」。揭露晚唐皇帝服藥求仙，荒於政事，不能任賢，不顧民生的昏庸特性。首句點出「求」、「訪」，彷彿熱烈頌揚文帝求賢意願之切、之殷，待賢態度之誠、之謙。次句隱括文帝對賈誼的推服讚嘆之詞，如果不看下文，甚至會誤認為這是一篇聖主求賢頌。其實，這正是詩人故弄狡獪之處。第三句是全詩樞紐，承、轉交錯。承，即「夜半前席」，江文帝虛心垂詢、凝神傾聽，把「不自知膝之前於席」的情狀描繪得維妙維肖。轉，則在「夜半虛前席」前加上「可憐」兩字。可憐，即可惜，卻隱含著冷雋的嘲諷。末句緊承「可憐」、「虛」，透過「問」與「不問」的對照，讓讀者對此得出應有的結論。辭鋒犀利，諷刺辛辣，感慨深沉，卻又極抑揚吞吐之妙。

韓碑

李商隱

元和天子神武姿❶，彼何人哉軒與義❷。誓將上雪列聖恥❸，坐法宮中朝四夷❹。淮西有賊五十載，封狼生貙貙生羆❺。不據山河據平地，長戈利矛日可麾❻。

帝得聖相相曰度，賊斫不死神扶持。腰懸相印作都統，陰風慘澹天王旗❼。愬武古通作牙爪❽，儀曹外郎載筆隨❾。行軍司馬智且勇❿，十四萬眾猶虎貔⓫。入蔡縛賊獻太廟⓬，功無與讓恩不訾⓭。帝曰汝度功第一，汝從事愈宜為辭⓮。愈拜稽首蹈且舞⓯，金石刻畫臣能為。古者世稱大手筆

⑯，此事不繫於職司⑰。當仁自古有不讓，言訖屢頷天子頤⑱。公退齋戒坐小閣⑲，濡染大筆何淋漓。點竄〈堯典〉〈舜典〉字⑳，塗改〈清廟〉〈生民〉詩㉑。文成破體書在紙，清晨再拜鋪丹墀㉒。表曰臣愈昧死上，詠神聖功書之碑。碑高三丈字如斗，負以靈鼇蟠以螭㉓。句奇語重喻者少，讒之天子言其私。長繩百尺拽碑倒，粗砂大石相磨治㉔。公之斯文若元氣㉕，先時已入人肝脾。湯盤孔鼎有述作㉖，今無其器存其辭。

嗚呼聖王及聖相，相與烜赫流淳熙㉗。公之斯文不示後，曷與三五相攀追。願書萬本誦萬遍，口角流沫右手胝㉘。傳之七十有二代，以為封禪玉檢明堂基。

說文解字

❶元和：唐憲宗年號。❷軒、羲：軒轅、伏羲氏。❸列聖：前幾位皇帝。❹法宮：君王主事的正殿。四夷：泛指四方邊地。❺封狼：大狼。貙、羆：野獸，喻指叛將。❻日可麾：此喻反叛作亂。❼天王旗：皇帝儀仗的旗幟。❽愬：李愬。武：韓公武。古：李道古。通：李文通。四人皆為裴度手下大將。❾儀曹外郎：禮部員外郎李宗閔。❿行軍司馬：韓愈。⓫虎貔：猛獸，比喻勇猛善戰。⓬賊：叛將吳元濟。⓭不訾：不可估量。⓮愈：韓愈。⓯稽首：叩頭。蹈且舞：古代臣子朝拜皇帝時，手舞足蹈的一種禮節。⓰大手筆：指撰寫國家重要文告的名家。⓱職司：掌管文筆的翰林院。⓲頤：面頰。⓳公：韓愈。⓴點竄、塗改：運用。〈堯典〉、〈舜典〉：《尚書》中的篇名。㉑〈清廟〉、〈生民〉：《詩經》中的篇名。㉒丹墀：宮中的紅色台階。㉓蟠以螭：碑上所刻的盤繞龍類飾紋。㉔磨治：磨去碑上的刻文。㉕若：像。㉖孔鼎：孔子先祖正考夫鼎。此處以湯盤、孔鼎比喻韓碑。㉗相與：相互。淳熙：鮮明的光澤。㉘胝：因磨擦而生厚皮，老繭。

詩意解析

憲宗皇帝年號元和，其輝煌的功業、神武的英姿，可以和上古聖君軒轅和伏羲相媲美。他發誓要洗雪列祖列宗所蒙受的恥辱，接受四面八方的朝見。可恨那些亂臣賊子盤踞淮西長達五十年之久，他們的殘暴代代相承。他們有恃無恐並不是憑藉山河之險，而是霸占著人多地肥的平原大地，倚仗著兵強馬壯，才膽敢作亂犯上。所幸皇帝獲得了一位賢相，名為裴度，他曾遭遇刺殺而大難不死。他腰間掛著宰相的金印，統帥大軍，奉命討賊。仲秋出師時，天地昏暗，寒風冷冽，為天子送行的旌旗迎風招展。裴度手下的大將李愬、韓公武、李道古、李文通個個英姿颯爽；李宗閔也追隨帳下，擔任他的文書；更有心懷錦繡、有勇有謀的韓愈；還有那像虎豹貔貅一樣的十四萬大軍。大將李愬趁大雪突襲蔡州，生擒賊首並將他押解回京獻於太廟，告祭祖先。宰相裴度的功勞無與倫比，朝廷對他賜下無限恩賞。皇帝說：「此場戰役大獲全勝，裴度功不可沒，我命令你的下屬韓愈為你撰文記功，刻碑永念。」韓公叩首謝恩：「為刻石記功撰文，微臣願意勝任。雖然自古以來，這樣的惶惶大作是絕不能交給文墨官吏完成的，但當仁不讓，我願意完成重任。」皇帝聽後，連連點頭稱許。

韓公退朝後沐浴齋戒，凝神端坐於小樓之上，筆墨飽滿，酣暢淋漓。他仿效《尚書》中〈堯典〉和〈舜典〉莊嚴的體例，參考了《詩經》中〈清廟〉和〈生民〉典雅的文字。寫好後再用變體行書謄寫，早朝時向君王行過大禮後，將文章鋪展在殿前。又向皇帝稟奏，乞請天子詔令，將它鐫刻成碑。碑身高達三丈，碑文字大如斗，四周盤繞著龍紋，下面有神龜馱碑。碑文語句奇異深奧，能讀懂的人實在很少，於是便有人向天子進讒，認為韓愈的碑文不實，有徇私之嫌。遂有人將巨碑拉倒，又將碑文全部磨掉，但韓公的碑文如天地間的浩然元氣，早已深入人心。商湯的沐浴之盤與孔子祖先正考父之鼎，上面都刻有銘文，雖然盤和鼎早已不復存在，但銘文依舊流傳至今。

聖明的君主和賢明的宰相啊！你們顯赫的功業和流光溢彩的碑文交相輝映，如果韓公的碑文無法昭示於後人，那憲宗皇帝的功業又該如何承接三皇五帝呢？我願將那碑文抄寫一萬份，並且誦讀一萬遍，哪怕手被磨出老繭，哪怕讀得口沫橫飛，我也要讓韓公的碑文傳至千秋萬代，用作天子祭拜天地的文告和天子名堂的基石。

全詩意在記敘韓愈撰寫「平淮西碑」的碑文始末，竭力推崇韓碑的典雅及其價值，情意深厚，筆力矯健。韓碑既未抹煞李愬雪夜破城的豐功，也未特別鋪張裴度的偉績，態度公允。全詩敘議相兼，在藝術風格上受到韓愈〈石鼓歌〉的影響。清代屈復在《玉溪生詩意》中說：「生硬中饒有古意，甚似昌黎而清新過之。」

唐代元和十二年，宰相裴度帶兵平定淮西，但率先破蔡州、生擒叛者吳元濟的則是大將李愬。唐憲宗命韓愈撰〈平淮西碑〉時，韓愈在碑中主要凸顯的是，裴度執行唐憲宗旨意後的運籌帷幄，引起李愬不滿。李愬的妻子，也就是唐安公主之女，進宮訴說碑文不實。而李商隱則是完全贊同韓愈的觀點，因此，他在此詩中強烈表達對〈韓碑〉被磨去的憤慨，更熱情地歌頌這篇碑文。

詩人小傳

李商隱，字義山，號玉谿生、樊南生。和杜牧合稱「小李杜」，與溫庭筠合稱為「溫李」，與同時期的段成式、溫庭筠風格相近，且都在家族裡排行十六，故並稱為「三十六體」。在牛李黨爭時，李商隱先為牛黨的令狐楚、令狐綯提拔，後來卻做了李黨王茂元的女婿，因此被視為忘恩負義的小人，遭到排斥。終身仕途坎坷，只做過一些名位不顯的官職，鬱鬱不得志。李商隱被視為唐代後期最傑出的詩人，其詩風受李賀影響，在句式、章法和結構方面，則受杜甫和韓愈影響。王安石曾說：「唐人知學老杜而得其藩籬者，惟義山一人而已。」

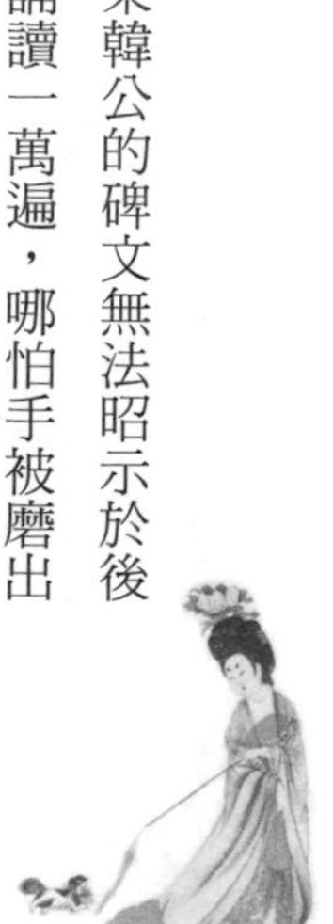

高手過招（*為多選題）

1.（　）關於時間與記憶，唐代李商隱說：「此情可待成追憶，只是當時已惘然。」自己經驗過的世界，他人永遠無法完全理解。感情的傷害，別人也無法代替承受。明知鏡花水月、美人白骨，這世界從不曾為誰停止轉動，卻還是貪心的想要擁有，要的比自己所想的多更多。依據上文，下列敘述正確的選項是：

A.「鏡花水月、美人白骨」於本文中泛指一切恆常存在的美好。

B.「此情可待成追憶，只是當時已惘然。」提醒我們應當及時行樂。

C.關於時間與記憶，作者想要呈現的是人們對虛幻短暫物質表象的執迷和無奈。

D.生命中總有許多無法遺忘的情懷，這些深藏記憶私密角落的感受總能為大多數人理解。

2.（　）**身無彩鳳雙飛翼，心有靈犀一點通。**（唐代李商隱〈無題〉）下列敘述何者正確？

A.身上有如彩鳳般的翅膀，心靈卻無法相通。

B.這一多一少之間，相差無幾。

C.正因身上有翅膀，而更凸顯了沒有靈犀的正常。

D.作者使用映襯筆法，寫出形體隔離而心意相通。

3.（　）語文中特意顛倒文句次第，這種修辭法稱為「倒裝」。以下文句何者不是倒裝句？

A.唯仁之為守，唯義之為行。（先秦荀子〈不苟〉）

B.於今腐草無螢火，終古垂楊有暮鴉。（唐代李商隱〈隋宮〉）

C.鳥獸不可與同群，吾非斯人之徒與而誰與。（《論語．微子》）

D.香稻啄餘鸚鵡粒，碧梧棲老鳳凰枝。（唐代杜甫〈秋興八首之八〉）

*4.（　）**紫泉宮殿鎖煙霞，欲取蕪城作帝家。玉璽不緣歸日角，錦帆應是到天涯。**於今腐草無螢火，終古垂楊有暮鴉。地下若逢陳後主，豈宜重問〈後庭花〉。（唐代李商隱〈隋宮〉）有關此詩的說明，下列選項何者正確？

A.詩中所賦詠的主要對象應該是「陳後主」。
B.全詩的主旨在諷刺君王遊幸逸樂以致亡國。
C.五、六句以今昔對比的方式呈現興亡之感。
D.「後庭花」是指勞民營造花園而導致國變。
E.「玉璽」句表現古人迷信興衰天定的思想。

5.（　）**來是空言去絕蹤，月斜樓上五更鐘。夢為遠別啼難喚，書被催成墨未濃。蠟照半籠金翡翠，麝熏微度繡芙蓉。劉郎已恨蓬山遠，更隔蓬山一萬重。**（唐代李商隱〈無題〉）上述詩作中，「不包括」哪一種人生的憂愁與感慨？

A.男女離別的相思之苦。　B.遊子離鄉的漂泊艱辛。
C.時間的催逼與年華老去。　D.夢境的虛幻與夢醒後的悵惘。

6.（　）**以下有關唐代李商隱〈無題〉詩句的闡述，何者正確？**

A.「相見時難別亦難」意近於「相見爭如不見」。
B.「東風無力百花殘」所寫的季節和「四月清和雨乍晴，南山當戶轉分明」相同。
C.「蓬山此去無多路」和「劉郎已恨蓬山遠，更隔蓬山一萬重」的「蓬山」意思不同。
D.「青鳥殷勤為探看」的「青鳥」和「金烏玉兔最無情，驅馳不暫停」的「金烏」象徵意義相

同。

7.（　）魚鳥猶疑畏簡書，風雲常為護儲胥，徒令上將揮神筆，終見降王走傳車。管樂有才真不忝，關張無命欲何如？他年錦里經祠廟，〈梁父吟〉成恨有餘。（唐代李商隱〈籌筆驛〉）下列關於本詩的解說，何者正確？

A. 詩中的上將是指滅蜀的大將鄧艾。

B. 降王指後蜀亡國之主孟昶。

C. 管樂指絲竹絃管，表示聲色享受。

D. 梁父吟乃是諸葛亮高臥隆中時常吟誦的作品。

（題組8-10）魚鳥猶疑畏簡書，風雲常為護儲胥，徒令上將揮神筆，終見降王走傳車。管樂有才真不忝，關張無命欲何如？他年錦里經祠廟，〈梁父吟〉成恨有餘。（李商隱〈籌筆驛〉）

8.（　）請問詩中所詠人物為何者？

A. 劉備　B. 劉禪　C. 諸葛亮　D. 趙雲

9.（　）根據形式判斷，本詩應是一首

A. 七言絕句　B. 七言律詩　C. 樂府詩　D. 七言古詩

10.（　）本詩有關後主亡國後，被俘入魏的描述是哪一句？

A. 梁父吟成恨有餘　B. 關張無命欲如何　C. 徒令上將揮神筆　D. 終見降王走傳車

11.（　）下列詩句，何者使用擬人化手法？

A. 砌下落梅如雪亂，拂了一身還滿。

B. 春蠶到死絲方盡，蠟炬成灰淚始乾。

C. 人生不滿百，常懷千歲憂。

D. 出身未捷身先死，常使英雄淚滿襟。

12.（　）下列句子中的「適」字，與李商隱〈樂遊原〉「向晚意不適，驅車登古原。夕陽無限好，只是近黃昏」詩中的「適」字意義相同的是：

A. 此時魯仲連「適」遊趙。

B. 子「適」衛，冉有僕。

C. 百骸九竅，無一得「適」。

D. 君子之於天下也，無「適」也，無莫也，義之與比。

13.（　）君問歸期未有期，巴山夜雨漲秋池。何當共剪西窗燭，卻話巴山夜雨時。（李商隱〈夜雨寄北〉）依據此詩所述，「共剪西窗燭」的時間為：

A. 過去　B. 現在　C. 未來　D. 現在或未來

【解答】

1. C
2. D
3. B
4. B C
5. B
7. D
6. A
8. C
9. B
10. D
11. B
12. C
13. C

旁徵博引

金龜婿

「金龜」是指漢朝用黃金鑄成的龜紐官印，用於五品以上的文武百官。紐，是指印章頂部的雕刻裝飾。通常，印紐上不同的獸形雕刻，代表不同的官階。像太子、諸侯王、丞相、大將軍等，用的是黃金的龜紐印章。往下依序類推則是龜紐銀印、龜紐銅印。所以，後世便以「金龜」泛指高官之印。到了唐朝，「金龜」指的則是唐代高官用以象徵身分的金飾龜袋，女皇武則天按官品高低，將官員分為金龜袋、銀龜袋、銅龜袋。因此，「金龜婿」指的便是擁有高官厚祿的夫婿。

據《新唐書．車服志》記載，唐初，內外官五品以上，皆佩魚符、魚袋，以「明貴，應召命」。魚符以不同的材質製成，「親王以金，庶官以銅，皆題其位、姓名」。裝魚符的魚袋也是「三品以上飾以金，五品以上飾以銀」。武后天授元年，改內外官所佩魚符為龜符，魚袋為龜袋。並規定三品以上龜袋用金飾，四品用銀飾，五品用銅飾。後世遂以「金龜婿」代指身份高貴的女婿。

灞上秋居❶

馬戴

灞原風雨定，晚見雁行頻。落葉他鄉樹，寒燈獨夜人。
空園白露滴，孤壁野僧鄰。寄臥郊扉久❷，何年致此身❸。

說文解字

❶灞上：地名，因地處灞陵高原而得名。為詩人來京城後的寄居之所。❷郊扉：郊外的住所。❸致此身：意即以此身報效國君。致，盡。

詩意解析

灞原上的秋風秋雨已經平息了，在蒼茫的夜色中，我頻頻看見大雁南飛。在我眼前的是一片異鄉的樹木，樹上的葉子紛紛飄落，秋夜裡，只有孤燈陪伴著我這個孤苦失意之人。在寂靜的園子中，甚至可以聽見白露滴落的聲音，四壁孤清，只有和我同樣獨自一人的野僧與我為鄰。我寄居在這片荒野中已經很久了，不知道何時才有機會為朝廷盡忠效力，報效家國呢？

首聯率先描寫得是灞原上空蕭森的秋氣，「頻」字表明雁群之多，又使人聯想起雁兒急於投宿的惶急之狀。接下來，景象由遼闊的天際，逐漸轉往地面，轉到詩人身上。詩人在他鄉看到落葉的情景，有所感觸。自己獨自一人羈留異地，不知何時才能回到故鄉，其心情之酸楚，完全滲透在字裡行間。五、六兩句的「空園白露

滴」，以動烘托靜，比起單寫無聲的靜，更能表現環境的孤寂，露滴的聲音非但沒有劃破長夜的寂靜，反而使人感到靜得可怕。下一句「孤壁野僧鄰」同樣用烘托手法，與一個孤獨的野僧為鄰，詩人的孤單處境就顯得更加突出了。最後兩句直接說出詩人的感慨，率直地道出懷才不遇的處境和晉身仕途的渺茫。

楚江懷古

馬戴

露氣寒光集，微陽下楚丘❶。猿啼洞庭樹❷，人在木蘭舟❸。
廣澤生明月❹，蒼山夾亂流。雲中君不見❺，竟夕自悲秋❻。

說文解字

❶微陽：微弱的陽光。楚丘：楚地的山丘。❷洞庭：洞庭湖。❸木蘭舟：木蘭樹所制的舟船。❹廣澤：廣闊的水面。❺雲中君：《楚辭．九歌》篇名，為祭祀雲神之作。❻竟夕：整夜。

詩意解析

薄暮時分，霜露凝聚，泛著寒光，殘陽正緩緩落至楚地的山丘。洞庭湖畔的猿猴正在啼叫，聲音淒厲。我乘著木蘭舟在湖中泛遊，浩渺的湖面上升起一輪明月，兩岸青山夾著嘩嘩作響的溪流。我望不見曾經在此處的雲中仙君，只能徹夜不眠，獨自悲古懷秋。

唐代大中初年，詩人由山西太原幕府掌書記，被貶為龍陽尉。自江北來到江南，行於洞庭湖畔，觸景生情，追慕先賢，感傷身世，遂寫下此詩。雖題「懷古」，卻是泛詠洞庭景緻。詩人漫步於楚江，時值蕭瑟的晚秋，又正值日見衰頹的晚唐，不免「發思古之幽情」，感傷自身不遇。首聯點明薄暮時分，頷聯上句承接「暮」字，下句點出主角，頸聯就山、水兩方面敘寫夜景，尾聯點題懷古，以悲愁作結。風格清麗婉約，感情細膩。

詩人小傳

馬戴，字虞臣，定州曲陽人。早年屢試不第，後因直言進諫，被斥為龍陽尉，最後病卒於太常博士任上。曾隱居華山，並遨遊邊關，與賈島、許棠相唱答。工於詩，詩風壯麗，蘊藉自然，長於抒情寫景的小詩。

書邊事

張喬

調角斷清秋❶，征人倚戍樓❷。春風對青塚❸，白日落梁州❹。
大漢無兵阻，窮邊有客遊❺。蕃情似此水❻，長願向南流。

說文解字

❶調角：號角。斷：占盡。❷戍樓：防守的城樓。❸春風：和煦涼爽的秋風。青塚：漢代王昭君的墳墓。❹白日：燦爛的陽光。❺窮邊：絕遠的邊地。❻蕃：指吐蕃。情：心情。

詩意解析

悠揚的號角聲劃破了塞外寧靜的清秋，因為沒有戰事，所以征人得以悠閒地倚靠在城樓上。昭君墓前依然草色青青，夕陽緩緩落下至遠方的邊城梁州。邊塞平和安定，廣袤的大漠沒有兵戈阻擋，只有遊人正在旅遊觀光。但願蕃人的心如此水一般，向南流向中原，永遠歸順於大唐。

首句先從高闊的空間落筆，勾勒一個深廣的背景，渲染出宜人的氣氛，「斷」字傳神地表現出角聲的音韻之美和音域之廣。「調角」、「清秋」，其韻味和色調恰到好處地融而為一，構成一個聲色並茂的清幽意境。頷聯「春風」並非實指，而是虛寫，「青塚」則是漢代王昭君的墳墓。王昭君的墓與涼州地帶，一東一西，遙遙相對。傍晚時分，當詩人把視線從王昭君的墓地移到涼州時，夕陽西下，餘暉一片，正是一派日麗平和的景象，令人想見，即使在那更為遙遠廣闊的涼州地帶，也是十分安定的。頸聯極言邊塞地區的廣漠，在「無兵阻」和「有客遊」的對比中，寫明邊關地區因無蕃兵阻撓，所以才有遊客到來。末聯兩句運用生動比喻，自然地抒寫出詩人的心願，使詩的意境更加深化。

詩人小傳

張喬，字伯達，池州人。唐代咸通年間進士，因黃巢兵禍，而隱居九華山。當時，他與許棠、喻坦之、任濤、溫憲、鄭谷、李昌符、周繇、張蠙、劇燕、吳罕、李棲遠，並稱為「咸通十哲」。其詩多為旅遊題詠、送友贈別之作。

旁徵博引

昭君出塞

王昭君，名嬙，字昭君，又稱明君或明妃，名列中國歷史四大美女之一。當年，漢元帝挑選天下美女做后妃，昭君被選中。王昭君來到京城長安後，和其他被選來的秀女一樣，要先到畫師毛延壽那裡畫像。有的美女為了得到皇帝的青睞，重金賄賂畫師，於是畫師就將她們畫得美貌非凡。王昭君沒有給畫師金銀財寶，於是毛延壽就故意在王昭君眼睛下面點了一點，結果王昭君因此沒能被漢元帝選中，寂寞於後宮。

幾年之後，匈奴汗國呼韓邪單于到長安向漢朝求親，漢元帝決定在不受寵的美女中挑選幾位，賞賜

給他，並許諾誰願意前往，就給予她公主的身份，王昭君挺身而出。臨行前，漢元帝召見昭君，一見面就愣住了，如此美麗的美人，怎麼會沒有發現呢？一席談話後，更覺得昭君才智過人，整個後宮無人可及。元帝深感後悔，兩眼望著昭君，不忍心讓她離開。送走昭君後，元帝立即翻看美人畫冊，終於在不起眼的地方找到了王昭君的畫像。細細一看，發現原來昭君眼下多了一個疵點。皇帝大怒，下令將那個弄虛作假的畫師毛延壽殺了。王昭君最後死在異鄉漠北，據傳說，每到深秋時節，四野草木枯黃時，唯有昭君墓嫩黃黛綠，草青如茵，因此昭君墓也被稱作「青塚」。

除夜有懷

崔塗

迢遞三巴路❶，羈危萬里身。亂山殘雪夜，孤燭異鄉人。

漸與骨肉遠，轉於僮僕親❷。那堪正漂泊，明日歲華新❸。

說文解字

❶迢遞：遙遠。❷轉於：反與。❸明日：新年元旦。歲華：歲月，年華。

詩意解析

三巴之地，路途遙遠，我歷經萬里艱險，最後流落至此。黑夜中，四周山巒錯落，山上還未化盡的積雪正泛著微微的寒光。漫漫長夜，只有一支蠟燭陪伴著我這個異鄉客。與家中的親人分別太久，導致我只能轉而將身邊的僕人作為自己的至親。今日本該闔家團圓的除夕之夜，這令我更加無法忍受隻身在異鄉的孤獨，只能寄望明日的新春，能有嶄新的一年。

此詩是詩人客居他地、除夕懷鄉之作。一、二句寫詩人身在異鄉，深感羈旅艱危。三、四寫淒清的除夕夜景，渲染詩人的落寞情懷。五、六句寫遠離親人太久，只能把身邊的僮僕當作親人，表達思鄉之切。最後兩句寄希望於新年，漂泊之感更烈。全詩用語樸實，抒情細膩。離愁鄉思，發泄無餘。其中「漸與骨肉遠，轉於僮僕親」一句，是自王維〈宿鄭州〉中「他鄉絕儔侶，孤案親僮僕」化出。

孤雁

崔塗

幾行歸塞盡，念爾獨何之❶。暮雨相呼失❷，寒塘欲下遲。
渚雲低暗度❸，關月冷相隨。未必逢矰繳❹，孤飛自可疑。

說文解字

❶之：往。❷失：失群。❸渚：水中的小洲。❹矰繳：獵取飛鳥的工具。繳，在短箭上的絲繩。

詩意解析

一行大雁正展翅飛向邊塞故土，漸漸消失在蒼穹之下，而你這隻孤雁卻獨自盤旋低空，不知該飛向何方。暮色蒼茫，你在風雨中淒厲的啼叫，呼喚著離失的夥伴。你漸漸體力不支，想要在前方的一個池塘停下歇息，卻又因形單影隻而內心畏懼。夜色凝重，烏雲低垂，你就在這樣慘澹的昏暗中，倉皇飛行，只有關山的冷月陪伴著孤單淒涼的你。雖然你不一定會遭逢暗箭射殺，但失群孤飛的你依舊擔心害怕。

此詩題名〈孤雁〉，全篇皆實賦孤雁，詩眼就是「孤」字。「孤」字將全詩的神韻、意境凝聚一起，渾然天成。首聯寫同伴歸盡，只有大雁獨自飛翔，切題「孤雁」。頷聯寫孤雁的神態，先寫失群原因，再寫失群後的倉皇。頸聯寫失群的苦楚，儘管振羽奮飛，仍然隻影無依，淒涼寂寞。尾聯寫孤雁疑慮自己會受箭喪生，表達詩人的願望和矛盾心情。詩人同情失群的孤雁，其實也是藉此寄託自己孤淒憂慮的羈旅之情。

詩人小傳

崔塗，字禮山。唐代光啟四年中進士。一生漂泊羈旅，往來於四川、貴州、江蘇、浙江、河南、甘肅。其詩作多數是描寫羈旅漂泊和失意思鄉的主題，詩作格調蒼涼抑鬱而低沉。

旁徵博引

杜甫〈孤雁〉

孤雁不飲啄，飛鳴聲念群。誰憐一片影，相失萬重雲？
望盡似猶見，哀多如更聞。野鴉無意緒，鳴噪自紛紛。

春宮怨

杜荀鶴

早被嬋娟誤❶，欲妝臨鏡慵❷。承恩不在貌，教妾若為容❸。
風暖鳥聲碎，日高花影重。年年越溪女❹，相憶采芙蓉。

說文解字

❶嬋娟：形態美好的樣子。❷慵：懶惰，懶散。❸若：誰。❹越溪女：西施浣紗時的女伴。

詩意解析

從前，我因為花容月貌，而被選進深宮之中，如今卻被帝王冷落。本想梳妝打扮，卻因無人觀賞，又變得懶散。既然我俏麗的容顏已不能再博得君王的眷顧，那修飾儀容又有什麼意義呢？鳥兒啼聲啾啾，是因為有和暖的春風；太陽高掛，所以花影才如此濃密。沒有君恩沐浴，我怎麼有心情梳妝呢？反倒是時常想起當年一同浣紗的同伴，懷念著那時採摘荷花的歡樂。

此詩以「風暖鳥聲碎，日高花影重」一聯享譽詩壇。前兩句發端，講述宮女因為長得好看被選入宮，入宮後，伴隨她的卻是孤苦寂寞，因而引出「誤」字，「早」字又說明被誤之久。三、四句流水對，上下句文意相續，一氣貫注，進一步寫出了欲妝又罷的情感。五、六句蕩開，詩筆從鏡前宮女轉到室外春景，似乎與前面描寫宮女的筆墨不相連屬，事實上，仍然是圍繞著宮女的所感（風暖）、所聞（鳥聲）、所見（花影）來寫。眼前聲音、光亮、色彩交錯融合的景象，使宮女想起入宮以前，每年在家鄉溪水邊採蓮的歡樂情景。以過去對比當下，以往日的歡樂反襯出此時的愁苦，使含而不露的怨情具有更為悠遠的神韻。

詩人小傳

杜荀鶴，字彥之，號九華山人，池州石埭人。排行十五，故又稱杜十五。幼好學，有詩才，多次赴考不第，四十六歲才中進士。工於詩，清麗飄逸，有「風暖鳥聲碎，日高花影重」之句。

高手過招

1.（　）**下列各選項，時序屬春天的是：**

A.風暖鳥聲碎，日高花影重。　B.遙夜泛清瑟，西風生翠蘿。

C.荷風送香氣，竹露滴清響。　D.水落魚梁淺，天寒夢澤深。

2.（　）**律詩除首尾兩聯可不對仗外，其餘兩聯均兩兩對仗，下列詩句對仗最工整的是：**

A.古台搖落後，秋日望春心。　B.揚馬激頹波，開流蕩無垠。

C.靜夜四無鄰，荒居舊業貧。　D.風暖鳥聲碎，日高花影重。

【解答】1. A　2. D

章台夜思❶

韋莊

清瑟怨遙夜❷，繞弦風雨哀。孤燈聞楚角，殘月下章台❸。
芳草已雲暮❹，故人殊未來❺。鄉書不可寄❻，秋雁又南迴。

說文解字

❶章台：即章華台，宮名。❷瑟：此處指樂聲。古代弦樂器，多為二十五弦。遙夜：長夜。❸下：落下。❹芳草：此處指春光。❺殊：竟，尚。❻鄉書：家書，家信。

詩意解析

長夜中迴蕩著清澈的琴聲，撩人幽怨，就像淒風苦雨纏繞著琴弦，令人感到淒楚悲哀。孤燈之下，楚角聲淒愴，西邊一彎殘月已落下章台。美好的時光漸漸枯萎，當年的好朋友也都不再來訪此地。時局動蕩，家書難寄，只能眼看著大雁南飛，望雁興嘆，無法託牠捎回家書。

此為一首身在外地，思念家鄉的詩作。秋夜一片淒涼，詩人在孤燈下想念著老友，滿腹愁腸，再加上無法送達家書，更加重了憂傷的情緒。全詩一氣呵成，感情真摯。全詩以「夜思」為題，開篇卻不寫思，只寫秋夜的所聞所見，寫盡寄居他鄉的孤獨悲涼。詩的後半寫「思」的內容，最後點出時當秋節，更令人愁思不斷。詩中表達無可奈何的恨，讀來不勝悲涼淒楚，叫人腸斷。

台城❶

韋莊

江雨霏霏江草齊❷，六朝如夢鳥空啼。
無情最是台城柳❸，依舊煙籠十里堤。

說文解字

❶金陵：古地名，為六朝故都。❷霏霏：形容雨下得很細密的樣子。❸台城：又稱禁城，原為六朝時城牆。

詩意解析

春雨細密地灑落在江中，江邊水草萋萋，綿延兩岸，六朝的繁華早已成夢，只剩下鳥雀空自鳴啼。最無情的還是那台城外的垂柳，任憑古今興亡、世事滄桑，依舊年年翠綠，如輕煙般籠罩著十里長堤。

南京古稱金陵，地處江南，詩中的「霏霏」正是狀寫其雨細密如絲的氣候特徵。芳草彌蔓，綠遍江岸無遠不達，首句的「齊」字既形容芳草，又點明季節。「江」、「雨」、「草」三者交襯共融，展現一派迷濛清幽、如煙似霧的境界。六朝即孫吳、東晉、宋、齊、梁、陳，金陵作為它們的都城，一直為宮廷所在地和皇親貴戚的活動中心，歌舞飲宴，競相奢靡。然而，歷經三百餘年間的戰亂頻繁，六個王朝迭番更代，直覺興衰遽變，短暫的豪華亦難以持作憑依。

後聯則將目光回轉到「台城」，正面點明題旨，即景抒情，藉情統馭景。台城是金陵的中樞，皇宮和台省都

在此處，六代傾覆的最後一幕往往於此處結束。然而，堆煙疊霧的楊柳卻容顏未改，春來依舊綠遍十里長堤，一如台城豪華鼎盛時。詩人悲悼大唐帝國的江河日下，滅亡之勢已不可回。

詩人小傳

韋莊，字端己，京兆杜陵人。唐代廣明元年，韋莊在長安應舉，黃巢攻占長安以後，與弟妹失散，浪跡天涯。在四川時為王建掌書記，蜀開國制度皆韋莊所定，官至吏部尚書。卒於成都花林坊，葬白沙之陽，謚文靖。韋莊是唐代花間派詞人，詞風清麗，與溫庭筠並稱「溫韋」。《花間集》收其作品四十八首，王國維稱讚韋莊「骨秀也」，評價更在溫庭筠之上。

高手過招

1.（　）**韋莊的「無情最是台城柳，依舊煙籠十里堤」，與下列何者的修辭手法雷同？**

A.春露不染色，秋霜不改條。　B.人生有情淚沾臆，江水江花豈終極？

C.雲散月明誰點綴？天容海色本澄清。　D.感時花濺淚，恨別鳥驚心。

2.（　）**江雨霏霏江草齊，六朝如夢鳥空啼。無情最是台城柳，依舊煙籠十里堤。**（唐代韋莊〈台城〉）**下列何者所抒發的情感與此詩相近？**

A.吳宮花草埋幽徑，晉代衣冠成古丘。　B.江山代有才人出，各領風騷數百年。

C.人面不知何處去，桃花依舊笑春風。　D.兒童相見不相識，笑問客從何處來。

3.（　）作詩填詞常用「興」體寫作，即由眼前景物展開聯想的方法。以下何者運用此種方法？

A.風流千古短歌行，慷慨缺壺聲。想釃酒臨江，賦詩鞍馬，詞氣縱橫。

B.江雨霏霏江草齊，六朝如夢鳥空啼。無情最是台城柳，依舊煙籠十里堤。

C.與君離別意，同是宦游人。海內存知己，天涯若比鄰。

D.釣罷歸來不繫船，江村月落正堪眠。縱然一夜風吹去，只在蘆花淺水邊。

4.（　）由以下詩句裡的情景來判斷，哪一首所敘寫的是春天的景色？

A.庭前芍藥妖無格，池上芙蓉淨少情。唯有牡丹真國色，花開時節動京城。（劉禹錫〈賞牡丹〉）

B.荷葉羅裙一色裁，芙蓉向臉兩邊開。亂入池中看不見，聞歌始覺有人來。（王昌齡〈採蓮曲．其二〉）

C.江雨霏霏江草齊，六朝如夢鳥空啼。無情最是台城柳，依舊煙籠十里堤。（韋莊〈台城〉）

D.黃梅時節家家雨，青草池塘處處蛙。有約不來過夜半，閒敲棋子落燈花。（趙師秀〈約客〉）

E.遠上寒山石徑斜，白雲生處有人家。停車坐愛楓林晚，霜葉紅於二月花。（杜牧〈山行〉）

5.（　）下列詩句所描寫的季節，與其他三首不同的選項是：

A.江雨霏霏江草齊，六朝如夢鳥空啼。無情最是台城柳，依舊煙籠十里隄。

B.月落烏啼霜滿天，江楓漁火對愁眠。姑蘇城外寒山寺，夜半鐘聲到客船。

C.枯藤老樹昏鴉，小橋流水人家，古道西風瘦馬，夕陽西下，斷腸人在天涯。

D.遙夜泛清瑟，西風生翠蘿。殘螢棲玉露，早雁拂金河。高樹曉還密，遠山晴更多。淮南一葉下，自覺洞庭波。

【解答】1. B 2. A 3. B 4. C 5. A

旁徵博引

花間派

花間派是指作品為五代詞集《花間集》所收錄的詞家。代表人物有溫庭筠、韋莊、張泌等。一般認為花間派起源於唐代溫庭筠，繁榮於五代後蜀，是「詞」由民間歌曲，過渡到文人創作的中間形態。而花間派詩人的作品被稱為「花間詞」，其題材多為兒女艷情、離思別緒、綺情閨怨。體制上，花間詞限於小令，不過五、六十字，沒有題目，僅有詞調名。風格上，花間詞以溫柔婉轉、婉約含蓄、濃艷華美為主，也有清新典麗之作。收錄花間派詩人作品的《花間集》，為五代後蜀趙崇祚所纂輯，成集於西元九四〇年。

收錄唐代溫庭筠、皇甫松，五代韋莊、薛昭蘊、牛嶠、張泌、毛文錫、牛希濟、歐陽炯、和凝、顧敻、孫光憲、魏承班、鹿虔扆、閻選、尹鶚、毛熙震、李珣等十八家的五百首詞。

宮詞

薛逢

十二樓中盡曉妝❶，望仙樓上望君王❷。鎖銜金獸連環冷❸，水滴銅龍晝漏長❹。
雲髻罷梳還對鏡，羅衣欲換更添香。遙窺正殿簾開處，袍袴宮人掃御床❺。

說文解字

❶十二樓：泛指高聳的閣樓。❷望仙樓：意謂望君如望仙。❸金獸連環：獸形銅門環。❹水滴銅龍：指銅壺滴漏，古時計時儀器。❺袴：通「褲」。

詩意解析

一大清早，高樓中的宮妃就已在梳妝打扮，登上望仙樓，盼望著君王臨幸。門環就像冰一樣冷，緊鎖著宮門；滴漏越滴越慢，度日如年。宮妃梳完髮髻後，又對著鏡子反覆端詳；慎重地重新換了一套羅衣，又再加了一些薰香。遠遠望見正殿的珠簾被掀開，穿著短袍繡褲的宮女正在打掃御床，原來皇上早已決定絳幸正宮，今日不會前來了。

宮怨是唐詩中屢見的題材。此首〈宮詞〉從望幸著筆，刻畫宮妃企望君王恩幸卻不可得的怨恨心理。詩的首聯即點明人物身份和全詩主旨。頷聯透過對周圍環境的渲染，烘托望幸之人內心的清冷寂寞。上句「冷」字，既寫出銅質門環之冰涼，又顯出深宮緊閉之冷寂，映襯宮妃心情的淒冷。下句「長」字，透過宮妃對漏壺中滴水聲的獨特感受，刻畫出晝長難耐的孤寂無聊。頸聯藉由宮妃的著意打扮，進一步描寫她百無聊賴的心境。末聯寫宮妃「望」極而怨的心情，「遙窺」二字表現妃子複雜微妙的心理：「我這尊貴的妃子只能翹首空望，還不如那灑掃的宮女能親近皇帝。」全詩生動地反映出宮妃們的空虛、寂寞、苦悶、傷怨。

詩人小傳

薛逢，字陶臣，蒲州河東人。士族出身，持論鯁切，忤逆權貴，仕途頗不得意。明代評論家許學夷曾說：「薛逢七言律〈老聽笙歌〉一篇，聲氣亦勝〈陰風獵獵〉一篇與李郢〈虯鬚憔悴〉相伯仲。」著有《薛逢詩集》、《別紙》、《賦集》，均佚。

貧女

秦韜玉

蓬門未識綺羅香❶，擬託良媒益自傷。誰愛風流高格調❷，共憐時世儉梳妝❸。

敢將十指誇針巧，不把雙眉鬥畫長。苦恨年年壓金線❹，為他人作嫁衣裳。

說文解字

❶蓬門：蓬茅編紮的門，代指窮人。綺羅：華貴的絲織，此處指貴族婦女的華麗衣裳。❷風流：風韻優雅。❸憐：喜歡，欣賞。時世：當世，當今。❹苦恨：非常懊惱。壓金線：用金線繡花。

詩意解析

我出身貧寒，從未穿過綾羅綢緞，家人打算託良媒說親，卻因為家貧而無人垂憐。如今的世道，重富貴而不重品行，有誰會珍惜我的高潔品德呢？況且世事艱難，我亦家境貧寒，又有誰願意和我一起使用簡樸的梳妝，共同過著清儉的生活呢？我為我自己的刺繡技巧感到驕傲，我不願只重視外在，將自己的眉毛畫得秀長，去和他人爭奇鬥艷。我只怨恨年年辛勞地刺繡，但卻都是替他人作嫁衣啊！

全詩是一個未嫁貧女的獨白，傾訴她抑鬱惆悵的心情。良媒不問蓬門之女，寄託著寒士出身貧賤、舉薦無人的苦悶哀怨；誇指巧而不鬥眉長，隱喻著寒士內美修能、超凡脫俗的孤高情調。

詩人小傳

秦韜玉，生卒年不詳，字中明，一作仲明。出生於尚武世家，父為左軍軍將。少有詞藻，工於歌吟，卻累舉不第，後諂附於當時的宦官田令孜，充當幕僚。人戲稱他為「巧宦」，後不知所終。著有《投知小錄》。

高手過招

1.（　）蓬門未識綺羅香，擬託良媒益自傷。誰愛風流高格調？共憐時世儉梳妝。敢將十指誇針巧，不把雙眉鬥畫長。苦恨年年壓金線，為他人作嫁衣裳。（唐代秦韜玉〈貧女〉）「蓬門」和「綺羅」在此詩中，是使用何種修辭法？

A. 譬喻　B. 白描　C. 對偶　D. 借代

【解答】1. D

旁徵博引

《紅樓夢》裡的「為他人作嫁衣裳」

忽見那邊來了一個跛足道人，瘋狂落魄，麻鞋鶉衣，口內念著幾句言詞道：「世人都曉神仙好，惟有功名忘不了。古今將相在何方？荒塚一堆草沒了！世人都曉神仙好，只有金銀忘不了。終朝只恨聚無多，及到多時眼閉了！世人都曉神仙好，只有嬌妻忘不了。君生日日說恩情，君死又隨人去了！世人都曉神仙好，只有兒孫忘不了。癡心父母古來多，孝順子孫誰見了！」

士隱聽了，便迎上來道：「你滿口說些什麼？只聽見些『好了』、『好了』。」那道人笑道：「你如果聽見『好了』二字，還算你明白！可知世上萬般『好』便是『了』，『了』便是『好』；若不『了』便不『好』；若要『好』，須是『了』。我這歌兒便叫〈好了歌〉。」

士隱本是有夙慧的，一聞此言，心中早已悟澈，因笑道：「且住！待我將你這〈好了歌〉注解出來，何如？」道人笑道：「你就請解。」

士隱乃說道：「陋室空堂，當年笏滿床；衰草枯楊，曾為歌舞場。蛛絲兒結滿雕梁，綠紗今又糊在蓬窗上。說什麼脂正濃，粉正香！如何兩鬢又成霜？昨日黃土隴頭埋白骨，今宵紅綃帳底臥鴛鴦。金滿箱，銀滿箱，轉眼乞丐人皆謗。正歎他人命不長，那知自己歸來喪？訓有方，保不定日後作強梁；擇膏粱，誰承望流落在煙花巷！因嫌紗帽小，致使鎖枷扛。昨憐破襖寒，今嫌紫蟒長。亂烘烘，你方唱罷我登場，反認他鄉是故鄉。甚荒唐，到頭來，都是為他人作嫁衣裳！」

渡漢江

李頻

嶺外音書絕❶，經冬復立春。
近鄉情更怯，不敢問來人❷。

說文解字

❶嶺外：大庾嶺之外，即嶺南。音書：書信，音訊。❷來人：指來自故鄉的人

詩意解析

久居嶺南，家鄉音訊全無，經歷了一個寒冬後，又來到立春時節，終於要踏上歸鄉的旅途。因為不知道家中的親人究竟是生是死，所以離家越近越提心吊膽，更不敢向熟人打探消息，就怕聽到家人不好的消息。

此詩前兩句追敘貶居嶺南的情況。詩人依次層遞空間的懸隔、音書的斷絕、時間的久遠，強化並加深了貶居遐荒期間，孤孑、苦悶的感情和對家鄉、親人的思念。這兩句平平敘起，從容承接，沒有驚人之筆。但是，它在全篇中的地位、作用卻很重要，有了這個背景，下兩句出色的抒情才字字有根。

三、四兩句描寫詩人逃歸途中的心理變化。因為詩人貶居嶺外，又長期沒有家人的任何音訊，一方面日夜思念家人，另一方面又時刻擔心家人的命運。接近家鄉後，原先的擔心、憂慮，彷彿馬上就會被路上所遇到的某個熟人所證實，轉變為活生生的殘酷現實。體現出詩人此際，強自抑制的急切願望，和由此造成的精神痛苦。

詩人小傳

李頻，字德新。幼聰慧，博學強記。詩工近體，勤於雕琢，曾自稱：「只將五字句，用破一生心。」其一生歷經戰亂，作品多散佚。有詩集《梨岳集》。

高手過招

1.（　）嶺外音書絕，經冬復立春。近鄉情更怯，不敢問來人。（唐代李頻〈渡漢江〉）詩中「近鄉情更怯，不敢問來人」，與下列哪個選項的意思相似？

A. 反畏消息來，寸心亦何有。　B. 河清不可俟，人命不可延。

C. 此中有真意，欲辯已忘言。　D. 少壯不努力，老大徒傷悲。

【解答】1. A

馬嵬坡❶

鄭畋

玄宗回馬楊妃死❷，雲雨難忘日月新❸。
終是聖明天子事，景陽宮井又何人❹？

說文解字

❶馬嵬坡：即馬嵬驛，因晉代名將馬嵬曾在此築城而得名。為楊貴妃縊死之處。❷回馬：指唐玄宗由蜀還長安。❸雲雨：男女歡愛。❹景陽宮井：南朝陳後主陳叔寶聽說隋兵已攻進城來，便和寵妃張麗華、孫貴嬪躲在景陽宮的井中，但最後還是被隋兵俘虜。

詩意解析

唐玄宗自蜀返回京城時，途經馬嵬坡，此時楊貴妃早已香消玉殞。儘管唐玄宗難忘兩人往日的恩愛情誼，但時光飛逝，早已來不及了。唐玄宗在馬嵬坡賜死楊貴妃，雖非情願，但還算是聖明之舉。不似南朝陳後主，在國破家亡之時，只會懦弱地與寵妃躲進景陽宮井，最後成為隋軍的俘虜。

首兩句寫玄宗「回馬長安」時，楊貴妃死已多時，意謂重返長安，是以楊貴妃的死換來的。儘管山河依舊，然而卻難忘懷「雲雨」之情，表達玄宗欣喜與長恨兼有的複雜心情。後兩句以南朝陳後主偕寵妃張麗華、孫貴嬪躲在景陽宮的井中，終為隋兵所虜之事，對比唐玄宗馬嵬坡賜楊貴妃自縊的舉動，抑揚分明。「聖明天子」揚得很高，但卻以昏昧的陳後主作陪襯，頗有幾分諷意。全詩對唐玄宗有體諒，也有婉諷，可謂能出己意，又用意隱然。

詩人小傳

鄭畋，字台文。唐末宰相，以鎮壓黃巢之亂而知名。唐代會昌二年中進士，熹宗、昭宗時曾兩度拜相。性格寬厚，能詩文。

高手過招

1.（　）下列詩句均涉及對唐玄宗的褒貶，何者觀點與其他三者不同？

A. 玄宗回馬楊妃死，雲雨難忘日月新。終是聖明天子事，景陽宮井又何人？

B. 冀馬燕犀動地來，自埋紅粉自成灰。君王若道能傾國，玉輦何由過馬嵬。

C. 此日六軍同駐馬，當時七夕笑牽牛。如何四紀為天子，不及盧家有莫愁。

D. 不信曲江信祿山，漁陽鼙鼓震秦關。禍端自是君王啟，傾國何須怨玉環。

【解答】1. A

已涼

韓偓

碧闌干外繡簾垂，猩色屏風畫折枝❶。
八尺龍鬚方錦褥❷，已涼天氣未寒時。

說文解字

❶猩色：猩紅色。❷龍鬚：莖可織蓆，此處指草蓆。

詩意解析

碧綠的欄杆外，低垂著繡花簾子，腥紅色的屏風上畫著曲折的花枝。繡床上鋪著八尺龍鬚蓆和錦被緞褥，如今，正是天氣漸漸轉涼，又還未到寒冷之時。

全詩描述一間華麗精緻的臥室，鏡頭由室外逐漸移向室內，透過門前的欄杆、簾幕、門內的屏風等一道道障礙，最後，聚焦在張鋪著龍鬚草席和織錦被褥的八尺大床上。顯現「深而曲」的層次，告訴讀者這是一位貴家少婦的金閨繡戶。

但是，主角始終未曾露面，她在做什麼、想什麼也不得而知。只能透過朱漆屏面上雕繪著的折枝圖，令人聯想到「花開堪折直須折，莫待無花空折枝」的感嘆。暗示詩中的主角感於自己的逝水流年，勾起人們對光陰消逝的感觸。

詩篇結尾點出「已涼天氣未寒時」的時令變化，再加上床蓆、錦褥的暗示，以及折枝圖的烘托，隱約可見主角在深閨寂寞之中，渴望愛情的情懷。

詩人小傳

韓偓，字致堯，小字冬郎，自號玉山樵人。幼年聰敏，十歲能詩，得姨父李商隱作詩兩首，稱讚其「雛鳳清於老鳳聲」。曾寓居九日山延福寺，與弘一大師交好。擅寫宮詞，多寫艷情，詞藻華麗，有「手香江橘嫩，齒軟越梅酸」（〈幽窗〉）之句，被後人稱為「香奩體」，著有《香奩集》。後梁龍德三年，病逝於南安豐州龍興寺，葬於杏田葵山。

旁徵博引

《香奩集》

韓偓〈香奩集自序〉：「遐思宮體，未敢稱庾信工文。卻誚《玉台》，何必倩徐陵作序。粗得捧心之態，幸無折齒之慚。柳巷青樓，未嘗糠秕。金閨繡戶，始預風流。咀五色之靈芝，香生九竅。咽三危之瑞露，春動七情。如有責其不經，亦望以功掩過。」從序言便可以看出，《香奩集》的創作宗旨與《玉台新詠》一致，都著力描寫女性姿態、情思。

《香奩集》中有一首〈自負〉：「人許風流自負才，偷桃三度下瑤台。至今衣領胭脂在，曾被謫仙痛咬來。」可看作是韓偓的自我表白，風流自負，縱情瀟灑。詩人在青年冶游期間，必定結識了不少女

子，其中有幾個，到年老時都難以忘懷。《香奩集》中也有不少詠物詩，如〈詠燈〉、〈屐子〉、〈詠浴〉、〈詠手〉、〈松髻〉、〈嫋娜〉等，皆從女性的一件細小裝飾物，或某一種姿態著眼，工筆細膩深刻。《香奩集》裡的閨怨詩大都採用女性口吻敘寫，其中一部分詩是專為歌伎而作，是為了歌伎臨場演唱需要所創作的詩，與詞的創作背景一致。如〈席上有贈〉：「矜嚴標格絕嫌猜，嗔怒雖逢笑靨開。小雁斜侵眉柳去，媚霞橫接眼波來。鬢垂香頸雲遮藕，粉著蘭胸雪壓梅。莫到風流無宋玉，好將心力事妝台。」

寄人

張泌

別夢依依到謝家❶，小廊回合曲闌斜❷。
多情只有春庭月，猶為離人照落花❸。

說文解字

❶謝家：泛指閨中女子。晉代謝奕之女謝道韞、唐代李德裕之妾謝秋娘等女子，皆有盛名，故後人多以謝家代稱閨中女子。❷回合：環繞。❸離人：尋夢人，指作者。

詩意解析

我與你離別後，日夜思念著你，在夢中，我彷彿又來到你的家中，與你在走廊的隱密處相會。當我從夢中醒來，只見庭前如我一般多情的明月，依舊照著滿地如你一般的落花，月光總是寄望著落花能回心轉意。

詩的首句寫詩人與情人在夢中重聚，難捨難離；次句寫得是當年環境、往日歡情，表明自己思念之深；第三句寫明月有情；第四句寫落花有恨。全詩寄希望於對方，含蓄深厚，曲折委婉，情真意真。前兩句寫入夢的原因與夢中所見的景物，是向對方表明自己思憶之深；後兩句則寫出多情的明月依舊照人，是對這位女子的埋怨。末句的「花」固然已落，然而，春庭的明月仍然多情。詩人的言外之意，便是希望彼此能再通音信。

詩人小傳

張泌，花間派的代表詩人之一。唐末時，曾登進士第，與李後主降宋，官終右諫議大夫史館修撰。《花間集》收張泌詞二十七首。

高手過招

1.（　）下列四句為一首七言仄起式的絕句，根據文意和格律判斷，其正確順序應為：甲、小廊回合曲闌斜　乙、猶為離人照落花　丙、別夢依依到謝家　丁、多情只有春庭月

A.甲乙丁丙　B.乙丙丁甲　C.丙甲丁乙　D.丁丙甲乙

【解答】1.C

雜詩

無名氏

近寒食雨草萋萋❶，著麥苗風柳映堤❷。
等是有家歸未得，杜鵑休向耳邊啼❸。

說文解字

❶寒食：寒食節，在清明節的前一天或兩天。❷著：吹入。❸杜鵑：鳥名，或稱子規。其聲淒厲，好像在喚「不如歸去」，常常觸動遊子的思鄉之情。

詩意解析

時令已近寒食，春雨綿綿，芳草萋萋，春風吹拂著麥苗，堤岸上楊柳依依。杜鵑啊！不要在我耳畔呼喚著「不如歸去」，那會勾起我的思鄉之情，你不知道我是有家歸不得嗎？

此為一首歌詠遊子居外，無法返鄉的詩作。詩中敘寫寒食、清明即將到來，但詩人卻客居他鄉，只聽到杜鵑悲泣著「不如歸去」，更為傷感，大有「每逢佳節倍思親」之慨。前兩句中的四景，「雨」、「草」、「麥苗」、「柳」，雖然有的可稱為樂景，有的可稱為哀景，但在此處所表示的情感卻無一例外，均為愁情，就是詩人所要表達的鄉思之愁。後兩句藉由杜鵑的啼聲，表達詩人欲歸而不能的無奈。語言含蓄蘊藉，情緒無限感傷，深刻展現詩人思念家鄉的情感，以及有家不能歸的悲哀之情。

高手過招

（＊為多選題）

＊1.（　）請判斷下列詩句所描述的季節，相同的選項是：

A.渭城朝雨浥輕塵，客舍青青柳色新。勸君更盡一杯酒，西出陽關無故人。

B.梅子流酸濺齒牙，芭蕉分綠上窗紗。日長睡起無情思，閑看兒童捉柳花。

C.千里鶯啼綠映紅，水村山郭酒旗風。南朝四百八十寺，多少樓台煙雨中。

D.六出飛花入戶時，坐看青竹變瓊枝。如今好上高樓望，蓋盡人間惡路岐。

E.近寒食雨草萋萋，著麥苗風柳映堤。等是有家歸未得，杜鵑休向耳邊啼。

【解答】1. ACE

旁徵博引

杜鵑啼血

杜鵑鳥，俗稱布穀，又名子規、杜宇、子鵑。春夏季節，杜鵑便會徹夜不停啼鳴，啼聲清脆而短促。杜鵑口腔上皮和舌頭都為紅色，古人便誤以為牠啼得滿嘴流血，而且杜鵑高歌之時，正是杜鵑花盛開之際，古人見到鮮紅的杜鵑花，便把這種顏色說成是杜鵑啼的血。正如唐代詩人成彥雄〈杜鵑花〉：「杜鵑花與鳥，怨艷兩何賒，疑是口中血，滴成枝上花。」

國家圖書館出版品預行編目資料

唐詩好好讀 / 蘅塘退士 原著 ; 丁朝陽 編著 . --初版. --新北市 : 典藏閣，采舍國際有限公司發行, 2018.01 面； 公分 · -- (經典今點；07)

ISBN 978-986-271-805-6 （平裝）

831.4 106023291

唐詩好好讀

典藏閣

唐詩好好讀

出版者 ◤ 典藏閣
編著 ◤ 遲嘯川
總編輯 ◤ 歐綾纖
文字編輯 ◤ 范心瑜、孫琬鈞
品質總監 ◤ 王擎天
出版總監 ◤ 王寶玲
美術設計 ◤ 蔡瑪麗

郵撥帳號 ◤ 50017206 采舍國際有限公司（郵撥購買，請另付一成郵資）
台灣出版中心 ◤ 新北市中和區中山路2段366巷10號10樓
電話 ◤（02）2248-7896　傳真 ◤（02）2248-7758
ISBN ◤ 978-986-271-805-6
出版年度 ◤ 2018年1月

全球華文市場總代理/采舍國際
地址 ◤ 新北市中和區中山路2段366巷10號3樓
電話 ◤（02）8245-8786　傳真 ◤（02）8245-8718

全系列書系特約展示
新絲路網路書店
地址 ◤ 新北市中和區中山路2段366巷10號10樓
電話 ◤（02）8245-9896
網址 ◤ www.silkbook.com

線上pbook&ebook總代理：全球華文聯合出版平台
地址：新北市中和區中山路2段366巷10號10樓
主題討論區：www.silkbook.com/bookclub/　● 新絲路讀書會
紙本書平台：www. book4u.com.tw　● 華文網網路書店
電子書下載：www.book4u.com.tw　● 電子書中心（Acrobat Reader）

本書採減碳印製流程並使用優質中性紙（Acid & Alkali Free）通過綠色印刷認證，最符環保要求。

唐詩戀字小帖

典藏閣

回鄉偶書

賀知章

少小離家老大回，鄉音無改鬢毛衰。
兒童相見不相識，笑問客從何處來。

詳情參見 052 頁

孟浩然

過故人莊

詳情參見 076 頁

故人具雞黍，邀我至田家。

綠樹村邊合，青山郭外斜。

開軒面場圃，把酒話桑麻。

待到重陽日，還來就菊花。

故人具雞黍，邀我至田家。

綠樹村邊合，青山郭外斜。

開軒面場圃，把酒話桑麻。

待到重陽日，還來就菊花。

唐詩戀字小帖

典藏閣

典藏風華，品悅智識

典藏閣

智慧，

不是死的默念，而是生的沉思。

——巴魯赫·斯賓諾莎（Baruch de Spinoza）

典藏風華，品悅智識

典藏閣

智慧，

不是死的默念，而是生的沉思。

——巴魯赫・斯賓諾莎（Baruch de Spinoza）